Roman Rausch, 1961 in Würzburg geboren, arbeitete nach dem Studium der Betriebswirtschaft im Medienbereich und als Journalist. Für seine Trilogie um den Kommissar Johannes Kilian wurde er 2002 auf der Leipziger Buchmesse mit dem Book on Demand Award ausgezeichnet. Heute lebt er als Autor und Schreibcoach in Würzburg und Berlin. Mehr über den Autor und sein Werk: www.Roman-Rausch.de

rororo

«Die Kinder des Teufels» ist nach «Die Kinderhexe» (rororo 25710) und «Das Caffeehaus» (rororo 24977) Roman Rauschs dritter historischer Roman. Aus der Reihe um den Würzburger Kommissar Kilian und seinen Kollegen Heinlein liegen bereits vor: «Tiepolos Fehler» (rororo 23486), «Wolfs Brut» (rororo 23651), «Die Zeit ist nahe» (rororo 23837), «Der Gesang der Hölle» (rororo 23890), «Der Bastard» (rororo 24495), «Das Mordkreuz» (rororo 24763) und «Die Seilschaft» (rororo 25332).

Aus der Reihe um den Hamburger Profiler Balthasar Levy erschienen «Und ewig seid ihr mein» (rororo 24106) sowie «Weiß wie der Tod» (rororo 24604).

Stimmen zu «Die Kinderhexe»:

«Ein feinfühlig und umsichtig geschriebenes Gesellschaftsporträt.» *histo-couch.de*

«Spannend erzählte Geschichte mit einer sympathischen Protagonistin.» *Miroque*

«Ein Roman, der zu Herzen geht.» *happy-end-buecher.de*

ROMAN RAUSCH

Die Kinder des Teufels

Historischer Roman

Rowohlt Taschenbuch Verlag

2. Auflage Dezember 2012

Originalausgabe
Veröffentlicht im Rowohlt Taschenbuch Verlag,
Reinbek bei Hamburg, Dezember 2012

Lektorat Tobias Schumacher-Hernández
Umschlaggestaltung any.way, Barbara Hanke/Cordula Schmidt
(Foto: akg-images; Christie's Images/Corbis; thinkstockphotos.de)
Der Stich stammt aus «Würzburg. Bilder einer alten Stadt»
von Walter M. Brod und Gottfried Mälzer [1987])
Satz Swift PostScript (InDesign)
bei Pinkuin Satz und Datentechnik, Berlin
Druck und Bindung CPI – Clausen & Bosse, Leck
Printed in Germany
ISBN 978 3 499 26080 3

«Wenn man den Teufel nennt, kommt er gerennt.»

Sprichwort

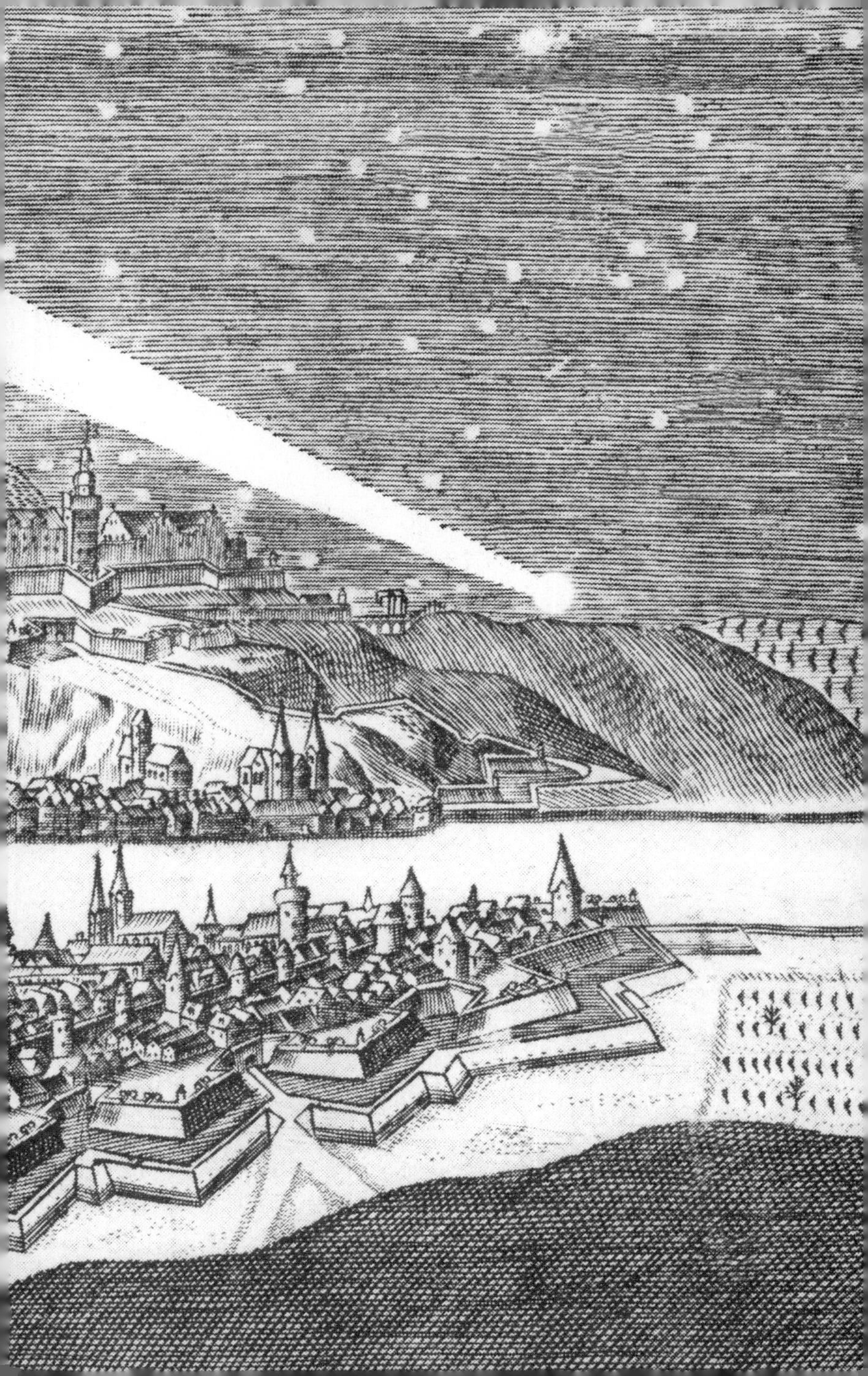

PROLOG

Rom, in einer kalten Winternacht 1629

Das Ende nahte als Zeichen am Himmel.

Im Inneren des Kometen strahlte es hell und rein, wie man es von einem Himmelskörper seiner Größe und Pracht erwarten konnte. Er zog einen goldglitzernden Schweif hinter sich her, der einer funkenstiebenden Lunte glich.

Die meisten Bewohner Roms schliefen schon zu dieser späten Stunde. Ihnen entging eine Verheißung, wie sie die Heiligen Drei Könige aus dem Morgenland erfahren haben mussten. Der Stern von Bethlehem hatte ihnen den Weg zum langersehnten, neugeborenen Messias gewiesen – allerdings auch zu einer äußerst schäbigen Behausung, die sie so nicht erwartet hatten. Zweifel an der Himmelserscheinung waren ihnen nicht gekommen, zumindest war in den Schriften nichts überliefert. Für die Weisen stand fest: Dieser Stern ist einzigartig. Man musste ihm folgen, um zu erfahren, welches Geheimnis er offenbarte.

Auch dieser Stern über Rom war mit anderen Kometen, die in manchen Nächten zu Hunderten den Himmel kreuzten, nicht zu vergleichen. Sein hell strahlender, makelloser Körper war eingefasst von einem roten Ring, blutgleich und unheilverkündend. Wer auf sein pochendes Herz hörte, mochte in ihm das Auge des Teufels erkennen.

Pietro Gabani, Galileis aufmerksamer, aber auch

schwer zu durchschauender Hausdiener, schlich im Schutze der Nacht durch die Straßen der Ewigen Stadt. Er wollte nicht erkannt werden und zog die Kapuze seines Umhangs tief ins Gesicht. Er kannte Galileis sorgsam gehütetes Geheimnis – das Ergebnis seiner Berechnungen über die Laufbahnen der Himmelskörper. Es stellte die Sonne ins Zentrum des Universums und machte aus der Erde einen beliebigen Stern unter Myriaden von anderen.

Das war an sich nichts Neues. Giordano Bruno und Kopernikus hatten dies schon lange vorher behauptet, auch Aristarch, ein Himmelskundiger des antiken Griechenlands, wusste bereits um die Sonne als Zentrum des Universums. Nun aber machte sich einer der berühmtesten Astronomen der Welt daran, dies auch wissenschaftlich zu beweisen.

Papst Urban, ein Förderer der Wissenschaften, würde das nicht zulassen dürfen. Zum einen, weil die Kirche ihre Vorherrschaft über die Deutung der Schöpfung Gottes verlieren würde, und zum anderen, weil Urban zum Lügner gemacht würde. Die Erde musste im Zentrum allen Denkens und vor allem des Glaubens bleiben. Jeder hatte sich dem unterzuordnen, auch die Wissenschaften.

Giordano Bruno hatte für die Blasphemie bereits mit dem Leben bezahlt, Kopernikus' Schriften waren geächtet. Und nun verabschiedete sich ausgerechnet noch Galilei, von Papst Urban gefördert und bewundert, aus dem Kreis der Gläubigen und riskierte, als Ketzer angeklagt zu werden.

Pietros Stiefelabsätze klackten verräterisch laut auf den blank gewetzten Steinen der Straßen hin zur Piazza del Sant'Uffizio, dem Sitz der Kongregation der römischen und allgemeinen Inquisition. Pietro wusste, dass Bruder Crispin – ein überzeugter Anhänger der wahren Lehre und ein nicht minder strenger Dominikaner – noch wach sein würde. Ein Fenster in der ersten Etage des dreigeschossigen Gebäudes war erleuchtet. Crispin würde wie immer über den Berichten seiner Kundschafter sitzen, um jedem Irrglauben frühzeitig auf die Spur zu kommen.

Pietro klopfte am Portal des mächtigen Hauses. Auch beim zweiten und dritten Mal wollte ihm niemand öffnen. Dabei sollte die Tür Tag und Nacht mit einer Wache besetzt sein. Kundschafter wie er kamen im Schutz der Nacht und nicht zu den täglichen Öffnungszeiten.

Schließlich hörte er ein Schlurfen und Schnauben jenseits der Tür. Der Durchguck öffnete sich, ein verschlafener Wachmann blickte ihn an.

«Was willst du?», knurrte er.

«Ich habe Nachricht für Bruder Crispin.»

«Und wer bist du?»

Diesem Niemand würde er sicherlich nicht seinen Namen verraten. Womöglich würde sein nächtliches Erscheinen im Wirtshaus diskutiert und Galilei zugetragen. Nein, das musste anders gelöst werden.

Pietro beugte sich vor und flüsterte:

«Sag Bruder Crispin, dass ich wichtige Nachricht für ihn habe. Es eilt.»

«Gib dich zu erkennen oder scher dich davon, bevor ich dich in den Kerker werfe.»

Missmutig schlug er ihm die Klappe vor der Nase zu.

Pietro machte ein paar Schritte zurück, blickte hinauf zum erleuchteten Fenster und wollte schon nach Crispin rufen, als er einen hellen Schein über dem Dach der Glaubenskongregation erkannte.

So etwas hatte er noch nie gesehen. Ein Stern drohte auf die Erde zu stürzen, sein Schweif strahlte golden und erstreckte sich weit bis hinter die Kolonnaden am nahen Petersplatz. Am Rand dieser hellen Kugel glühte und waberte es rot, als sei Blut ausgetreten.

Pietros Hals wurde trocken und seine Brust eng. Der Atem stockte ihm. Er musste Schutz suchen, schnell, bevor ihn das Ding zerschmetterte. Er lief davon, stolperte, rappelte sich wieder hoch und hörte nicht, wie ein sichtlich erzürnter Crispin auf den Platz kam.

«Pietro, komm herein, schnell, bevor dich jemand sieht.»

Doch Pietro war nicht mehr zu halten. Er verschwand in der Dunkelheit der nächsten Gasse.

Crispin folgte ihm ein paar Schritte, aber es war vergebens. Der Hasenfuß war über alle Berge.

«Hochwürden, so seht doch, dort am Himmel …», rief der Wachmann.

Crispin drehte sich um und sah den Wachmann zum Himmel zeigen.

Aus der Schwärze der Nacht blickte ein Auge auf ihn herab, bedrohlich nahe und blutumrandet, wie er es noch nie gesehen hatte.

«Heilige Mutter Maria …» Er schlug das Kreuzzeichen.

Was um alles in der Welt war das, und wo war es hergekommen?

Aber noch wichtiger: *Was bedeutete es?*

Er lief zurück hinter die schützenden Mauern der Kongregation.

«Verschließ das Tor!», rief er der Wache zu, eilte die Treppe hinauf in sein Dienstzimmer und öffnete eine Truhe, die verborgen in einer Ecke stand.

Darin befanden sich Bücher, gebundene und kunstvoll verzierte, wissenschaftliche und ketzerische Traktate, aber auch die Schriftrollen mit Siegelbändchen. Er sah sie durch nach dem einen Dokument, das ihm erklären konnte, was er da eben am Himmel über Rom gesehen hatte. Als er es endlich in den Händen hielt, ging er schnell an den Schreibtisch und öffnete das Siegel. Mit zittrigen Fingern und bebenden Lippen folgte er Buchstabe für Buchstabe der alten Verheißung, die ihm aus dem Wüstensand des Heiligen Landes zugetragen worden war.

Die aramäischen Schriftzeichen kannte er gut, er wusste sie zu entziffern und zu deuten:

Und es treten Ströme Belials über alle Heere, wie Feuersglut vom Himmel herab, die verzehren, um zu vernichten … Und sie breiten sich aus in lodernden Flammen, bis dass verendet jeder, der von ihnen trinkt.

Viele Straßenzüge weiter, im armen und vorwiegend von Ausländern bewohnten Stadtteil Trastevere, unweit der Piazza Santa Maria, drang ein erschöpftes Stöhnen in die Nacht. Eine junge Frau krümmte sich vor Schmerzen auf dem Bett. Um sie herum hingen Kruzifixe und Kräuter von der Decke herab. Der Geruch von Weihrauch lag in der Luft.

Die Augen der Frau waren geschlossen. Ihre Haut war bleich, im Kerzenschein schimmerte sie grünlich. Arme und Beine waren übersät mit Wunden, aus denen ein übelriechendes Sekret quoll.

Zu ihrem eigenen Schutz war sie mit Riemen an den Eckpfosten des Bettes festgebunden. Der Fieberwahn rüttelte und zerrte an ihr. Fuß- und Handgelenke bluteten.

In ihr Stöhnen mischten sich unbekannte und besorgniserregende Laute, gleich einem an- und wieder abschwellenden Gurren, als wollte sie die Vergiftung durch Brust und Kehle aus dem Körper pressen.

An der Seite der Bedauernswerten saß Bruder Antonius, ein beleibter Jesuit mit roten Wangen. Auf seiner Stirn reihten sich Schweißtropfen auf. Es war warm in diesem Raum, überraschend warm sogar. Das konnte nicht allein von den Kerzen kommen. Eine andere Macht war anwesend.

Antonius hielt die Augen geschlossen und betete gegen diese vertraute Macht an. Es schien zu gelingen, denn durch das offene Fenster schwappte kühle Nachtluft herein. Sie verschaffte ihm Erleichterung und die Gewissheit, mit dem Gebet die stärkste aller Waffen in den Händen zu halten.

Doch die Schlacht war noch nicht geschlagen. Er hörte ein Knarzen. Die Riemen gerieten wieder unter Spannung. Antonius erhob sich, schritt vorsichtig ans Bett. Die Frau bäumte sich auf. Aus weit aufgerissenen Augen starrte sie auf das Holzkreuz, das um seinen Hals hing. Sie spuckte darauf, würgte und riss an den Riemen.

Antonius nahm ein Büschel Kräuter, tauchte es in den bereitstehenden Weihwasserkessel und benetzte damit ihre Stirn. Er schlug das Kreuzzeichen.

«Im Namen und in der Kraft unseres Herrn Jesus Christus beschwöre ich dich, unreiner Geist …»

Die Frau stöhnte auf. Mit wirrem Blick sagte sie fremde Worte mit wollüstiger Stimme. Es war, als spräche jemand anderes aus ihr, jemand, der so gar nichts mit diesem mitleiderregenden Wesen und seinem geschundenen Körper zu tun hatte.

Antonius ließ sich nicht beirren. «… wer immer du bist, jede satanische Macht, jeder höllische Feind, jede teuflische Legion, Schar und Rotte: Reiß dich los und entferne dich von der Kirche Gottes und von den Seelen, die nach seinem Ebenbild erschaffen und durch sein kostbares Blut erlöst wurden.»

Die Worte zeigten Wirkung. Die Frau schrie und bettelte, dass ihr die Fesseln gelöst würden. Doch das konnte er nicht tun. Stattdessen ging er zum Fenster. Nicht alle mussten vom Elend dieser Frau erfahren. Er fasste den Griff, verharrte aber mitten in der Bewegung.

Über dem geheiligten Petersdom sah er einen gewaltigen Stern, der einen langen goldenen Schweif nach sich zog. Sein Körper war eingefasst in einen roten Ring. Noch nie hatte Antonius Ähnliches gesehen … aber wie jeder gute Christenmensch darüber gelesen.

Hinter ihm bäumte sich die Frau auf, schrie lauter und verstörender als zuvor, um schließlich aufs Bett zu fallen und nicht mehr zu atmen.

Antonius schlug das Kreuzzeichen. «Herr, erbarme dich dieser armen Seele … und gib mir Kraft, die Prüfungen zu bestehen.»

Würzburg

Der Schrei ging Kathi durch Mark und Bein. Ihre Mutter Helene lag rücklings auf dem Tisch und presste, wie es die Hebamme von ihr verlangte. Schreien, pressen, schreien, pressen. Ein zermürbender Kreislauf.

«Nicht aufhören», bekräftigte Lioba, die Hebamme, «gleich ist es so weit.»

Kathi bezweifelte das. In den frühen Stunden des vergangenen Tages hatten die Wehen eingesetzt. Seitdem waren über zwanzig Stunden vergangen, ohne dass ihre Mutter von den Qualen erlöst worden war. Wie lange würde sie diese unmenschlichen Schmerzen ertragen?

Kathi war mit so viel Vorfreude in den Tag gegangen. Bald würde sie nicht mehr alleine sein, bald würde sie stolz ein Schwesterchen oder – wenn ihr Wunsch in Erfüllung ging – ein Brüderchen in den Armen halten.

Nie wieder alleine. Was für ein Geschenk.

Lioba war nicht minder besorgt. Kathi sah es ihr an. Allerdings aus anderen Gründen, als sie dachte. Lioba hatte mehr Angst um den Verdienstausfall als um die Gesundheit von Mutter und Kind. Während sie hier vergeblich den Balg dieser Hure auf die Welt zu bringen versuchte, würden ihre Konkurrentinnen in einem anderen Haus mit Golddukaten bezahlt – zum Dank für die erfolgreiche Geburt eines Statthalters. Hier konnte sie froh sein, wenn sie ein paar Kreuzer sah.

Wieso hatte sie sich nur darauf eingelassen? Jeder wusste, dass dieses Kind keinen anständigen Vater besaß. Der war schon vor Tagen verschwunden. Wahrscheinlich, weil er sich vor der Geburt des Bastards in Sicherheit bringen wollte.

Die Nachbarn hatten Verdächtiges über dieses Haus berichtet. Von maßloser Völlerei war die Rede, von Lachen und Heiterkeit, sogar von Tanz und Gesang, während die Stadt hungerte, die Glocken zur Totenmesse läuteten und die Hexenweiber nachts zum Schalksberg ausfuhren.

Welch schändliches, verdorbenes Verhalten.

«Pressen!», fuhr Lioba Helene an. «Wenn wir das nicht bald zu Ende bringen, wirst du deinen Balg alleine zur Welt bringen müssen.»

Helene nahm die Drohung ernst. Mit aller Gewalt drückte und presste sie in den Unterleib. Ihr Gesicht wurde puterrot, das Blut schoss in angeschwollenen Adern nach unten in Bauch und Becken, um endlich die Frucht ihrer tragischen Liebe in die Freiheit entlassen zu können.

Doch von Freiheit konnte nicht die Rede sein.

Kathi kannte die Gerüchte, die seit Wochen durch die Stadt gingen. Der Teufel gehe in ihrem Haus ein und aus, in Gestalt von Christian Dornbusch, dem ehemaligen Stadtrat, dessen erste Frau sich noch vor der Hexenanklage das Leben genommen hatte. Nun habe er sich mit dieser Hure, deren verschwundener Mann den Bischof bestohlen und deren Tochter die Kinderhexen angeführt hatte, zusammengetan.

Was konnte man von dieser teuflischen Beziehung schon anderes erwarten? Wohl kaum mehr als einen weiteren Teufel oder eine weitere Hexe, die die Stadt und ihre Bürger vergiftete.

Die Stimmung war brenzlig. Wie immer hatte das Elend den Bürgern die Sinne vernebelt. Das Hexenverbrennen hatte wieder begonnen, schlimmer und grausamer als je zuvor. Niemand war vor den Hexenkommissaren des Bischofs mehr sicher. Jeder anständige Mensch konnte in Verruf geraten, und tatsächlich, viele Hochwohlgeborene, Ritter, Professoren und Stadträte, Kinder, Alte und Gebrechliche landeten schneller auf dem Scheiterhaufen, als in der Kirche Fürbitten für sie gesprochen werden konnten.

Und nun war Christian Dornbusch verschwunden. Niemand wusste, wo er sich aufhielt, niemand wollte es wirklich wissen, außer Kathi und Helene. Sie waren auf die wenigen Lebensmittel angewiesen, die er auf dem Land noch auftreiben konnte. Er war ihr Retter in der Not.

«Na endlich», seufzte Lioba erleichtert. Sie stand zwischen Helenes gespreizten Beinen. «Ich kann den Kopf schon sehen.»

Kathi, die die ganze Zeit an Helenes Seite stand und ihr die Hand hielt, spürte den Impuls, auf die andere Seite des Tisches zu wechseln. Sie wollte mit eigenen Augen die Ankunft ihres Brüderchens sehen. Aber der feste Handgriff Helenes ließ es nicht zu.

«Nicht nachlassen. Der Kopf ist schon zur Hälfte da.»

Helene schnaufte, presste und schrie. Schnaufte, presste … und dann passierte es.

Etwas platzte auf, riss eine tiefe Wunde. Ein Schwall Blut ergoss sich aus ihrem Unterleib. Helene schrie markerschütternd auf.

«Verdammt, auch das noch.»

Der Ton in Liobas Stimme klang besorgniserregend. Die Kraft wich aus Helenes Hand.

«Was ist geschehen?», fragte Kathi.

«Nichts.»

Aber natürlich war etwas geschehen. Kathi blickte in

die leeren Augen ihrer Mutter. Sie starrten nach oben, an die von Kerzenrauch geschwärzte Decke.

«Mutter, was ist mit Euch?»

Sie erhielt keine Antwort.

«So sprecht doch mit mir … Mutter!»

Kathi legte ihr die Hand auf die Brust. Da bewegte sich noch etwas. Sie atmete. Gott sei es gedankt.

«Hol einen Arzt», befahl Lioba. «Nein, besser einen Priester.»

«Ist sie …»

«Widersprich mir nicht! Es geht zu Ende mit ihr.»

«Unmöglich. Sie atmet.»

«Jetzt tu endlich, was ich dir gesagt habe, du unnützes Gör!»

Doch Kathi blieb. Sie beugte sich über ihre Mutter, nahm ihr Gesicht in die Hände, beschwor sie: «Mutter, was ist mit Euch? Schaut mich an. Ich bin es, Kathi.»

Aber Helene reagierte nicht, obwohl sie noch atmete.

«Sie verblutet», sagte Lioba kühl. «Innerlich.»

Kathi keifte voller Zorn zurück. «Woher wollt Ihr das wissen?!»

«Weil ich das nicht zum ersten Mal sehe», bellte Lioba aufgebracht.

«Niemals. Ihr irrt Euch.»

Lioba zuckte die Schultern. Letztendlich war es ihr egal, was dieses verdorbene Ding sagte. Hauptsache, sie würde ihr den verdienten Lohn für diese Teufelsarbeit zahlen.

Eine Entscheidung galt es jedoch zu treffen.

«Willst du das Kind haben?»

Kathi war wie vor den Kopf gestoßen. «Was … meint Ihr?»

«Ich fragte: Willst du das Kind haben? Entscheide dich. Jetzt.»

«Natürlich», erwiderte Kathi fassungslos. «Was denn sonst?!»

«Das wird zehn Kreuzer mehr kosten.»

«So viel Ihr wollt», schrie Kathi zurück, «aber lasst meine Mutter nicht sterben!»

Lioba schüttelte verständnislos den Kopf. Dann packte sie beherzt zu. Mit der einen Hand den Kopf des Kindes, mit der anderen …

Helene bäumte sich auf, die Augen weit aufgerissen. Sie wollte schreien, doch der Schmerz schnürte ihr die Kehle zu.

«Mutter!»

Als sei alles Leben aus ihr gewichen, fiel sie zurück, gefolgt von einem Schrei vom anderen Ende des Tisches.

Kathi fuhr herum. Sie sah ein Kind, blutüberströmt und kopfüber von den Händen einer herzlosen Hebamme hängend.

«Es ist ein Junge», sagte Lioba mit Blick auf sein Geschlecht.

Aber da war noch etwas anderes auf dem Oberschenkel des Kindes. Sie konnte es nicht genau erkennen, die Kerzen brannten ab. Es war ein Fleck, mehr ein Mal, das es am linken Bein trug. Seltsam geformt war es, in sich gewunden wie die Blätter einer Rose.

Sie nahm eine Kerze, hielt sie über das Bein des Jungen und suchte zu ergründen, um was es sich handelte.

6 …

Sie schreckte zurück, ließ das Kind fast fallen.

Um Himmels willen. War das eine … Zahl?

«Gib ihn mir!»

Kathi stand vor ihr, streckte ihr fordernd die Hände entgegen.

«Jetzt, sofort.»

Es war spät, Lioba war hungrig, durstig und müde. Das Mal sollte nicht ihr Problem sein, wenngleich es schon sehr merkwürdig war. Sie wickelte das Kind in ein Tuch und drückte es Kathi in den Arm.

«Und nun meinen Lohn.» Sie hielt fordernd die Hand auf. «Auf der Stelle.»

Kathi ging hinüber zum Schrank und öffnete die Schatulle. Sie griff hinein, ohne zu wissen, wie viel sie packte, und reichte es Lioba.

Ein Blick genügte. Sie war zufrieden.

«Schick nach einem Priester. Vielleicht kann er für die verlorene Seele deiner Mutter noch etwas tun.»

Kathi antwortete nicht. Sie wandte sich von diesem herz- und gottlosen Menschen ab und ihrer Mutter zu. Hinter sich hörte sie Lioba die Türe schließen und die Treppe hinuntersteigen.

«Schau, Mama», sagte sie zärtlich und zeigte ihr das Kind, «das ist unser neuer Mann im Haus.»

Mama.

Zum ersten Mal in ihrem Leben hatte sie es gewagt, ihre Mutter so zu nennen.

«Ist er nicht wunderschön?»

Helene reagierte nicht. Ihr Blick hatte sich im Nichts verloren, ihre Brust hob sich nicht mehr. Sie war tot.

«Ich werde ihn Michael nennen, so wie der heilige Michael, der Erzengel. Was hältst du davon?»

Kathi schaute Helene erwartungsvoll an, und als keine Antwort kam, ging sie von ihrer Zustimmung aus.

«Michael. Eine gute Entscheidung.»

Sie schniefte und wiegte ihren Bruder Michael in den dünnen Armen. Sie summte dabei ein Lied, das ihre alte Amme Babette immer gesungen hatte. Die Worte waren ihr abhandengekommen. Was zählte, war die Liebe in der Melodie.

Gott habe dich selig, dachte sie. *Und Mama auch.*

Lioba hastete heimwärts. In der Tasche klapperten Münzen. Sie gluckste zufrieden und zog den Umhang fest an ihren Körper. Diese dumme Gans hatte ihr tatsächlich den Lohn von drei Tagen gegeben. Wäre es doch immer so einfach.

Es war eiskalt. Die Luft schnitt ihr in Kehle und Brust. In den Gassen hielt sich zu so später Stunde niemand mehr auf. Selbst der Nachtwächter hatte sich hinter dem warmen Ofen verkrochen.

Unter ihren Füßen knirschte der gefrorene Schnee. Sie musste achtgeben. Pfützen hatten sich in spiegelglattes Eis verwandelt. Ein gebrochener Fuß oder ein verletzter Arm waren das Letzte, was man sich in diesen Tagen einhandeln sollte. Medizin war knapp geworden. Im Krankenhaus der Stadt herrschte blankes Elend und eine unvorstellbare Not. Gesund bleiben war das Gebot der Stunde.

Lioba hatte gerade die nächste Hausecke erreicht, als etwas Sonderbares ihre Aufmerksamkeit erregte. Die Hauswand des gegenüberliegenden Franziskanerklosters wurde vom Mondlicht seltsam hell angestrahlt, derart, als würden Fackeln ihr Licht darauf werfen.

Sie blickte nach oben und erschrak.

«Gütiger Gott ...»

Sie nahm die Beine in die Hand, schlitterte und glitt auf dem gefrorenen Boden dahin. Mit letzter Kraft schaffte sie es hinüber zur Pforte des Klosters und klopfte so lange gegen das schwere Holztor, bis ihr geöffnet wurde.

Ein ebenso verstörter wie verschlafener Bruder gähnte sie an. «Was willst du so spät in der Nacht?»

Lioba deutete stumm nach oben.

Es dauerte einen Moment, doch dann reagierte der Mönch umso schneller. Er eilte zurück und weckte seine Brüder. Einer nach dem anderen torkelte schlaftrunken auf die Straße.

Fassungslos starrten sie zum Himmel, schlugen Kreuzzeichen und murmelten. Einer fiel auf die Knie, reckte die gefalteten Hände in die Höhe und flehte um Vergebung seiner Sünden.

Ein anderer warnte. «Satan wird in dieser Nacht neu geboren. Rettet euch, Brüder. Lauft um euer Leben.»

Lioba merkte auf. «Satan?»

Die Brüder verstreuten sich um Hilfe flehend in alle Richtungen. Nur einer bezwang die Angst, Bruder Jakobus.

«So steht es geschrieben: Es wird der große Drache – Teufel und Satan genannt, der den ganzen Erdkreis verführt – auf die Erde geworfen. Mit ihm seine Engel. Die ganze Teufelsbrut.»

Auch Lioba kannte die Heilige Schrift, nicht so gut wie ein Mönch, aber das Wichtigste war ihr präsent. Sie erinnerte sich an eine andere Textstelle.

«Aber heißt es nicht auch, dass der Teufel aus dem Schoß einer Hure geboren wird?»

«Ja, einer Hure. Aber was treibt dich um, Weib, dass du so besorgt redest?»

«Ich komme soeben aus einem Haus», stotterte sie, «einem verfluchten, in dem ein liederliches Weib, eine Ehrlose, einen Wechselbalg geboren hat. Starke Schmerzen haben sie begleitet. Stärker als normal. Und das Kind …» Sie schlug vor Schreck die Hand vor den Mund.

«Was ist mit ihm?»

«Es trägt ein Mal.»

Jakobus horchte auf. «Welcher Art?»

«Es ist … seltsam geformt. Es sieht aus wie eine Zahl.»

«Wie lautet sie?»

«Ich weiß es nicht. Es war dunkel und …»

«Führ mich zu dem Haus.»

«Nicht um alles in der Welt.»

«Komm jetzt.»

Er fasste sie fest am Arm und führte sie fort.

Über ihnen erstrahlte der Komet, verstörender und prächtiger anzusehen als zuvor. Er musste der Erde ein beträchtliches Stück näher gekommen sein. Der rote Kranz um seinen Körper war dichter geworden, brannte, glühte wie Höllenfeuer.

Die Tür zu Kathis Haus war immer noch angelehnt. Jakobus eilte nach oben. Die wie Espenlaub zitternde Lioba ließ er unten zurück.

Als er in die Kammer trat, bot sich ihm ein schreckliches Bild. Eine Frau, vermutlich die Mutter, lag mit erschlafften Gliedern und blutüberströmtem Unterleib auf einem Tisch. An ihrer Seite ein junges Mädchen. Es hielt ein in ein Tuch gewickeltes Neugeborenes im Arm und wiegte es. Dazu summte sie eine Kindermelodie.

«Darf ich es sehen?», fragte er sanft.

Kathi blickte auf. Glücklich, aber auch seltsam verstört antwortete sie: «Michael, mein Brüderchen. Ist er nicht wunderschön?»

«Lass mich ihn sehen.»

Er streckte die Arme aus. Kathi zögerte. Sie hatte keine guten Erfahrungen mit Dienern des Herrn gemacht.

«Ihr müsst Euch nicht sorgen», erwiderte sie trotzig.

Aber sein Lächeln war einnehmend, überzeugend, wenngleich hinterlistig. Sie fiel darauf herein und reichte ihm das kleine Bündel.

Von ihr unbemerkt, schob er das Tuch zur Seite. Das linke Bein kam zum Vorschein. Tatsächlich, die Hebamme hatte nicht gelogen. Da war ein Mal. Konnte es getrocknetes Blut sein? Schmutz? Vorsichtig rieb er mit dem Daumen darüber. Es ließ sich nicht wegwischen.

«Ich möchte seine Augen besser sehen», sagte Jakobus und ging zu einer Kerze, die noch ausreichend Licht spendete.

Und ja, wieder hatte die Hebamme recht behalten. Dieses Mal sah verdächtig aus. Es war anders als jene, die er bisher zu Gesicht bekommen hatte. Stellte es tatsächlich eine Zahl dar? Und zwar nicht irgendeine, sondern die des Teufels?

«Wieso schaut Ihr so ernst?», fragte Kathi.

«Nichts. Es ist …»

«Haltet Ihr ihn für krank?», fragte sie besorgt. «Lasst Euch versichern, es geht ihm gut. Meine Mutter und ich …»

Jakobus widersprach. «Nein, darum geht es nicht.»

Kathis Argwohn wuchs. «Gebt ihn mir zurück.»

«Das Kind muss näher untersucht werden.»

«Es geht ihm gut.»

«Ich fürchte, darüber hast du nicht zu entscheiden.»

«Gebt ihn mir zurück!» Kathis schrille Stimme erfüllte den Raum. «Michael ist so gesund wie jedes andere Kind.»

«Sicher ist er das», wiegelte Jakobus ab, «aber da ist noch etwas anderes, etwas, das ihn von anderen Kindern unterscheidet.»

Im Kerzenlicht zeigte er ihr das Mal. Kathi brauchte einen Moment, doch dann wurde ihr die Brisanz der Situation bewusst.

Die Offenbarung des Johannes war jedem bekannt, sie war das Evangelium der Lehrer und der Priester. Tagein, tagaus hatten sie es im Unterricht durchgenommen.

«Und dass niemand kaufen oder verkaufen kann als nur der, welcher das Malzeichen hat, den Namen des Tieres oder die Zahl seines Namens», zitierte Jakobus. «Es ist eine Menschenzahl …»

«… und sie lautet 666», führte Kathi den Satz zu Ende, so, wie sie es tausendmal in der Schule getan hatte.

Der Fleck war verschwommen, ohne klare Ränder, mehrdeutig. Es konnten drei belanglose Punkte sein, wie sie Kinder als Sommersprossen im Gesicht trugen, genauso wie das berüchtigte Stigma des Antichrist.

«Es ist keine Zahl», widersprach Kathi vehement. «Es ist viel zu früh …»

«Beruhige dich», beschwor er sie. «Auch ich bin nicht überzeugt. Noch nicht.»

Ein lauter Knall, gleich dem Donner einer Kanone, schnitt ihm das Wort ab. Darauf folgte ein Beben, das das Haus erzittern ließ. Jakobus hielt sich an der nächstliegenden Möglichkeit fest.

«Maria und Joseph.» Er schlug das Kreuzzeichen. «Was

war das?» Vom Marktplatz her hörte er aufgebrachte Stimmen, ein Heulen und Zetern. Der helle Stern war in drei Teile zerborsten, jeder einen langen roten Schweif hinter sich herziehend. Gleich stiebenden Funken fielen sie zu Boden, leuchteten auf wie Edelsteine im Sonnenlicht, konkurrierten um die Gunst der Zuschauer, als gelte es, einen Preis zu gewinnen.

Die Stimmen erloschen für einen Augenblick. Angst und Verzweiflung wichen der stillen Bewunderung.

So musste es am Anbeginn der Zeit gewesen sein, als Gott Himmel und Erde schuf, einem Schmied gleich, der mit Feuer und Hammer die Elemente formte, um den Menschen ein Heim zu geben. Einen Auftrag gab er ihnen auch gleich mit: Macht euch die Erde untertan und vermehret euch, preiset mich als euren einzigen und wahren Gott.

Doch das ging gleich zu Anfang schief. Der Mensch zeigte sich des Geschenks nicht würdig und verriet seinen Gott zugunsten der Schlange – des Teufels. Der kannte den Menschen besser, wusste um seine Schwächen und Begierden.

Das Himmelsschauspiel ging mit einem dumpfen Einschlag zu Ende.

Aus der Stille des Marktplatzes erhoben sich erneut die Stimmen. Sie klagten und jammerten. Jeder wusste, dass die Abkehr von Gott ein schlimmes Nachspiel haben würde. In der Offenbarung des Johannes stand es geschrieben:

Der Teufel wird in der Nacht des fallenden Sterns auf die Erde kommen, um die Söhne der Dunkelheit um sich zu scharen und sie in die letzte große Schlacht gegen die Söhne des Lichts zu führen. Gut gegen Böse, die Gottgefälligen gegen die Teufelsanbeter.

Kathis Gedanken überschlugen sich. Um Himmels willen, wie würde sie nur ihr Brüderchen vor diesem Wahnsinn schützen können?

1

Der Tross der Verdammten zog unter ihrem Fenster vorbei.

Kathi erkannte an der Spitze des Zugs den Kruzifixträger – einen alten, klapprigen Mann, der ein schmuckloses Kreuz vor sich hertrug. Gesicht und Hände waren mit Lumpen umwickelt gegen den bissig kalten Wind. Den Körper schützte ein aus Dutzenden von Fetzen notdürftig zusammengeflickter Umhang.

Der Mann humpelte. Den linken Fuß setzte er seltsam verrenkt auf, einer Gehstütze gleich, während er den rechten eilig nachzog. Vermutlich hatte er sich den Fuß gebrochen und war, wie durch ein Wunder, nicht daran gestorben.

Diese augenscheinliche Missbildung konnte dem Alten noch gefährlich werden, dachte Kathi. So wie seinem Vorgänger, einem eitlen und gewissenlosen Geck, der erst vor kurzem auf dem Scheiterhaufen gelandet war. Sein Hochmut war ihm zum Verhängnis geworden, als er einem bettelnden Mädchen das Almosen verweigert hatte. Bei nächster Gelegenheit wollte sie ihn verkehrt herum auf einem Ziegenbock gesehen haben, im Galopp geradewegs hinauf zum Schalksberg, wo Hexen und Teufel Sabbat feierten.

Gleich hinter dem Kruzifixträger folgte zu Pferd der Hexenkommissar Faltermayer. Ein schwarzer Mantel hüllte ihn und den Rücken des Pferdes vollkommen ein. Sein ungeschütztes Gesicht wirkte fahl und leblos. Auch die Verschlagenheit und Strenge, die Kathi einst gefürchtet hatte, waren ihm genommen. Statt ihrer hatte sich Müdigkeit breitgemacht. Die besten Tage dieses gefürchteten Hexenjägers waren lange vorbei.

Neben ihm lief der Malefizschreiber, die Todesurteile fest unter den Arm geklemmt. Er sah aus, als ob er sich an ihnen festhalten würde, um nicht vom Wind fortgetragen zu werden.

Es folgte eine Handvoll bewaffneter Stadtknechte und schließlich vier Karren, auf denen die Verurteilten zur Hinrichtungsstätte am Sanderanger gebracht wurden. Sie kauerten in blutig verschmutzten Büßerhemden auf den Ladeflächen dicht beieinander, die Köpfe gesenkt, im Schnellverfahren abgeurteilt und nun auf einen schnellen Tod hoffend. An den nackten Füßen und Händen trugen sie Ketten, als fürchtete Faltermayer, seine Beute könnte auf dem Weg zum Scheiterhaufen noch flüchten.

Bilder ihrer eigenen Folter kamen Kathi in den Sinn.

Auf geschundenen Knien harrte sie aus, vornübergebeugt, Faltermayers Stockschläge auf Rücken und Kopf.

«Ist sie eine Hexe?»

Ihre frühere Verbündete Grit hatte es bejaht, aus tiefstem Herzen, als Strafe und Genugtuung für den Bruch ihres Bündnisses. Nachdem ihr Schwindel vom Hexenflug aufgeflogen war, war sie geflüchtet. Niemand wusste, wohin.

Auch Anna, das seltsam verstörte Mädchen aus dem Kinderhaus, hatte ohne Skrupel das Todesurteil über sie gesprochen.

«Ja, sie ist eine Hexe.»

Anna hatte sich daraufhin das Leben genommen. Kathi hoffte, dass sie im Himmel endlich das Zuhause gefunden hat, das sie sich auf Erden vergeblich gewünscht hatte.

Und dann waren Lene und Lotti, des Apothekers hübsche, aber missratene Zwillingstöchter, vor ihr gestanden.

«Ist sie eine Hexe?»

Natürlich war sie eine Hexe, nichts anderes hatte sie von den beiden erwartet. Doch wie hatte sie sich in ihnen getäuscht.

Ihre größten Widersacherinnen, die ihr das Leben zur Hölle gemacht hatten, traten als Einzige für sie ein.

«Nein, sie ist keine Hexe. Lasst sie frei.»

Abgrundtiefer Hass auf ihren Vater und Rache für die erschlagene Mutter hatten sie alles wagen lassen. Sie sprachen Kathi frei und den Vater schuldig. Es half Kathi nicht. Lene und Lotti wurden kurzerhand als Töchter eines Teufelsanbeters angeklagt und zum Tod auf dem Scheiterhaufen verurteilt.

Doch dazu war es nicht gekommen. Volkhardt und die Schwarzen Banden hatten sie gerettet. Danach verschwanden sie. Niemand wusste, wo sie sich versteckt hielten, ob sie tot oder lebendig waren.

Und schließlich war da noch Ursula gewesen, ihre beste Freundin. So zierlich und hilflos, wie sie gewesen war, hatte sie doch eisern bis zum Schluss jedes Geständnis verweigert, bis sie im Angesicht des Henkers tot zusammengebrochen war.

Kathi schniefte. Tränen traten in ihre Augen.

Einer dieser Unglückseligen auf dem Karren hob den Kopf, blickte geradewegs zu ihr herauf. Sie schrak zurück.

Diese Augen kannte sie gut. Es waren die von Benedikt. Er war mit Kathi in die Schule bei Vikar Ludwig gegangen, hatte stets fürchten müssen, unter Anklage gestellt zu werden, nachdem seine Tante als Hexe verbrannt worden war.

Aber war er nicht vor Monaten mit Ulrich, einem weiteren Klassenkameraden, aus der Stadt geflohen, um den Folterknechten Faltermayers zu entkommen?

Offensichtlich nicht. Nun folgte er seiner Tante ins Feuer.

Das Kind in Kathis Arm schlug die Augen auf, quengelte in den engen Tüchern und suchte die Brust seiner Mutter. Kathi begegnete dieser Forderung mit einem Trick, indem sie Milch auf ihren kleinen Finger tröpfelte und Michael daran saugen ließ. Doch jetzt war keine Milch mehr da, und Bruder Jakobus hatte sie heute noch nicht besucht, um ihr welche aus der Klosterküche zu bringen.

«Schlaf süß, mein kleiner Michael», flüsterte sie und wiegte ihn.

Eine Melodie, leise gesummt, ließ ihn die Augen wieder schließen, sicher und warm in den Schlaf zurückgleiten.

Kathi trat wieder ans Fenster, schaute vorsichtig hinunter. Die Karren waren weitergezogen. Sie verloren sich geräuschlos im trüben Kleid eines späten Wintertages.

Eine johlende Menge, wie sie stets den letzten Weg der Verurteilten gesäumt hatte, fehlte in diesen Tagen. Die Begeisterung, die ein lodernder Scheiterhaufen sonst hervorrief, war den Bürgern abhandengekommen. Zu viele geliebte Menschen waren hingerichtet worden.

Auch die, die sich aus reiner Boshaftigkeit an der Not

anderer weideten, waren in ihren Löchern geblieben. Zu nahe war ihnen der Tod gekommen und zu leicht konnte das Feuer der Hexen auch auf sie überspringen.

Unmerklich begann es zu schneien. Aus einem diesigen Winterhimmel taumelten Schneeflocken herab. Sie begruben den Schmutz und den Gestank dieses Sodom unter einem weißen, unschuldigen Tuch.

Der Wahn des Hexenverbrennens würde unter ihm nicht enden, wie unter einem kalten Umschlag das Fieber, aber für ein paar Monate würde die Hitze genommen. Vielleicht so lange, dass der Verstand wieder zu Kräften kam.

Kathi wandte sich ab. Die Welt musste fortan ohne sie auskommen. Sie hatte ein Kind zu beschützen, das unter einem schlechten Stern geboren war.

Das Mal war nicht groß, drei Punkte, eng beieinander, leicht ausgefranst, nicht der Rede wert, sofern man es unvoreingenommen betrachtete. Doch wer das Böse sehen wollte, fand es selbst in der Unschuld eines neugeborenen Kindes.

Es musste etwas geschehen. Sie wollte sich nicht länger auf die Worte von Bruder Jakobus verlassen und abwarten, wie sich das Mal entwickelte. Was wäre, wenn er seine Meinung änderte, morgen zu Faltermayer ging und ihn auf Michael aufmerksam machte?

Andererseits war nicht davon auszugehen. So besorgt sich Jakobus in der Nacht der Geburt über das Mal gezeigt hatte, am nächsten Tag war er ruhiger geworden. Er war in sich gegangen, hatte er gesagt, war in ein Zwiegespräch mit seinem Herrn und Schöpfer getreten, wie in diesem Fall zu verfahren sei. Das Kind hätte noch eine Chance auf Rettung, lautete seine Antwort, wenn es dem

Zugriff des Teufels entzogen würde. Daher musste es umgehend getauft werden.

Dem konnte Kathi zustimmen. Auch sie war getauft wie jedes andere Kind. Doch das schützte letztlich nicht davor, wegen Hexerei angeklagt zu werden. Schon gar nicht, wenn man ein verdächtiges Mal am Körper trug.

Was sollte sie nur tun? Wäre doch nur ihre Mutter hier, sie wüsste bestimmt Rat.

Aber Helene war seit drei Tagen tot. Jakobus hatte ihr noch die Sakramente erteilt, leider erst nachdem sie gestorben war. Er war es auch, der ein gutes Wort beim Totengräber eingelegt hatte. Noch im Laufe des Tages, schnell und unauffällig, hatte der die Bestattung vorgenommen, nicht ohne ein stattliches Grabgeld und ein noch fürstlicheres Schweigegeld zu fordern. Niemand sollte von einer Frau erfahren, die in der Nacht des Kometen im Kindbett verstorben war.

Seit Erscheinen des *Teufelsauges*, so wurde er von den Bürgern inzwischen genannt, war die Angst bis zur Verzweiflung gewachsen.

Der Kampf Satans gegen das Volk Gottes hatte begonnen. So stand es in der Offenbarung des Johannes, und wer würde die Schrift nach den Ereignissen der letzten Monate noch ernsthaft bezweifeln wollen? Das Ende war nah, und die letzte Auseinandersetzung zwischen Gut und Böse stand bevor. Und in diesem Kampf spielte ein Kind, das in der Nacht des Kometen geboren wurde, eine besondere Rolle. Auf keinen Fall durfte Gerede aufkommen von einem unehelichen Kind oder seiner Mutter, deren erstes Kind bereits in einen der aufregendsten Hexenprozesse der letzten Jahre verwickelt war.

Aber wie sollte die Hebamme zum Schweigen gebracht werden?

Sie hatte das vermeintliche Teufelsmal gesehen. Was würde geschehen, wenn sie die Nachricht in der Stadt verbreitete? Faltermayer würde die Herausgabe des Kindes fordern. Dann war es vorbei mit dem kurzen Leben ihres geliebten Bruders.

Jakobus hatte nicht sofort eine Antwort parat gehabt, aber er wollte sich darum kümmern. Offenbar war es ihm gelungen, denn bis heute war niemand vor ihrer Tür aufgetaucht, um das Kind zu sehen – außer Barbara und Otto, Kathis beste Freunde. Und natürlich Volkhardt, ihr allerbester Freund und Lebensretter.

Kathi war hin- und hergerissen. Sie musste etwas unternehmen, bevor Schlimmes geschah. Wäre nur dieses verflixte Mal nicht da, dann wäre vieles einfacher.

Ihr Blick fiel auf eine Schale, in der Löffel, Gabel … und ein Messer aufbewahrt wurden. Kathi nahm es zur Hand. Die Klinge war kurz, halbwegs scharf, für das Schneiden von Wurst und Brot völlig ausreichend.

Ein Gedanke zwang sich ihr auf. Er war so grausam wie lebensrettend. Mit einem schnellen Schnitt könnte sie das Todesmal an Michaels Schenkel entfernen.

Mit einem Schnitt … ein drei Tage altes Kind?

Nein, das war ungeheuerlich.

Aber was würde geschehen, wenn Faltermayer das Mal zu Gesicht bekam, hineindichtete, was in seiner vergifteten Seele vor sich ging? Unvorstellbar. Dann lieber ein schneller Schnitt, der Michael vor dem Scheiterhaufen bewahrte.

Wie sollte sie es anstellen? Noch nie zuvor hatte sie mit einer Klinge in etwas Lebendiges gestochen. Ihre

Mutter hatte so etwas gekonnt. Mit einem Hieb dem Huhn den Kopf abschlagen. Aber sie? Was würde passieren, wenn sie zu tief stach? Das Blut, die Wunde, das Geschrei. Womöglich eine Infektion?

Sie seufzte. *Herr im Himmel, was soll ich tun?*

Sie setzte die Klinge auf die zarte Haut, gleich neben den drei Punkten. Es konnte gelingen. Sie schloss die Augen, atmete tief, sammelte Kraft und die Überzeugung, das Richtige zu tun …

Da öffnete Michael die Augen. Etwas Kaltes auf seiner warmen Haut raubte ihm den Schlaf. Er begann zu weinen.

Kathi ließ das Messer fallen und wiegte ihn.

«Schschsch … Schlaf weiter.»

Sie begann die vertraute Melodie zu summen. «Du hast nichts zu befürchten. Ich passe auf dich auf.» Die Anspannung wich.

Was um alles in der Welt war ihr nur in den Sinn gekommen? Ihr eigenes Fleisch und Blut mit einem Messer zu traktieren. Mit dem Fuß stieß sie die Klinge weg.

Dann flüsterte sie Michael ins Ohr. «Niemals wird dir jemand ein Leid antun. Eher wird er sterben, durch die Hand eines Kindes … und einer Mutter.»

Das Versprechen tat seine Wirkung. Sie vernahm sein gleichmäßiges, ruhiges Atmen und mit ihm die Beruhigung ihres eigenen Herzschlags. Nie wieder durfte sie die Hand gegen ihn erheben, nie wieder durfte sie ihn in Gefahr bringen.

Gott hatte ihr Brüderchen so geschaffen, wie es war. Mit einem Zeichen. Niemand, kein Mensch, kein Hexenkommissar und auch kein Bischof, durfte darin etwas Schlechtes sehen.

Kathi legte sich mit Michael auf die Strohmatte, so wie es Helene auch mit ihr gemacht hatte, wenn sie müde und erschöpft war.

Mama. Nun lag sie tot, hastig verscharrt, in einem kalten Loch am Rande des Friedhofs.

Ich denke an dich. Möge dir der Herr im Himmel einen Platz an seiner Seite geben.

Der Wunsch war gesprochen, der Gedanke klang aus, und Kathi fiel endlich in den wohlverdienten Schlaf.

Da erwachte neues Leben in Michael. Es schien, als hätte er das Nachlassen der Hand gespürt, die ihn hielt. Er schaute sich um, suchte Blickkontakt zu seiner Mutter.

Hunger.

Ein herzerweichendes Geschrei beschloss die kurze Ruhezeit.

2

Gemeinhin hätte es keinen Unterschied gemacht, ob die Kinder die Mehllieferungen für die Würzburger Stifte überfielen oder die für die Bäcker. Aber Wilhelm, Anführer des dreiköpfigen Trupps der Schwarzen Banden – einer Notgemeinschaft aus verstoßenen, verwaisten und hungernden Kindern, die sich in die leer stehenden Kellergewölbe der Stadt geflüchtet hatten – und ehemaliger Schüler von Stift Haug, ließ keine Gelegenheit aus, um es seinen alten Schulmeistern heimzuzahlen. Jede Ohrfeige und jeden Rutenstreich sollten sie büßen, und sei es, indem er ihnen das Mehl raubte. Sollten die werten Stiftsherren sehen, wie sie ohne Hostien, den Leib Christi, ihr Abendmahl feierten.

Einzig das Mehl für die Kartäuser – die neuen Herren der Mühle – wollten sie verschonen. Die hatten ihnen nichts getan. Sie waren fromme Leute, die sich aus den Geschäften der Welt nichts machten und hinter dicken Klostermauern ein Leben in Einsamkeit und Stille führten. Wären doch nur alle Pfaffen wie sie, dann wäre ihnen viel Leid erspart geblieben.

Der kleine Adam stand auf einer Leiter, die von Georg und Wilhelm gehalten wurde. Er blickte durch einen Spalt im Fensterladen hinein in die Mühle. Der Müllermeister war gerade dabei, mit seinen zwei Knechten die Säcke zu füllen.

«Drei für Neumünster», befehligte er seine Männer, «vier für Stift Haug und jeweils zwei für Sankt Burkhard und den Dom.»

Einer der Knechte widersprach. «Aber Meister, da stimmt was nicht.»

«Was soll da nicht stimmen?»

«Der Weizen reicht niemals für …», er zählte an den Fingern seiner beiden Hände die Säcke ab, «für zehn …»

Der andere Knecht fiel ihm ins Wort. «Elf Säcke, Dummkopf.»

«Egal, wir haben zu wenig Weizen.»

Der Müller schaute in den Trichter, in dem das gemahlene Mehl aufgefangen wurde. Mindestens ein Sack Mehl fehlte, wenn nicht zwei.

Irgendetwas stimmte hier tatsächlich nicht. Er wandte sich grimmig den Knechten zu.

«Habt ihr das Getreide anderweitig vergeben?»

Die Knechte schüttelten die Köpfe.

«Nein, Meister. Ihr habt gestern für Bäcker Frobel …»

Jetzt fiel es ihm wieder ein. Ja, stimmte. Der alte Frobel wollte unbedingt ein Dutzend Säcke. Er hatte gut dafür bezahlt. Kein Wunder. Wer konnte schon wissen, mit wie viel Mehl man in diesem Jahr noch rechnen konnte? Die Ernte war knapp ausgefallen, das meiste war bereits aufgebraucht.

Der Müller kratzte sich am Kopf.

«Dann schaut mal, ob ihr irgendwo noch einen Sack auftreiben könnt.»

«Das übrige Getreide ist für den Bischof bestimmt.»

Himmelherrgott, auch das noch. Den Bischof um einen Sack Mehl zu betrügen war keine gute Idee; die Brüder in den Stiften und Klöstern allerdings auch nicht. Man wusste nie, wann man sie mal brauchte.

Auf die Schnelle war kein einziger Sack Getreide abkömmlich. Der Müller musste improvisieren.

«Du», er zeigte auf einen Knecht, «geh in den Schuppen. Da stehen noch ein paar Säcke rum. Hol einen her, am besten gleich zwei.»

«Aber die sind doch vom letzten Jahr.»

«Widersprich nicht. Los, beeil dich. Der Kutscher kann nicht ewig warten.»

Der Knecht tat wie ihm geheißen.

Derweil machte sich vor der Mühle Ungeduld breit. Wilhelm zupfte am Hosenbein Adams.

«Was passiert dadrin?»

Adam hielt den Finger an den Mund, flüsterte.

«Denen ist das Mehl ausgegangen.»

«Und, was machen sie jetzt?»

«Einer ist in den Schuppen gegangen.»

Wilhelm dachte nach. Der Schuppen. Mal sehen, was der Müller dort aufbewahrte. Vielleicht war etwas Nützliches für sie dabei. Er schlich um die Ecke, rannte hinüber zum Schuppen, wo Wagenräder standen, Werkzeug herumlag und Stroh gestapelt wurde.

Eine dürre Katze lief über die Holzverstrebungen, die das Dach des armseligen Gemäuers zusammenhielten. Sie war nicht an ihm interessiert, einzig daran, sich vor dem kalten Wind in Sicherheit zu bringen, der durch die Löcher pfiff. Der Mann, der zu ihren Füßen auf ein unerwartetes Hindernis stieß, kümmerte sie auch nicht.

«Teufelsbrut», schimpfte der Knecht, «aus dem Weg.»

Zwei Ratten hatten sich ihm entgegengestellt und fletschten den Störenfried an. Er drohte, ihnen die Beute streitig zu machen – auf dem Boden verstreute Getreidekörner.

«Verschwindet endlich.»

Er trat nach ihnen, traf sie aber nicht. Da kam ihm

ein Reisigbesen gerade recht. Er schlug nach ihnen, traf auch eine, die fiepend gegen die Bretterwand schlug. Die andere war wendiger. Sie wich dem Schlag aus und griff sein Hosenbein an.

«Heilige Mutter Maria.»

Wilhelm beobachtete den Kampf mitleidlos durch einen Spalt in der Bretterwand. Ratten waren fester Bestandteil seines Lebens bei den Schwarzen Banden. Man teilte mit ihnen das Schicksal in den nasskalten Kellern der Stadt, man hatte sich mit ihnen arrangiert. Ratten waren Nachbarn, aufdringlich, wenn es Fressen gab, aber auch hilfreich, wenn Gefahr drohte. Sie witterten anrückende Stadtknechte oder Feuer weit früher als ihre besten Wachen. Gefährlich waren sie selten.

Diese Ratte hingegen war überraschend angriffslustig. Normalerweise flüchteten sie vor überlegenen Angreifern. Doch diese Ratte wich keinen Deut. Sie hatte den Rücken gekrümmt, als setze sie zum Sprung an, und fletschte die Zähne. Der Müllersknecht tat gut daran, sich in Acht zu nehmen. Eine Verletzung führte meist zu Fieber und mitunter auch zum Tod.

Von einem Fuhrwerk, das sich mitten im Hof befand und Mehlsäcke geladen hatte, schallte Gelächter herüber. Der Kutscher amüsierte sich beim Anblick der Tanzeinlage prächtig.

«He da, hoch das Bein.» Einer seiner Gäule wieherte dazu. «Ruhig …»

Ein glücklicher Tritt entschied das ungleiche Duell. Die Ratte ging zu Boden, und der Knecht trat auf sie ein, bis sich ihr Blut im gefrorenen Matsch verlor.

Dann packte er zwei Säcke, schwang sie auf die Schulter und stapfte in die Mühle zurück. Ein Sack hatte ein

Loch, aus dem Körner zu Boden rieselten. Der Knecht merkte davon nichts.

Der Kutscher trieb ihn an. «Beeil dich. Es wird bald dunkel.»

Wilhelm schlich in den Schuppen und stöberte nach Verwertbarem. Die Auswahl war nicht groß. Verrottete alte Säcke, verrostete Eisen, ein paar tote Ratten und ein gebogenes altes Messer zum Öffnen der Säcke. Die Klinge war nicht sonderlich scharf, aber das ließ sich beheben. Er steckte es in die Tasche. Gerade rechtzeitig, denn aus der Mühle kamen die Knechte mit den Mehlsäcken auf den Schultern und luden sie auf den Karren.

Einer der beiden Gäule war seltsam unruhig. Das Tier wollte in den Stall zurück – wenn es nach dem Kutscher und seiner hungrigen Familie gegangen wäre, könnte es aber auch gleich zum Pferdemetzger.

«Verrücktes Vieh. Gib endlich Ruhe.»

Wilhelm lief geduckt hinüber zu Adam und Georg, die bereits auf ihn warteten.

«Wenn der Karren um die Ecke gebogen ist, springen wir auf.» Die beiden nickten und warteten auf den passenden Augenblick.

Sobald der Karren außer Sichtweite des Müllers und seiner Knechte war, liefen sie los. Sie mussten die Beine in die Hand nehmen, denn der Kutscher ließ seiner Ankündigung Taten folgen. Er gab den Gäulen die Peitsche.

Schon bald war er auf den Weg in die nächste Ortschaft eingebogen. Die Kinder holten auf und schafften es, auf die Ladefläche zu springen. Erschöpft und mit schnellem Atem verkrochen sie sich hinter die Säcke.

«Habt ihr euch gemerkt, welche für die Stifte bestimmt sind?», fragte Wilhelm.

Georg und Adam nickten.

«Wenn wir die Stadttore hinter uns haben, stoßt ihr sie vom Karren. Ich werde sie dann …»

Wilhelm brach ab, notgedrungen. Der Karren samt Ladung rutschte zur Seite weg. Ein Gaul wieherte. Über ihnen das Schnalzen der Peitsche und das Gebrüll des Kutschers. Der Karren zog unvermittelt an, die Gäule gingen durch.

Wilhelm, Adam und Georg krallten sich an den Säcken fest. Für den Moment sollte sie das auf dem Karren halten. Doch schon beim ersten großen Stein flogen sie in hohem Bogen von der Ladefläche, mit ihnen ein paar Säcke.

Der Aufprall auf dem gefrorenen Boden war schmerzhaft. Wilhelm hielt sich die blutende Nase, während er den Karren davonfahren sah. Die andere Hand ballte er zur Faust.

«Zum Teufel mit dir.»

Der Karren verlor sich schnell aus ihrer Sicht. Hinter der nächsten Anhöhe ging es hinunter in die Ortschaft. Dort brachte der Kutscher die Gäule wieder unter Kontrolle. Am liebsten hätte er dem närrischen Vieh gleich an Ort und Stelle die Kehle durchgeschnitten. Doch wollte er Anspruch auf seinen Lohn erheben, musste er die Fahrt wohl oder übel fortsetzen. Ein paar beruhigende Worte und eine Handvoll Heu brachten schließlich die Lösung.

Die Gäule blieben bis an die Pforte des Stifts ruhig. Die bestellten Säcke wurden abgeladen und in die hauseigene Bäckerei geschafft. Und die, die vom Karren gefallen waren, sollten sie beim nächsten Mal erhalten. Die Küchenknechte machten sich sogleich an die Arbeit.

Brot musste gebacken werden und auch die Hostien, mit denen das Abendmahl gefeiert wurde, waren in letzter Zeit knapp geworden.

Die Herstellung der dünnen runden Scheiben war denkbar einfach: Mehl und Wasser miteinander verrühren, den Brei aufs heiße Oblateneisen auftragen, kurz warten und schon war die Opfergabe fertig. Was noch fehlte, war die Wandlung, durch die aus der unscheinbaren Scheibe der Leib Christi wurde.

Der wurde allen frommen Christenmenschen zur Erquickung ihres Seelenheils gereicht. Vielen half der Leib Christi durch diese schwierige Zeit der Hoffnungslosigkeit, des Abfalls vom Glauben und des Hasses unter den Menschen.

Manchmal jedoch half selbst das nicht mehr. Dann war alles vergebens. Und dieser Tag sollte schneller kommen, als viele befürchteten.

Bruder Jakobus hatte das Notwendigste in einen Beutel gepackt – saubere Tücher, frische Milch, Brot, Wurst und Käse. Ach ja, und Kräuter aus dem Klostergarten. Kathi hatte darum gebeten.

Was wollte ein Kind damit anstellen, fragte er sich. Selbst Bruder Hieronymus, der über den Garten wachte, ihn liebevoll hegte und pflegte, mangelte es an dem notwendigen Wissen, um aus den Kräutern wertvolle Medizin zu machen. Aber die beiden kannten Kathi nicht. Sie wussten nicht, dass sie bei einer kräuterkundigen Amme aufgewachsen war und eine Lehre in einer Apotheke absolviert hatte.

Was die Franziskanerbrüder jedoch umso genauer wussten, war, dass sowohl Amme Babette als auch Apotheker Grein des Pakts mit dem Teufel überführt und auf dem Scheiterhaufen verbrannt worden waren. Und zu beiden hatte Kathi ein enges Verhältnis gehabt. Die Weitergabe von Kräutern war demnach nicht unbedenklich.

Im Fall des Apothekers hatte sich die ganze Tragödie der Abkehr von Gott gezeigt. Im Wahn hatte er seine Frau auf offener Straße erschlagen. Seine beiden Kinder, Lene und Lotti, bezichtigten ihn daraufhin der gemeinsamen Sache mit Hexen und dem Teufel.

Auf dem Marktplatz hatte es einen Tumult gegeben, bei dem auch dieses seltsame Kind, Kathi, beteiligt war. Sie galt als Anführerin der Kinderhexen, die die Stadt an den Rand des Wahnsinns gebracht hatte. Seitdem war nichts mehr wie vorher.

Nach einer Verschnaufpause, in der sich die Mächte der Dunkelheit neu zusammengefunden hatten, grassierte das Hexenunwesen schlimmer als zuvor. Der Teufel lauerte in jedem Winkel, und war er noch so privat – in den Stuben, in den Schlafkammern, mitunter sogar in den Beichtstühlen.

Und jetzt noch dieser Stern, der drei Nächte zuvor am Himmel über Würzburg zerborsten war. Es gab nicht viele, die ihn tatsächlich gesehen hatten, die meisten hatten zu der späten Stunde schon geschlafen, aber jeder wusste über ihn Bescheid.

Das *Teufelsauge* – so wurde er genannt seiner hell strahlenden Iris und des blutroten Randes wegen.

Jakobus eilte zur Pforte hinaus. Mitten auf dem Weg stand ein Fuhrwerk mit zwei Gäulen. Einer der beiden hatte Schaum vor dem Mund, und seine schwarzen, großen Augen bewegten sich aufgeregt. Der Gaul trippelte gefährlich auf der Stelle, als wolle er im nächsten Moment auf und davon. Ein Peitschenhieb schnalzte über seinem Kopf.

«Ruhig, du verfluchter Satansbraten!»

Der Kutscher hielt ein, als er Jakobus sah.

«Vergebt mir, Vater, aber in das Vieh ist der Teufel gefahren.»

Jakobus achtete nicht darauf und ging weiter.

Auf dem gefrorenen Matsch war ein zügiges Gehen nicht möglich. Spitzes Eis und allerlei Straßendreck bohrten sich in die Knöchel. Jakobus ging daher nahe an den Häusern entlang, stieg über ausgeleerte Nachttöpfe und zerbrochene Kruzifixe. Selbst vor einem Bild der Heiligen Mutter Maria hatte der Wahnsinn nicht haltgemacht. Zerfleddert lag es im Schmutz der Straße, festgefroren, geschunden und verhöhnt, wie einst Jesus mit seinem Kreuz in der Via Dolorosa.

Im letzten Licht des Tages trat Jakobus auf die Domstraße. Vor dem Portal des Kiliansdoms hatte nur noch eine Handvoll Händler ihre Stände aufgebaut. Schlecht waren die Aussichten auf ein lohnendes Geschäft, hingegen war es gut möglich, unschuldig in den Kerkern der Stadt zu landen. Eine einzige Anschuldigung genügte mittlerweile.

Eine gereizte Spannung lag in der Luft, elektrisierend wie ein aufziehender Wintersturm, bereit, sich jederzeit mit Schwert und Scheiterhaufen zu entladen.

Vom Fischmarkt schallte die anklagende Stimme eines Wanderpredigers herauf. Er hatte einige Zuhörer um sich geschart, die bei ihm keinen Fisch, aber eine

Sicht der kommenden Dinge bekamen. In letzter Zeit waren immer mehr von diesen Anklägern im Namen Gottes unterwegs. Ihr Sinn für die Angst der Menschen führte sie sicher ans Ziel.

Jakobus wollte ihm keine Aufmerksamkeit schenken und beschleunigte seinen Schritt. Dennoch kam er nicht umhin, die traurige Botschaft zu hören.

«Es muss jeder gescheite Mensch erwägen, wie schrecklich der Jüngste Tag sein wird, wenn sich Gottes Sohn von seinem Thron erhebt und auf diese Welt herabsteigt. Aber nicht als Erlöser, sondern als Richter, zornig und unnachgiebig, der nicht länger geduldig ist wie das Lamm, das Gnade walten lässt. Einem brüllenden Löwen gleich wird er unter euch wüten, zu fordern Gerechtigkeit für all die Lügen und Sünden, die ihr in seinem und des Teufels Namen begangen habt.

Aber noch ist es nicht so weit, noch ist Zeit umzukehren von eurem Weg ins ewige Feuer. Tuet Buße, seid barmherzig und liebet einander, bevor die schlimmen Tage kommen, ärger als all die vorangegangenen. Denn dann, wenn die Zeit der Drangsal beginnt, ist das Ende nahe. Ihr werdet sie erkennen, wenn wahr nicht länger wahr ist, sondern alles falsch und hinterlistig wie die Schlange im Baum. Wenn alles Gute sich ins Schlechte verkehrt, so wie das Obige nach unten. Ein Heulen und ein Flehen wird dann über euch kommen, und ihr habt die Zeit vertan.

Wahrlich, ich sage euch, ich kann ihn sehen, den Tag der Lüge und des Betrugs, wenn die Gottlosen sich über die Frommen erheben und nur noch ein Narr das Knie vor dem Kreuze beugt. Wenn Gottes Diener nicht länger das wahre Wort verkünden, sondern mit dem Teufel zu

Bett gehen, da sie selbst zu Teufeln geworden sind und euch verführen, um eure Seele zu rauben. Wahrlich, ich sage euch, dann ist es zu spät, dann ist das Ende gekommen.

Darum hört die Worte des Herrn. Er spricht durch mich zu euch, zu den Dürstenden und den Notleidenden: Kehret um, für das Heil eurer Seele und den Frieden im Himmel und auch auf Erden, jetzt, für alle Ewigkeit. Amen.»

Ein Junge, nicht älter als fünf Jahre, stand in zerrissenen Kleidern und vor Kälte zitternd neben dem verlausten Prediger – in Jakobus' Augen eher ein Judas Ischariot als ein Johannes der Täufer, ein Verkünder des Messias. Der Blick des Kindes war starr und hoffnungslos in die Menge gerichtet. Offenbar kannte er die Worte seines Herrn zu Genüge. Mit dem *Amen* ging er auf die Menschen zu, hielt ihnen seine schmutzige Hand entgegen und bat um ein Almosen.

Jakobus kämpfte beim Anblick dieser kleinen, verlorenen Seele mit dem Drang, jetzt auf der Stelle für Gerechtigkeit zu sorgen. Doch er war kein gewöhnlicher Mann, der mit der Gewalt seiner Hände richtete. Er war ein Diener Gottes, ein Verkünder der Worte des Herrn und der Vernunft.

Ein ganz anderer Diener Gottes und Jakobus gut bekannt, kam von der Mainbrücke herauf. Er war zu Pferd, stolz und herrschaftlich, wie man ihn kannte – Wolf Eberhard von Schanzenfeldt, Stiftsherr von St. Burkhard. Im Volk nannte man ihn *Bruder Wolf*, er galt als überheblich und streitlustig. Er trug den Talar eines Geistlichen, darüber ein warmes Wams aus edlem Tierfell. Seine Hüfte umgab ein mit Gold und Silber bestückter Ledergürtel, an dem ein Säbel hing, der in den Schmieden von Jerusalem gefertigt worden sein sollte. Einer seiner sicherlich ehrenhaften Vorfahren hatte ihn der Legende nach einem Anführer der Muselmanen im Kampf um die heilige Stadt aus der Hand geschlagen und mit ihm den Sieg über die Ungläubigen erzwungen.

«Wer bist du», fuhr Bruder Wolf den heruntergekommenen Prediger an, «dass du es wagst, den Namen unseres Herrn und Erlösers in dein schmutziges Maul zu nehmen?»

Der Ton war barsch, angriffslustig, und der Prediger tat gut daran, den Rückzug anzutreten.

«Niemand, mein Herr.»

Er winkte seinen kleinen Helfer herbei, die Kollekte sofort einzustellen und schnellstens mit ihm in den umliegenden Gassen zu verschwinden.

«Ich bin nur ein einfacher Diener des Allmächtigen. Gebt Euch nicht mit mir ab, es lohnt sich nicht.»

Mit dem Jungen am Kragen hastete er auf die rettende Gasse zu.

«Bleib stehen, du Hund», rief Bruder Wolf ihm nach, «ich bin noch nicht fertig mit dir!»

Er gab seinem Pferd die Sporen, das einen Satz nach vorne machte und dabei zwei Umstehende zu Boden warf. Die anderen stoben auseinander.

Jakobus konnte nun nicht länger zusehen. Er musste eingreifen, bevor Schlimmeres geschah. Er hastete über die Straße.

Im Dunkel der Gasse sah er, wie der flüchtende Prediger niedergeritten wurde. Der Junge rettete sich an die Hauswand, verschränkte die Arme über dem Kopf, um sich vor den Hufen zu schützen.

«Haltet ein!», rief Jakobus. «Um Himmels willen, verschont diesen armen Mann.»

Widerworte waren nicht nach dem Geschmack von Bruder Wolf. Er riss die Zügel herum, als gelte es einen weiteren Feind zu stellen.

«Wer wagt es?!»

Das Licht war spärlich, und Jakobus konnte nicht damit rechnen, dass er an seiner Mönchskutte erkannt wurde.

«Ich bin es, Jakobus von den Franziskanern. Ihr kennt mich gut …»

«Jakobus?»

Bruder Wolf musste zweimal hinsehen, um sich zu vergewissern. «Was treibt Ihr Euch zur Abendstunde in den Gassen herum?»

«Ich war auf dem Weg zu einer Sterbenden», log er, «da sah ich Euch, wie Ihr …», er suchte nach den richtigen Worten, die dem ehrenwerten Stiftsherrn schmeichelten, «wie Ihr die Stadt vom Gesindel säubert.»

Die Worte hielten, was sie versprachen. Bruder Wolf, der selbsternannte Hauptmann der Stadt, ließ von seinem Opfer ab. Er kam mit seinem Pferd näher.

«Diese Hunde werden immer dreister. Glauben, sie könnten die Worte unseres Herrn Jesus Christus ungestraft in den Mund nehmen und damit Schindluder treiben.»

Jakobus schaute an ihm vorbei. Der Prediger lag noch immer am Boden, regte sich nicht mehr. Aber der Junge schien zur Flucht noch fähig. Er wimmerte und schluchzte. Jakobus gab ihm Zeichen, die Chance zu nutzen.

«Unser seliger Landesfürst darf sich glücklich schätzen, Euch in seinen Reihen zu wissen. Wer sonst verteidigt in diesen dunklen Tagen das Wort unseres Herrn noch mit so viel Hingabe.»

«Gäbe es mehr von meiner Sorte», erwiderte Bruder Wolf, «wäre mir um unser geliebtes Frankenland nicht bange.»

Seine Hand ging wie eine Bestärkung zum Säbel. Sein Blick war herausfordernd. Er zielte auf den Schwur der Franziskaner ab, ein Leben in Bescheidenheit und Gewaltlosigkeit zu führen. Ganz anders als die hochgestellten und adeligen Herren des wohlhabenden Ritterstifts St. Burkhard.

«Den Glauben verteidigt man nur in den Kirchen mit Worten. Auf dem Schlachtfeld jedoch mit Tapferkeit, Ehre und dem Schwert.»

Jakobus wollte diesem Unfug nichts entgegnen. Er schaute an ihm vorbei, ob der Junge endlich verschwunden war. Es sah so aus. Er konnte nur hoffen, dass er es rechtzeitig bis zum Stadttor schaffte.

«Nun denn», sagte Jakobus, «es ist Zeit. Eine arme Seele wartet auf meinen Beistand.» Er nickte kurz und wandte sich um.

«Ja, kümmert Euch um die alten Weiber», verhöhnte ihn Bruder Wolf, «lasst mir die Judasse.»

Im Fortgehen hörte Jakobus, wie der feine Ritter und Stiftsherr zu St. Burkhard sein Pferd wendete und dabei feststellte, dass ein Teil seiner Beute entkommen war.

«Verfluchtes Rattenvieh. Du entkommst mir nicht.»

Er gab dem Gaul die Sporen.

Jakobus schüttelte den Kopf. Wie konnte es sein, dass dieser Schlächter und Menschenverächter ein Teil der Geistlichkeit war? Mit Weibern ging er zu Bett, zeugte Bastarde und betrank sich wie der niedrigste Landsknecht. Eine Schande und Verhöhnung des Allmächtigen war er. Wann würde man seiner Maßlosigkeit endlich Einhalt gebieten?

Der Wanderprediger fiel ihm ein. Irgendjemand musste sich um ihn kümmern, auch wenn er bereits tot war. Jakobus machte kehrt.

Im Dunkel der hereinbrechenden Nacht lag er im Schnee. Um seinen Kopf hatte sich ein Kranz aus Blut gebildet, einem Heiligenschein gleich.

Johannes der Täufer war enthauptet worden. Die Tochter der Herodias hatte seinen Kopf als Belohnung für einen Tanz gefordert und bekam ihn auf einem Tablett überreicht. Auf vielen Bildern wurde er mit einem Heiligenschein gezeigt.

Vielleicht war der Prediger doch mehr gewesen als ein Judas Ischariot. Zumindest war er wie ein Heiliger gestorben.

3

«Schon zweimal hat der Teufel über Gott gesiegt. Lasst es nicht ein drittes Mal geschehen.»

Die Stimme hallte von der Kanzel herab, verlor sich im weiten Schiff der Kirche von Stift Haug. Nur wenige waren zum Gottesdienst gekommen – alte Frauen, gebrechliche Männer, eine Handvoll Kinder. Die anderen feierten das Abendmahl in den Gasthäusern bei viel schlechtem Wein und wenig gutem Brot.

Vikar Ludwig kniete auf blankem Holz in der ersten Reihe. Er hatte die knochigen Hände zum Gebet verschränkt und das Haupt geneigt. Die Worte Bruder Sebastians trafen wie Pfeile sein schlechtes Gewissen. Er wusste, dass auch er versagt hatte. Die Kinder, die noch vor ein paar Monaten unter seinem Schutz gestanden waren und die er zu wahren Christenmenschen erziehen wollte, waren vom Glauben abgefallen und hatten sich dem Teufel zugewandt.

«Das erste Mal war», fuhr Bruder Sebastian von der Kanzel fort, «als der Teufel – die Schlange – in das verführerische Weibsbild Eva gefahren war und dem treuen Adam befahl, die verbotene Frucht zu essen. Ihr wisst, was danach geschehen ist …»

Ein Kind antwortete: «Adam und Eva wurden aus dem Paradies vertrieben.»

Sebastian nickte, und die stolze Oma streichelte ihm übers Haar. «Richtig, aus Gottes eigenem Garten, in dem er sich den Menschen zeigte, mit ihnen sprach und seine Schöpfung offenbarte. An nichts hatte es Adam und Eva gemangelt. Sie hatten Essen und zu trinken im Überfluss, Frieden und Glückseligkeit, Liebe und Vertrauen. Und was hat Gott im Gegenzug dafür verlangt?»

Gehorsam. Nichts weiter. Ludwig seufzte. Ja, auch ihm hatte es an Gehorsam gefehlt, und an Bescheidenheit. Was hatte er sich nur angemaßt? Er war ein einfacher Vikar gewesen, der dem Stift, das ihn versorgte, den Rücken gekehrt und sich als Erlöser einer verdorbenen Kinderhorde aufgespielt hatte.

Das Stiftskapitel von Neumünster hatte ihn dafür ausgeschlossen. Nun hatte er Gnade und Vergebung in Stift Haug gefunden. Nie wieder würde er so vermessen sein.

«Das zweite Mal war», sprach Sebastian, «als der Teufel in einen Jünger Jesu gefahren war.»

«Judas Ischariot», kam es zurück.

Sebastian nickte. «Der verräterische Kuss für dreißig Silberlinge und der qualvolle Tod unseres Herrn und Erlösers Jesus Christus am Kreuz. Was für eine Tragödie und was für ein Sieg des Teufels über Gott und seine Menschen … Aber, warum konnte das nur geschehen?»

«Weil Judas schwach war.»

«Richtig. Er hätte sich gegen den Teufel wehren können. Wer stark im Glauben ist, lässt sich durch nichts erschüttern, selbst durch die verlogenen Versprechen des Teufels nicht.»

Notfalls hätte er sein schändliches Leben vor dem Verrat beenden sollen, führte Ludwig den Gedanken zu Ende. Nur wer stark ist, kann widerstehen.

Mit der Hand fuhr er hinunter zu seinem Oberschenkel. Durch die Kutte spürte er das harte Metall der Kette, die seinen Schenkel umspannte. Die Spitzen steckten bereits zur Hälfte im schwachen Fleisch. Gleich nach der Messe würde er sie um ein Glied enger ziehen. Bis dahin musste ein kurzer, aber entschiedener Druck genügen.

Ludwig stöhnte leise auf.

«O Herr, vergib mir meine Schuld. Verzeih, wo ich dich betrübt habe, wo ich nicht genug geliebt. O Herr, vergib und hab Geduld.»

Du Narr. Der Teufel lauert in dir selbst.

Die Stimme in ihm verfolgte ihn schon seit einiger Zeit. Sie wurde mit jedem Mal lauter und eindringlicher. Er blickte hinauf zum Kreuz, schlug das Zeichen und schwor, dass er nicht eher nachlassen würde, bis er den Teufel besiegt hatte, und wenn er dafür mit ihm ins Feuer gehen musste.

Der Schwur war gerade gesprochen, als das Kirchenportal aufgestoßen wurde. In der Tür stand ein feister Kerl, sturzbetrunken und unbelehrbar. Ludwig und Sebastian wussten, wer es war, so wie jeder andere in der Kirche auch. Es war Gottfried von Weyhenstein, Domherr im gleichnamigen Stift, unter den Bürgern besser bekannt als *Bruder Bacchus*.

«Guter, kühler Wein! Schenk ein und leer ihn bis zum Grunde …»

Er konnte sich nicht länger auf den Beinen halten, sackte mitten im Türstock auf den Boden. Kälte und Schneeflocken drangen durch die offene Tür herein.

Ludwig kannte diese Schande von einem Priester nur vom Sehen. Er hielt Abstand zu diesem hochwohlgeborenen Herrn, genauso wie zu seinen Kumpanen des adeligen Standes, für die das Domstift wie auch das Ritterstift St. Burkhard vorbehalten war. Einfache Leute, wie Ludwig, hatten dort keinen Zutritt. Sie mussten sich mit Stift Haug und Neumünster begnügen.

Schon der ehrwürdige Julius Echter, einer der Vorgänger von Bischof Ehrenberg, hatte große Probleme gehabt, diese Stiftsherren zu disziplinieren. Er prangerte ihren ausschweifenden Lebenswandel und ihre Pflichtvergessenheit als Geistliche an. Konkubinen, Trinkgelage und maßlose Gutsherrenart gehörten zu ihrem Standesbewusstsein. Sie agierten in Stadt und Land nach eigenem Gutdünken, allgemeines Recht und Gesetz galten für sie nicht. Sie waren von adeligem Stand und außerdem Teil der Geistlichkeit. Nur der Bischof konnte über sie richten, niemand sonst.

Und selbst ihm wurden Grenzen aufgezeigt. Als er das Domkapitel – die Leitung des Domstifts – aufforderte, seine Stiftsherren zur Ordnung zu rufen, erntete er nur Spott und Unverständnis. Ein solcher Befehl sei undurchführbar, hieß es. Die adelige Geistlichkeit würde sich in andere katholische Länder flüchten, wo ihr Lebenswandel weniger streng geahndet würde, wo sie ihre Konkubinen heiraten oder gleich zu den Protestanten übertreten würden. Schon bald hätte man Mangel an fähigem und geschicktem Personal und müsse stattdessen hergelaufene Subjekte von zweifelhaftem Ruf rekrutieren, um den Schwund auszugleichen.

Julius' Erwiderung, dann wenigstens die Dechanten und Prälaten – die Vorsteher der Priester – aufzurufen, gottseligen und tugendhaften Wandel bei den Priestern zu fördern, entgegneten sie, dass die Dechanten und Prälaten wohl zuerst der Reformierung bedurften, bevor sie andere zu einem besseren Leben aufriefen. Sie seien keinen Deut besser als die ihnen anbefohlenen Priester.

Der Abt des nicht weit entfernten Klosters Ebrach hatte gar zehn uneheliche Kinder und kümmerte sich wenig um kirchliche Angelegenheiten.

Selbst in dem einst so angesehenen Frauenkloster Himmelspforten vor den Toren der Stadt säßen Männer und Nonnen zum Saitenspiel fremder Musikanten paarweise zu Tisch, während die Äbtissin außerhalb ihren Vergnügungen nachging. Sie und ihre Lieblingsnovizinnen verbrachten Tage und Nächte in der Stadt beim Tanz, an einem Ort, wo ein ehrlicher Mann seine Tochter lieber nicht sehen wollte.

Die adeligen Domherren, zu denen auch Gottfried von Weyhenstein zählte, wussten, dass sie in wenigen Jahren zum Mitregieren berufen waren. Das war der Grund für den Eintritt ins Stift gewesen, dort wurden sie standesgemäß versorgt, gerade dann, wenn sie bei der Erbfolge übergangen worden waren.

Die einfachen Bürger behandelten sie nicht anders als ein Gutsherr seine Leibeigenen. Sie konnten sie beschimpfen und misshandeln, wie es ihnen passte. Wer wollte und wer konnte sie schon aufhalten?

«Guter, kühler Wein. Schenk ein und leer ihn bis zum Grunde.»

Sebastian eilte von der Kanzel herab auf das Portal zu. Einer kräftigen Bauersfrau befahl er mitzukommen. Gemeinsam stellten sie den korpulenten Domherren wieder auf die Beine. Ludwig rührte sich keinen Deut. Bevor er diese Ausgeburt von Niedertracht auch nur anfasste, sollte ihm die Hand verfaulen.

«Wein, noch einen Krug … Hoppla, Ihr seid nicht schlecht gebaut, liebste Wirtin.»

Die gute Frau hatte wenig übrig für derlei Avancen

und wollte schon gar nicht von einem Adeligen betatscht werden. Es setzte eine Ohrfeige.

«Was fällt Euch ein …»

Mit vereinten Kräften schafften sie es, den werten Herren auf eine Bank zu setzen. Dort brabbelte er weiter vor sich hin, suchte sich zu orientieren und kämpfte mit der Schwerkraft.

Einem Messdiener befahl Sebastian, hinüber ins Domstift zu laufen, damit der Stiftsherr abgeholt werden konnte.

Ludwig hatte dieses schändliche Zwischenspiel mit großem Abscheu verfolgt. Diese Herren taugen nicht für *ein* gutes Wort. Während die übrigen Priester und Vikare sich den Sorgen und Nöten der Bürger annahmen, sie gegen die Anfeindungen des Teufels stärkten und ein Leben in Hingabe und Verzicht führten, konnte diese Schande von einem Priester ihre Arbeit mit einem Streich zunichtemachen.

Wie sollte er oder jeder andere gute Diener des Herrn die Heilsbotschaft weiter verkünden, wenn einer der ihren vor aller Augen Unrecht tat? Und das ungestraft, in einem fort?

Ludwig versank ins Gebet.

«Mögest du, allmächtiger Schöpfer und Herr, Einsicht haben und herniederfahren, um diese gottlose Brut von deiner Erde zu tilgen. Sie ist die Geißel der Menschheit, die Schlange, der verräterische Judas, das Tier … der Leibhaftige.»

Dann erhob er sich mit der Kirchengemeinde zur Kommunion. Er erhielt den Leib Christi, auf dass er ihn stärken und gegen die Anfeindungen des Teufels schützen möge.

4

Christian, wo steckst du?

Das wenige Geld ging zu Ende. Kathi hatte in der Nacht von Michaels Geburt gedankenlos in die Schatulle gegriffen, um die Hebamme zu bezahlen. Wenn nicht die Ratten neuerdings auch schon Geld fraßen, dann hatte sie Lioba weit mehr gegeben, als ihr zustand. Dazu kamen Grab- und Schweigegeld für den Totengräber.

Morgen würde der Hausbesitzer an ihre Tür klopfen und das Geld für die Dachkammer fordern. Wie konnte sie ihn nur vertrösten? Er hatte beim letzten Mal ohnehin auf Helenes schwangeren Bauch geschielt, wissend, dass ein uneheliches Kind das Gerede in der Nachbarschaft anfachte.

Wenn Christian nicht bald zurückkam und Geld, Essen und Kleidung brachte, dann sah es düster für sie und den kleinen Michael aus. Der Winter hatte gerade erst begonnen, und schon war Brennholz knapp geworden, wenngleich für die Scheiterhaufen nie Mangel herrschte. Das Holz eines Scheiterhaufens hätte ein ganzes Jahr für ihre kleine Dachkammer gereicht.

Einfach in den Wald zu gehen und nach Brennbarem zu suchen war gefährlich. Der Bischof hatte seine Knechte angewiesen, jeden Holzräuber mit zwanzig Stockhieben zu bestrafen – egal, ob es sich um einen ausgewachsenen Mann oder ein frierendes Kind handelte. Das wenige Brennholz musste die Burg des Bischofs wärmen, genauso wie die Stuben seiner Beamten, die der Professoren, der Patrizierhäuser, der Stadtpalais, der

Stiftshöfe und dergleichen mehr. Die einfachen Bürger mussten sehen, wie sie über den Winter kamen.

Und der kommende schien ein ganz besonders harter zu werden.

«Was ist mit dir?», fragte Barbara, die Michael im Arm wiegte. Sie war mit Otto bei Anbruch der Nacht gekommen und hatte mitgebracht, was sie hatten auftreiben können. Einen Ranken Brot, ein bisschen Wurst und Käse – alles vom eigenen Mund abgespart.

Die Lehrmeister hatten ihre Rationen seit den Vorgängen um die Kinderhexen aufgestockt, damit sie einer Besagung durch unzufriedene Kinder entkamen. Es war nicht viel, aber es füllte die Mägen, bis die Kinder eingeschlafen waren.

Kathi lächelte ihre trübseligen Gedanken weg.

«Es ist nichts.»

Damit konnte sie Barbara nicht überzeugen.

«Aber ich sehe doch, dass dich etwas beschäftigt.»

Michael saugte an ihrem kleinen Finger. Doch die Milch blieb aus. Mit großen, fragenden Augen schaute er sie an.

«Mach dir keine Sorgen», erwiderte Kathi und entzog sich dem Gespräch. Sie wollte Barbara, die selbst einen Packen voll Sorgen mit sich schleppte, nicht auch noch belasten.

Am Tisch saßen Bruder Jakobus, Otto und Volkhardt – der Anführer der Schwarzen Banden. Volkhardt war seit dem Sommer ihr Freund geworden, zumindest sah sie ihn so. Er hatte ihr das Leben gerettet.

Im spärlichen Kerzenschein hatten sie die Köpfe zusammengesteckt und flüsterten. Zuerst glaubte Kathi, sie täten es, um Michael nicht zu stören, doch je aufmerksamer Kathi ihre Mienen las, desto besorgniserregender wurde ihr Verdacht. Ja, sie sprachen über Michael.

«Seid Ihr sicher», flüsterte Volkhardt, «dass die Hebamme ihren Mund halten wird?»

Jakobus bekräftigte: «Ich habe sie zu Bekannten aufs Land geschickt. Dort gibt es viel zu tun. Sie hat ein gutes Auskommen und muss nicht die Konkurrenz fürchten wie in der Stadt.»

«Mein Lehrmeister sagt aber», gab Otto zu bedenken, «dass nicht mehr so viele Kinder geboren würden. Nicht nur in der Stadt, sondern auch auf dem Land herrscht große Not.»

Jakobus nickte. «Das stimmt, deshalb lasse ich mir auch täglich berichten, wie es Lioba ergeht. Sie weiß, dass es gerade für eine Hebamme gefährlich werden kann, wenn sie über …»

Jakobus brach mitten im Satz ab. Er hatte Kathi in den Augenwinkeln entdeckt, wie sie sich von der Strohmatte erhoben hatte. «Geht es dem Kind gut?», fragte er stattdessen.

Mit einem bemühten Lächeln gab Kathi zurück: «Ja, er ist mit dem Finger von Barbara beschäftigt. Scheint ihm gut zu schmecken.»

Die drei nickten zufrieden, als hätten sie über nichts anderes gesprochen. Aber so leicht konnten sie Kathi nicht täuschen.

«Ihr macht euch Sorgen um Lioba?»

Volkhardt seufzte. «Sie ist eine Bedrohung für dein Brüderchen. Mir wäre bedeutend wohler, wenn sie …»

Er verstummte. Wahrscheinlich hatte er das Argument bereits vorgetragen und war auf wenig Gegenliebe gestoßen, gemessen an Jakobus' Gesichtsausdruck.

«Wenn sie tot wäre?», führte Kathi den Satz zu Ende.

«Das könnt ihr nicht im Ernst wünschen», protestierte Jakobus und schüttelte den Kopf. «Sie ist ein Mensch! Und sie hat nichts Schlimmes getan.»

Otto wusste anderes zu berichten. «Sie ist für ihr loses Mundwerk gefürchtet. Es soll schon einige auf den Scheiterhaufen gebracht haben. Viele fragen sich, wieso gerade sie als eine der wenigen Hebammen noch nicht besagt wurde. Andere meinen, sie stünde unter dem Schutz von Meister Faltermayer. Er würde sie verschonen, solange sie ihm berichtet, was in den Bürgerstuben vor sich geht.»

«Auf jeden Fall ist sie ein Risiko», beschloss Volkhardt. «Wir können nicht darauf hoffen, dass sie schweigt.»

Kathi merkte auf. «Was hast du vor?»

«Du musst mit Michael verschwinden. So lange mindestens, bis sich die Aufregung um den Teufelskometen gelegt hat.»

«Leichter gesagt als getan», antwortete Jakobus. «Die Tore der Stadt werden streng bewacht. Niemand kommt ohne die Zustimmung des Bischofs hinaus oder herein.»

«Da finden wir schon einen Weg», gab sich Volkhardt selbstbewusst.

Kathi ahnte, worauf er hinauswollte. «Du meinst über die Tunnel, so wie beim letzten Mal?»

Volkhardt verneinte. «Der Bischof hat viele zuschütten lassen. Nein, ich habe da eine andere Idee.»

Otto horchte auf. «Und die wäre?»

Doch Volkhardt wollte es noch nicht verraten. «Zuvor muss ich noch ein paar Dinge in die Wege leiten. Aber es wird funktionieren. Ich schwöre es.»

Jakobus war nicht überzeugt. «Selbst wenn ihr es

schafft, die Wachen und die Tore zu überwinden, wo wollt ihr hin? Im Land herrscht Krieg, und Winter obendrein.»

Das war allerdings ein treffender Grund, die schützenden Mauern der Stadt nicht zu verlassen. Vor den Toren herrschte Willkür. Marodierenden Soldaten war man schutzlos ausgeliefert, ebenso Heerscharen an Bettlern, Verbrechern und Flüchtlingen, die nichts weiter hatten als das, was sie am Leib trugen. Niemand würde zu Hilfe kommen, wenn Not am Mann war. Allein die eigene Kraft und die Bewaffnung konnten einen vor dem schnellen Tod bewahren. Und selbst wenn man einen Angriff überlebte, war man den Winterstürmen schutzlos ausgeliefert.

«Ihr seid Kinder mit einem schreienden Säugling im Gepäck. Wo wollt ihr rasten, schlafen, essen?»

Volkhardt wollte widersprechen, merkte aber, dass die Einwände berechtigt waren. Ohne einen genauen Plan, wohin die Reise gehen sollte, wie man durch Schnee und Eis vorwärtskam, wo man eine sichere Rast einlegen konnte und wo man am Ende auf Dauer unterkam, war an eine Flucht nicht zu denken.

«Wartet einfach ab, bis sich die Aufregung über den Kometen gelegt hat. Dann wird niemand mehr an ein Teufelskind denken.»

Noch im selben Moment, als er dieses Wort ausgesprochen hatte, drehten sich die Köpfe zu ihm. Kathi glaubte, das Herz würde ihr stehenbleiben. Wie konnte Bruder Jakobus, der ihr seit jener Nacht beistand, sie mit wertvoller Milch und sauberen Tüchern versorgte, auch nur im Ansatz so etwas denken, geschweige denn aussprechen?

«Das wollte ich nicht sagen», berichtigte sich Jakobus, «ich meinte natürlich, dann wird niemand mehr annehmen, dass im Zeichen des Kometen ein derartiges Kind geboren werden könnte.»

Aber auch das wollte nicht so recht überzeugen. Zurück blieben betretene Gesichter.

«Es darf nur nichts mehr passieren», schob er nach. «Noch ein Ereignis dieser Art, und ich weiß nicht, was geschehen wird. Es herrschen Angst und Verzweiflung unter den Bürgern …»

«Autsch!», schrie Barbara plötzlich auf. Sie zog ihren Finger zurück, an dem Michael gesaugt hatte.

Kathi eilte zu ihr hin. «Was ist passiert?»

«Er … er hat mich gebissen.»

«So ein Unsinn. Er hat doch noch keine Zähne.»

Sie nahm das kleine Bündel zu sich, legte es sich an die Brust und tätschelte sanft seinen Rücken. Irgendetwas sagte ihr, dass in diesem Moment alle Augen auf sie gerichtet waren. Sie wagte nicht, sich umzudrehen.

Natürlich biss ein Säugling in diesem Alter noch nicht.

Normalerweise.

5

Kolk, der Rabe, suchte Unterschlupf im Glockenturm der Pfarrkirche von Stift Haug. Hier, auf dem kleinen Hügel jenseits der Stadtbefestigung, verbarg er sich vor den Schneeböen, die bei Anbruch der Dunkelheit eingesetzt hatten. Er hatte gut gegessen, nicht am Sanderanger, wo eine Vielzahl neuer Scheiterhaufen entzündet worden waren, sondern am Weg zur Stadt hinaus, in Flussnähe. Dort hingen seit ein paar Tagen tote Menschen an Pfählen. Zu ihren Füßen fuhren Karren vorbei, trabten Pferde entlang und stolperten Menschen in die vielen Löcher, die die Fuhrwerke hinterlassen hatten. Niemand schien sich für die toten Leiber zu interessieren, kaum einer wagte den Blick hinauf.

Kolk konnte das nur recht sein. So blieb er ungestört.

Jetzt aber behagte ihm die nächtliche, undurchdringliche Wand aus Schneeflocken überhaupt nicht. Er wollte jenseits der Stadtmauern kommen, zu seinem angestammten Nachtplatz in den Türmen von Neumünster. Dort fühlte er sich vor Angriffen sicher, dort war er zu Hause. Er blickte sich um. Viel war nicht zu sehen außer einem Hof, Gebäuden und zwei weiteren Türmen, alles umgeben von einer lächerlich niedrigen Mauer und Buschwerk. Einsam war es hier draußen, abgelegen und unwirtlich. Kein Vergleich zu den vielen kleinen Häusern in der Stadt, ihren dunklen und verzweigten Gassen und Fackeln, die allerorten für ein wenig Licht sorgten. Selbst riechen konnte man hier draußen nichts. Keine Spur von verwesendem Aas, stinkenden Misthaufen oder Essensresten. Die waren seit dem Sommer ohnehin knapp geworden. Niemand warf mehr etwas weg. Entweder aßen die Menschen alles auf, oder es gab einfach nichts mehr zum Wegwerfen. Seltsam.

Da hörte Kolk ein Stöhnen, das eines Menschen, da war er sich sicher. Denn Tiere stöhnten nicht, sie ertrugen den Schmerz meist still oder starben zurückgezogen in einer verborgenen Ecke, wo niemand über sie herfallen konnte.

Dieses Geräusch kam irgendwo aus dem Dunkel, dort, wo die kleinen Häuschen entlang der Kirche standen. Es waren eigenartige Laute. Das Stöhnen schwoll an, ebbte ab und begann wieder von neuem. Dazwischen erstickte Schreie, dann wieder aus vollem Hals, als ob sich der Mensch von einem Druck befreien wollte.

Kolk schüttelte sein schwarzes Gefieder. Seine ebenfalls schwarzen Augen suchten eine Erklärung. Solche Laute hatte er noch nie von einem Menschen gehört. Er kannte ihre Schreie aus dem Feuer, ihr Gelächter, wenn sie beieinanderstanden, selbst das Johlen, wenn sie über die Straße taumelten, und das Gezänk von Frauen, aber das hier war ihm unbekannt.

Es dauerte nicht lange, bis Licht im Fenster zu sehen war. Ein Schatten huschte vorbei.

«Sebastian, was ist mit dir? Bist du krank?»

Der Mann erhielt keine Antwort. Stattdessen Stöhnen, dazwischen verkrampfte Schreie. Weitere Schatten kamen herbei, beugten sich herab.

«Sebastian, so sprich doch endlich.»

Etwas fiel zu Boden, dumpf war der Aufschlag. Die Schatten traten erschreckt zurück. Die Kerzen in ihren Händen flackerten.

«Um Himmels willen. Was ist nur mit ihm?»

Ein anderer, ängstlich: «Das geht nicht mit rechten Dingen zu.»

Ein Dritter: «Der Teufel.»

«Flieht, Brüder, so schnell ihr könnt!»

Die Fensterlade wurde ganz aufgestoßen. Ein Mensch mit nacktem Oberkörper zeigte sich. Obwohl sein Gesicht im Dunkeln lag, konnte jeder in seiner Umgebung den Wahnsinn erkennen.

Er schrie in die Nacht, kletterte heraus, als sei er eine Katze, stürzte aber zu Boden wie ein Mensch, hilflos schreiend.

Kolk hatte genug gesehen. Mit schnellem Flügelschlag erhob er sich in die Nacht. Die Schneeflocken nahmen ihm die Sicht, der Wind spielte mit ihm nach Belieben. Aber das war ihm egal. Er wollte nur weg. Etwas stimmte hier nicht. Er wusste nicht, was, aber sein Instinkt drängte ihn zur Flucht. Seltsamen Menschen sollte man aus dem Weg gehen.

Ohne klares Ziel ließ er sich durch die Nacht treiben. Hier und da sah er Lichter aufblitzen, dann wieder verschwinden. Wenn er nur einen Kirchturm sehen könnte. Dann wüsste er, wo er sich befand und wohin er musste.

Feuer. Er sah es nicht, spürte nur das Brennen von Rauch in seinen Augen. Zwei, drei schnelle Flügelschläge brachten ihn aus der Gefahr. Am Boden erkannte er eine Hütte. Aus den Fenstern schlugen Flammen, griffen auf das Dach über. Schreie. Dunkle Gestalten rannten auf die Straße hinaus, kreuzten andere mit Eimern. Ein Mensch. Er hatte die Arme ausgebreitet zu einem Kreuz, brannte lichterloh.

Vor ihm tauchte eine schmale und hohe Wand auf.

Eine Glocke ertönte, hell und durchdringend, sodass er sich zur Seite fallen ließ, bis er endlich eine Fläche fand, auf die er sich niederlassen konnte. Ein Kreuz war daran befestigt, und wenn er es richtig bedachte, dann war er schon einmal darauf gelandet. Es war verziert und mit einem runden goldenen Kopf versehen. Unter ihm lag ein Hof. Essen auf goldumrandeten weißen Tellern fand er dort im Sommer vor, Wein und Wasser in edlen Karaffen, Diener und Herren.

Da lagen zwei Menschen im Schnee. Der eine rührte sich nicht mehr, der andere krümmte sich vor Schmerzen, stöhnte und schrie, während andere in weißen Hemden aus dem Haus strömten und einen Kreis um ihn bildeten. Der Schein der Kerzen reichte aus, um zu erkennen, dass der Erkrankte sich das Hemd zerriss, sich am ganzen Körper kratzte, bis das Blut kam. Einige knieten nieder, wollten ihn davon abhalten, während andere erschrocken zurücktraten, das Kreuzzeichen schlugen und Gebete in die Nacht sprachen.

Was war nur mit diesen Menschen los? Um diese Uhrzeit schliefen sie gewöhnlich.

Vom Tumult in seinem Hof aufgeweckt, trat der Hausherr ans Fenster. Er rieb sich die Augen, gähnte und plärrte hinunter.

Kolk verstand nicht, was er sagte, aber es schien von Gewicht zu sein. Denn die Männer in Nachthemden und nackten Füßen schafften dürres Geäst herbei, legten es im Kreis um den Erkrankten und zündeten es an.

Der Hausherr, inzwischen eilig in Stiefel und Talar gestiegen, kam hinzu. Er ließ sich erzählen, was vorgefallen war, bekreuzigte sich und gab anscheinend Anweisung, noch mehr Brennmaterial herbeizuschaffen.

Die Diener hatten es über den am Boden liegenden zu werfen. Einige verweigerten den Befehl, andere taten, wie ihnen geheißen. Das Feuer erfasste den Menschen schnell, sein Hemd und sein langes Haar brannten wie Zunder. Er bäumte sich auf, wollte davonrennen, aber Stangen zwangen ihn nieder. Sie kämpften, als gelte es, ein wildes Tier in Schach zu halten, doch nicht lange, denn schon bald sank er auf die Knie, und das Schreien verstummte.

Kolk verstand nicht, warum sie das machten – wie so vieles in diesen verrückten Tagen.

6

Der Morgen kam in Unschuld.

So konnte man das weiße Kleid deuten, das sich in der Nacht über die Stadt gelegt hatte. Keine Spur mehr vom Unrat in den Straßen, Matsch und Löchern, die jeden Schritt zum Abenteuer machten. Selbst der Gestank von Fäkalien und Verwesung war von Wind und Schnee davongetragen worden. Alles war sauber und rein, zumindest an der Oberfläche.

Den Häuserfronten fehlten jegliche Farbe und Schmutz. Der Wind hatte sie weiß eingekleidet. Ein einziges Haus wollte sich jedoch nicht in die Pracht einfügen. Verkohlt, hässlich und dampfend stand es da, leblos wie ein riesiger, hohler Zahn, dem das Feuer bis an die Wurzeln gegangen war. Daneben eine unscheinbare Erhebung im Schnee, aus der eine verkohlte Hand herausschaute.

Noch herrschte Stille in den Straßen. Der Wettereinbruch ließ viele zu Hause in den Betten bleiben, Karren und Kutschen versanken vor den Stadttoren im Schnee. Der Main floss in seinem eisumrandeten Bett unmerklich dahin, an seinen Ufern lagen verschneite Fischerboote.

Hoch oben auf dem Frauenberg stand das Burgschloss des Bischofs im frühen Morgenlicht. Eine zarte, weiße Rauchfahne stieg aus einem der Schlote empor. Vermutlich war der Landesfürst bereits aufgewacht und streckte sich in seinem warmen, herrschaftlichen Bett, während er sich eine leckere Mostsuppe mit frischgebackenem Brot zum Frühstück zubereiten ließ. Seine Kornkammer war noch nicht leer, genauso wenig wie der Weinkeller oder die Viehställe. Auf der Burg des Bischofs herrschte eine andere Zeit als in der Stadt zu seinen Füßen. Not und Mangel kannte man dort nicht, stattdessen Feinsinn und Lebensart.

Ein weitentfernter, dumpfer Kanonenknall, vom Wind über Berg und Tal getragen, schwappte in die Ruhe und Abgeschiedenheit der Bischofsstadt. Niemand nahm ihn wahr außer ein paar Krähen, die sich aufgeschreckt in die Luft erhoben. Von Kriegslärm und mageren Landsknechten wollten sie nichts wissen.

Bruder Jakobus trat durch das Portal des Franziskanerklosters auf die Straße. Gegen die Kälte schützten ihn eine warme Wollkutte und eine tiefhängende Kapuze. Seine Füße wärmten ausnahmsweise dicke Strümpfe und Sandalen, die er zusätzlich mit breiten Lederriemen umbunden hatte. Laut Ordensregel sollte er barfuß gehen, Sommer wie Winter, aber heute machte er eine Ausnahme.

Bruder Portarius, der die Pforte bewachte, hatte ihn geweckt. Eines seiner Schäfchen, die Jungfer Klara, müsse ihn sehen. Etwas Furchtbares sei in der letzten Nacht geschehen. Er solle sich beeilen und niemandem darüber Auskunft geben.

Was auch immer es sein mochte, was Klara oder ihre Mutter quälte – Albträume von Tod und Krankheit oder die Furcht vor dem Teufel –, meistens halfen Aufmerksamkeit, Verständnis und ein gemeinsames Gebet, um die Sache wieder in Ordnung zu bringen.

Klara war eine fromme Frau, die keine Andacht und keine Messe verpasste. Samstags kam sie regelmäßig zu ihm in die Beichte, gestand die kleinen, meist unerheblichen Sünden, die sie im Laufe der Woche begangen hatte. Zehn Gegrüßest-seist-du-Maria, eine Spende für den Opferstock und das Versprechen, sich zukünftig strenger an die Gebote des Herrn zu halten, brachten ihr aufgewühltes Gewissen wieder zur Ruhe.

Ihr Haus lag unweit der bischöflichen Kanzlei, in direkter Nachbarschaft zu Neumünster und dem Dom – der Dreifaltigkeit der Stadt.

Als Jakobus um die Ecke kam, sah er vor Klaras Haus eine Handvoll Nachbarn stehen. Sie sprachen mit geduckten Köpfen, verschwörerisch, den Blick misstrauisch zur Seite. Im Schnee erkannte er zahlreiche Spuren, die vom Haus weg- und hinführten, anders als bei den übrigen Häusern auf seinem Weg.

«Guten Morgen», grüßte Jakobus und bemühte ein Lächeln.

Ohne Erfolg. Die Nachbarn nickten verhalten und mit ernster Miene.

Einer wies hinauf zum Fenster. «Klara ist krank. Beeilt Euch, bevor es zu spät ist.»

«Da hilft auch kein Rosenkranz und Weihwasser mehr», widersprach ein anderer. «Die Klara hat der Teufel geholt.»

«So schlimm wird es schon nicht sein. Hat jemand den Doktor verständigt?»

Achselzucken, betretenes Schweigen.

«Na, dann wollen wir mal sehen, was ihr fehlt.»

Er öffnete die Tür. Als Erstes bemerkte er einen seltsamen Geruch. Es roch nach … verbrannten Federn oder Wachs oder beides in einem. Im dunklen und kurzen Flur war niemand zu sehen. Alle Läden waren geschlossen. Das Tageslicht fiel aber auf die Stiege.

«Klara», rief Jakobus, «wo bist du?»

«Hier oben», antwortete eine fremde, männliche Stimme. Wenn schon nicht Klara, dann hätte ihre alte Mutter antworten müssen. Im Haus lebte kein Mann. Der Hausherr war vor vielen Jahren an der Pest gestorben, hieß es unter den Leuten. Aber das war nicht der wahre Grund seines plötzlichen Verschwindens. Gerüchte, dass der Beelzebub ihn geholt hatte, gingen um.

Jakobus nahm die Stufen. Der Geruch wurde stärker, ging die Nase hoch, kribbelte, stach. Er fuhr sich mit dem Ärmel über Mund und Nasenflügel. Himmel, war das beißend.

Die Treppe mündete in eine Kammer, dahinter musste eine zweite sein, in der die Mutter und der verstorbene Vater gelebt hatten. Er war noch nie hier oben gewesen. Wenn er Klara besucht hatte, traf er sie immer unten in der Küche.

Im Türstock stand ein Mann, ganz in Schwarz mit weißer Halskrause. Es war Meister Marthin, der neue Apotheker. Sein Gesicht war blass, der Blick unstet.

«Gut, dass Ihr da seid», sagte er erschöpft. «Ich wusste mir nicht anders zu helfen.» Mit einem Fingerzeig befahl er ihn in die Kammer.

Jakobus folgte ihm. Klaras Schlafzimmer war dunkel, der Fensterladen geschlossen. Überall standen brennende Kerzen. Aus einer Schale entwich Rauch. Er schnupperte. War das Salbei, Wacholder? Irgendwoher kannte er diesen Geruch. In der Ecke saß Klaras Mutter, in sich versunken, den Rosenkranz um die Finger gewickelt, Gebete murmelnd. In der anderen Hand hielt sie eine schwarze Feder. Sie führte damit seltsame Bewegungen aus, als wollte sie Zeichen in die Luft malen. Die Haube, die ihr weißes Haar bedeckte war nach hinten geschoben, die Augen halb geöffnet, auf das Bett vor ihr gerichtet.

Darauf lag Klara. Er sah sie im Nachthemd, das ehemals weiß, aber nun mit zahlreichen Blutflecken versehen war. An den Beinen, den Händen, sogar am Hals sah er Kratzwunden. Und selbst jetzt pflügten ihre Fingernägel über die Arme, obwohl schon alles aufgekratzt war.

«Ich habe ihr Baldrian gegeben», sagte der Apotheker, «Hopfen, Lavendel, Melisse. Habe ihr kalte und warme Wickel gemacht, Blut abgelassen, sie geschröpft. Nichts hilft.» Seine Stimme klang brüchig, nervös, ein Stück hoffnungslos. «Die Alte sagt, da kann nur noch einer helfen.»

Ein Priester, ein Beichtvater, Jakobus.

Er trat ans Bett, Apotheker Marthin, erleichtert, fast schon ehrfürchtig zur Seite.

Die Haare Klaras waren zerzaust, der Atem ging schnell, die Augen irrten von einer Stelle an der Decke zur anderen. Ihr Körper zitterte, bäumte sich auf, fiel erschlafft zurück. In den Mundwinkeln klebte Blut.

Er legte die Hand auf ihre Stirn. Sie war nassgeschwitzt, kalt, aber irgendwie auch warm. So etwas hatte Jakobus noch nie gesehen, selbst bei den vielen Pestopfern der letzten Jahre nicht.

«Was ist mit ihr geschehen?»

«Ich weiß es nicht», gab Marthin zurück. «Die Alte hat mich in den Morgenstunden geholt, sagte, ihrer Tochter gehe es schlecht. Sie habe sich übergeben, wirres Zeug geredet, geschrien und geflucht, wie sie es ihr Leben lang von ihr nicht gehört hat. Dabei soll sie so fromm sein.»

Das konnte Jakobus bestätigen. Die Jungfer Klara war ein Vorbild gottgefälligen Lebens. Sie ließ keinen Gottesdienst aus, ging zur Beichte, spendete und kümmerte sich barmherzig um Kranke und Sterbende. Einzig einen Ehemann hatte sie nicht finden können, mit dem sie viele Kinder für Kirche und Glauben hätte gebären können.

Was konnte er nur tun?

Die Mutter. Sie konnte etwas wissen. Er ging vor ihr in die Hocke, nahm ihre Hand in die seine.

«Was ist mit deiner Tochter? Hat sie etwas Verdorbenes gegessen?»

«Das habe ich sie auch gefragt», schaltete sich Marthin ein. «Ich habe mir die Töpfe und Teller zeigen lassen, aus denen sie gestern Abend gegessen haben. Nichts Auffälliges. Außerdem müsste die Alte dann auch erkrankt sein.»

«Hat sie vielleicht noch etwas anderes …»

«Laut der Alten nicht. Es gab nur Kohlsuppe. Ich habe mir die Speisekammer und die Herdstelle angesehen. Nichts weist auf eine Vergiftung hin.»

«Vielleicht getrunken?»

«Wasser und Wein. Ich habe daran gerochen und ein wenig probiert.»

«Dann muss sie eine Krankheit haben.»

Marthin seufzte. «Ja, sicher. Nur welche? Ich habe nie zuvor Ähnliches gesehen.»

«Habt Ihr schon nach einem Doktor schicken lassen?»

Er nickte. «Bisher ist keiner gekommen.»

«Wieso nicht?»

«Weil Klara nicht die Einzige ist. In der ganzen Stadt geht die Krankheit um.»

«Diabolus.»

Jakobus Kopf flog herum, blickte der alten Frau ins Gesicht. «Was hast du da gesagt?»

Ihre Lippen bewegten sich in einem fort, ohne einen weiteren Laut preiszugeben.

«Was hast du da gesagt?», wiederholte Jakobus streng.

«Sie sagte Diabolus», erwiderte Marthin. «Das sagt sie schon den ganzen Morgen. Immer wieder. Diabolus … Satanas … Belial.»

«Belial?»

«Ja, Belial. Was soll das bedeuten?»

Jakobus schluckte. Belial war ein anderes Wort für den Teufel. Es war in den alten Schriften zu finden, weit vor Christi Geburt, im Alten Testament. Belial war der Verschlinger, der Aufsteiger aus der Unterwelt, der Minderwertige, der Nichtsnutz. Es gab viele widersprüchliche Deutungen. Allen war jedoch gemein, dass er das Böse war.

«Belial …»

Die Alte knurrte das Wort, als steckte es ihr in Hals und Brust.

Jakobus packte sie am Arm, schüttelte sie.

«Woher kennst du diesen Namen?»

Die Feder, mit der sie die ganze Zeit über Luftzeichen malte, fiel zu Boden. Sie schreckte auf.

«Weg, weg, sofort», kreischte sie mit heiserer Stimme. «Er ist gekommen, vom Himmel … das Auge …»

Vom Himmel? Jakobus ahnte Schlimmes.

«Was redest du da? Wieso vom Himmel … und was ist mit dem Auge?»

Die Antwort blieb aus. Sie war im Grunde auch gar nicht mehr nötig. Jakobus erinnerte sich an jene Nacht vor drei Tagen, als der Teufelskomet über der Stadt erschienen war.

Hatte die Alte ihn gesehen?

«Sie sagt», antwortete Marthin für sie, «Belial sei schon einmal hier gewesen, vor vielen Jahren, als die Bürger in eine seltsame Krankheit fielen und das Vieh starb wie Fliegen. Mord und Totschlag soll es gegeben haben, selbst in den frömmsten Stuben.»

«Welche Krankheit? Die Pest?»

Marthin zuckte mit den Schultern. «Ich weiß es nicht. Es sollen viele gestorben sein, und alle hätten den Teufel im Leib gehabt.»

Ein unmenschlicher Laut entfuhr Klara. Jakobus und Marthin zuckten von der Vehemenz und dem markerschütternden Klang zusammen. Klara bäumte sich auf, wand sich und schrie. Es sah aus, als wollte sie etwas aus sich herauspressen.

«Maria und Joseph.»

Marthin bekreuzigte sich. «Ich kann ihr nicht mehr helfen.» Dann eilte er hinaus, die Stiege hinunter ins Freie.

Zurück blieben ein ratloser Jakobus und eine in Gebete versunkene alte Frau. Sie wippte mit ihrem Oberkörper vor und zurück, murmelte unverständlich und stierte ins Leere.

Erneut nahm Jakobus sie beim Arm, rüttelte sie aus ihrer Apathie wach.

«Wann war Belial schon einmal hier? Hast du ihn gesehen?»

Die Alte schaute wie durch ihn hindurch.

«Mein Mann … Belial hat ihn mitgenommen.»

Dann schloss sie die Augen, sank in sich zusammen und murmelte in einem fort.

Jakobus erhob sich. Er wusste nicht, was er von dem Geschwätz der Alten halten sollte. Konnte es tatsächlich sein?

Er musste es herausfinden und ging vor die Tür.

Die Nachbarn standen noch immer zusammen, abwartend und sich fragend, ob Jakobus ihnen sagen konnte, was hier vor sich ging.

«Es sollen noch mehr erkrankt sein», sagte er. «Wisst ihr, wer sie sind und wo ich sie finden kann?»

Einer deutete hinüber zum Dom, jenseits davon, im Hof eines Domherrn sei in der letzten Nacht etwas passiert.

«Es heißt, einer seiner Diener sei mitten in der Nacht von bösen Träumen heimgesucht worden. Schlimmer, als man es sich vorstellen kann. Er habe einen anderen angegriffen und ihm die Seele aus dem Leib geschnitten.»

«Und in Haug ist ein Vikar aus dem Fenster gesprungen», ergänzte ein anderer. «Hat sich alle Knochen gebrochen.»

«Gibt es noch jemanden», wollte Jakobus wissen, «jemand, der noch lebt?»

Sie schauten sich fragend an. «Die Klara halt.»

«Sonst niemand?»

Sie zuckten mit den Schultern. Jakobus ließ sie stehen und eilte weiter. Wenn es weitere Erkrankte gab, würde er sie finden.

Vorne am Marktplatz humpelte ein Mann durch den Schnee – schwarz gekleidet, mit Halskrause und Hut. Er trug eine Tasche bei sich, wie immer, wenn er zu einem Kranken gerufen wurde. Es war Meister Reinhardt, einer der Doktoren aus dem Juliusspital, der gerade an eine Haustür klopfte. Er konnte etwas wissen.

Jakobus eilte auf ihn zu.

«Meister Reinhardt», sagte er atemlos, «was treibt Euch so früh aus dem Bett?»

Reinhardt, ein Mann in den Sechzigern, Spross einer angesehenen Ritterfamilie aus dem Steigerwald und überzeugter Kämpfer gegen die Protestanten, blickte ihn aus müden Augen an. Er wirkte mürbe, fast schon krank, doch als er den Franziskanermönch erkannte, keimte Hoffnung in ihm auf.

«Bruder Jakobus, Euch hat der Himmel geschickt. Es ist eine Tragödie. Kommt mit mir und seht, welch Unheil über uns gekommen ist. Vielleicht könnt Ihr helfen, ich bin mit meinem Latein am Ende.»

Die Tür wurde geöffnet. Ein Mann – Jakobus erkannte in ihm einen Kämmerer in Diensten des Bischofs – zeigte sich erleichtert, dass endlich Hilfe eintraf. Beim Anblick von Jakobus stutzte er einen Moment, begrüßte ihn dann aber mit einem ehrfürchtigen Nicken.

«Tretet ein, Hochwürden. Mein Sohn ist oben.»

Er zeigte auf die nahe Stiege, die sich Reinhardt bereits hochquälte.

«Sagt, was ist mit Eurem Sohn geschehen?», fragte Jakobus. Er schloss die Haustür hinter sich.

Der Mann seufzte. Sein Blick ging beschämt zur Seite.

«Es ist mir unerklärlich.»

«Erzählt der Reihe nach. Wann hat es begonnen?»

«In der späten Nacht, vor wenigen Stunden, hörte ich meinen Sohn rufen. Er lag gekrümmt in seinem Bett, klagte über das Feuer auf seiner Haut, die tausend Stiche, die in ihn hineinfuhren … oder heraus. Ich weiß es nicht.»

«Hat er etwas Verdorbenes gegessen?»

Der Mann rief sich den Vorabend in Erinnerung.

«Wir haben gemeinsam gegessen. Bohnen, Brot und ein Stück Speck. Mehr gibt unsere Speisekammer nicht mehr her.»

«Und zu trinken?»

«Wein. Das letzte Fass.»

«Hat auch Euer Sohn davon getrunken?»

«Sicher, wir haben ja nichts anderes mehr.»

Jakobus dachte nach. «Hat er noch irgendetwas anderes zu sich genommen, etwas, das er versteckt hielt oder …»

Der Mann zuckte mit den Schultern.

«Meines Wissens nicht.»

«Geht es Euch gut, Eurer Frau?»

Er nickte.

«Habt Ihr ein zweites Kind, Diener …»

Kopfschütteln. «Nein, Friedrich ist unser einziges Kind und eine Dienstmagd … Das war früher einmal.»

Jakobus seufzte. Wenn das stimmte, dann war die Sache mehr als schleierhaft. Mindestens drei rätselhafte Erkrankungen in einer Nacht, der mysteriöse Zwischenfall in einem der Stiftshöfe nicht mitgerechnet. Sie betrafen eine Jungfer, einen Vikar von Stift Haug und nun einen Jungen aus angesehenem Haus. Eine Vergiftung schien ausgeschlossen, sie hatten verschiedene Speisen gegessen, ohne dass die anderen Familienmitglieder erkrankten.

Meister Reinhardt neigte nicht zu Übertreibungen oder Eitelkeit. Wenn er betrübt war, gab es wirklich Grund zur Sorge. Er hatte tagtäglich mit allen möglichen Krankheiten im Juliusspital zu tun, und nichts würde ihn so schnell aus der Fassung bringen.

Was um alles in der Welt ging hier vor?

Belial. Er hörte die heisere Stimme der Alten noch immer in seinem Kopf. *Er hat meinen Mann mitgenommen.*

Unsinn. Der Teufel hatte damit nichts zu tun. Es musste eine andere Erklärung geben.

Das Teufelsauge. Zugegeben, dieser Komet war anders als all die, die er bisher gesehen oder von denen er gehört hatte. Aber konnte er tatsächlich von größerer Bedeutung sein?

666. Das Mal auf dem Leib des Kindes. Es war verdächtig, ja. Aber sonst gab es keine anderen Hinweise auf …

Er hat mich gebissen. Wie konnte es sein, dass ein Neugeborener schon einen Zahn besaß? Davon hatte er noch nie gehört.

Das Teufelskind. Der Antichrist.

Er schüttelte den Kopf und damit die Gedanken aus seinem Kopf. Sie waren wirr, unausgegoren, überhastet. Er würde später in Ruhe darüber nachdenken, gleich nachdem er den Jungen gesehen hatte, der ein Stockwerk höher litt. Sein Stöhnen und Wimmern drangen zu ihm herunter, geboten ihm, sich endlich um seine notleidende Seele zu kümmern.

«Ihr erlaubt?», fragte er den Mann, indem er nach oben zeigte.

Der Mann nickte, er hatte Tränen in den Augen.

«Bitte, helft uns. Er ist mein einziger Sohn. Ich darf ihn nicht verlieren.»

Jakobus versprach es, wenngleich er wusste, dass dies eine Aufgabe war, die seine Fähigkeiten bei weitem übertraf. Er stieg die Stufen hoch.

Je näher er der Kammer kam, desto nervöser, unsicherer wurde er. Seine Gedanken drehten sich nur noch um die eine Sache.

Das Teufelskind. 666. Belial.

Bekam er plötzlich Angst? Offensichtlich, denn die Spucke in seinem Mund wurde dünn, das Herz schlug ihm bis zum Hals, die Hände zitterten, wurden feucht.

Was, wenn die Zeichen recht behielten? War der Teufel auf die Erde gekommen und in diese bedauernswerten Seelen eingedrungen? Würde auch er erkranken, wenn er sich ihnen näherte?

Er nahm den geweihten Rosenkranz zur Hand, steckte die Arme über Kreuz in die weiten Ärmel und betete in Gedanken.

O Herr im Himmel, steh mir bei. Lass mich nicht Wanken im Angesicht des Bösen.

Er schöpfte noch einmal Mut, dann betrat er die Kammer.

Der Junge lag auf dem Bett, zitterte wie Espenlaub. Das Nachthemd war verschwitzt, schmutzig und blutig. An Armen, Beinen und im Gesicht die vertrauten Wunden. Haare lagen auf dem Laken. Vermutlich waren es seine. Er musste sie sich selbst ausgerissen haben, am Schopf sah Jakobus kahle Stellen. Die Augen des Jungen waren befremdlich. Stier zur Decke gerichtet, schienen sie an einem bestimmten Punkt verhaftet.

Eine Frau, vermutlich die Mutter, saß neben dem Kind auf dem Bett, hielt ihn mit aller Kraft fest, während Meister Reinhardt ihn zur Ader ließ.

«Das Gift muss aus seinem Körper», sagte er beruhigend.

«Welches Gift?», fragte die Mutter.

Reinhardt setzte zur Antwort an, doch dann hielt er inne.

Jakobus las seine Gedanken.

Ja, welches Gift?

Was sollte er antworten, wenn er nicht wusste, womit er es hier zu tun hatte? Aber er musste ja irgendetwas tun, egal, ob es nun wirkte oder nicht.

Reinhardts Blick ging zu Jakobus. Er bettelte um Hilfe.

Konnte ein Weihwasser, ein Rosenkranz oder Gebet den Jungen von seinen Qualen befreien? Er fürchtete, nichts davon würde helfen.

Er fasste sich ein Herz, kniete sich neben das Bett und begann zu beten. Im Ärmel streifte er seine Hand und den Rosenkranz am Stoff trocken und legte beides dem Jungen auf die Stirn. Es kam ihm vor, als brannte sie wie Feuer.

«Allmächtiger Herr im Himmel, gib diesem Kind …»

Weiter kam er nicht. Der Kopf des Jungen flog herum. Aus der Tiefe seines zornigen Herzens schien er Jakobus anzustarren, als sei er der Leibhaftige.

«Geh weg», schrie er ihm ins Gesicht, «du bist der Teufel!»

Jakobus schreckte zurück, nicht minder erstaunt reagierte die Mutter.

«Aber, das ist ein ehrwürdiger Bruder», beruhigte sie ihn. «Er will …»

«Er ist ein Teufel mit spitzen Hörnern … Seht doch, wie er lacht … der Satan, der Herr der Hölle.»

Mit allem Abscheu spuckte er ihm ins Gesicht. Jakobus erhob sich, wischte sich die Beleidigung aus dem Gesicht.

«Verzeiht», beschwichtigte die Mutter, «mein Kind ist krank. Es hat …»

Er hob beschwichtigend die Hand. «Keine Sorge, ich verstehe sein Leid und Euren Kummer.»

Verstand er es wirklich? Er wusste ja noch nicht einmal, was hier vor sich ging. Nicht einmal Reinhardt tat es. Mit seinen Fragen, was der Junge gegessen und getrunken hatte, stocherte er genauso im Nebel wie er selbst. Nichts war klar, weder mit Logik noch mit gesundem Menschenverstand zu erklären. Hier ging etwas um, zweifellos. Die Frage war nur, was. Eine Seuche, ein Fluch oder tatsächlich der Teufel?

Eilig schrieb Reinhardt etwas auf und reichte es der Mutter. «Geht damit in die Apotheke. Der Sud wird seine Schmerzen lindern. Ich kann leider nicht mehr für ihn tun. Wahrscheinlich», er blickte auffordernd zu Jakobus, «ist das ein Fall, den nur ein Diener unseres Herrn kurieren kann.» Er packte seine Instrumente in die Tasche zurück und ging hinaus.

Jakobus spürte die Angst und Hoffnungslosigkeit, die Reinhardt in der Kammer zurückgelassen hatte. Er war selbst Teil davon.

«Könnt Ihr meinem Kind helfen?», flehte die Frau.

Nein, das konnte er nicht, das überstieg bei weitem seine Fähigkeiten. Hier war ein anderer gefragt, jemand, der sich mit unerklärlichen Phänomenen dieser Art auskannte. Und Jakobus hatte auch schon eine Idee, wer das sein könnte. Dazu brauchte er die Erlaubnis des Bischofs. Am besten, er machte sich gleich auf den Weg.

«Betet für Euren Sohn. Ich werde Hilfe holen.»

Heute würden sie den ersten Erkundungsgang in die neue Welt unternehmen. Kathi hoffte, dass Michael nur das Gute sah. Das Schlechte würde noch früh genug kommen.

Eine geschlossene Schneedecke erstreckte sich über den Marktplatz. Sie verbarg all den Unrat und den Schmutz der Menschen und Tiere unter sich. Das war ein guter Anfang. Auch der Gestank der Straßen war wie gefangen. Kein Lärm, kein Gezeter, keine Besagungen und schon gar kein Urteilsspruch. Nicht die Spur. Sie seufzte zufrieden.

Kathi musste nachdenken, wann ihr die Stadt das letzte Mal so wohlgesinnt war. Es musste Monate her sein. Am Ende des Frühlings war es gewesen, als der Wahnsinn sich eine Pause gegönnt und das Leben eine neue Chance bekommen hatte. In den wenigen Wochen des Friedens waren die Bürger wieder zur Besinnung gekommen, hatten Kraft und Hoffnung geschöpft. Der Handel war wieder aufgeblüht und hatte Geld und Vertrauen in die einst so angesehene Stadt am Main gespült.

Auf den Frühling folgte der Sommer, der keiner war. Die Stimmung begann sich erneut zu verschlechtern. Regen, Hagel und Kälteeinbrüche begruben die Hoffnungen auf eine reiche Ernte. So wie das Geld in die Stadt geflossen war, so versickerte es nun im Wucher. Unmut und Verzweiflung gediehen. Sie gebaren die altbekannte Angst vor dem Bösen und der Schuld, die man auf sich geladen hatte. Wie sonst war es zu erklären, dass man so gestraft wurde.

Auf die schutzlosen alten Frauen waren die verhassten Nachbarn gefolgt, danach kamen die korrupten Stadträte und Beamte, ausbeuterische Händler und schließlich die Kinder. Sie alle zahlten für die Schuld, die sie in den Augen anderer auf sich geladen hatten, mit ihrem Leben. Niemand war mehr sicher, selbst die eigentlich unantastbaren Diener Gottes nicht. Vikar Ludwig, Kathis strenger Schulmeister, war nur knapp der Verfolgung durch den Hexenkommissar Faltermayer entkommen. Allein der Fürsprache des mächtigen Propstes von Stift Haug war es zu verdanken, dass er ungeschoren davonkam. Aber das war nur ein Freispruch auf Zeit.

Andere Geistliche, weit vernarrter und rücksichtsloser als der bedauernswerte Vikar, rückten in den Mittelpunkt des allgemeinen Ärgernisses. Sie schienen vom rechten Weg abgekommen zu sein, hurten, tranken und pöbelten, wie es ein verdorbener Landsknecht nicht schlimmer hätte machen können. Auch wenn es nur wenige waren, meist Stiftsherren adeliger Herkunft, so rissen sie den ganzen Stand mit ins Zwielicht. Ihre Verehrung im Volk und der ihnen entgegengebrachte Respekt schwanden.

Diener Gottes wie Diener des Teufels missachteten die Gesetze, bedienten sich magischer Rituale, um ihre Botschaft vom Heil zu verkünden, standen mit dem Jenseitigen in Verbindung und setzten alles daran, sich über den anderen zu erheben.

Wie also konnte man noch den Diener Gottes von einem Diener des Teufels unterscheiden? Oder war es einerlei, wenn man ohnehin nur die Wahl zwischen Pest und Cholera hatte? Beide zielten auf den eigenen Erfolg ab und verloren dabei das Wohl der Menschen aus dem Auge.

Kathi stellte sich diese Fragen mittlerweile nicht mehr. Ihre Ehrerbietung dem priesterlichen Stand gegenüber war verflogen, seitdem sie durch den Verrat von Vikar Ludwig fast auf dem Scheiterhaufen gelandet war. Er war von einem überzeugten Diener Gottes zu einem Knecht seiner eigenen Unzulänglichkeit geworden. Vernarrt und von Ehrgeiz zerfressen, hatte er nicht mehr zwischen Gut und Böse unterscheiden können. Sein Erfolg war der Mittelpunkt seines Strebens geworden anstelle der Unversehrtheit der ihm anvertrauten Kinder. Mehr als ein Dutzend seiner Schutzbefohlenen war dem reinigenden Feuer oder der Klinge des Scharfrichters zum Opfer gefallen. Bevor sie diese Welt verließen, rissen sie noch andere mit ins Unglück – Eltern, Lehr- und Schulmeister, Konkurrenten und Geschwister. Niemand war vor ihrem Zorn sicher, niemand sollte sich einbilden, sie allein trügen die Schuld am Versagen aller.

Kathi seufzte. Es war eine gute Entscheidung gewesen, den Ausflug mit Michael gleich am frühen Morgen zu unternehmen. Noch schien die Stadt zu schlafen, nirgends auf ihrem Weg war eine Seele zu sehen. Unten am Fluss lagen die schneebedeckten Fischerboote vertäut am Ufer, das Wasser des Mains floss sanft dahin, und am Himmel kreisten stumm ein paar Vögel. Ihr Schweigen zahlte sich aus. Kein Jäger, der in diesen dürren Zeiten Jagd auf sie machte, würde sie vorschnell entdecken.

Michael hingegen hatte ein aufmerksames Auge. Er lachte, als er die schwarzen Punkte am Himmel kreisen sah.

Kathi nahm ihn vom Rücken, setzte sich auf einen Stein am Ufer und streichelte ihm sanft über die roten Wangen.

«Was macht dich denn so glücklich?»

Ein unschuldiges Lachen kam ihr entgegen, aus voller Brust und in perfekter Harmonie mit der Unbeschwertheit eines jungen Lebens. Lustig war das Treiben dort am blassblauen Himmel, genauso wie der Glanz in den Augen seiner Mutter.

Der Augenblick hätte für beide ewig andauern können, wenn nicht ein Schrei sie aufgeschreckt hätte.

Jemand kam mit nacktem und blutig zerkratztem Oberkörper auf sie zugelaufen. Er schien von Sinnen, schlug um sich, als wollte er einen angreifenden Vogel abwehren. Kathi erhob sich, vergrub Michael in ihren Armen und lief davon.

Michael spähte über ihre Schultern und sah, wie sich der Mann in das eiskalte Wasser stürzte und nicht mehr aus ihm hervorging.

Lustig war das. Er lachte erneut, und Kathi erschauderte.

7

Auf den Schnee folgte der Frost, auf den Frost das Feuer.

Seit Wochen lag die Stadt nun wie in Schockstarre. Über ihr nahmen klirrend kalte, aber helle Winternächte den Himmel ein. Sterne funkelten wie Edelsteine im samtweichen Schwarz des Universums, und der Mond schien, als gäbe es kein Morgen. Alles bezaubernd schön und verheißungsvoll, doch trügerisch wie der Glanz einer Schwertklinge.

Von den Hügeln ringsum kamen die Tiere ins Tal auf der Suche nach Nahrung. In den Wäldern war alles Leben unter einer dicken und mit Eis überfrorenen Schneeschicht begraben. An den Rändern der Stadt wühlten sie im Unrat. Die besonders mutigen und hungrigen unter ihnen lagen auf der Lauer, bereit zuzuschlagen, wenn sich eine Chance ergab. Noch vor kurzem brauchten sie das nicht zu tun. Da brachten ihnen die Menschen die Nahrung in den Wald – Neugeborene und Alte, die nicht mehr ernährt werden konnten und eine Last darstellten.

An den Straßen waren die aufgeknüpften Leiber schon lange bis auf die Knochen abgenagt. Nur die Hunde und Wölfe bemühten sich noch um sie. Alle anderen hofften auf die Menschen, sie nicht verhungern zu lassen. Noch war Leben in der Stadt, nicht viel, aber ausreichend, um über den Winter zu kommen.

In diesen Tagen war es ein ausgeglichener Kampf, denn der Mensch hatte seine Allmacht verloren. Entkräftet und mit bloßen Händen stand er dem Tier gegenüber. Ratten agierten in Gruppen gewohnt einfallsreich, zwängten sich durch jede Lücke und fielen über die Erschöpften und Verletzten her.

Die Wölfe taten es ihnen gleich. Sie waren dem Main gefolgt, hatten sich in den Hügeln zusammengefunden und durchstreiften gemeinsam die Nacht. Menschen standen gemeinhin nicht auf ihrem Speiseplan, im eigentlichen Sinne ekelte es sie vor ihrem Geruch. Aber in der Not machten sie Kompromisse. Wer zu schwach war, sich zu wehren, brachte sie und ihre Brut über diese karge Zeit.

In den Lüften herrschten am Tag die Krähen und Bussarde, in der Nacht die Fledermäuse, Eulen und Käuze. Streng genommen waren sie die Verbündeten der Menschen, hatten es auf ihre Feinde, die Ratten, abgesehen. Der eine oder andere kam zur Einsicht, dass an einer Krähe oder an einer Eule doch nichts Teuflisches war. Wäre nur dieser verflixte Glauben an die Verwandlungskünste des Teufels nicht gewesen, der viele Gestalten annahm, um den Menschen die Seele zu rauben, es hätte sich eine Freundschaft auf Dauer entwickeln können.

In dieser Nacht schien die Zeit stillzustehen. Leblos und schwer lag sie im Tal, drängte alles andere zur Seite.

Kein Geräusch störte die Andacht, selbst der Ruf des Nachtwächters nicht oder das Knistern der Feuer, die die Wachen sonst entfachten, um sich zu wärmen. Nicht einmal Hundegebell war zu hören noch das Gezänk der Katzen oder der Ruf des Uhus. Alles Leben wirkte wie erloschen, in den Straßen blieb es dunkel und leer.

Da näherte sich dem Südtor eine Kutsche, eskortiert von zwei Reitern, die bis auf einen Augenschlitz völlig vermummt waren. Auf dem Bock hantierte der Kutscher mit den langen Zügeln, und die Pferde traten nervös auf dem gefrorenen Untergrund.

Einer der Reiter stieß mit der Lanze gegen das Tor.

«Aufmachen. Im Namen Seiner Heiligkeit, Papst Urban, öffnet das Tor.»

Nichts regte sich. Der Reiter wiederholte seine Aufforderung, dieses Mal entschiedener. In der Kutsche schob jemand eine kleine Fensterlade zur Seite.

«Sind wir da?», rief Bruder Crispin nach draußen.

«Ja, Eure Hochwürden», antwortete der Reiter. «Würzburg.»

Crispin nickte, rieb sich die verschlafenen Augen. Ihm gegenüber, eingepackt in ein warmes Fell, döste Bruder Antonius. «Würzburg?»

Crispin antwortete nicht. Er schaute hinaus in die Nacht, zum Himmel. Hier sollte der Komet laut den Berichten seiner Späher niedergegangen sein. Was war so außergewöhnlich an diesem Ort, fragte er sich, dass es gerade hier passiert war. Die päpstlichen Astronomen hatten dafür keine Erklärung. In den Schriften war immer nur von Jerusalem und Rom die Rede, vielleicht auch von Konstantinopel. Aber Würzburg? Das war unbedeutendes Niemandsland. Erst der Brief von Bruder Jakobus hatte einen Hinweis gegeben. Belial war auf die Erde gekommen und mit ihm seine verfluchten Heerscharen. Genau so, wie es in der alten aramäischen Schrift stand.

Im fahlen Halbschatten des Mondlichts sah er etwas am Wegesrand stehen. Das Ding konnte eine Vogelscheuche sein – zerfetzte Lumpen an einem Holzgestänge aufgefädelt, die Arme ausgebreitet, der kahle Schädel vornüberhängend. Doch als er genauer hinsah, erkannte er in dem Vogelmann ein menschliches Gerippe. Es schauderte ihn.

Das Tor öffnete sich knarrend. Ein verschlafener Torwächter trat heraus, den Spieß müde im Arm, in der Hand eine Lampe. Er hielt sie hoch, versuchte zu erkennen, wer da auf dem Pferd saß.

«Was wollt Ihr zu so später Stunde?»

Der Reiter war nicht gewillt, sich auf eine Diskussion einzulassen. Es war kalt, und er hatte Hunger.

«Tritt zur Seite und lass uns passieren.»

Mit der Lanze zeigte er auf das päpstliche Wappen, das an der Tür der Kutsche prangte. Drei Bienen auf einem blauen Schild, die Schlüssel, darüber die Tiara – der päpstliche Hut mit einem Kreuz an der Spitze. Er hatte dieses Wappen auf einem Flugblatt schon mal gesehen.

«Verzeiht, Eure Gnaden, natürlich dürft Ihr passieren.»

Er eilte zum Tor zurück und öffnete die beiden schweren Flügel.

«Wo ist euer bester Gasthof?», fragte der Reiter, während die Kutsche durch das Tor fuhr.

«Nur der Nase lang. Der Weg führt gerade darauf zu.»

Die Kutsche holperte über den gefrorenen Matsch, sackte in zahlreiche Löcher. Die Fahrt war noch ungemütlicher als außerhalb der Stadt.

«Himmel», ereiferte sich Crispin und hielt sich am Fensterholm fest, «ist das der Weg geradewegs in die Hölle?»

Sein Begleiter, Bruder Antonius, nahm es gelassener. Er ließ die holprige Fahrt geduldig über sich ergehen. Mit geschlossenen Augen, aber mit einem Lächeln auf den Lippen antwortete er: «Die Wege des Herrn sind unergründlich.»

Die Fahrt endete vor einem Gasthaus. Das Schild lag im Dunkeln. Die beiden Reiter stiegen ab. Der eine pochte gegen die Tür des Gasthauses, der andere öffnete die Tür der Kutsche. Er reichte Crispin die Hand. Doch der schlug sie aus.

«Mein feister Begleiter kann deine Hilfe besser gebrauchen.»

Und tatsächlich, die Kutschentür war für Antonius' Fülle knapp bemessen. Er zwängte sich hindurch, nahm die Hand dankbar entgegen.

«Gesegnet seid Ihr.»

Im Gasthaus tat sich etwas. Licht fiel durchs Fenster. Ein Mann mit Schlafmütze schaute heraus, suchte zu ergründen, wer mitten in der Nacht Einlass verlangte.

«Öffnet die Tür», rief der Reiter. «Die Gesandten des Papstes benötigen Unterkunft.»

Der Mann nickte, öffnete die Tür. Fragend, ob er richtig verstanden habe, huschte sein Blick zwischen Reiter, Kutsche und den beiden Geistlichen hin und her.

«Gesandte des Papsts?»

«Ja», herrschte ihn der Reiter an, drängte ihn zurück und befahl, ein Mahl herzurichten. «Das Beste, was deine Küche hergibt. Los, beeil dich.»

Der Mann tat, wie ihm befohlen. Er weckte seine Frau und die Magd, gab hektisch Anweisungen, in den Keller zu gehen und zu sehen, was noch da war. Dem Knecht trug er auf, die Pferde in den Stall zu führen, zu füttern und zu tränken.

Crispin und Antonius betraten die Wirtsstube. Ihr Blick schweifte prüfend umher. Tische, Bänke, ein Hirschgeweih, ein Kamin und ein großes Kruzifix darüber.

«Eine gottgefällige Schenke», sagte Crispin, der sich die Kälte vom Mantel klopfte.

Antonius bemerkte aber auch noch etwas anderes. Über der Tür waren kleine Heiligenbilder angebracht, schachbrettartig angeordnet. Er trat näher. Neben den Bildern standen auf kleinen Zetteln kurze Gebete und fromme Sprüche.

«Teufelsgeißeln.»

Er drehte sich um, suchte den Wirt, der soeben damit beschäftigt war, Feuer im Kamin zu machen.

«Ihr seid gar ein frommer Mann, wie mir scheint. Doch welchen Zweck verfolgt Ihr damit?»

Er zeigte zu den Heiligenbildchen auf dem Türsturz.

Der Mann eilte herbei, gebückt und sich die schmutzigen Hände an seiner Schürze säubernd. Er sprach leise, beschwichtigend.

«Verzeiht, Eure Hochwürden, es ist nur ein alter dummer Brauch. Wenn Ihr es wünscht, werde ich sie abnehmen.»

«Nein, nein», beschwichtigte Antonius, «ich wundere mich nur. Habt Ihr Grund zur Annahme, dass Euer Haus von bösen Mächten heimgesucht wird?»

«Nun …» Er wusste nicht, wie er es ausdrücken konnte, um die fremden Gäste nicht gleich wieder zu verschrecken.

«Sorgt Euch nicht und sprecht frei heraus.»

«Wie soll ich sagen … seit Wochen gehen merkwürdige Dinge in dieser Stadt vor … sehr merkwürdige. Ihr versteht?»

Er blickte verstohlen in Antonius' Augen, konnte den Blick aber nicht aufrechterhalten.

Crispin spürte die Vertrautheit im Raum. Sie war

nicht angemessen und daher ein Signal zur Wachsamkeit. Er näherte sich den beiden.

«Merkwürdige Dinge», wiederholte Antonius. «Merkwürdig wie ein böser Blick?»

Der Wirt nickte eifrig. «Ja, auch das.»

Crispin schaltete sich ein. «Was für merkwürdige Dinge noch?»

«Seltsame Vorkommnisse.»

«Welcher Art?»

«Nun ja …»

Geduld war nicht Crispins Sache, schon gar nicht nach einer stundenlangen Fahrt über Stock und Stein.

«Sprich endlich.»

Antonius gab ihm Zeichen, gemäßigter vorzugehen. Er legte seine Hand auf die Schulter des Wirts, ging mit ihm hinüber zum Kamin und setzte sich an einen Tisch. Crispin folgte ihnen.

«Du brauchst keine Angst vor uns zu haben, guter Mann.»

Er nahm einen Krug und schenkte Wein in einen Becher.

«Hier, trink und berichte, was du weißt. Verschweige nichts, wir sind verständnisvolle Diener unseres Herrn Jesus Christus.»

Der Wirt trank schüchtern. «Das ist es ja …»

Antonius und Crispin schauten sich fragend an.

«Wovon sprichst du?»

Bevor er antwortete, trank er den Becher in einem Zug leer.

«Die guten Seelen werden gefressen, die schlechten jubilieren.»

Was sollte das bedeuten? Crispin seufzte, verdrehte

die Augen. Der Alte war offensichtlich nicht ganz klar im Kopf. Antonius hingegen spürte, dass da noch mehr war.

«Was meinst du damit? Erklär es uns.»

Er schenkte nach. Manche Zungen brauchten Hilfe, damit sie frei aufsprechen konnten. Der Wirt nahm einen kräftigen Schluck.

«In unserer Stadt geht ein böser Geist um. Er befällt die guten und schont die schlechten Seelen.»

«Wie meinst du das, *befallen*?»

«Wie ich schon sagte, der böse Geist dringt in die gute Seele ein, so wie der Teufel.»

Crispin widersprach. «Gegen eine gute, aufrichtige Seele kann der Teufel nichts ausrichten.»

Der Wirt schaute ihn durchdringend an. «Das glaubte ich früher auch einmal.»

«Aber nun?»

Antonius legte ihm die Hand auf die Schulter, zeigte damit Verständnis.

«Es ist alles auf den Kopf gestellt. Versteht Ihr?»

Nein, das taten sie nicht. Sie ahnten zwar, dass in dieser Stadt Seltsames vorging, aber was genau, wussten sie nicht.

Der Brief von Bruder Jakobus war ähnlich rätselhaft gehalten. Er sprach von diabolischen Szenen, die sich zugetragen haben sollen, von Krankheit, Leid, Wahn und Besessenheit. Aber auch von einem Kind, das unter dem bösen Stern geboren worden war. Und natürlich von Belial.

Antonius schenkte nach, gehorsam trank der Wirt.

«Beschreib es uns näher. Was ist auf den Kopf gestellt, und wie äußert es sich?»

«Wie er in die guten Seelen eindringt, weiß ich

nicht. Aber, dass er sich nur die Guten aussucht und die schlechten verschont, das schon.»

Crispin wollte es genauer wissen. «Wen meinst du mit den *Guten*?»

«Priester, Diener des Herrn.»

Antonius und Crispin verharrten einen Moment. Sie sahen sich zweifelnd an. «Du meinst, der böse Geist dringt nur in die Seelen von Priestern ein und verschont alle anderen?»

Der Wirt schüttelte den Kopf. «Nein, die Frommen natürlich auch. Jeder, der das Knie vor Gott, unserem Herrn und Erlöser, beugt, ist des Todes. Auch die nicht so Frommen, die Scheinheiligen werden befallen.»

«Unsinn!», fuhr es aus Crispin heraus. Er stand auf. «Mir scheint, du bist nicht ganz richtig im Kopf.»

«Nein, Herr», erwiderte der Mann ängstlich, «ich spreche die Wahrheit. Ich bin verschont worden, weil ...» Er seufzte.

Antonius führte den Satz zu Ende. «Weil du nicht zu den Guten gehörst?»

Er trank den Becher aus, nickte schuldbewusst.

«Niemand wagt es mehr, an Gott oder Jesus Christus zu glauben. Die Angst, von dem bösen Geist heimgesucht zu werden, ist zu groß.»

Antonius ahnte, worauf die Sache hinauslief.

«Und nun zu den schlechten Seelen. Sag, wen meinst du damit?»

«Mörder und Räuber, Betrüger und Diebe ...»

«Und wen noch?»

Der Wirt hielt noch etwas zurück, trotz des vielen Weins. Nervös knetete er seine Hände.

Doch Crispin wollte sich nicht länger vertrösten lassen. «Jetzt sprich endlich, bevor ich dich aufziehen lasse. Wer sind die anderen schlechten?»

Kleinlaut lenkte er ein. «Herren, wie Ihr welche seid.»

Schattenfiguren griffen nach dem Kind, an der Wand die spitzen Krallen eines dämonischen Vogels. Ein Skorpion mit zuckendem Stachel. Eine Schlange züngelte. Knochen brachen wie trockenes Geäst. Das Feuer.

Kathi schreckte auf. Ihr Herz pochte, Schweiß auf der Stirn.

Wo bin ich?

Sie schaute sich um. Ach ja, in der Apotheke. Es würde noch ein paar Tage dauern, bis sie sich an die neue Umgebung gewöhnt hatte. Wobei, so fremd war sie ihr auch nicht. Sie hatte zwei Jahre ihres Lebens hier verbracht, als Lehrkind des Apothekers und später geständigen Teufelsanbeters Grein. Jetzt war er tot, genauso wie seine Frau Henriette, der er im Wahn den Kopf eingeschlagen hatte. Von den Kindern, den Zwillingen Lene und Lotti, hatte Kathi seit Monaten nichts mehr gehört, geschweige denn sie gesehen. Manche behaupteten, sie gingen als Untote in der Nacht umher.

Ein trefflicher Grund, dass die Apotheke gemieden wurde, auch dass das Haus und alles, was sich darin befand, seit dem Geständnis Greins als verflucht galt. Niemand wollte mit einer seiner teuflischen Salben behandelt werden, niemand wollte auch nur in die Nähe von Andorn und Alraune kommen – selbst das Johanniskraut, das den Teufel vertreiben sollte, galt als vergiftet.

Der neue Apotheker, der kürzlich in die Stadt gekommen war, hatte sich bei so viel Teufelsglauben die Haare gerauft, tat aber gut daran, in ein anderes Haus zu ziehen und neue Bestände zu ordern. Andernfalls wäre er auf seinen Erzeugnissen sitzengeblieben, im schlimmsten Fall hätte er sich gar verdächtig gemacht.

In einem Korb an ihrer Seite sah sie Michael in seinem Strohbett selig vor sich hin schlummern. Er wirkte zufrieden.

«Für dich ist das überhaupt kein Problem. Schläfst und isst, wo immer du auch bist.»

Sie streichelte ihm sanft über die Wangen und das fein gelockte Haar, das in den vergangenen Tagen so wunderbar und unerwartet gewachsen war. Schön war er anzuschauen, ihr kleines wunderbares Brüderchen, das mehr und mehr zu ihrem Sohn wurde.

Kathi stand auf aus ihrem eilig hingeworfenen Bett – einem Nest aus Kleidern, Stoffen und Decken, die sie in Henriettes Truhe gefunden hatte. Wahrscheinlich ihre Mitgift, die sie an jenem unheilvollen Tag bekommen hatte, als sie Meister Grein zugesprochen worden war, nichtsahnend, dass damit ihr Todesurteil unterzeichnet worden war.

Schmor in der Hölle, Meister Grein.

Sie zündete eine Kerze an und ging vor in den Verkaufsraum, suchte nach Kräutern für einen wärmenden Tee. Die Auswahl war riesig. Ein ungeahnter Schatz inmitten von Not und Elend lagerte hier. Kräuter, Wurzeln, Pulver, Salben und Medizin aller Art.

Besser hätte sie es nicht treffen können, nachdem sie der Hausherr vor die Tür gesetzt hatte. Das Geld für die Miete hatte sie seit Wochen nicht mehr aufbringen können. Anfänglich war Bruder Jakobus noch dafür eingestanden, aber dann zog er sich immer mehr von Kathi und Michael zurück. Bis er seit über einer Woche überhaupt nicht mehr kam.

Gottlob hatte sie noch Barbara, Otto und Volkhardt. Sie waren wahre und treue Freunde, brachten Essen und Kleidung, so viel wie sie entbehren konnten. Im Gegenzug versorgte sie sie mit Salben, Kräutern und Medizin.

Aber seltsam war das schon mit Jakobus. Er war so ein guter Mensch, bei dem ihr Geheimnis – das Mal an Michaels Bein – sicher aufgehoben war, und dann zog er sich, ohne eine Nachricht zu hinterlassen, einfach zurück. Hoffentlich war er nicht krank oder Schlimmeres.

Kathi stand vor dem großen Regal mit Gläsern, Büchsen und Schubladen. Auf jedem Gefäß stand ein Name, teils Lateinisch, teils Deutsch oder in einer Sprache, die sie nicht kannte. Sie las: Kamille, Baldrian, Melisse, Anis, Brennnessel, Pfeffer, Zimt, Ingwer, Malegetta, daneben Kräuter und Wurzeln, die ihr völlig unbekannt waren.

Und es gab noch eine andere Abteilung, eine große, die der Kräuter- und Gewürzbiere, der Heilweine aus den unterschiedlichsten Kräuterzusätzen, und in einem gesonderten Bereich wartete die Königsdisziplin der Medizin mit ihren magischen Wundermitteln auf: Wermut, Cannabis und Opium.

Kathi würde hier viel Zeit verbringen. Es war ihr neues Zuhause und ihre eigene, kleine Universität. Täglich lernte sie ein neues Kraut kennen, mischte es nach vorhandener Rezeptur mit anderen oder experimentierte an neuen.

Der Reichtum, den Grein zurückgelassen hatte, war unermesslich – wenn man wusste, wie Kapital daraus zu schlagen war. Und genau das würde sie auch tun. Helene, ihre Mutter, wäre stolz auf sie. Es war immer ihr größter Wunsch gewesen, dass es ihre Tochter mal besser haben sollte. Ein krisenfester, einträglicher Beruf als kundige Apothekerin war anfangs nur ein Traum gewesen. Jetzt hatte sie die Mittel und Wege, ihn auch zu realisieren.

Spitzwegerich, Salbei, Eibischwurzel, Königskerze …

Sie entschied sich für die Königskerze. Seit dem Morgen hatte sie ein Kratzen im Hals, hustete ein wenig. Der Sud aus den Blüten würde die Symptome lindern, im besten Fall eine aufkommende Erkältung abwehren.

Kümmel, Fenchel, Angelikawurzel …

Klein Michael konnte Hilfe bei der Verdauung gebrauchen. Ein entsprechender Tee, lauwarm verabreicht, war schnell zubereitet.

Mit all den Zutaten ging sie an den Herd im Arbeitsraum. Wasser war ausreichend vorhanden, Holz ebenfalls. Die morschen Regale und das Mobiliar der Grein'schen Wohnung, die über der Apotheke lag, würden sie sicher über den Winter bringen. Sie seufzte zufrieden. Welch ein Luxus. Während die Stadt fror und an einer rätselhaften Krankheit laborierte, konnte sie hier diese garstige Zeit in aller Ruhe überbrücken. Einzig auf den Rauch im Kamin musste sie achten. Tagsüber sollte er nicht zu sehen oder zu riechen sein. Er könnte Nachbarn auf sie aufmerksam machen. Abends und in der Nacht fühlte sie sich ausreichend sicher. Kaum jemand verlor sich bei diesen Temperaturen noch in den Straßen.

Der Tee war schnell zubereitet, der Herd arbeitete wie in den besten Tagen und spendete darüber hinaus eine wohlige Wärme. Mit zwei Bechern in der Hand ging sie zurück in die Bibliothek – dem eigentlichen Schatzkästlein in diesem Haus. In ihrer ganzen zweijährigen Lehrzeit hatte sie diesen Raum nicht betreten dürfen – nicht einmal Greins Töchter, Lene und Lotti, durften es, selbst seine Frau Henriette nur, wenn sie ihm Essen und Wein brachte. Die Bibliothek war Greins heiliger Raum, Refugium und das Tor zur Welt. Ringsum waren die Regale bis zur Decke gefüllt mit Wissen.

Die berühmten Rezept- und Arzneibücher eines Gottfried von Franken und eines Ortolf von Baierland waren unermessliche Schätze des Studiums, genauso wie die Rezepte des berühmten Chirurgen Heinrich von Pfalzpaint oder die *Hausapotheke* eines Hermann Ryff. Wenn sie nicht alles täuschte, stand da auch noch ein Fass mit Trester aus Würzburger Trauben, ähnlich dem, der schon das böse Furunkel eines Martin Luther geheilt hatte.

Und es gab auch die Abteilung der apokryphen Schriften – Texte, die nicht zum anerkannten Kanon gehörten – und Bücher, für die andere den Tod gefunden hatten. Darunter häretische Schriften über die Katharer und das heliozentrische Weltbild eines Nikolaus Kopernikus.

Grein war ein überraschend vielseitig interessierter Mann gewesen, zweifellos. Wie konnte es dann nur so weit kommen, dass er sein aufbrausendes Gemüt so wenig im Griff hatte und damit den Tod seiner Familie verschuldete? Er wusste doch um die im Körper widerstreitenden Säfte und Temperamente und offensichtlich genauso über die jeweiligen Substanzen, die das Gemüt beruhigten. Kathi hatte erst tags zuvor eine wunderbare Abhandlung über die Drogen des Ostens in der Hand gehabt, in der beschrieben wurde, welche Wirkung das auch in Europa verwendete Laudanum hatte oder die

Cannabispflanze, die schon von der heiligen Hildegard beschrieben wurde.

Apropos heilige Hildegard: Da war doch irgendwo noch ein kleines, unscheinbares Büchlein über Klostermedizin … geschrieben von einem Mönch. Sie schaute durch die Reihen. Dort oben, neben den Schriften eines Hans Minner und eines Johannes Serapion war es zu finden. Es behandelte über zweihundert Kräuter und die Kunst der Destillation.

Zufrieden, das richtige Buch für die späte Stunde gefunden zu haben, legte sie sich zurück in ihr Bett. An ihrer Seite Michael, in ihrer Hand ein wohltuender Kräutertee, und falls sie Hunger bekam, standen noch leckere Nüsse zur Auswahl.

Sie seufzte. Grein wusste zu leben … aber auch zu sterben.

Das Knacken eines Holzscheits im Feuer ließ sie aufblicken. Zwei Schatten huschten über die Wand.

«Lene? Lotti?»

8

Der Weg zur Burg des Bischofs war steil und gefährlich.

Die Pferde mussten auf eisigem Grund doppelt so viel Kraft aufbringen, um die Kutsche der römischen Gesandten den Berg hinaufzuziehen. Die beiden eskortierenden Reiter halfen, so gut sie konnten.

In der Kutsche saßen Crispin und Antonius. Nach einer leidlichen Übernachtung und einem ausgiebigen Frühstück fühlten sie sich von der anstrengenden Reise halbwegs erholt.

Bevor sie Bruder Jakobus aufsuchten, hatten sie sich beim Bischof vorzustellen. Kein Landesherr mochte es, wenn auf seinem Boden fremde Mächte mit gefährlichen Nachforschungen unterwegs waren.

«Glaubt Ihr dem Wirt?», fragte Antonius.

Sein besorgter Blick ging zur kleinen Fensterlade hinaus. Der Anstieg zur Burg ließ die Stadt und den Fluss immer kleiner werden. Die Fallhöhe nahm zu. Hoffentlich hatten die Pferde und der Kutscher die Sache im Griff. Unter keinen Umständen wollte er Bekanntschaft mit den örtlichen Doktoren machen. Medizin wurde in Italien gemacht, neuerdings auch in England und Frankreich, keinesfalls aber in deutschen Landen.

Crispin fuhr sich durch den spitzen Kinnbart. Er passte gut zu seinem knochigen Gesicht und seiner hageren Erscheinung. Wer nicht um sein Amt als hoher Glaubenswächter wusste, konnte ihn leicht mit einem Doktor der Medizin oder der Rechtswissenschaft verwechseln, und in gewisser Weise war er das ja auch. Er entschied über

Recht und Unrecht, diagnostizierte Krankheiten des Geistes und der Seele. In beidem suchte er das Heil.

«Ich bin mir noch nicht sicher. Es könnte alles nur dummes Gerede sein.»

Er musste erst mit seinem alten Freund Jakobus sprechen, gleich nach dem Antrittsbesuch beim Bischof. In seinem Brief hatte er sich besorgt gezeigt, hatte eine kursierende Krankheit mit unklaren Worten beschrieben sowie ein Kind erwähnt, das unter einem *bösen Stern* geboren worden war. Irgendwie standen beide Ereignisse in Zusammenhang. Wie genau und warum hatte er nicht geschrieben.

Er konnte nur hoffen, dass Jakobus mit dem bösen Stern nicht den Kometen gemeint hatte, der vor kurzem über Rom erschienen war. Der Vorfall hatte Anlass zur Sorge gegeben.

Aus allen Ländern waren ihm Nachrichten zugetragen worden, die man mit der Erscheinung in Verbindung brachte. Von Ohnmachtsanfällen war die Rede gewesen, die ganze Stadtviertel befielen, aber auch von nicht zu bändigender Raserei, die sich in Aufständen entlud, mancherorts gar zur Rebellion gegen die Obrigkeit geführt hatte. Selbst in der Heiligen Stadt war es zu Selbstbezichtigungen gekommen. Einige davon hatten im Freitod geendet. Und schließlich die Denunziationen, die sprunghaft angestiegen waren. Die Welt schien aus den Fugen geraten zu sein.

Papst Urban hatte sich tief besorgt gezeigt. Er hatte sogar Galilei um Rat befragt – den künftigen Ketzer und Aufrührer, sofern die Informationen seines Dieners Pietro stimmten –, was von der Himmelserscheinung zu halten war. Der wusste auch keine rechte Antwort darauf, dozierte aber über Sterne, Kometen und natürlich die Sonne, Galileis Lieblingsthema. Der Mittelpunkt des Universums … So ein Irrsinn, egal, ob er es beweisen konnte oder nicht. War die Erde aus dem Zentrum genommen, würde es ein weit größeres Beben im Volk geben als bei diesem – zugegeben außergewöhnlichen – Kometen.

Die alte aramäische Schrift fiel ihm wieder ein:

Und es treten Ströme Belials über alle Heere, wie Feuersglut vom Himmel herab, die verzehren, um zu vernichten … Und sie breiten sich aus in lodernden Flammen, bis dass verendet jeder, der von ihnen trinkt.

Eigentlich galt die Prophezeiung für Jerusalem. Dort hatte alles begonnen, dort sollte alles enden. Nicht nur für die Christen. Auch die Juden und die Moslems besaßen Quellen, geheime Schriften, die über die baldige Apokalypse Auskunft gaben. Und nach all dem, was er bisher in Erfahrung hatte bringen können, war Jerusalem das Ziel. Mit Ausnahme von Harmagedon natürlich, dem Ort der Entscheidungsschlacht.

Was um alles in der Welt hatte es dann mit diesem *Teufelsauge* auf sich, wie der Wirt den Kometen genannt hatte? Dieser fallende Stern war mehr als ein gewöhnlicher Komet. Er hatte etwas Besonderes, Magisches … Endgültiges an sich. Nicht nur die Reaktionen auf sein Erscheinen wiesen darauf hin, auch Vorfälle anderer Art, Kriege, Seuchen, Katastrophen … und schließlich der Name Belial, den nicht nur Jakobus in seinem Brief erwähnt hatte, sondern auch …

«Crispin.»

Er schaute auf. «Ja?»

«Ich hatte Euch eine Frage gestellt.»

Richtig, aber er hatte noch immer keine Antwort darauf. Und schon gar nicht für diesen Jesuiten. Warum nur hatte Kardinal Barberini, der neue Sekretär des Heiligen Uffiziums und jüngere Bruder Papst Urbans, auf die Teilnahme von Bruder Antonius an dieser heiklen Mission bestanden? Wer war dieser dicke Bruder mit den roten Backen und dem einfältig lustigen Gesicht? Was konnte er beitragen, aufklären, bereinigen, sofern es in dieser fränkischen Stadt überhaupt etwas gab, das man tun konnte?

Er seufzte. «Ich weiß es nicht. Lasst uns abwarten, was der Bischof zu alldem zu sagen hat.»

Antonius lenkte ein. «Das wird wohl das Beste sein.» Ein Lächeln flog über seine Lippen. Crispin wusste nicht so recht, wie er es zu deuten hatte. Machte er sich über ihn lustig?

An den Wachen vorbei und durch mehrere Tore hindurch gelangten sie schließlich in den Innenhof der Burg, in dessen Mitte sich ein beeindruckend hoher Turm mit einem runden Dreieckskäppchen auf dem Dach befand. Es war der Bergfried, der Kerker der Burg. Es war kein Laut aus diesem mächtig nach oben strebenden, drohenden Zeigefinger zu hören, von dem aus sich trefflich weit ins Land blicken ließ. Nur ein Geruch von Verwesung lag in der Luft.

Neben dem Turm standen eine zweigeschossige Kapelle, rundlich in der Form, mit Wasserspeiern und einer Rotunde als Kuppel, als auch ein kleines, flaches Gebäude, das Brunnenhaus.

Die Kutsche hielt, Crispin und Antonius stiegen aus. Dienerschaft, Pferdeknechte und Wachleute beobachteten sie, in ihren Gesichtern war Argwohn zu lesen.

Wer waren die Fremden? Kamen mit Kutsche und Eskorte …

Niemand lief ihnen entgegen, fragte, ob er ihnen behilflich sein konnte. Einer der Reiter fasste sich schließlich ein Herz und rief in den weiten Hof: «Die Gesandten des Papstes wünschen mit eurem Herrn, dem Bischof, zu sprechen.»

Es dauerte, bis aus einem der Gebäude ein Diener kam.

«Verzeiht, werte Herren. Darf ich fragen, wer Ihr seid und was Euch hierherführt?»

«Meldet eurem Bischof, Bruder Crispin von der päpstlichen Glaubenskongregation wünscht ihn zu sprechen.»

«Die aus … Rom?», fragte er ungläubig.

«Woher denn sonst? Los, beeil dich. Ich habe nicht ewig Zeit.»

Der Diener nickte und trat eilig den Rückweg an.

«Die aus Rom», wiederholte Crispin kopfschüttelnd, laut genug, damit es auch Antonius hörte, «hat man so etwas schon gehört?»

Antonius lächelte versöhnlich. «Vermutlich bekommen sie nicht alle Tage Besuch aus unserer Heiligen Stadt.»

Crispin schaute ihn zweifelnd an, dann mit Verweis auf die Kutsche und das Wappen: «Nach allem, was man über diese Stadt hört, ihren Reichtum und ihre Verbindungen zu hohen Häusern, sollte man eigentlich davon ausgehen, dass sie das päpstliche Wappen erkennen, wenn sie es sehen.»

«Nicht jeder verfügt über einen so aufmerksamen Blick wie Ihr.»

Aus der Tür trat ein Mann, ähnlich verwirrt wie der Diener zuvor, allerdings in der standesgemäßen Kleidung eines hohen Beamten. «Seid willkommen, Eure Hochwürden. Ihr kommt ...»

«... aus Rom», schnitt ihm Crispin das Wort ab. «Ich wünsche den Bischof zu sprechen.»

«Er ist leider nicht hier.»

«Wo hält er sich auf?»

«Ihre Exzellenz hält sich in Schlüsselfeld auf, einem kleinen Ort, zwei Tagesreisen entfernt. Er hat sich dorthin zurückgezogen, bis sich die Lage in Würzburg gebessert hat.»

Der lange Weg die Burg herauf war also umsonst gewesen. Aber gut, Crispin war seiner Pflicht nachgekommen, nun wollte er endlich Bruder Jakobus aufsuchen.

«Dann richtet Eurem Bischof schöne Grüße aus. Unsere Zeit ist knapp bemessen.»

Er gab den Reitern ein Zeichen aufzusitzen und Antonius, in die Kutsche zu steigen.

Doch der Hofbeamte wollte ihn nicht so schnell gehen lassen.

«Verzeiht, aber darf ich fragen, wer Ihr seid und was Ihr wünscht? Ich bin der Kanzler des Bischofs, Dr. Brandt. Vielleicht kann ich Euch behilflich sein.»

Crispin hielt inne. «Mein Name ist Crispin, ich bin im Auftrag der päpstlichen Kongregation der römischen und allgemeinen Inquisition unterwegs.» Er wies auf Antonius. «Und dies ist mein Begleiter, Bruder Antonius. Er steht mir zur Seite. Ich möchte einen Franziskanermönch sprechen. Sein Name ist Jakobus. Vielleicht kennt Ihr ihn und wisst, wo ich ihn finden kann?»

Jakobus.

Der Name verfehlte seine Wirkung nicht, denn die Miene des Kanzlers verdunkelte sich.

«Ich kenne Bruder Jakobus. Aber Ihr könnt ihn nicht sprechen.»

Die Aussage kam einem Affront gleich. Crispin hatte Mühe, an sich zu halten, Antonius antwortete an seiner Stelle.

«Wieso soll es uns nicht erlaubt sein?»

Der Kanzler beschwichtigte. «Natürlich ist es Euch erlaubt, aber Jakobus ist krank ... sehr krank.» Er wies zur Tür. «Bitte kommt herein und lasst uns in aller Ruhe darüber sprechen. Die Angelegenheit ist delikat.»

Über die Treppe kamen sie in den ersten Stock und von dort in einen großzügigen Raum, das Audienzzimmer. Dort saßen um einen Tisch hochgestellte Herren, gemessen an ihrer Kleidung und dem gepflegten Äußeren. Sie schienen in einen ernsthaften Disput verwickelt.

«Bitte tretet ein und setzt Euch», sagte der Kanzler. «Ich möchte Euch gerne vorstellen.»

Crispin war nicht nach neuen Bekanntschaften zumute und nach einem formellen Plausch erst recht nicht.

«Ich danke Euch für das Angebot, aber ich bin in Eile.» Er nickte den Herren höflich zu und bemühte ein Lächeln. «Ich möchte jetzt Bruder Jakobus ...»

«Bitte», insistierte der Kanzler, «es ist wichtig, dass Ihr diese Herren kennenlernt. Sie werden alle Eure Fragen beantworten.»

Erneut war es Antonius, der die Ungeduld seines Begleiters milderte.

«Ich denke, für einen Becher Wein wird die Zeit noch reichen.»

Er setzte sich kurzerhand und nickte den anderen aufmerksam zu. Crispins Verärgerung, die Antonius mit seinem Verhalten provozierte, nahm merklich zu. Er hätte ihn am liebsten alleine sitzen lassen, doch das wäre mehr als ungeschickt gewesen. Sowohl im Ausland als auch in gemeinsamer Mission galt es, geschlossen aufzutreten, keine Schwäche oder einen Angriffspunkt zu zeigen. So setzte er sich notgedrungen dazu.

Der Kanzler war erleichtert. «Dies sind die Hochwürden Crispin und Antonius aus Rom», sagte er zu den Herren. «Sie sind in päpstlicher Mission unterwegs und wollen Bruder Jakobus sprechen.»

Ein leises Raunen ging durch die Runde. Crispin als auch Antonius merkten auf.

«Was ist so außergewöhnlich daran?», fragte Crispin.

«Bruder Jakobus ist krank», antwortete einer der Herren.

«Jaja, das hörte ich bereits», tat Crispin ab. «Ist es ansteckend, oder warum ziert sich hier jeder, wenn man seinen Namen nennt?» Er seufzte. «Entschuldigt meine Ungeduld. Ich bin in Sorge um einen Freund.»

«Wir verstehen das, es ergeht uns nicht anders. Doch bevor wir weitersprechen, darf ich mich und meine Begleiter Euch vorstellen? Ich bin Dr. Riedner, Generalvikar und Stellvertreter des Bischofs in allen geistlichen Belangen. Wir werden in den nächsten Tagen zusammenarbeiten.»

«Interessant», warf Antonius mit Blick in die Runde ein. «Wie kommt Ihr darauf?» Er hielt Ausschau nach einem Diener, der ihm den Becher füllen sollte.

«Weil Jakobus des Teufels ist.»

Hätte es eines Paukenschlags bedurft, um Crispins und Antonius' Aufmerksamkeit zu gewinnen, so war es dieser Satz.

«Was erlaubt Ihr Euch?»

Crispin schaute jedem Einzelnen in die Augen, als wollte er herausfinden, wer der Urheber dieses schlechten Scherzes war.

«Ihr habt richtig gehört», antwortete der Kanzler. «Der Teufel ist in Bruder Jakobus gefahren.»

«So ein Unsinn», widersprach Crispin. Er griff in seine Manteltasche und holte dessen Brief hervor. «Jakobus ist ein aufrechter Diener unseres Herrn mit einem gesunden Verstand, der sich nicht verführen lässt. Hier schreibt er …»

«Wir kennen den Brief», unterbrach der Kanzler, «Jakobus spricht von nichts anderem.»

«Ihr wisst also von unserem Kommen?»

«Wir haben es gehofft. Jakobus will mit niemand anderem sprechen als mit Euch. Er sagt, Ihr wisst, was gegen die Krankheit zu tun sei. Ihr könnt sie bekämpfen, Ihr könnt uns retten.»

Die Verwirrung wuchs. Crispin war nun nicht mehr zu halten. Er stand auf.

«Genug. Ich will Jakobus sehen. Jetzt, sofort.»

Der Kanzler erhob sich, seufzte.

«Dann kommt mit. Aber macht Euch auf etwas gefasst.»

Gemeinsam begaben sie sich auf den Gang, stiegen wortlos die Treppe hinunter, am Erdgeschoss vorbei in die Kellergewölbe.

Hier unten war es dunkel und stickig. Es roch nach Blut, Schweiß und Exkrementen. Crispin und Antonius hielten sich den Arm vor Mund und Nase.

«Herrgott», polterte Crispin, «Ihr habt ihn hoffentlich nicht hier untergebracht.»

«Es gab keine andere Möglichkeit», erwiderte der Kanzler. «Wir mussten ihn und die anderen von den Übrigen trennen.»

«Welche anderen?»

«Die hier, zum Beispiel.»

Er zeigte durch das vergitterte Guckloch an einer Tür. Crispin und Antonius sahen insgesamt fünf Männer in einem Verlies – sofern man von einem menschenwürdigen Dasein in diesem Pferch überhaupt sprechen konnte. An Händen und Füßen waren sie an die Wand gefesselt. Das Stroh, auf dem sie ausharrten, war mit Lehm und Fäkalien zu einem übelriechenden Schlamm verschmolzen, in dem sie sich zu suhlen schienen, so eins waren sie mit dem Dreck geworden.

In ihren Augen hauste der Wahnsinn. Die Laute, die sie von sich gaben, waren nur noch mit Phantasie als menschlich zu bezeichnen. Sie stöhnten und grollten, zerrten und rissen an den Ketten, ein anderer schlug mit der Hand im Takt seines Herzschlags gegen seinen Kopf, der Dritte kümmerte in einer Ecke und knurrte unter seinen verklebten Haaren hervor, als wollte er die Eindringlinge abwehren.

«Gütiger Herr im Himmel», stieß Antonius hervor. «Was habt Ihr mit …»

«Glaubt mir», sagte der Kanzler, «wir tun das nur zu ihrer eigenen Sicherheit. Sobald die Ketten entfernt sind, fallen sie übereinanderher wie wilde Tiere.»

«Was ist mit diesen Menschen geschehen?»

Der Kanzler seufzte. «Genau das ist das Problem. Wir wissen es nicht. Noch vor ein paar Tagen waren sie rechtschaffene Menschen, halfen und unterstützten sich gegenseitig, beteten und gaben Almosen.» Er zeigte auf den Mann in der Ecke. «Das ist Rüdiger Graf zu Hausen, einst ein tapferer Kommandant und treuer Berater des Bischofs. Seht, was aus ihm geworden ist.»

Crispin und Antonius wollten es nicht glauben. Dieser Adelige war zu einem Tier geworden, jeglicher kultivierter Art beraubt, roh und aggressiv, einzig auf die Gelegenheit wartend, seinem Nächsten die Ketten um den Hals zu legen und sie zuzuziehen.

«Wie kam es zu der … Veränderung?»

Crispin hatte schon einiges in seinem Leben gesehen, doch das übertraf seine schlimmsten Befürchtungen.

«Völlig unerwartet in der Nacht, ohne Vorankündigung … fuhr der Teufel in sie. Seitdem sind sie eine Gefahr für jedermann, auch für sich selbst.» Er wandte sich ab. «Nun kommt, lasst uns Bruder Jakobus aufsuchen.»

Vor der letzten Zelle, am Ende des Ganges, machte er halt.

«Am besten, Ihr vergesst alles, was Ihr je von Jakobus wusstet. Das hier ist eine völlig andere …»

Person wollte er sagen, aber das Wort passte nicht mehr.

Er öffnete die Tür und ging hinein. Auf einem Tisch, der vermutlich aus den Beständen des Bischofs stammte, so verziert, wie er war, lag jemand in seinem Unterkleid. Es war mit Blut und Schmutz befleckt. Hände und Füße steckten in Eisenschellen. Zuckungen durchfuhren den Körper, zerrten an den Schellen und den Ketten. Verkrustetes Blut, aber auch frisches überzog das Metall.

Die Augen Jakobus' bewegten sich schnell, scheinbar halt- und ziellos auf die Decke gerichtet, als verfolgten sie ein gefährliches Insekt. An seinen Mundrändern klebte Speichel und etwas anderes, nicht zu Bestimmendes.

Crispin trat an seine Seite. Der Schreck fuhr ihm in die Glieder, als er den alten Freund nicht mehr wiederzuerkennen glaubte. Keine Spur mehr von Wärme und Güte in seinem Gesicht, so wie damals noch, als sie sich zu einem Fest im Franziskanerkloster Sankt Salvator in Regensburg getroffen hatten. Er fasste seine Hand, drückte sie herzlich und mitfühlend.

«Jakobus, was ist mit dir?»

Keine Reaktion.

«Jakobus? Hörst du mich? Ich bin es, Crispin.»

Der Klang seiner Stimme schien endlich zu Jakobus durchzudringen. Er wandte ihm den Kopf zu, suchte die Person zu erkennen, dessen Stimme ihm einst so vertraut war.

«Crispin ...»

Ihm fiel ein Stein vom Herzen. «Ja, Crispin, dein alter Freund aus ...»

Weiter kam er nicht. Jakobus spuckte ihm ins Gesicht.

«Hölle ... Teufel ... Geschmeiß. Scher dich weg von mir, Satanas. Weg!»

Der Körper geriet unter Spannung, stemmte sich gegen die Fesseln, suchte sich zu befreien, zu flüchten, zu retten.

«Aber, ich bin es doch ... Crispin.»

Jakobus schüttelte den Kopf, unkontrolliert heftig, hin, her, als fürchtete er, bei lebendigem Leib gefressen zu werden.

«Weg! Böser Geist. Nicht ... nein, ich will nicht.»

Antonius trat an die andere Seite.

«Bruder Jakobus. Wer haust in deinem Körper? Sag es mir.»

Ein Knurren, ein drohendes Fletschen der Zähne, wild und fremd, der menschlichen Natur nicht gemein.

«Das Auge … Teufel.»

Antonius sah Crispin fragend an. Der zuckte ahnungslos mit den Schultern.

Der Kanzler schaltete sich ein.

«Er meint den Kometen. Teufelsauge wird er auch in der Bevölkerung genannt.»

«Was ist mit dem Teufelsauge?»

Antonius beugte sich zu ihm hinab, flüsterte. «Sag es mir.»

Aus der Tiefe seiner Brust und Überzeugung: «Ego baptizo te non in nomine* …»

Crispin erschrak, presste ihm sofort die Hand auf dem Mund, wollte verhindern, dass er sich selbst des Bundes mit dem Teufel bezichtigte. «Schweig, Bruder, um alles in der Welt und um dein Seelenheil. Kein einziges Wort mehr.»

Antonius blickte erstaunt zum Kanzler.

«Hat er an Teufelsmessen teilgenommen?»

«So ein Unsinn», fuhr Crispin heftig dazwischen. «Er redet im Wahn.»

Der Kanzler hingegen war weniger überzeugt.

«Seine Brüder haben ihn vor drei Tagen zu mir gebracht, sagten, sie könnten ihm nicht mehr helfen. Nur noch die Gnade des Bischofs gebe Hoffnung auf Besserung. Er hat … schon einmal das Sakrament der Beichte gebrochen.»

* «Ich taufe dich nicht im Namen …» Gemeint ist die Teufelsweihe. Sie lautet weiter: «… des Herrn und des Heiligen Geistes, sondern im Namen des Teufels.»

«Seid still!», befahl Crispin. «Jakobus ist krank.»

«Er will Mitbrüder und sündige Seelen auf dem Hexensabbat gesehen haben.»

«Schweigt! Kein Wort mehr.»

«Er selbst sei ein ergebener Diener des …»

«Ihr könnt das doch nicht für bare Münze nehmen. Er ist …»

Crispin suchte eine Erklärung, überlegte, was zu tun war, um das Leben seines Freundes zu retten. Doch der redete sich schneller um Kopf und Kragen, als Crispin das verhindern konnte.

«… sed in nomine Diaboli.»

Jakobus hatte es ausgesprochen. *Im Namen des Teufels.* Er lächelte höhnisch, beglückt, berauscht. Antonius starrte Crispin an, betroffen, aber auch alarmiert.

«Ihr wisst, was jetzt zu tun ist. Es muss schnell geschehen, bevor …»

Noch immer hatte Jakobus nicht genug.

«Die Zahl … Tier … Kind …»

«Was für ein Kind?» Antonius kam näher. «Sag mir, was für ein Kind meinst du?»

«Erde … In der Nacht … Teufelsauge.»

«Das Kind, das in der Nacht des Teufelsauges geboren wurde?» Antonius richtete die Frage an den Kanzler. Der nickte.

«Er spricht von nichts anderem. Wir wissen nicht, wer damit gemeint ist.»

«Hat er denn keinen Namen genannt?»

Der Kanzler schüttelte den Kopf.

«Nein, Kind und Mutter sind unbekannt.»

«Seit wann geht diese rätselhafte Krankheit um?», fragte Crispin ruhiger, gefasster, da er nun wusste, dass er handeln musste. Auf seinen Freund Jakobus konnte er nicht länger Rücksicht nehmen. Es ging um mehr.

«Nach jener besagten Nacht», antwortete der Kanzler, «traten die ersten Fälle auf. Seitdem ist nichts mehr wie vorher. Gut ein Drittel der Stadt ist befallen oder sieht sich dem Vorwurf des Teufelsbundes ausgesetzt. Die reichsten und angesehensten Bürger befinden sich darunter, Professoren, Adelige, hohe Beamte, Kinder ... Der Teufel macht selbst vor der frommsten Seele nicht halt. Der Bischof hat sich vor der Seuche nach Schlüsselfeld gerettet. Ich weiß nicht mehr ein noch aus. Wir sind verloren, wenn Ihr keinen Rat wisst. Bitte, helft uns.»

Crispin und Antonius schauten sich an. Ihr Blick wusste um die Worte, die alles Weitere in Gang setzen würden. Das Vorgehen war erprobt und altbekannt. König Herodes hatte es als Erster angewandt – die tödliche Jagd nach dem Jesuskind. Nun galt es, seinen Widersacher, den Teufel, zu finden, in ähnlich dringender Mission, bevor sich seine Herrschaft über die ganze Welt erstreckte. Niemand würde geschont, kein Stein bliebe auf dem anderen. Das blutige Kreuz am Türstock, das einst die Gottgläubigen von den anderen trennte, wäre in diesem Fall ein Teufelsmal – das die Frommen verschonte, aber das verfluchte Kind, den Antichrist, entlarvte. Die Geschichte war auf den Kopf gestellt, ganz so, wie es dem Teufel beliebte.

Crispin seufzte, er war aber auch überzeugt, das Richtige, seine Pflicht zu tun. Deswegen war er hier, deswegen hatte ihn Jakobus gerufen.

«Ruft alle Knechte und Soldaten zusammen, die unter Eurem Befehl stehen. Wir suchen nach dem Kind, das unter dem Teufelsauge geboren wurde. Wir werden es töten. Ein für alle Mal.»

9

Durch das Maintal pfiff ein frostiger Wind. Was nicht am Boden festgefroren war, wurde aufgescheucht und davongetragen.

Die Karren mit den Verurteilten zwängten sich durch das enge Sandertor. Sie hatten Vorrang vor allen anderen; in den Kerkern warteten schon die nächsten, deren Seelen im Feuer gereinigt werden mussten.

Kathi hielt Abstand zu den klappernden Fuhrwerken. Sie wollte nichts mit den frierenden und geschundenen Körpern auf den Ladeflächen zu tun haben. Nicht weil sie kein Mitleid empfand, es war mehr die Furcht, erneut in den Sog der Hexerei gezogen zu werden, wenn sie ihnen zu nahe kam. Sie hielt den Kopf gesenkt und achtete nur auf ihren Weg. Bald würden die armen Kreaturen brennen, bald wären sie erlöst. Sie konnte nichts mehr für sie tun, außer vielleicht beten. Doch selbst die Worte für ein Gebet waren ihr in letzter Zeit abhandengekommen.

Wofür beten, wenn alles dem Untergang geweiht war?

Alles bis auf Michael. Er war wirklich. Für ihn lohnte es sich zu kämpfen. Es vergingen kein Tag und keine Nacht, ohne dass sie für sein Wohlergehen betete. Der Adressat war aber ein anderer, ein gütiger, allmächtiger Gott, einer, der nichts mit dem Bild zu tun hatte, das sich die Menschen von ihm machten. Kathi stellte sich ihn als eine Wolke vor, unbefleckt und unantastbar, fruchtbar und allgegenwärtig. Eine Wolke stand über den Menschen, konnte ihre Felder sprengen oder sie verdorren lassen. Sie blieb von irdischen Vorstellungen und Erwartungen unberührt.

Kathi hatte Michael für ihren Ausflug warm eingepackt. Sie trug ihn vor der Brust, unter ihrem Umhang war er geschützt vor dem eisigen Wind. Noch immer ging sie neben den Karren her, obwohl sie das gar nicht wollte. Doch die Straßenseite zu wechseln war gefährlich, der Untergrund war glatt und gefroren. Niemand achtete auf irgendetwas, und schon gar nicht auf ein Mädchen.

Der Wind wehte den Geruch der Scheiterhaufen vom Sanderanger herüber. Wer einmal verbranntes Menschenfleisch gerochen hatte, vergaß es nie mehr. Kathi zog den Schal über Mund und Nase enger. Ihre Augen jedoch blieben frei, und die Bilder, die sich davorschoben, konnte sie nicht abwehren. Flammen ringsum, an den Füßen zuerst, dann an den Schenkeln, züngeln hinauf zu Bauch, Brust und Kopf. Der verzweifelte Kampf gegen die Fesseln und der Rauch in Augen und Lungen. Haare brennen wie Zunder, das Fleisch verkohlt, Blut kocht in den Adern. Das Flammenmeer stürzt über sie zusammen, verschlingt sie.

Übrig bleiben in sich gekrümmte Körper, deren Gliedmaßen wie verbrannte Äste aussehen. Und über allem das Gejohle der Menge, die ausdruckslosen Mienen der Hexenkommissare und die Stille, wenn die Feuer erloschen sind.

Schon kommt der nächste Karren …

Da krachte und polterte es plötzlich. Ein Karren rutschte auf dem gefrorenen Untergrund weg, knallte gegen einen Stein. Kathi reagierte schnell, sprang zur Seite, geriet aber mit dem Rücken zur Wand, sodass sie zwischen Karren und Mauer eingeschlossen war. Die Holme des Karrens waren keine Armlänge mehr entfernt. Das Wagenrad reichte ihr bis zum Kinn. Sie hörte die Peitsche schnalzen, den Kutscher schimpfen, die Ochsen maulen. Ein unglücklicher Versuch, das Fuhrwerk wieder in die Spur zu bringen, würde ausreichen, sie und Michael zu zerquetschen.

Da spürte sie etwas. Michael zuckte in ihren Armen, sie öffnete die Augen. Zwischen den Holmen stach eine dürre, blutverkrustete Hand hervor. Dahinter die Fratze eines Mannes, geschunden und zerschlagen. Er hatte Michael gepackt, zerrte und rüttelte an ihm.

«Hilf mir.» Seine Stimme verzweifelt und heiser. «Hilf …»

Kathi verstand nur dieses eine Wort, und selbst das konnte sie in diesem Moment nicht erweichen. Sie schlug auf die Hand ein.

«Lass los!»

«Erbarmen …»

«Ich kann dir nicht helfen.»

«Erbarmen.»

Mit einem Ruck zog der Karren wieder an, das Wagenrad sprang aus dem Loch und ließ eine verschreckte, bis in die Glieder zitternde Kathi zurück.

«Steh hier nicht rum!», fuhr sie ein Stadtknecht an. «Geh weiter.»

Er ging am Ende des Zugs, mit einer Pike in der Hand, um Übergriffe auf die Verurteilten abzuwehren. Doch mittlerweile gab es nichts mehr abzuwehren. Noch vor einem halben Jahr war der Zug der Verdammten ein Volksschauspiel mit Jahrmarkt, Gauklern und Händlern. Jetzt war die Stadt ausgeblutet, arm an Leben und Hoffnung. Niemand wollte mehr eine Hexe brennen sehen – außer es handelte sich um den Mietsherrn, den gehässigen Nachbarn oder den Geldverleiher.

Kathi schlang schützend die Arme um Michael und ging ihres Weges. Sie haderte mit sich, ob es wirklich ein guter Gedanke gewesen war, bei Wind und Kälte vor die Tür zu gehen. Zu Hause in der Apotheke war es wohlig warm und sicher. Aber sie wollte nicht länger auf ein Lebenszeichen von Jakobus warten. Irgendetwas war vorgefallen, da er nicht mehr zu ihr kam. Sie musste herausfinden, was es war, vorher hatte sie keine ruhige Minute.

Das Franziskanerkloster tauchte vor ihr auf. Eine Schneewehe hüllte ein paar Kinder ein, die vor der Pforte auf Essen warteten. An einer anderen, windgeschützten Stelle saß ein Junge auf dem Boden. Er durchstöberte den Schnee. Im Vorbeigehen erkannte sie eine Jesusfigur in seinen Händen. Die ausgebreiteten Arme des Messias benutzte er als Pickel.

Es war ein unwirkliches Bild. Es erinnerte Kathi an die Schulstunden bei Vikar Ludwig. Er hatte ihnen beigebracht, dass das Kreuz mit der Jesusfigur heilig war und anbetungswürdig, der Weg des Kreuzes erstrebenswert. Und nun diente eine geschundene und vom Kreuz erlöste Jesusfigur zu nichts anderem, als im Dreck nach Essen zu scharren. Ludwig würde vor Empörung die Luft wegbleiben.

Sie klopfte zweimal an die Pforte. Es dauerte, bis die Klappe geöffnet wurde. Eine Kapuze schaute heraus, darunter die rote Nase eines frierenden Gesichts.

«Was willst du?»

«Ich möchte Bruder Jakobus sprechen.»

«Jakobus?» Die Stimme klang überrascht und traurig. «Jakobus ist nicht mehr unter uns, mein Kind. Geh nach Hause und bete für seine arme, verlorene Seele.» Die Klappe schloss sich.

«So wartet doch.» Sie klopfte. Die Klappe öffnete sich wieder. «Was ist mit ihm geschehen?»

«Das weiß allein der Herr, unser Schöpfer. Und nun …»

«Lasst mich doch zu ihm. Er wird mich bestimmt sehen wollen.»

Er seufzte. «Jakobus ist nicht mehr hier.»

«Wo ist er dann?»

«Auf der Burg, falls er noch lebt.»

«Auf der … Was ist mit ihm geschehen?»

«Glaub mir, mein Kind, es ist besser, wenn du nichts davon erfährst. Halte dich fern von ihm. Der Teufel ist unter uns.»

Die Klappe schloss sich, nun endgültig.

Was sollte das bedeuten: *Der Teufel ist unter uns?* Und was hatte das mit Jakobus zu tun?

Verwirrt wandte sie sich ab. Der Junge mit der Jesusfigur blickte zu ihr auf, die anderen kamen herbei und umkreisten sie.

«Hast du zu essen bekommen?»

Kathi verneinte.

«Aber du hast doch mit ihm gesprochen.»

«Ich habe nur jemanden gesucht.»

«Einen Mönch?» Die anderen lachten, sie nickte.

«Dummes Ding.»

Kathi ging weiter. Schneebälle schlugen neben ihr auf, einer traf sie am Rücken. Sie senkte den Kopf, nahm Michael enger an sich heran, ging schneller. Die Späße der Kinder störten sie nicht.

Aber was war mit Jakobus geschehen? Was machte er auf der Burg des Bischofs, und was meinte der Mönch mit *falls er noch lebt*?

Finstere Gedanken überkamen sie. Konnte es sein, dass Jakobus der rätselhaften Seuche zum Opfer gefallen war? Hatte er im Wahn ihr Versteck preisgegeben, gar von dem Mal auf Michaels Bein erzählt?

Dann waren sie in der Apotheke nicht länger sicher. Jakobus wusste um ihr Versteck. Sie eilte geradewegs … ja, wohin? In die Apotheke zurück, war nach der neuen Information keine gute Idee. In ihre alte Dachkammer? Wahrscheinlich wohnten neue Mieter darin.

Während Kathi fieberhaft nach Auswegen suchte, bemerkte sie nicht, wie sich in der Gasse vor ihr ein Drama ganz anderer Art abspielte.

Schluchzende Mütter flehten die Stadtknechte an, ihnen ihr Kind zurückzugeben. Väter gingen mit Dreschflegeln und Prügeln auf die Kinderräuber los. Es setzte auf beiden Seiten Hiebe und Schläge, manch einer ging blutend zu Boden.

Aus einer Tür kam ein Mönch in schwarz-weißer Kutte. Er war hager und groß, das Gesicht schmal mit einem Spitzbart. Er befahl den Knechten, sich zu beeilen, damit nicht noch mehr Unheil geschehe.

«Bringt die Kinder in die Kanzlei des Bischofs. Antonius wird sich dort um sie kümmern.»

Kathi wollte mit alldem nichts zu tun haben. Sie achtete nicht weiter auf diesen streng dreinblickenden Mann, der kurz zu ihr herüberblickte, das Kind unter ihrem Umhang aber nicht bemerkte und dann zum nächsten Haus weiterging.

Sie folgte der Gasse bis zum Marktplatz. Das Drama

wiederholte sich – Knechte fielen in die Häuser ein und entrissen den Eltern die Kinder.

Was um Himmels willen ging hier vor?

«Kathi.»

Sie schreckte zusammen, blickte ängstlich zur Seite. Hinter einer Hausecke standen ihre Freunde Barbara und Otto. Sie winkten sie aufgeregt herüber.

«Komm, schnell!»

«Was geschieht hier?», fragte sie wie benommen.

«Der Bischof lässt nach Michael suchen», erwiderte Otto.

Und Barbara: «In der ganzen Stadt rauben die Stadtknechte Neugeborene und bringen sie in die Kanzlei.»

«Warum? Was geschieht dort mit ihnen?»

Otto zuckte mit den Schultern. «Niemand weiß etwas Genaues. Einige sagen, ein fremder Mönch untersucht sie auf ein auffälliges Mal hin, andere behaupten, die Kinder würden erneut getauft.»

«Michael ist nirgendwo mehr sicher», sagte Barbara. «Ich habe auch Knechte vor der Apotheke gesehen.»

«Sind sie hineingegangen?»

«Weiß ich nicht. Auf jeden Fall kannst du nicht mehr zurück.»

«Wohin dann?» Kathi schaute sie hilfesuchend an.

Bei Barbara und Otto konnte sie nicht unterkommen. Die wohnten bei ihren Lehrmeistern. Auch sonst würde niemand Kathi Unterschlupf gewähren, nicht bei der Brutalität der Knechte und schon gar nicht bei den Folgen, die man zu fürchten hatte.

«Da bist du ja endlich.» Volkhardt kam atemlos um die Ecke gerannt. «Ich habe dich überall gesucht. Die Knechte …»

«Wir haben es ihr schon gesagt», unterbrach Otto. «Sie muss mit Michael dringend verschwinden.»

Volkhardt nickte. «Sie lassen kein Haus aus. Am besten, du verlässt sofort die Stadt.»

Otto, Barbara und Kathi schauten ihn entgeistert an.

«Hast du den Verstand verloren?», erwiderte Barbara. «Draußen vor den Toren ist sie jedem Bettler und Landsknecht schutzlos ausgeliefert.»

«Hast du einen besseren Vorschlag?»

Sie seufzte kopfschüttelnd.

«Ich kenne einen Topfhändler», fuhr Volkhardt fort, «der heute noch nach Wertheim aufbricht. Für ein Handgeld würde er dich in seinem Karren verstecken. Zumindest bis nach den Toren.»

«Und was dann?», fragte Otto. «Kathi kann doch nicht alleine …»

Volkhardt beschwichtigte. «Ich begleite sie natürlich.»

«Selbst dann ist es aussichtslos», gab Barbara zu bedenken. «Ihr seid nur zu zweit, habt kein Essen und kein Geld.»

«Vielleicht ist das auch gar nicht nötig», sagte Kathi nach einer Weile des Schweigens. «Ich weiß, wo wir uns verstecken können.»

10

Das Kind war nach Aussage der Mutter vor der Nacht mit dem Teufelsauge geboren worden. Aber konnte sie das auch beweisen?

Als Zeugen hatte sie einen Nachbarn mitgebracht, und falls dessen Zeugenschaft nicht ausreichen sollte, konnte ein angesehener Stadtrat es auch bestätigen.

Ob dieser Stadtrat denn der Vater sei, wollte Antonius wissen.

Röte zog der blassen Frau ins Gesicht. Sie schluckte, dann schüttelte sie vorsichtig den Kopf.

Die Hebamme, die an der Seite von Antonius die Kinder nach dem gesuchten Mal untersuchte, warnte sie. «Sei vorsichtig mit deinen Zeugen. Der Stadtrat, der dir helfen soll, ist erst kürzlich besagt worden.»

Damit war das Thema Zeugenschaft erledigt. Der Nachbar musste nun auch dringend an die Arbeit zurück.

Antonius blickte zu dem nackten Kind hinab, das da vor ihm ausgebreitet lag. Er konnte an ihm nichts Auffälliges feststellen, außer dass es an Unterernährung litt und dass das wenige Leben, das noch in ihm steckte, von Flöhen ausgesaugt wurde.

«Hast du ein weiteres Kind in diesem Alter?»

«Nein, Euer Hochwürden.»

«Kennst du jemanden aus deiner Nachbarschaft oder deiner Familie, der ein Kind in letzter Zeit zur Welt gebracht hat?»

«Nein, Hochwürden.»

«Hast du Kenntnis von jemandem, der jemand anderen kennt, der ein Kind zur Welt gebracht hat.»

«Nein, Hochwürden.»

«Wäge deine Worte gut ab. Bedenke, dass auch du dich schuldig machst, wenn du etwas verschweigst.»

Die Frau zögerte.

«Es soll dein Schaden nicht sein», fügte die Hebamme hinzu. «Der Kanzler hat eine Belohnung ausgesetzt.»

«Wie hoch ist sie denn?»

«Das hängt von deiner Information ab», sagte Antonius.

Eine Frau in Geldnöten war wahrlich keine Seltenheit an diesem Tag. Eine von Moral und Anstand hingegen schon.

Antonius ahnte es. «Geh zum Schreiber. Sag ihm, was du weißt, und hinterlasse deinen Namen. Wir werden dann sehen, wie wir dich entlohnen.»

Die Frau stimmte zu, packte ihr Kind wieder ein und stellte sich in die Reihe beim Schreiber an.

«Die Nächste.»

Antonius blickte zum Fenster und sah, wie die Stadtknechte aufgebrachte Bürger abwehrten. Das ging nun den ganzen Vormittag schon so, ohne dass sie auch nur eine Spur von diesem vermaledeiten Kind hatten finden können. Und auf die Denunziationen, die die Frauen dem Schreiber in den Federkiel diktierten, gab er ohnehin nicht viel. Es musste einen anderen Weg geben.

Wieder schäumte die Bürgerwut hoch. Die Knechte kamen mit neuen Kindern, und wenn er sich nicht täuschte, wurden sie von Crispin angeführt. Aber in seiner Begleitung war noch jemand.

«Mach ohne mich weiter», sagte er zur Hebamme.

Er zwängte sich durch die Wartenden hinaus in den Hof. Crispin befehligte die Mütter mit ihren Kindern in die Amtsstube, er selbst zog sich mit zwei Männern ein paar Schritte zurück. Unter ihnen erkannte er den Kanzler Dr. Brandt und an dessen Seite den Mann, den sie bei ihrer Ankunft im Audienzzimmer des Bischofs kennengelernt hatten – den Generalvikar und Stellvertreter des Bischofs in allen geistlichen Belangen, Dr. Riedner. Er hatte sie willkommen geheißen. Worin die angekündigte Zusammenarbeit genau bestand, sollte im Laufe des Nachmittags besprochen werden.

«Bruder Antonius», sagte Crispin, «Ihr kommt gerade recht. Die beiden Herren haben etwas mit uns zu besprechen.»

Antonius nickte freundlich.

«Um was es sich handelt, haben sie jedoch bislang verschwiegen.»

Die Worte waren eine Aufforderung, und Crispin gab sie an Brandt und Riedner weiter.

«Es ist etwas delikat», antwortete der Kanzler, «zumal der Bischof nicht auf der Burg weilt. Da Ihr aber Gesandte des Heiligen Vaters seid, würden wir Euren Rat in der Sache begrüßen.»

Crispin nickte. «Wenn es in unserer Macht steht.»

Generalvikar Riedner bestätigte es. «In dieser heiklen Angelegenheit gilt es diskret vorzugehen, zumal hochgestellte Würdenträger darin verwickelt sind.»

Antonius merkte auf. «*Hochgestellte Würdenträger* … Was meint Ihr damit? Welchem Verbrechen sollen sie sich schuldig gemacht haben?»

«Es ist ratsam, wenn Ihr Euch selbst ein Bild von der Lage macht. Wenn Ihr mir bitte folgen wollt.»

Er ging in die Kanzlei zurück, allerdings nicht in den Raum, in dem die Neugeborenen begutachtet wurden, sondern in einen weitaus ruhigeren, geheimnisvolleren.

«Ich habe Dr. Faltermayer, einen bewährten Hexenkommissar, dazugebeten.»

«Aus welchem Grund?», fragte Antonius.

«Geduldet Euch einen Moment, Ihr werdet gleich sehen, warum.»

Er öffnete die Tür. Inmitten des Raums kniete ein Mann auf einer roten Steinplatte, vornübergebeugt, den Kopf hängend, eine Tonsur auf dem Kopf. An seiner Seite stand ein Mann, dessen Aufmerksamkeit zur Tür wechselte, als sie sich öffnete. Er war von stattlichem Körperbau. Sein Gesicht war in einen schwarzen Bart gefasst, der erste graue Stellen zeigte. Die Gesichtsfarbe war fahl wie die winterliche Jahreszeit, sein Blick stechend und klar. Offenbar fühlte er sich gestört, doch als er Riedner und den Kanzler erkannte, fasste er sich schnell.

Er trat einen Schritt von der roten Platte zurück.

«Meine Herren», begrüßte er sie und deutete eine Verneigung an.

«Meister Faltermayer», erwiderte der Kanzler. Die beiden kannten sich gut, und der Respekt voreinander war in den vergangenen Monaten nicht geschwunden. Auch dann nicht, als der Bischof seinen ersten Hexenjäger im Zuge der Kinderhexenprozesse suspendiert hatte. Faltermayer hatte in die eigene Tasche gewirtschaftet und dem Bischof viel Geld vorenthalten. Daraufhin war er in Ungnade gefallen, letztlich aber rehabilitiert worden. Auf die Schläue Faltermayers konnte und wollte der Bischof bei der Hexenjagd nicht verzichten.

«Darf ich Euch Bruder Crispin und Bruder Antonius

vorstellen? Sie sind im Auftrag des Heiligen Stuhls bei uns.»

Faltermayer nickte höflich, wenngleich er kühl wirkte.

«Euer Hochwürden.»

Die Frage nach dem genauen Grund ihrer Anwesenheit schien ihm auf den Lippen zu liegen. Doch er wartete ab.

Riedner wies die Herren an, sich im Kreis um den am Boden Knienden aufzustellen.

«Das ist Vikar Ludwig», begann er, «vormals Angehöriger des Stifts zu Neumünster, nun bei Stift Haug. Er ist ein frommer und aufrichtiger Diener unseres Herrn, der bislang keinen Grund zur Klage gegeben hat.»

Es folgte eine Litanei seiner Verdienste, doch Crispin interessierte das nicht. Er war unruhig, wollte schnell erfahren, was hier los war und dann zu seiner Arbeit zurückkehren.

«Davon gehe ich aus, werter Generalvikar. Doch was ist mit ihm, wieso sind wir hier und was ist das für eine seltsam rote Platte, auf der er kniet?»

In den Stein war ein Kreuz gemeißelt, an den Seiten Schutzformeln in lateinischer Sprache.

«Es ist der Schutzstein. Er soll die bösen Geister festhalten, damit sie nicht auf uns übergehen.»

«Was wird dem ehrenwerten Vikar vorgeworfen?»

«Eigentlich nichts. Es geht vielmehr darum, was er anderen vorwirft.»

«Und was ist das?»

«Hört selbst.» Er wies auf Vikar Ludwig.

Crispin ging in die Hocke, Antonius tat dasselbe. Sie horchten, was Ludwig da vor sich hin murmelte. Es waren lateinische Worte, fiebrig gesprochen, mitunter unverständlich, scheinbar wirr, zusammenhanglos. Doch ein paar Worte wiederholten sich. Antonius beugte sich näher an Ludwigs Kopf, der noch immer nach unten hing, die Augen fest auf den Stein gerichtet, als schaute er geradewegs hindurch. Die gefalteten Hände hielten einen Rosenkranz.

«Der Herr der Hölle sei mit dir.»

Antonius erschrak. «Allmächtiger. Was redet er da?»

«Eine unheilige Messe zu Ehren des Teufels», antwortete Crispin.

Riedner bestätigte es. «Hört, es geht noch weiter.»

Crispin näherte sich Ludwig, horchte genau hin. Zwischen dem undeutlichen Kauderwelsch aus Latein, Deutsch und einer anderen – vielleicht germanischen – Sprache stach immer wieder ein und derselbe Name hervor: Teufelsbruder Gottfried.

«Er meint den ehrwürdigen Domherr Gottfried von Weyhenstein», erklärte Riedner.

Faltermayer setzte zur Gegenrede an, konnte sich aber gerade noch beherrschen. Er schenkte sich Wein ein und stürzte ihn in einem Schluck hinunter.

Antonius entging es nicht. «Was ist mit Euch, Meister Faltermayer? Schon vorhin bemerkte ich ein Unwohlsein.»

Faltermayer antwortete nicht gleich, sein Blick ging hinüber zum Kanzler, dann zu Riedner. Die zögerten mit ihrer Erlaubnis, bis Riedner sie ihm schließlich erteilte.

«Dann sprecht, so Gott und Euer Gewissen es befehlen.»

Eine Last fiel von ihm ab. «Der Domherr Gottfried von Weyhenstein mag einem ehrenwerten Haus entstammen, doch sein Lebenswandel ist alles andere als ehrenwert. Um nicht zu sagen: im höchsten Grad unmoralisch.»

«Werdet präziser.»

«Dem *hochehrwürdigen* Stiftsherren zum Dom wird nachgesagt, einen Bastard mit seiner Haushälterin gezeugt zu haben, nicht der erste, wohlgemerkt. Auf einer Hochzeit ist er vor kurzem betrunken und rüpelhaft gegen die Gäste vorgegangen, auf dass ihn der Bräutigam eigenhändig vor die Tür setzen musste. Glücksspiel, Trunksucht und Hurerei sind ihm ebenso zu eigen wie das Fluchen und …»

«Genug!», fuhr Riedner dazwischen. «Die Herren haben nun eine Antwort auf ihre Fragen bekommen.»

«Was ist nun in diese arme Seele gefahren?», fragte Crispin mit Verweis auf Vikar Ludwig.

Riedner zuckte mit den Schultern. «Wir wissen es nicht. Angefangen hat es vermutlich mit dem Erscheinen dieses obskuren … Sterns oder kurz danach. Von einer Nacht auf die andere war er wie ausgewechselt, rasend vor Zorn und Wahnsinn, sodass ihn vier Brüder bändigen mussten. In einer Zelle verbrachte er Tage, bis die Raserei aus seinem Geist verschwunden war. Er erholte sich, ging zur Beichte, hatte Teil am Abendmahl und den Gebeten im Kreis der Brüder … bis der Wahnsinn erneut über ihn kam. Seitdem ist er in dieser Verfassung, spricht von …», er seufzte, «… heiligen Messen zu Ehren des Satans.»

«Und welche Rolle spielt dieser Domherr dabei?»

«Gottfried von Weyhenstein soll den Messen als Priester vorgestanden haben.»

Crispin ging sich durch den Bart, überlegte.

«Was sagt Gottfried dazu?»

«Der verneint es, vehement.»

«Glaubt Ihr ihm?»

«Natürlich.»

«Obwohl er ein derart lasterhaftes Leben führt?»

Riedner musste aufpassen, dass er nicht jemandem den Rücken stärkte, der zwar formal gegen jegliche Beschuldigung gefeit war, andererseits aber große Verärgerung hervorrief. Sogar der Bischof hatte ihn wegen seines ausschweifenden Lebenswandels bereits gerügt.

«Erhebt sonst noch jemand Anschuldigungen gegen den Domherren?», schob Crispin nach.

Der Kanzler schickte sich zur Antwort an, überließ es dann aber Faltermayer, zu garstig waren die Vorwürfe.

«Ein Junge, zwölf Jahre alt, will ihn am Rennweg gesehen haben, wie er nackt mit einem fremden Weibsbild getanzt hat. Sie priesen dabei laut den Leibhaftigen. Ein anderer habe ihn nächtens auf dem Sanderanger gesehen, dort hat er mit der Base des Weihbischofs Unzucht getrieben. Und schließlich ein Weib, das beobachtet haben will, wie er eine Hostie entweiht und damit dem Teufel als seinen einzigen wahren Gott angebetet hat.»

«Sind die Vorwürfe glaubhaft?»

Faltermayer bestätigte es. «Die beiden Jungen sind bereits des Pakts mit dem Teufel überführt und verbrannt worden. Das Weib liegt derzeit auf der Streckbank.»

Geständnisse wogen schwer, denn nur ein Teufelsanhänger konnte einen anderen erkennen. Fragte sich nur, wie es mit Ludwig stand.

«Dieser Vikar», sagte Crispin, «ist er nun besessen oder nicht?»

Riedner ergriff das Wort. «Das ist die Entscheidung, vor der wir stehen. Wenn wir beginnen, ihn oder auch

Gottfried von Weyhenstein ernsthaft zu befragen, weiß niemand um die Folgen.»

«Was sagt Euer Bischof dazu?»

«Schweren Herzens hat er einer gewissenhaften Überprüfung zugestimmt. Er hat gegen Eure Meinung aber nichts einzuwenden, im Gegenteil, sie ist ihm willkommen.»

Crispin zupfte an seinem Bart, dachte nach, welche Konsequenzen sich aus der Anklage eines Geistlichen ergeben konnten. Was passierte mit den Geistlichen in dieser Stadt, wenn einer von ihnen der Hexerei beschuldigt und überführt wurde? Wenn einmal diese Schranke gefallen war, gab es kein Zurück mehr. Es musste also weise und vorausschauend entschieden werden.

Antonius mischte sich in seine Gedanken.

«Das sind schwere Vorwürfe. Besser, wir halten uns da raus. Es ist Aufgabe des Bischofs und nicht unsere …»

«Ich weiß», unterbrach Crispin. «Dennoch, es scheint alles mit diesem Stern in Verbindung zu stehen. Und genau deswegen sind wir doch hier, um herauszufinden, was in jener Nacht geschehen ist. Ich will daher meine Zustimmung nicht verwehren.»

Er wandte sich an Riedner und den Kanzler.

«Ich schlage vor, diesen Domherren gewissenhaft zu befragen. Das soll im Geheimen geschehen. Je nachdem, was er zu den Vorwürfen zu sagen hat, werden wir sehen, wie weiter zu verfahren ist.»

Ein guter Vorschlag. Alle waren sich einig. Selbst Faltermayer konnte ein zufriedenes Lächeln nicht verbergen. Es gab Arbeit für ihn, lohnenswerte.

«Noch heute Abend soll sich Gottfried von Weyhenstein unseren Fragen stellen», beschied Riedner.

11

Die Straße führte an der Burg des Bischofs vorbei, über Höchberg nach Westen, entlang der Kaiserstraße, die eisig und verlassen war. Ringsum dichter Wald, dunkel und bedrohlich. Das, was vom Tag noch übrig war, verfing sich in den schneebedeckten Baumkronen.

Kathi wusste nicht, was den Topfhändler dazu bewogen hatte, ausgerechnet bei Beginn der Dämmerung den Weg nach Wertheim anzutreten. Überall lauerten Gefahren – Räuber, ausgehungerte Bettlerscharen, versprengte Söldner, wilde Tiere. Recht und Ordnung existierten hier draußen nicht.

In der Stadt war man sicherer aufgehoben, wenn nicht gerade die Knechte des Bischofs nach einem suchten oder man als fremder Händler ständig in Gefahr schwebte, vor den Hexenkommissar gezerrt zu werden. Das mochte wohl auch der Grund gewesen sein, wieso dieser knorrige alte Mann keine Stunde länger in dieser vom Teufel besessenen Stadt ausharren wollte. Vor den Toren regierte zwar die Willkür, aber im Vergleich mit dem Wahnsinn einer verfluchten Stadt war sie das kleinere Übel.

Volkhardt sah das genauso, andernfalls wäre er das Wagnis nicht eingegangen. Kathi vertraute ihm, seiner Zuversicht und seinem Schutz. Neben dem Dolch, den er ständig mit sich führte, trug er nun auch eine mit Dornen besetzte Kette an seinem Gürtel, die er wie einen Morgenstern zu schwingen gedachte, sofern sie angegriffen wurden. In der Hand hielt er eine verkürzte

Pike, die gerade so lang wie er groß war, um beweglich zu bleiben. Die Pike war seit Antritt der Fahrt auf den Rücken des Topfhändlers gerichtet, sollte der auf dumme Gedanken kommen. Aber davon war nicht auszugehen. Der Alte – obwohl verschwiegen und missgelaunt – hatte nur Sinn für den Ochsen und den mit Löchern gespickten Weg. Er saß auf dem Bock, eine Decke aus einem Dutzend Katzenfellen um die Schultern, und stierte nach vorne, in die dumpfe Ungewissheit einer lebensgefährlichen Reise.

Auf der Ladefläche, zwischen Töpfen, Bechern und Pfannen, hatten sich Kathi und Volkhardt eingerichtet. Sie kauerten eng beieinander auf Lumpen und Stroh gebettet. Volkhardt hielt eine Decke um Kathi und den kleinen Michael.

Der kleine Mann war bis über die Nasenspitze eingewickelt. Nur die beiden Augen schauten hervor. Das Pfeifen des Winds durch die Ritzen der Seitenwände und das Scheppern des Metalls störten ihn nicht, er schlummerte sanft im Genuss des letzten Honigs, den Kathi in der Apotheke hatte auftreiben können.

In Babettes Hütte würde es mehr davon geben, sie brauchte sich nicht zu sorgen. Der Honig war gesund, schützte vor Krankheiten und bösen Geistern – so zumindest hatte es Babette immer gesagt. Leider war das Versprechen für sie nicht aufgegangen. Der Handel mit eben diesem Honig war es gewesen, der den Argwohn eines Stadtknechts erregt und sie schließlich vor den Richterstuhl geführt hatte.

Verfluchter Faltermayer, grollte Kathi in Gedanken. Wieso musstest du gerade sie, die Barmherzigste und Liebenswürdigste aller, in der Kalkgrube töten? Hätten es ein paar Stockhiebe und der Verweis aus der Stadt nicht auch getan?

Ohne die Hinrichtung ihrer geliebten Amme wäre es nicht zu den folgenschweren Kinderhexenprozessen gekommen, und aus Würzburg wäre kein zweites Sodom geworden.

Brennen wirst du, verdammter Hexenkommissar, eines baldigen Tages. Dein Weg ist vorgezeichnet. Er führt geradewegs in die Hölle.

«Was ist mit dir?», fragte Volkhardt.

Kathi blickte auf. «Was soll sein?»

«Du machst ein Gesicht, als wolltest du jemanden ermorden.»

Volkhardt war ein aufmerksamer und intelligenter junger Mann, gerade mal vier, vielleicht fünf Jahre älter als sie. Anfangs hatte sie an ihm gezweifelt, an diesem verzogenen Spross einer Adelsfamilie aus dem Hohenlohischen. Doch als sie von dem Mord an seiner Familie erfuhr – den Faltermayer auch zu verantworten hatte –, waren die Vorbehalte gewichen.

Und nicht zuletzt hatte er sie vor dem Schwert gerettet. Ohne ihn würde sie heute ihr kleines Brüderchen nicht in den Armen halten, ohne ihn wäre alles nichts.

«Ich war in Gedanken», antwortete sie, «keine Sorge.»

Er nickte, weniger von der Antwort überzeugt als in der Gewissheit, dass es seinen beiden Schutzbefohlenen gutging. Kathi spürte es im sanften Druck seines Armes, der sie umschloss wie ein Mann, der seine Familie gegen alle Bedrohungen schützte.

Das Gefühl war angenehm. Sie schmiegte sich hinein. Nicht lange allerdings. Der Händler hielt den Karren an.

«Wir sind da», raunzte er nach hinten.

Volkhardt erhob sich, half Kathi und Kind vom Karren, ging vor zum Bock und händigte den vereinbarten Lohn aus.

«Seid vorsichtig», knurrte der Alte und nahm es. «Das Gesindel unterscheidet nicht zwischen einem Mann und einem Kind.»

«Ich weiß mich zu wehren.» Er legte die Hand auf den Dolch. «Und nun gehabt Euch wohl und seid gedankt. Wir sind bald am Ziel.»

«In Gottes Namen.»

Die Zügel klatschten auf das dürre Hinterteil des Ochsen. Mit einem Ruck zog der Karren an. Klappernd verschwand er in der Dunkelheit, wo das Scheppern der Töpfe auch bald verebbte.

«Wir sollten uns beeilen», sagte Volkhardt. «Auch wenn es dunkel ist und uns niemand sieht, sind wir hier nicht sicher.»

Noch im selben Moment, als die Worte seinen Mund verlassen hatten, bereute er sie. Er sollte Kathi beruhigen und nicht verängstigen.

«Ich meine …»

«Schon gut. Ich weiß, was du sagen wolltest.»

Mit Michael im Arm ging sie voran. «Komm, Babettes Hütte liegt nicht weit von hier. Halt dich an mich, ich kenne den Weg.»

Sie schmunzelte bei diesen Worten. Sosehr sie es auch genoss, dass Volkhardt über sie wachte und sie beschützte, so angenehm war auch die Erleichterung in seinen Augen zu sehen, dass er in dieser gefährlichen Mission nicht auf sich alleine gestellt war. Er wusste um Kathis Willen, der Berge versetzen konnte.

Der Weg, den sie beschritten, war im eigentlichen

Sinne kein Weg, noch nicht einmal ein Pfad. Es hatte gar den Anschein, als ginge Kathi ziellos drauflos. Es gab keine Anzeichen, ob hier je ein Mensch oder ein Tier gegangen war. Der Schnee hatte alles unter sich begraben.

Kathi wusste aber, woran sie sich zu orientieren hatte. Zum einen an der gespaltenen Eiche, in die der Blitz eingefahren war, zum anderen an den drei aufeinanderfolgenden Hügeln, in denen ein Ameisenvolk beheimatet war und die Leichen zweier Landsknechte verscharrt worden waren. Der dritte Hügel barg eine Marter in sich, eine Figur des heiligen Christophorus, der das Jesukind auf seinen Schultern durch einen reißenden Strom trug. Danach ging es fünfhundert Schritte geradeaus bis zu einem abgebrochenem Baumstamm, es folgten der Adlerhorst, eine Lichtung und schließlich die Hütte, hinter dicht beieinanderstehenden Tannen verborgen.

Das letzte Mal war Kathi vor einem Monat hier gewesen. Sie hatte in der Hütte nach Honig und Marmelade gesucht. Sie erinnerte sich noch genau, was sie vorgefunden hatte. Babettes Bettstatt war noch immer ungemacht dagelegen, als wäre sie gerade eben aufgestanden. An der Wand ein Kruzifix, daneben ein Brett, auf dem die paar wenigen Bücher standen, die Babette zu lesen versuchte. Kathi hatte es ihr beigebracht, doch viel lieber hörte Babette ihr zu, wenn sie daraus vorlas. Dabei saß sie neben dem Feuer, stopfte die Löcher in den Socken, reiste mit ihren Gedanken oder verlor sich in die Erinnerungen an den Sommer.

Kathi seufzte. Die Schatten der Vergangenheit lagen schwer auf ihrer Seele. Babettes Hütte war zum letzten Refugium geworden, das ihr noch geblieben war.

Es war eine kleine Hütte mit nur einem Raum. Die Tür würde unverschlossen sein, sie brauchten sie nur aufzustoßen. Babette hatte nie ein Schloss einbauen lassen. *Hinausgeschmissenes Geld*, hatte sie immer gesagt. *Wer sollte mich schon bestehlen?*

Aber etwas stimmte hier nicht. Die Tür klemmte. Der strenge Frost der letzten Wochen musste die Angeln festgefroren haben.

«Lass mich mal», sagte Volkhardt.

Er stemmte sich dagegen, drückte und ächzte. «Bist du sicher, dass sie nicht abgeschlossen ist?»

«Sie lässt sich nur von innen verriegeln», beteuerte sie.

Er gab auf. «Keine Chance. Das Ding bewegt sich kein Stück. Gibt es sonst noch einen Weg hineinzukommen?»

«Versuch's mal über die Holzklappe.»

Die Holzklappe war eine schmale Durchreiche für Feuerholz. Das war bequem, wenn man im Unterhemd nicht in die kalte Nacht hinausgehen wollte, um Brennholz zu besorgen.

Kathi führte ihn zur Hinterseite der kleinen Waldhütte. Unter einem Dachvorsprung befand sich das Holz, teils ungekürzt, teils an der Wand aufgeschichtet. Es war finster, sie sah kaum etwas. Äste und Scheite lagen im Weg, sie stolperte.

«Vorsicht!»

Volkhardt fing sie und Klein Michael auf.

«Ich kann mich gar nicht an so ein Durcheinander erinnern», sagte sie mit schmerzendem Fuß. «Ich habe das Holz doch aufgeräumt.»

«Geh wieder nach vorne. Ich komme allein zurecht. Sag mir nur, wo die Klappe ist.»

Sie zeigte auf die Mitte des Holzstapels. «Ungefähr auf Kniehöhe. Du musst einen Riegel öffnen.»

Volkhardt folgte ihrer Anweisung, und tatsächlich, zwischen den Holzscheiten befand sich eine Aussparung, darin die Klappe mit dem Riegel. Er zog ihn zurück und quetschte sich durch die schmale Öffnung.

Drinnen roch es ranzig. Irgendetwas musste hier gekocht worden sein und faulte nun vor sich hin. Sollte die Hütte nicht unbewohnt sein? Es war besser, vorsichtig zu sein. So zog er den Dolch und hielt ihn abwehrend vor sich. Es war stockdunkel. Mit kleinen Schritten tastete er sich vor, stieß an Hocker und Tisch, bis er die Tür erreicht hatte. Der Riegel war vorgeschoben. Er streifte ihn zurück.

«Bist du sicher, dass hier niemand wohnt?»

Kathi kam herein, blickte misstrauisch ins Dunkel.

«Ja … Niemand kommt hierher.»

«Gibt es was zum Feuermachen?»

«Neben der Durchreiche ist die Feuerstelle, Heu und Reisig. Ein Feuerstein müsste auch dort sein.»

Wenigstens das ging problemlos. Das Feuer züngelte schnell. Endlich fiel Licht in den Raum. Zwei Hocker, ein Tisch, eine Bettstatt mit Strohmatte, ein Regal mit Büchern, eine Truhe, Kräuter und Gewürze. Auf der Feuerstelle befand sich eine Pfanne, darin das Hinterbein eines Tieres, vielleicht das eines Hasen. Auf jeden Fall unberührt und festgebacken in einer stinkenden, grau schimmelnden Fettschicht.

«Hier war jemand», sagte Volkhardt. Seine Hand ging erneut zum Dolch. Er blickte sich um.

«Wie kann es dann sein, dass die Tür von innen verriegelt ist?»

Kathi zuckte mit den Schultern. Das hätte sie auch gerne gewusst.

«Warte», sagte Volkhardt und meinte, dass er den Raum genauer überprüfen wollte, bevor sie sich niederließen. Er hieß sie an die Tür zurückzugehen. Zuvor wollte er sehen, ob sie tatsächlich alleine waren. Er schaute unters Bett, öffnete eine Truhe auf ein mögliches Versteck hin, rüttelte an den Fensterläden, am Türriegel und an der Holzklappe, selbst die Dielen am Boden ließ er nicht aus. Vielleicht war der Eindringling ja von unten gekommen. Aber alles schien in bester Ordnung, nichts wies auf einen Einbruch hin.

«Ich kann nichts entdecken», sagte er und ließ Kathi endlich sitzen, die vom langen Gehen durch den tiefen Schnee erschöpft war.

«Wer weiß von der Hütte?»

Kathi überlegte.

Da war der alte Ambrosius, der nicht mehr ganz richtig im Kopf war. Er lebte nicht weit entfernt mit seinen Bienen in einer ähnlich bescheidenen Waldhütte. Ambrosius entfernte sich nie weiter als hundert Schritt von seiner Behausung, bis zu einer Quelle, aus der er frisches Wasser schöpfen konnte. Dann gab es da noch den Förster des Bischofs, aber der kam mit seinem Hinkebein nicht mehr durchs Unterholz. Schließlich die Kinder, die die Amme Babette hier draußen aufgezogen hatte. Ja, es konnte sein, dass einer von ihnen wieder mal den weiten Weg auf sich genommen hatte. Aber nein, seitdem Babette tot war, gab es keinen Grund mehr dazu.

«Ich weiß es nicht», antwortete Kathi schließlich, «es dürfte eigentlich niemand hier gewesen sein. Schon gar nicht zu dieser Jahreszeit.»

Volkhardt gab sich vorerst damit zufrieden, wenngleich es seine Bedenken nicht aus dem Weg schaffen konnte.

«Ich mach uns mal was zu essen.»

Er nahm die Pfanne und ging damit vor die Tür.

Kathi blickte nachdenklich ins Feuer, während Volkhardt die Pfanne im Schnee säuberte.

Niemand kam freiwillig in diese Einöde, niemand hielt es hier lange aus, wenn er nicht wusste, wo er Wasser und Essen herbekam. Es machte eigentlich nur Sinn, wenn jemand die Hütte als Versteck genutzt hatte, jemand, der sich hier auskannte, der vom Riegel und der Holzklappe wusste.

Versteck. Flucht. Schutz.

Da fiel es ihr ein. Es gab tatsächlich noch jemanden, der von der Hütte wusste. Sie hatte es ihm selbst gesagt, auf sein Drängen hin, wenn er mal einen Unterschlupf brauchte, wenn er es nicht ganz bis nach Hause geschafft hatte, wenn er …

Sie erhob sich, ihr Herz schlug schneller. Nein, das war ein irrsinniger Gedanke. Er hätte nur eine Nacht hier verbracht, um sich auszuruhen, um zu rasten, damit er am nächsten Morgen den Heimweg antreten konnte.

«Ich habe jemanden gefunden.»

Sie fuhr herum.

Volkhardt stand in der Tür. «Er liegt bei den Holzscheiten … mit eingeschlagenem Kopf.»

12

Die geheime Befragung Gottfried von Weyhensteins fand in der bischöflichen Kanzlei statt.

Anwesend waren Generalvikar Dr. Riedner in Vertretung des Bischofs, Dr. Faltermayer als erfahrener Hexenjäger und weltlicher Arm des Gesetzes, Magister Erthel, der Malefizschreiber, und die Gäste aus Rom, Crispin und Antonius. Sie hielten sich auf eigenen Wunsch als Beobachter im Hintergrund auf. Wer noch fehlte, war Gottfried.

Er würde in wenigen Minuten eintreffen, nachdem er sein Gebet im Dom beendet hatte.

So wurde es den wartenden Herren ausgerichtet. Ob das verspätete Eintreffen und das vermutlich vorgeschobene Gebet ein erstes Schuldeingeständnis waren oder ein ganz normaler Vorgang im Tagesablauf eines Geistlichen, blieb bis auf weiteres dahingestellt. Fakt war, er ließ auf sich warten. Das war kein guter Anfang für ein so prekäres Gespräch. Die Stimmung war angespannt.

Der Malefizschreiber Erthel wollte wissen, dass man Gottfried schon seit Monaten nicht mehr im Dom beim Gebet oder einer Messe gesehen hatte, stattdessen aber umso häufiger im Gasthaus Stern, im Gasthaus zum Stachel und in einem Dutzend weiterer Schenken – die meisten mit einem mehr als zweifelhaften Ruf. Huren und Glücksspieler, Scharfrichter und Folterknechte, Söldner und ehemalige Strafgefangene gingen dort ein und aus. Wohl kaum der passende Ort für einen ehrwürdigen Domherrn, geschweige denn für ein stilles

Zwiegespräch mit dem Allmächtigen. Vielleicht aber, so lästerte der übermütige Erthel, wandelte Gottfried auch auf Jesus' Spuren, indem er sich bewusst an solchen Orten aufhielt, um seine Maria Magdalena zu finden, die er vom lasterhaften Leben befreien konnte.

Riedner quittierte den Spott mit einem bösen Blick und blätterte weiter in den Gesetzestexten – unter ihnen der *Malleus Maleficarum*, der Hexenhammer des Dominikaners Heinrich Kramer. Neben vielen anderen Dingen befand sich darin auch die Anweisung, wie mit verdächtigten Priestern umzugehen sei.

Es war heikel. Ein Geistlicher war – genauso wie Adlige, Angehörige der Universität, Beamte und Juden – der bürgerlichen Rechtsprechung entzogen. Für sie galt anderes Recht. Sie mussten sich vor ihrem Dienstherrn rechtfertigen, im Falle Gottfrieds vor dem Bischof. Als dessen Stellvertreter fungierte Riedner.

Der wiederum war alles andere als ein erfahrener Spürhund, der das Böse, das Teuflische in einem Menschen erkennen konnte. Das war Faltermayers Stärke. Der hatte es sich auf einem gepolsterten Stuhl bequem gemacht, trank Wein, aß Käse und Schinken. Er hatte Zeit. Er wusste, wie die nächsten Stunden verlaufen würden, wenn es überhaupt so lange dauerte, bis der armselige Pfaffe Bruder und Schwester verriet, um seine Haut zu retten. Bis dahin gehörte er Riedner und dessen guten Worten. Er grinste bei dem Gedanken. Als ob gute Worte jemals einem Menschen sein Geheimnis entlockt hätten. Wenn jemand beichtete, dann nur im Angesicht des Todes. Oder der Schmerzen.

Crispin und Antonius standen an der Wand, schauten unschlüssig. Eigentlich hatten sie bei der Befragung nichts verloren. Das war Angelegenheit des Bischofs oder seines Stellvertreters. Ihre Aufgabe war, das Teufelskind zu finden. Aber noch immer gab es keine Spur. Einzig die Aussicht, dass dieser schändliche Domherr etwas über seinen Aufenthaltsort wusste, ließ sie weiter ausharren.

«Geh», befahl Riedner dem Erthel sichtlich verärgert, «und hol mir diesen Domherrn herbei. Wenn er nicht umgehend erscheint, werde ich ihn zu weiteren Gebeten in den Kerker befehlen.»

Erthel war alles andere als missgestimmt, die warme Stube verlassen und in die Kälte hinauszumüssen. Einem Domherrn zu befehlen, war jede Mühe wert.

«Ich werde es ihm ausrichten, Euer Hochwürden. Wort für Wort.»

«Beeil dich. Ich bin des Wartens müde.»

Doch kaum hatte der Malefizschreiber die Türklinke in der Hand, trat Gottfried zaghaft ein.

«Verzeiht meine Verspätung», begann er, «meine allabendlichen Gebete haben länger gedauert als gedacht.» Er schaute sich um, wer alles anwesend war. Als er den Hexenkommissar Faltermayer erkannte, schreckte er zusammen. Spätestens jetzt musste ihm der Ernst der Lage bewusst geworden sein, denn er plapperte einfach drauflos – vermutlich um seine Angst unter Kontrolle zu bringen.

«Eine erbarmungswürdige Seele hielt mich auf, bettelte, ihr noch vor Einbruch der Nacht die Beichte abzunehmen.»

«Genug», befahl Riedner, der Ausreden überdrüssig, «begebt Euch dorthin.»

Er zeigte in Richtung des roten Steins, auf dem Vikar Ludwig tags zuvor gekniet hatte.

Gottfried zögerte. Wenn er sich widerspruchslos auf den Schutzstein stellte, konnte das bereits als Eingeständnis seiner Verwicklung mit dem Teufel verstanden werden. Er musste dem roten Stein fernbleiben.

«Verzeiht, Euer Hochwürden», er verschränkte die Hände vor seinem Bauch, «wenn Ihr erlaubt, ein Stuhl käme mir recht. Mein Rücken schmerzt und die Beine sind nicht mehr so stark wie am Morgen. Ich nehme mir gleich diesen hier.»

«Ihr bleibt stehen.»

Gottfried atmete übertrieben laut aus, so, als hätte man ihm eine selbstverständliche Gunst verweigert.

Insgeheim versuchte er jedoch Zeit zu schinden, um zu überlegen, wie er die Anweisung Riedners umgehen konnte. Am Schutzstein gab es wenig Platz zum Ausweichen. Links stand ein Pult, an dem stand der Malefizschreiber und grinste ihn schadenfroh an, rechts eine Sitzbank für die Beschuldigten. Er entschied sich, vor dem Stein haltzumachen.

Zu seinem Glück achtete Riedner nicht weiter auf ihn. Der konzentrierte sich auf eine Liste mit Fragen, die er aus den Büchern zusammengestellt hatte. Faltermayer hingegen entging Gottfrieds Unterfangen nicht. Er war versucht, den frechen Pfaffen zur Ordnung zu rufen, unterließ es aber dann doch. Es war nicht seine Verhandlung, noch nicht.

«Ihr wisst», begann Riedner und blickte von seiner Liste auf, «dass Ihr nach bestem Wissen und Gewissen auf meine Fragen zu antworten habt?»

Gottfried nickte.

«Jedes falsches Zeugnis, das Ihr ablegt, wird ernsthafte Konsequenzen haben. Seid Ihr Euch dessen bewusst?»

Gottfrieds Stimme zitterte. «Ja, Euer Hochwürden.»

«Dann beginnen wir.»

Dem Protokoll entsprechend gab er für alle hörbar dem Malefizschreiber Anweisung, jede Frage und Antwort wortgetreu aufzuschreiben, nichts dazuzudichten oder wegzulassen.

Wieder an Gottfried gerichtet, verlas er die gegen ihn vorgebrachte Anschuldigung.

«Ihr, Gottfried von Weyhenstein, sollt das heilige Sakrament der Messe entehrt und missbraucht haben. Am Sanderanger seid Ihr in Gesellschaft einer nackten Hexe gesehen worden, wie Ihr Brot und Wein, den Leib und das Blut Christi nicht unserem allmächtigen Schöpfer, sondern dem Teufel geweiht habt. Was sagt Ihr dazu?»

«Gnädiger Herr im Himmel», protestierte Gottfried mit bebender Stimme, «ich war noch nie am Sanderanger gewesen. Auch kenne ich keine nackten Hexenweiber, und schon gar nicht habe ich den Leib und das Blut unseres Herrn und Erlösers missbraucht. Wer behauptet so etwas?»

«Unter anderem der ehrwürdige Vikar Ludwig.»

«Ich kenne ihn nicht.»

«Er scheint aber Euch zu kennen.»

Gottfried rang um Fassung.

«Der Vorwurf ist ungeheuerlich. Dieser Vikar ist ein Lügner.»

«Er ist ein treues und rechtschaffenes Mitglied von Stift Haug. Ich habe keinen Grund, an seiner Aussage zu zweifeln.»

«Dann ist Vikar Ludwig vom Teufel besessen. Ist es denn nicht allseits bekannt, dass Teufel lügen und betrügen?»

Sein Blick ging hilfesuchend zu Faltermayer. Der

grinste zustimmend, wissend, dass er mit dieser Argumentation zwei Fliegen mit einer Klappe schlagen konnte – den Ankläger und den Beschuldigten.

«Vikar Ludwig steht mit seiner Beobachtung nicht alleine da», erwiderte Riedner.

«Und wer soll das sein?»

Riedner las die Zeugenaussagen der beiden Jungen und der Frau vor, wie sie zu Protokoll gegeben worden waren.

«Der Domherr von Weyhenstein hat nackt mit einem Weibsbild getanzt. Sie saß auf einem Besen und hat dabei laut den Leibhaftigen gepriesen.»

«Lüge!»

«Dann ein anderes Mal, nachts auf dem Sanderanger, soll der Domherr mit der Base des Weihbischofs gebuhlt haben.»

«Das ist infam und niederträchtig.»

«Schließlich ist der Domherr von Weyhenstein von einem Weibsbild gesehen worden, wie er die Hostie entweiht und den Teufel als den einzigen wahren Gott angebetet hat.»

«Nie und nimmer habe ich solch abscheuliches Teufelswerk begangen. Ich … verlange, dass diese Zeugen vorgeführt werden. Von Angesicht zu Angesicht werde ich sie als Lügner entlarven.»

Riedner blickte hinüber zu Faltermayer, bat ihn, Antwort zu geben.

«Die beiden Knaben sind bereits hingerichtet und verbrannt worden», erwiderte der emotionslos, «und das Weib ist für eine Aussage nicht mehr zu gebrauchen.»

«Seht ihr», konterte Gottfried, «keine Zeugen, keine Anklage.»

«Deren Geständnis spricht aber gegen Euch.»

«Welches Geständnis?»

«Das zur ihrer Verurteilung als Teufelsanbeter geführt hat.»

«Dann ist auch das eine Lüge … oder Ihr habt falsch geurteilt.»

Faltermayer grinste hinterhältig.

«Niemand kann das Geständnis eines Teufelsanbeters anzweifeln, außer er ist selbst ein Teufel. Nun, Gottfried von Weyhenstein, seid Ihr ein solcher Teufel?»

Mochte Gottfried anfänglich noch geglaubt haben, mit Logik und Rhetorik die Beschuldigung abwehren zu können, sah er sich nun eines Besseren belehrt.

«Das ist zutiefst unsinnig.»

«Wollt Ihr Euch wirklich über das Geständnis eines Teufels erheben? Dann seid Ihr ein noch größerer Teufel, als ich es befürchte. Aber wenn Ihr darauf besteht», er schaute zu Riedner, «dann könnt Ihr Vikar Ludwig nach seiner Beobachtung befragen. Vielleicht entlastet er Euch ja.»

Gottfried suchte verzweifelt nach einem Ausweg. Mit zwei dummen Jungen und einer frechen Weibsperson hätte er es jederzeit aufnehmen können, aber mit einem Vikar von Stift Haug war das eine andere Sache. Außerdem schien Riedner dem Vikar wohlgesinnt.

Faltermayer beobachtete ihn. Wenn der einfältige Domherr auf seinen Vorschlag einging, dann war er verloren. Er wusste nicht, in welchem Zustand sich Ludwig befand.

«Ja, ich will ihm gegenübertreten.»

Faltermayer leerte den Becher mit einem Schluck. Wenn es doch immer so leicht wäre, einen Teufelsanbeter in seine Lügen zu verwickeln. Er gab – mit Zustimmung Riedners – dem Malefizschreiber Anweisung, Ludwig vorführen zu lassen.

Die Unterbrechung nutzte Crispin, um an Gottfried heranzutreten.

«Wie ich hörte, seid Ihr im Volk bekannt, und auch Ihr scheut Euch nicht, den Kontakt zu den Bürgern zu suchen.»

Gottfried wich Crispins Blick aus, schaute zur Seite, unsicher, ob sich eine weitere Falle hinter der Frage versteckte.

«Keine Sorge», erwiderte Crispin, «ich will Euch nichts zuleide tun. Es ist nur …», er suchte nach den richtigen Worten, «ich bin auf der Suche nach einem Kind, einem besonderen, wenn Ihr versteht, was ich meine.»

Nein, das tat er nicht. Andererseits, sprach er vielleicht von einem der drei Kinder, die er gezeugt hatte? Niemand wusste davon, zumindest sollte niemand davon wissen.

Gottfried gab sich ahnungslos.

«Ich weiß nicht, von welchem Kind Ihr sprecht und was ich damit zu tun haben soll.»

«Ich spreche von dem Kind, das unter dem Teufelsstern geboren wurde.»

«Teufelsstern?» Also doch. Dieser scheinheilige Bruder wollte ihn aufs Glatteis führen. «Bei meiner Seele, ich weiß nichts von einem Teufelsstern.»

«Der, der vor einigen Wochen über Würzburg erschienen ist. Die ganze Stadt spricht davon. Man nennt ihn auch *Teufelsauge*. Seltsam, dass Ihr nichts davon wissen wollt.»

Wahrscheinlich war es doch besser, etwas einzugestehen, von dem jeder wusste.

«Ach, diesen Stern meint Ihr. Ja, gehört habe ich von ihm, gesehen habe ich ihn allerdings nicht.»

Crispin ging um Gottfried herum.

«Ein Kind, das ich dringend sehen möchte, soll in jener Nacht geboren worden sein. Keine Idee, wer von ihm wissen könnte?»

Gottfried schüttelte den Kopf.

«Denkt nach, es soll Euer Schaden nicht sein, wenn Ihr mit dem Gesandten des Heiligen Stuhls kooperiert. Es kann sich auf Eure Beurteilung auswirken.»

Das war natürlich etwas anderes. Gottfried versuchte sich zu erinnern … Nein, da war nichts. Mit Kindern hatte er nichts zu schaffen, mit ihren Müttern vielleicht, wenn sie sich in den Gasthäusern herumtrieben oder auf den Straßen schnelles Glück versprachen. In Drei-Teufels-Namen, wieso fiel ihm nichts ein?

Ein Kind … Teufelsstern … Teufelsauge.

Halt, da war etwas. Hatte nicht dieses Schankmädchen von einer Tante gesprochen, einer Hebamme, die von heute auf morgen die Stadt verlassen hatte? Sie sollte irgendwo auf dem Land untergekommen sein. Ein Ordensbruder hatte sie dorthin geschickt, damit sie nicht über ein Kind sprechen konnte, das sie in jener Nacht auf die Welt gebracht hatte. Seltsam war ihm die Geschichte damals schon vorgekommen, darauf gegeben hatte er allerdings nichts. Wieso auch? Was interessierte ihn schon der Bastard irgendeiner Hure?

«Ja», begann Gottfried, «ich habe von einem Kind gehört, das auf rätselhafte Weise zur Welt gekommen sein soll.»

Crispin spitzte die Ohren. Antonius erwachte aus seiner Lethargie und eilte an seine Seite.

«Was habt Ihr über dieses Kind gehört?»

«Etwas Seltsames ... doch sagt mir zuvor, wird mir dies positiv angerechnet werden?»

«Sicher», erwiderte Antonius. «Nun berichtet, was Euch zu Ohren gekommen ist.»

Und Gottfried trug eine leicht veränderte Version vor, eine, die ihm besser zu Gesicht stand. Er berichtete von einem Mädchen, das zu ihm in die Beichte gekommen war und ihren Kummer geäußert hatte, dass ihre Tante, eine Hebamme, nach der Geburt eines Kindes überstürzt hatte abreisen müssen. Dies sei auf Anordnung eines Ordensbruders geschehen.

«Wer ist dieser Bruder?», wollte Antonius wissen.

«Ich weiß es nicht.»

«Wer ist die Mutter?»

Gottfried zuckte die Schultern.

«Wisst Ihr wenigstens, wer die Amme ist und wo wir sie finden können?»

«Nein.»

«Himmel!», platzte es aus Crispin heraus. «Was wisst Ihr denn?»

Gottfried schreckte vor der Wucht der Frage zurück.

«Verzeiht, ich ...»

«Schon gut», beruhigte ihn Antonius, «Bruder Crispin meint es nicht so. Er wird sich gleich wieder beruhigen ... Aber versucht auch uns zu verstehen. Es ist sehr wichtig, dass wir dieses Kind finden. Wir wollen ihm kein Leid antun, nur sehen, ob es nach dem Willen unseres Herrn Jesus Christus geschaffen ist. Nun überlegt noch einmal in Ruhe, wie können wir diese Amme finden?»

Gottfrieds Zuversicht kehrte zurück. Aber auch eine Idee, wie er sich unabdingbar machen konnte.

«Lasst mich mit dem Mädchen sprechen. Sie weiß bestimmt, wo sich ihre Tante aufhält.»

«Sag uns den Namen des Mädchens und wo wir sie finden», bestimmte Crispin in seiner gewohnt strengen Art.

«Sie vertraut nur mir. Anderen gegenüber ist sie zurückhaltend, ängstlich und verschlossen.»

«Spiel nicht mit mir!» Crispin hatte erneut seine Gefühle nicht im Griff. «Sag mir endlich den Namen, bevor ich dich eigenhändig in den Kerker werfe.»

Gottfried zuckte zusammen. «Nein, Herr. Sie hat zu niemand anderem Vertrauen. Ich kann Euch den Namen besorgen. So glaubt mir doch.»

Antonius nahm Crispin am Arm, führte ihn weg.

«Ein Versuch ist es wert», flüsterte er. «Lasst ihn mit dem Mädchen sprechen, alles Weitere werden wir sehen.»

Wohl war Crispin dabei nicht, sich von einem schäbigen Priester herumkommandieren zu lassen. Aber wenn es nicht anders ging?

«So sei es», bestimmte er, «gleich morgen wirst du mit dem Mädchen sprechen.»

Gottfried atmete erleichtert auf.

Da ging die Tür auf, und zwei Folterknechte schafften einen kraftlosen, in sich zusammengesunkenen Ludwig herein.

«Stellt ihn dort auf den Schutzstein», befahl Riedner. Gottfried ging zur Seite.

Die beiden schleiften Ludwig hinüber, stellten ihn auf die Knie, denn stehen konnte er nicht mehr.

«Was ist mit ihm?», fragte Riedner besorgt. «Ich hoffe, Ihr habt ihm kein Leid angetan.»

Der Blick der beiden grobschlächtigen Kerle ging zu Faltermayer.

«Sorgt Euch nicht», beruhigte er ihn, «Vikar Ludwig ist nichts geschehen. Solange er unter dem Schutz des Bischofs steht, soll ihm kein Leid widerfahren.»

Riedner gab sich damit zufrieden. «Vikar Ludwig, erkennt Ihr den Domherren Gottfried von Weyhenstein?»

Ludwig zeigte keine Reaktion.

«Habt Ihr mich gehört?»

Ein Knecht stupste ihn an. «Mach dein Maul auf, elender Hund.»

Riedner fuhr ihn an. «Sprich nicht so mit einem Bruder meines Stifts!» Er erhob sich und ging an Ludwigs Seite, beugte sich zu ihm hinab, sprach fürsorglich. «Ludwig, erkennst du …»

Ein Raunen schlug ihm entgegen, herausgepresst aus einer Kehle, die sich in den letzten Tagen heiser geschrien hatte.

«Gottfried Ischariot», grollte er, «Verräter unseres Herrn.»

Dem Beschuldigten fuhr der Schreck in die Glieder.

«Was um alles in der Welt sagt er da? Ich habe nichts damit zu tun.»

Riedner startete einen weiteren Versuch, dieses Mal vorsichtiger und mit Abstand.

«Ludwig, sag mir, hast du Gottfried von Weyhenstein auf dem Sanderanger gesehen? Hat er den Leib unseres Herrn und Erlösers dem Teufel geweiht?»

«Teufel.» Ludwig knurrte den Namen nur, wand sich, als ob ihm das Wort wie heißes Pech über den Körper laufen würde. «Verflucht seist du, Domherr … dein Herr heißt Teufel.» Er spuckte Gottfried vor die Füße.

Der war wie erstarrt. «Er redet im Fieber. Dieser Vikar ist von allen guten Geistern verlassen.»

«Nur ein Teufel kann den anderen erkennen», fügte Faltermayer hinzu. «Da habt Ihr den Beweis.»

Noch war Riedner nicht überzeugt. «Ludwig, weißt du, was du da sagst?»

Mit unerbittlicher Gewissheit in der Stimme antwortete Ludwig. «Gottfried Hurenbock ... Geiler Bock auf einer Hündin ... Diener des Gehörnten.»

«Lüge!» Das Blut schoss Gottfried ins Gesicht. «Niemals habe ich so etwas getan.»

Die Folterknechte grinsten. Sie kannten ihn und seine Huren aus dem Gasthaus. Riedner sah es und war tief getroffen. Er durfte diesen Schwund jeglichen Respekts vor einem Priester nicht länger hinnehmen, die hämischen Worte keinen Tag länger mehr unbeantwortet lassen, bevor noch mehr Gerede über andere ehrlose und pflichtvergessene Geistliche aufkam.

«Trifft es zu», begann er nun anklagend, «dass Ihr, Gottfried von Weyhenstein, mit allerlei liederlichem Weibervolk Umgang pflegt? Überlegt gut, was Ihr antwortet.»

Die grinsenden Gesichter der Folterknechte und des Malefizschreibers ließen Gottfrieds spontane Gegenrede ersticken. Verzweifelt suchte er nach einem Ausweg, stotterte sinnloses Zeug daher.

«Euer hochwürdigsten Gnaden, ja, es stimmt, ich kenne solch gemeines, niederträchtiges Volk. Halte mich auch unter ihnen auf. Doch ist es nicht meine Aufgabe als Diener unseres Herrn, die Schwachen und vom Weg Abgekommenen ...»

«Schweigt!» Riedner ging zum Tisch zurück. «Gottfried

von Weyhenstein, hiermit ordne ich im Namen unseres fürstlichen Herrn, Bischof Philipp Adolf von Ehrenberg, an, Euch in Gewahrsam zu nehmen. Morgen werdet Ihr Euch vor der bischöflichen Kommission für Eure Taten und die gegen Euch erhobenen Vorwürfe verantworten müssen.»

Ein Wink wies die Knechte an, ihn abzuführen.

«Das könnt Ihr nicht tun», wehrte sich Gottfried, «ich bin Domherr und Sohn des Grafen von Weyhenstein.»

«Ihr seid eine Schande für jeden von uns», quittierte Riedner. «Bereut und tut Buße.» Dann zum Malefizschreiber. «Informiere die Brüder der Jesuiten. Hier ist jemand, der nach einer Beichte verlangt.»

Aus dem Hintergrund trat Crispin auf ihn zu.

«Verzeiht, ehrwürdiger Generalvikar. Bevor Ihr Gottfried in den Kerker werft, brauche ich ihn noch für eine andere, dringende Angelegenheit. Ihr wisst, wovon ich spreche.»

Das Schankmädchen, das den Aufenthaltsort der Hebamme kannte. Riedner nickte, entschied aber anders.

«Ihr solltet keine Schwierigkeiten haben, sie ausfindig zu machen. Die ganze Stadt kennt offensichtlich Gottfried und seine Huren.»

13

Der Waldboden war hart wie Stein. Volkhardt hatte gar nicht erst versucht, ein Grab auszuheben. Stattdessen zog er den toten Körper Christian Dornbuschs zu einer Kuhle, legte ihn hinein und bedeckte ihn mit Ästen und Holzscheiten. Anschließend Schnee und Asche darüber. Wenn der Frost gewichen war, würde er zurückkehren, um Christian ein anständiges Begräbnis zu bereiten.

Kathi saß mit Michael im Arm in der warmen Waldhütte und fütterte ihn. Der Haferbrei schien ihm zu schmecken. Vielleicht war es auch die klare, saubere Luft, die nach einer zweiten, dritten Portion verlangte. Er schmatzte zufrieden und lächelte sie an.

So sehr sich Kathi über seinen gesunden Appetit auch freute, so sehr trübte der Tod Christians ihr Gemüt. Seit Tagen oder Wochen musste er hier draußen gelegen haben, während sie und ihre Mutter Helene mit seiner Rückkehr rechneten. Was war geschehen? Wieso hatte er Babettes verlassene Hütte aufgesucht und war nicht gleich am nächsten Tag nach Hause aufgebrochen? War er verletzt, krank, oder musste er sich verstecken? Und wieso war die Hütte von innen verriegelt?

Sie seufzte. Was sollte jetzt nur aus ihr und Michael werden?

Nach Heinrich, ihrem leiblichen Vater, der noch immer verschollen blieb, und ihrer Mutter war nun auch Christian aus ihrem Leben verschwunden. Verwandte, die sie und Michael hätten aufnehmen können, hatte sie keine. Bis auf einen Bruder Heinrichs vielleicht, von dem sie aber nichts wusste. Helene und Heinrich hatten nur einmal über ihn gesprochen, über einen bitterbösen Streit, der die beiden ungleichen Brüder entzweit hatte. Seitdem galt er als tot.

Auch Christians angeheiratete Familie stand nicht zur Verfügung, er selbst war eine Waise. Nach dem Tod von Felicitas, Christians erster Frau, hatten die Eltern ihr gesamtes Vermögen veräußert und die Stadt verlassen. Irgendwo hatten sie neu angefangen, soweit das überhaupt möglich war.

Die Tür knarrte, ein Schwall Kälte fiel herein. Volkhardt stapfte sich den Schnee von den Füßen, schloss die Tür hinter sich. Kathi schaute auf. Ein fragender Blick.

«Bis zum Frühjahr ist er sicher», antwortete Volkhardt, «danach muss ich ein Grab ausheben.»

Er streifte Handschuhe und Mantel ab, goss sich aus einem Kessel heißen Tee ein und trank ihn hingebungsvoll.

«Danke», sagte sie.

«Wofür?»

«Dass du dich so kümmerst.»

Er winkte ab.

«Niemand anderes würde das für mich tun.»

Der Himmel hatte ihr Volkhardt geschickt – einen Schutzengel, einen großen Bruder, einen Freund. Ohne ihn wäre sie schon längst nicht mehr am Leben, ohne ihn wäre Michael seinen Verfolgern schutzlos ausgeliefert. Wie würde es weitergehen? Würde er bei ihr bleiben oder würde er sich zurückziehen, sobald sich die Lage beruhigt hatte?

«Was ist?»

Kathi errötete. «Nichts. Ich habe nur nachgedacht.»

«Wie wir Michael satt bekommen?»

Sie lachte und küsste ihren kleinen Bruder auf die Stirn.

«Ja, du bist ein richtiger Vielfraß, nicht wahr?»

«Das ist ein gutes Zeichen.»

Sie nickte. Allerdings mischten sich auch Sorgen dazu.

«Der Bischof wird nicht eher ruhen, bis er ihn gefangen hat.»

Volkhardt kam näher, streichelte Michael sanft über den Kopf. «Dazu wird es nicht kommen.»

«Wie willst du es verhindern?»

«So wie mich meine Brüder gegen Faltermayer beschützt haben, so werde auch ich über ihn wachen.»

Ein Aber lag ihr auf den Lippen. Faltermayers Häscher hatten Volkhardts gesamte Familie ausgelöscht – Vater, Mutter und die Brüder. Volkhardt hatte als Einziger überlebt. Was konnte ein Junge schon gegen die Knechte des Bischofs ausrichten?

«Ich werde mich mal um unser Abendessen kümmern. Drüben bei den Tannen habe ich Fallen gesehen», sagte Volkhardt.

Das bedeutete, dass sie doch nicht so alleine in diesem finsteren Wald waren, wie sie dachten. Jemand hatte Fallen aufgestellt. Vielleicht Christian. Oder jemand anderes.

«Bleib nicht so lange weg», rief ihm Kathi hinterher. Sie sah ihn noch nicken, bevor er die Tür hinter sich schloss.

14

Auf einem Brunnen saß ein Rabe, im Vergleich zu seinen Artgenossen ein überraschend großes Exemplar. In seinen Klauen hielt er ein Stück Fleisch. Blut tropfte herab auf das Haupt eines Kindes, das mit Lumpen an den Füßen und zerrissenen Kleidern im Schnee saß. Es spielte mit irgendwas.

Auf den ersten Blick konnte man meinen, es handelte sich um kurze, helle Stäbe, doch auf den zweiten Blick erkannte Antonius, dass es Knochen waren. Das Kind legte sie – der genauen Anordnung eines fünfzackigen Sterns folgend – in den Schnee. In die Mitte des Sterns platzierte es einen kleinen skelettierten Schädel, vermutlich den einer Katze.

Dann ließ es die Hände über dem Gebilde kreisen und sprach mit verstellter, tiefer Stimme:

Drude, Drude komm herbei,
schick dich an zur Zauberei.
Brenn Weiber, Ritter und Magister,
auch des Bischofs klein Geschwister.
Morgen im Holze auf dem Feuer,
jubilieren alle ungeheuer:
Macht die Welt zu Satans Reiche,
auf dass der Heiland tot erbleiche.

Mit Grauen wandte sich Antonius ab und schlug das Kreuzzeichen. Auch Crispin konnte nicht länger hinsehen.

«Dieser Ort ist verflucht.»

Sie folgten der Blutspur, die sich im Schnee abzeichnete und in einem Stall endete. Heraus drang dampfender Gestank in die kalte Winterluft. Er hüllte sie in eine Wolke aus Fett und ausgekochten Knochen.

An einem Kessel stand ein Mann. Er rührte mit einem Stock den Sud. Neben ihm eine junge Frau, eher ein Mädchen, mit einer Schale in der Hand. Sie wartete offenbar auf die Ration, die ihr der Hufschmied, jetzt der Schlächter seiner schutzbefohlenen Pferde, zuwies.

«Seid Ihr Bechtholt, der Hufschmied?», rief Crispin ihm zu. Der Mann drehte sich ihnen zu. Seine Augenbrauen waren enorm, und sie krümmten sich gemäß seines Misstrauens nach innen.

«Wer will das wissen?»

«Bruder Crispin.»

«Was wollt Ihr?»

«Ich suche Irmgard, das Schankmädchen.»

Das Mädchen an seiner Seite schaute wie ertappt zu Boden.

«Kenn ich nicht. Außerdem seid Ihr hier nicht in einem Wirtshaus.»

«Man sagte mir aber, dass ich sie hier finden könnte.»

«Ihr solltet nicht alles glauben, was man Euch weismachen will.»

Antonius trat an Crispins Seite. Er lächelte gutmütig, versöhnlich. «Wie mir scheint, haben wir sie doch gefunden.»

Der ärgerliche Blick des Hufschmieds ging zu seiner Tochter. «Geh ins Haus.»

«Keine Sorge.» Antonius stellte sich ihr in den Weg. «Wir wollen nur eine Auskunft von dir.»

Sie zögerte, schaute fragend zu ihrem Vater, ob sie nun gehen oder bleiben sollte.

Antonius wusste Antwort. «Dein fürsorglicher Vater hat sicher nichts dagegen.» Er legte seinen Arm um ihre Schulter und führte sie nach draußen.

«Himmelherrgott, bleib hier.» Der Hufschmied legte den Stock beiseite und eilte ihr nach. «Die Pfaffen bringen nur Unglück über uns.»

Obwohl Crispin diesem wuchtigen Mann körperlich weit unterlegen war, stellte er sich ihm mit all seiner Autorität entgegen. Ein Bild wie David gegen Goliath.

«Beruhigt Euch, wir wollen Eurem Kind nichts zuleide tun.»

«Nichts da.» Er schob Crispin mühelos zur Seite. «Eure Versprechen sind in Weihrauch getaucht, um uns den Verstand zu vernebeln. Kein Wort wird sie mit Euch sprechen.»

Crispin – schmal und hoch wie ein Bettelstab – aus dem Weg zu räumen war eine Sache, eine andere, den korpulenten Antonius von seinem Unterfangen abzuhalten. Er hielt dem starken Griff des Hufschmieds stand.

«Was ist mit Euch, Meister Bechtholt, dass Ihr ein paar harmlose Fragen an Eure Tochter fürchtet? Habt Ihr etwas zu verbergen?»

Der Mann hielt inne. Den Argwohn eines Geistlichen zu erregen war von jeher keine gute Idee. In den letzten Jahren endete er oft auf dem Scheiterhaufen. Der Hufschmied hatte keine Ahnung, wozu dieser unbekannte Bruder fähig war. Es war besser, Vorsicht walten zu lassen. Er lockerte den Griff.

«Was wollt Ihr wissen?»

Antonius wandte sich dem Mädchen zu.

«Hab keine Angst. Du kannst mir vertrauen.»

Sie nickte bemüht.

«Du hast eine Tante, wie ich hörte, eine Hebamme, die vor einiger Zeit ein Kind auf die Welt gebracht hat, nicht irgendeines, sondern ein besonderes. Du weißt, wen ich meine?»

Der Hufschmied antwortete für sie.

«Die Schwester meiner Frau ist Hebamme. Was ist mit ihr?»

Antonius ging nicht darauf ein, sondern konzentrierte sich weiter auf das Mädchen.

«Das Kind … weißt du, wo ich es finden kann?»

Wieder ging der Hufschmied dazwischen. «Lioba bringt täglich Kinder zur Welt», und noch immer schenkte Antonius ihm keine Aufmerksamkeit.

«Lioba, heißt sie also. Weißt du, wo sie sich aufhält?»

«Niemand weiß …», setzte der Hufschmied an, doch dieses Mal hatte Antonius genug.

«Schweigt endlich, bevor ich Euch den Hexenkommissaren melde.»

Er nahm das Mädchen am Arm, führte es ein paar Schritte weiter. Der Hufschmied setzte an, ihnen zu folgen, doch Antonius' zorniger Blick ließ ihn Abstand halten.

«Irmgard», begann er erneut, «sorg dich nicht. Lioba wird nichts geschehen. Ich will nur wissen, wie ich dieses Kind finden kann.»

Jetzt endlich, in einem befreienden Abstand zu ihrem Vater, wollte sie sprechen. Sie hielt den Blick gesenkt, schaute aber hin und wieder zu ihrem Vater, der sie nicht aus den Augen ließ.

«Ich kann Euch nicht sagen, wo dieses Kind ist. Meine

Tante hat mir nur kurz davon erzählt, bevor sie die Stadt verlassen musste.»

«Wieso musste sie das tun?»

«Ein Franziskanermönch hat es ihr befohlen. Er sagte, es sei besser, wenn sie eine Zeitlang auf dem Land arbeitet. Dort würde sie ein besseres Einkommen haben.»

Bei diesem Franziskaner konnte es sich nur um Bruder Jakobus handeln. Er hatte in seinem Brief geschrieben, dass er in jener Nacht Zeuge der Geburt gewesen war. Ihn nach dem Verbleib der Hebamme zu befragen machte keinen Sinn. Er war im Delirium, faselte von Tod und Teufel.

«Wohin hat der Mönch deine Tante geschickt?»

«Hinunter ins Taubertal.»

«Ist sie noch immer dort?»

«Ja, ich nehme es an.»

Er ließ sich den Namen des Ortes geben, wo sie sich vermutlich aufhielt. Dann rang er ihr das Versprechen ab, mit niemandem über ihre Unterhaltung zu sprechen. Es solle ihr Geheimnis bleiben. Irmgard war das recht, nicht zuletzt, weil sie der Tante Stillschweigen versprochen hatte.

«Nun geh wieder hinüber zu deinem Vater», sagte Antonius. «Sag ihm, ihr habt nichts zu befürchten. Am kommenden Sonntag will ich ihn aber in der Kirche sehen, und er soll Almosen geben.»

Erleichtert, dass die Befragung so glimpflich ausgegangen war, eilte Irmgard in die offenen Arme des Hufschmieds.

Crispin trat an Antonius' Seite.

«Was hat sie gesagt?»

«Bruder Jakobus hat die Hebamme aus der Stadt geschafft. Von dem Kind will sie aber nichts wissen.»

«Zu dumm ... aber das ist mehr, als ich gehofft habe. Ich schicke Reiter los, um sie zu holen. Du weißt, wo sie suchen müssen?»

Antonius nickte. Sein Blick schweifte ab, hinüber zu dem Kind am Brunnen. Warum war es nicht in der Schule oder bei den Eltern, wo es etwas lernen konnte?

Noch immer murmelte es Teufelsreime und baute den Drudenfuß – ein Pentagramm – mit Knochen in den Schnee. Allerdings stand der Drudenfuß aus Sicht des Kindes auf dem Kopf, was so viel wie die Verkehrung der Schutzfunktion ins Gegenteil bedeutete. Also, die Anbetung und nicht die Abwehr des Bösen wurde zelebriert.

Wie war es nur möglich, dass ein Kind von derartigen Dingen wusste? Gab es in dieser Stadt etwa Magier und Zauberer, die ihr Wissen in die Bevölkerung trugen, es an Kindern ausprobierten oder sie sogar zur Anbetung des Teufels anhielten?

Lasst die Kinder zu mir kommen, hindert sie nicht, denn wie sie ist das Königreich Gottes.

So hatten es Markus, Lukas und Matthäus in ihren Evangelien überliefert. Was aber, wenn sich der Teufel die Worte Jesu zunutze machte und sie ins Gegenteil verkehrte?

In dieser Stadt, bekannt und gefürchtet für die Kinderhexenprozesse, einem Teufelsstern und dem Kind mit dem Teufelsmal, reifte offenbar etwas heran, das es in dieser Form noch nicht gegeben hatte. Kinder wurden in der falschen, der teuflischen Lehre herangezogen, um das Himmelreich zu vergiften, sie auf die glorreiche Ankunft des Teufels vorzubereiten.

Ein beängstigender Gedanke. *Kinder unterrichtet im Glauben an den Teufel.* Doch, wer waren dann ihre teuflischen Lehrer?

Kraah!

Dieser Rabe mit dem Fleisch in den Krallen thronte noch immer über dem Kopf dieses Kindes. Sein satanischer Schrei schien Antonius' Gedanken zu bestätigen. *Kinder und Lehrer.*

Der Rabe blickte zu Antonius herüber, rollte mit seinen schwarzen Augen, als wolle er ihm den Geist vernebeln. War er etwa ein teuflischer Schutzgeist?

Antonius entzog sich seinem verstörenden Blick.

«Was ist mit dir?», fragte Crispin.

«Nichts, nichts», wich er aus, «vielleicht gehen wir die Suche nach dem Kind völlig falsch an.»

«Wir haben doch eine Spur von der Hebamme.»

«Sicherlich, das ist auch gut so. Aber das meine ich nicht.»

«Was dann?»

«Das Kind befindet sich aller Voraussicht nach in der Stadt. Irgendwo wird es versteckt gehalten. Ich frage mich, ob es nicht noch eine andere Art gibt, ihm auf die die Spur zu kommen.»

Crispin nickte auffordernd. «Was schlägst du vor?»

«Mach du weiter wie bisher. Ich werde mich unters Volk begeben und hören, was gesprochen wird. Irgendjemand muss doch etwas wissen.»

Das war ein guter Vorschlag. Er hätte eigentlich von Crispin kommen müssen, schließlich gehörte die Informationsbeschaffung zu seiner täglichen Arbeit in der Kongregation der römischen und allgemeinen Inquisition. Aber in dieser Stadt hatte er zurzeit keinen Kundschafter. Der war vor dem Hunger und der Prozesswelle nach Mainz geflüchtet.

Kraah!

Der Rabe erhob sich protestierend. Ein Reiter hatte ihn aufgescheucht, der sein schwarzes Ross im Galopp auf den Hof jagte. Er schaute weder links noch rechts. Kurz vor dem Stall befahl er ihm den Halt. Es trippelte vor Aufregung auf der Stelle, aus den Nüstern drang Dampf in die Winterluft, sein Schnauben klang erschöpft. Sein Reiter hingegen war voller Tatendrang.

«Hufschmied», rief er laut und fordernd, «wo steckst du?»

Die Antwort kam prompt. «Hier, hoher Herr.»

Der Hufschmied hastete zum Stall zurück, verneigte sich ehrerbietig vor Wolf Eberhard von Schanzenfeldt, Stiftsherr von St. Burkhard, im Volk besser bekannt als Bruder Wolf.

«Stets zu Diensten, Euer Gnaden. Was kann ich für Euch tun?»

Bruder Wolf saß ab, zackig wie immer, den Knauf des Schwerts fest in der Hand. An seiner Brust baumelte ein goldenes Kreuz, das unter einer warmen Pelzjacke hervorschaute.

«Mir scheint, ein Eisen ist locker. Vorne, linker Fuß.»

Der Hufschmied nickte beflissen, nahm den Vorderfuß des Tieres hoch und prüfte das Eisen. Es saß fest, wie es sein sollte. Eine Nachfrage ersparte er sich, er roch Alkohol an Bruder Wolf.

«Ist gleich erledigt», sagte er und führte das Pferd in den Stall. «Irmgard! Bring Wein für unsere Gnaden.»

Irmgard tat, wie ihr geheißen. Als sie Bruder Wolf passierte, machte sie einen höflichen Knicks. Dann verschwand sie im Haus, nicht ohne vorher einen Klaps auf ihren Hintern zu bekommen.

«Schick dich, Täubchen», rief Bruder Wolf ihr nach, «ich habe Durst.» Er steckte die Daumen protzend in den Gürtel und schaute sich prüfend um. Dort standen Fremde auf dem Hof.

«He da, ihr zwei!», rief er ihnen zu. «Wer seid ihr, und was macht ihr hier?»

Crispin und Antonius kamen näher. Zuerst erkannten sie das wertvolle, goldglänzende Kreuz auf seiner Brust, dann den Talar unter dem Pelz, und wenn Crispin nicht alles täuschte, trug dieser seltsame Reiter eine Tonsur, die ihn als Geistlichen auswies.

«Bruder Antonius und Bruder Crispin», antwortete Crispin mit einer angedeuteten Verneigung. «Und wer seid Ihr?»

Auch Bruder Wolf musterte die beiden Fremden. Ordensbrüder offensichtlich. Ein dünner Dominikaner mit einem grauen, lächerlichen Spitzbart und ein dicker Jesuit mit einfältigem Gesicht. Zumindest trug er ein Kreuz um den Hals, das auf ein gewisses Maß von Wohlstand schließen ließ.

«Wolf von Schanzenfeldt, Stiftsherr von St. Burkhard.» Er verneigte sich leicht, was weniger der Ehrerbietung als der Etikette geschuldet war. Crispin sah seinen misstrauischen Blick, der mit der Frage spielte, wer die beiden Männer wohl waren, die in sein Revier eindrangen.

«Ich habe Euch noch nie hier gesehen. Sagt, woher kommt Ihr?»

Crispin räusperte sich. Er hatte eine leise Ahnung, mit wem er es hier zu tun hatte. In Rom liefen an allen Ecken derlei Gecken adeliger Herkunft herum, die glaubten, ihnen allein sei die Gnade des Herrn vorbehalten. Meist waren es Rauf- und Trunkenbolde, die auf nichts anderes als Streit aus waren. Man musste sich vor ihnen in Acht nehmen. Es konnte auch ein Mitglied der königlichen oder päpstlichen Familie unter ihnen sein.

«Wir kommen aus Rom.»

Bruder Wolf merkte auf. «Aus Rom? Was habt Ihr so weit entfernt von unserer Heiligen Stadt zu tun?»

«Nachforschungen», antwortete Crispin knapp.

«Nachforschungen welcher Art?»

«Nichts weiter. Nur ein paar Auskünfte.»

Diese unverhohlen zur Schau gestellte Neugier, die an Dreistigkeit grenzte, wurde ihm unangenehm. Es war besser zu gehen.

«Wenn Ihr uns nun entschuldigen wollt?»

Er wandte sich Antonius zu, bedeutete ihm zu gehen.

Da trat Irmgard mit einem Krug und drei Bechern aus dem Haus.

Bruder Wolf ergriff die Gelegenheit, schnappte sich den Krug und goss ein.

«Einen Schluck Wein werdet Ihr doch noch mit mir trinken, werte Herren aus Rom.»

Crispin seufzte. «Eigentlich nicht. Wir werden andernorts bereits erwartet.»

Wieder machte er sich auf zu gehen, doch auch dieses Mal machte Antonius ihm einen Strich durch die Rechnung. Er griff ungeniert zum Becher und erhob ihn.

«Dann auf Euer Wohl.»

«Und Ihr, Crispin?»

Bruder Wolf hielt ihm den Becher hin. Jede Zurückweisung würde er als Beleidigung verstehen. Es war besser, die Konfrontation zu vermeiden.

Crispin nahm den Becher, hob ihn kurz und trank einen Schluck.

«Danke für Eure Gastfreundschaft. Es ist nun aber wirklich Zeit zu gehen.»

«Ich könnte noch einen Becher vertragen», erwiderte Antonius.

Crispin glaubte sich verhört zu haben.

«Nur zu gerne», lobte ihn Bruder Wolf. «Ihr seid ein Mann nach meinem Geschmack.» Er legte Irmgard den Arm um die Schulter, als sei sie seine Gespielin. «Los, schenk ein, mein Täubchen. Der Bruder aus Rom hat Durst mitgebracht.»

Antonius und Crispin wollten ihren Augen nicht trauen. Was machte dieser Stiftsherr da mit einer Frau, schlimmer, einem Mädchen? Seine Hand wanderte hinunter zu ihrem Hintern, streichelte und kniff ihn, sodass Irmgard verlegen auswich.

«Nicht so widerspenstig, sonst denken unsere Gäste noch, wir wüssten nicht mit unseren Frauen umzugehen.» Er lachte herzhaft und trank den Becher mit einem Schluck leer. «Mehr.»

Irmgard schenkte nach. Dabei blickte sie kurz zur Seite, ob ihr Vater sie beobachtete.

Crispin kannte diesen Ausdruck in ihren Augen. Er war voller Furcht und Scham. Schon einmal hatte er so eine Situation erlebt, damals, vor vielen Jahren, als der Gutsherr betrunken auf ihren Hof kam und nach Essen und Wein verlangte. Seinerzeit war es Lucia gewesen, seine Schwester, die den Herrn bewirten und seine dreisten Handgreiflichkeiten zurückweisen musste. Stets den Blick zum Haus gerichtet, wo der Vater die Pacht zusammenklaubte. Er durfte keinesfalls mitbekommen, in welcher Lage sich seine Tochter befand. Am Ende wäre es auf Mord und Totschlag hinausgelaufen, hätten sie Haus und Hof verloren. Der kleine Crispin konnte das noch nicht verstehen.

«Nun zier dich nicht so», sagte Bruder Wolf.

Damals wie heute das gleiche, unwürdige Benehmen. Er zwang Irmgard in seinen Arm. Sie bemühte sich, jeden Streit und jede darauffolgende Auseinandersetzung mit dem Vater zu vermeiden. So ließ sie es geschehen.

Nur damals war nicht heute. Crispin war jetzt ein Mann. «Irmgard», sprach er auffordernd zu ihr, «so heißt du doch.» Sie nickte. «Geh deinem Vater zur Hand, damit der werte Stiftsherr nicht länger in der Kälte ausharren muss.»

Bruder Wolf hielt sie fest, starrte ihn zornig an.

«Was sagt Ihr da?»

«Das Mädchen friert. Habt ein Herz und lasst sie gehen.»

Seine Hand ließ Irmgard frei, aber nur um ungehindert Zugang zu seinem Schwert zu erhalten.

«Wagt Ihr mir vielleicht zu befehlen?»

Antonius stellte sich dazwischen. «Beruhigt Euch.» Er nahm ihr den Krug aus der Hand und goss ein. «Los, verschwinde», raunte er ihr zu. Dann zu den anderen: «Lasst uns trinken. Auf das Wohl des Bischofs.»

Auge in Auge standen sich Crispin und Bruder Wolf gegenüber – der eine mit der Hand am Schwert, der andere mit der Autorität seines römischen Amts.

«Wollt ihr etwa dem Bischof das Wohl verweigern?», mahnte Antonius.

Niemand wollte und durfte das. Doch bevor sich die Lage entspannte, hörten sie vom Brunnen her eine Kinderstimme:

«Drude, Drude komm herbei, schick dich an zur Zauberei.»

15

Kathi schlief unruhig.

Ein Schlag traf sie mitten ins Gesicht. Sie stürzte zur Seite und schlug mit dem Kopf auf den harten Steinboden. Ein hohes, surrendes Pfeifen bohrte sich von einem Ohr zum anderen. Blut lief ihr aus Nase und Mund.

Immer wieder hatte sie dasselbe Gebet zu sprechen:

Pater noster, qui es in caelis … Vater unser, der du bist im Himmel.

Sanctificetur nomen tuum … Geheiligt werde dein Name.

Auf jede Zeile folgte ein Schlag mit der Peitsche.

Adveniat regnum tuum … Dein Reich komme.

Vorbei an den schwarzen Stiefeln Faltermayers blickte sie durch die offenstehende Tür in die angrenzende Kammer. Dort kniete vornübergebeugt und die Hände auf den nackten Rücken gefesselt Apotheker Grein. Er keuchte, blickte aus gehässigen Augen zu ihr herüber, fletschte die Zähne.

Verfluchte Hexenbrut.

Die Tür wurde zugeschlagen. Die Schreie der anderen Angeklagten und ihr Flehen um Gnade verstummten. Alles bebte, alles schwand. Nur die hinterlistige Stimme Faltermayers blieb:

Wann hast du mit dem Teufel zuletzt gebuhlt?

Welche Stellung hast du dabei eingenommen?

Hat es dir Freude bereitet?

Hat es auch dem Teufel gefallen?

Wie ist sein Geschlechtsteil beschaffen?

Sie spürte seinen haarigen Körper über ihr, roch seinen fauligen Atem, sein Keuchen, das Hin und Her, den Schmerz. Seine Augen glühten wie brennende Kohlen, bohrten sich in ihren Kopf hinein, als wollten sie ihn zum Bersten bringen.

Michael.

Kathi schlug die Augen auf. Benommen suchte sie sich zu orientieren. Eine unbekannte Feuerstelle, ein Kessel, ein Tisch, zwei Hocker, eine Truhe. *Babettes Hütte.* Sie seufzte und beruhigte sich. Sie war in Sicherheit.

Neben ihr schlummerte sanft Michael. Er hatte von ihrem Kampf mit Faltermayer und dem Teufel nichts mitbekommen. Gottlob, das sollte ihm erspart bleiben.

Dennoch, ihr Kopf schmerzte. War sie in ihrem Traum an das Bettgestell gestoßen oder an die Wand? Hatte sie in ihrem Wahn Michael verletzt? Nein, er schlief ruhig und unverletzt.

Mühsam erhob sie sich. Ein Stich ging ihr durch den Rücken. Er fand kein Ende, flutete den ganzen Unterkörper, konzentrierte sich zu einem brennenden Knoten in ihrem Bauch.

Aber es war nicht der Bauch. Es schmerzte tiefer und fremder, als sie es bisher erfahren hatte. Ihre Hand fuhr zwischen die Schenkel. Sie spürte etwas. Es war nass und kalt.

Sie schaute hinunter, betrachtete die Hand, die zierlichen Finger.

Blut.

Ihr Rock, die Schenkel, die Strohmatte. Alles war voller Blut.

Sie sprang entsetzt auf, stockte aber mitten in der Bewegung.

Ein Stich.

Vor der Bettstatt ging sie auf die Knie. Fasste sich erneut zwischen die Schenkel, suchte die Wunde, die all das Blut verströmt hatte.

Aber da war keine Wunde. Das Blut kam von innen.

Sie stemmte sich hoch, humpelte gebückt hinüber zum Tisch und ließ sich auf einem Hocker nieder.

Was um Himmels willen war das?

Hatte sie Gift gegessen, das ihr den Bauch zerfraß?

Nein, das war ein anderer Schmerz. Sie erinnerte sich …

Es wird der Tag kommen, hörte sie ihre Mutter Helene sagen, *an dem du nicht mehr Kind sein wirst. Blut wird aus deinen Schenkeln strömen. Hab keine Angst, mein Kind. Es ist nichts Schlimmes. Ab diesem Tag bist du zu einer Frau geworden. Sei stolz darauf und freue dich über dieses Geschenk.*

Wann sollte dieser Tag sein? *Niemand kann das wissen. Bei der einen früher, bei der anderen später.*

Kathi war jetzt … zehn Jahre alt. Nein, das stimmte nicht. Nicht mehr. Im Winter hatte sie Geburtstag gehabt. Da war sie elf geworden. Wann dieser Tag war, wusste niemand so genau. Selbst Helene oder Heinrich, ihr Vater, nicht. Es sollen damals furchtbare Zeiten gewesen sein. Hunger, Pest, Krieg und Hexenwahnsinn – nicht anders als heute. Da achtete niemand auf den *einen* Tag, lediglich auf eine Zeitspanne, die sich aus den Feiertagen, dem Wetter und der Natur ergab. In ihrem Fall war es eben Winter gewesen.

Sie erhob sich, langsam, zog Rock und Unterwäsche aus. Ihre Schenkel blutrot. In der Ecke stand ein kleiner Zuber mit geschmolzenem Schneewasser. Genau richtig. Zuerst wusch sie sich, dann steckte sie schmutzige Kleidung hinein, rührte und schrubbte, bis das Wasser rot und die Kleidung halbwegs sauber waren, hängte alles über der Feuerstelle auf.

In der Truhe fand sie Kleidung, nicht viel, aber trocken und sauber. Babettes Rock fiel in Falten bis auf den Boden. Um die Hüfte zurrte sie eine Schnur. Das sah nicht besonders vornehm aus, erfüllte aber seinen Zweck. Und da sie schon einmal dabei war, streifte sie auch die restliche Kinderkleidung ab.

Ab heute war sie eine Frau – ob sie das nun wollte oder nicht.

Michael erwachte, wie immer, wenn er hungrig war, mit lautem Protest.

Sie nahm ihn hoch. «Schsch … Wer wird denn gleich so schreien … Warte, ich koch dir ein leckeres Süppchen.»

Mit Michael auf dem Arm setzte sie den Kessel auf, schüttete Wasser hinein und öffnete den kleinen Sack mit Hafer. Doch der war leer. Sie seufzte.

Wenn Volkhardt nicht bald mit Essen zurückkehrte, würde das eine lange Nacht werden. Aber halt. Babette wusste, wie man über den Winter kam. Hinter dem Haus, im Holzschuppen, hatte immer ein Korb gestanden. Sie ging in die Hocke, öffnete die Durchreiche, tastete.

Sie spürte die kalten, mit Spreißeln bedeckten Scheite, Eis und … etwas Rundes, Glattes. Sie fasste es, zog die Hand wieder herein. Es war ein Knopf. Daran Faden und ein wenig Stoff. Herausgerissen aus einer Jacke. Wenn sie nicht alles täuschte, dann wusste sie auch, von wem er stammte. Christian. Sie hatte seine Jacke immer gesäubert und geflickt, wenn er von seinen Ausflügen nach Hause kam. Und dieser Knopf aus braunem Horn mit dieser hellen Maserung …

Ein Schuss krachte. Er verfing sich in den Bäumen, hallte nach, bis er sich verlor.

Kathi eilte zur Tür, schob den Riegel zurück und ging hinaus. Es dämmerte bereits, wie immer viel zu früh in diesen kurzen Wintertagen.

Es war diesig, sie konnte nicht viel erkennen. Zu ihrer Rechten die Lichtung mit den Brombeerbüschen, links der dichte, dunkle Wald – ein schwarzer, bedrohlicher Schlund, der wie ein alter Brunnenschacht alles in sich verschlang. Geradeaus stand eine Gruppe Birken um einen Erdhügel. Riesen sollten darunter begraben liegen, die einst diesen Wald bevölkerten.

Woher war der Schuss gekommen?

Ein Ast knackte, sie fuhr herum.

«Was machst du hier draußen?»

Es war Volkhardt, mit Schnee in den Haaren und einem leblosen Hasen in der Hand.

«Ich …» Sie schluckte, musste den Schreck erst verdauen. «Ich hörte einen Schuss.»

«Er kam von dort drüben, aus den Tannen.» Er zeigte in Richtung des Schlunds. «Wahrscheinlich sind Landsknechte oder anderes Gesindel unterwegs. Wir sollten hineingehen.»

Kathi nickte und ging voran. Volkhardt folgte ihr, betrachtete sie.

«Was hast du für Kleider an?»

Was sollte sie ihm antworten? Noch immer hingen ihre alten Sachen über der Feuerstelle.

«Die alten waren schmutzig», entgegnete sie kurz und beiläufig. Dabei lächelte sie ein wenig, schaute zur Seite, hoffte, dass er es auch so bemerken würde.

Die Kleidung einer Erwachsenen.

«Platz hast du ja genug darin.» Er schloss die Tür, schob den Riegel vor. «Hier, ich habe uns was gefangen.» Stolz präsentierte er seine Beute.

«Wie hast du denn das geschafft?»

Er grinste. «Wem es gelingt, eine Ratte zu fangen, sollte mit dieser lahmen Ente keine Schwierigkeit haben.»

Das traf zu. In den Kellern der Schwarzen Banden, die über die ganze Stadt verteilt und meist verlassen waren, gab es an allem zu wenig – an Licht, an Wärme, an sauberer Kleidung und an verzehrbarer Nahrung. Nur Ratten gab es zuhauf. Sie hatten sich in den letzten Monaten stark vermehrt. Außerdem waren sie flink und gescheit. Wer es verstand, sie zu überlisten, konnte sich rühmen, ein echtes Mitglied der Schwarzen Banden zu sein. Und Volkhardt war ihr Anführer.

Der Nachmittag ging in den Abend über. Kathi hatte gekocht, während Volkhardt sich als Vater übte. Er kam gut mit Michael zurecht. Nur einmal biss der kleine Mann ihn in den Finger.

«Autsch, du Satansbraten.»

Noch im selben Moment bereute er seine Worte.

«Tut mir leid, ich …»

«Schon gut.»

Sie wischte sich die Hände an der Rockschürze trocken und setzte sich an den Tisch. Für heute war ihre Arbeit erledigt. Michael hatte gut gegessen und saubere Windeln an. Er saß auf dem Bett und spielte mit einem Tannenzapfen.

Volkhardt stand auf und begann, die Spitze seiner Pike zu schleifen. Morgen wollte er damit Winterpilze von den Bäumen schälen – Austernseitlinge, Frostschnecklinge und Schneeellerlinge. Sie waren gesund

und halfen, die eintönige Winterküche aufzufrischen. Babette hatte sie im Winter auf dem Markt angeboten. Sie waren lecker und hatten komische Namen wie Samtfußrübling oder Judasohr.

Babette … Kathi seufzte. Wenn ihre alte Amme sie nur so sehen könnte, in ihren Kleidern, wie sie sich um Kind und Essen kümmerte. Was würde sie sagen? Früh, vielleicht zu früh, war sie erwachsen geworden, hatte in ihrem kurzen Leben schon so viel erlebt wie andere in zweien nicht. Michael …

«Schon wieder in Gedanken?»

Kathi blickte auf. «Tue ich das oft?»

«Für ein Kind in deinem Alter, ja.»

Was hatte er da gesagt? *Für ein Kind in deinem Alter?*

«Woher willst du wissen, wie alt ich bin?»

«Du hat es mir selbst gesagt. Zehn.»

«Das ist Vergangenheit.»

«Dann also elf.»

«Ja, elf und …» Sie biss sich auf die Zunge. Das ging ihn nichts an.

«Und?»

«Reifer als du vielleicht denkst.»

Er lächelte in sich gekehrt.

«Was gibt es da zu grinsen? Glaubst du mir etwa nicht?»

«Natürlich.»

Noch immer lächelnd, gönnerhaft, überlegen. Wie ein Alter spielte er sich auf, ging auf die Jagd, pflegte seine Waffen, schmiedete Pläne.

Kathi wollte es jetzt genau wissen. «Also, warum grinst du so?»

«Ich grins doch nicht», antwortete er mit einem Lächeln, das von einem Ohr zum anderen ging.

«Du machst dich über mich lustig.»

«Nein, tu ich nicht.»

«Doch.»

Michael stellte das Spielen ein. Er spürte, dass Streit in der Luft lag. Er machte ein Gesicht, als wolle er gleich anfangen zu heulen. Und er tat es auch.

«Siehst du, was du wieder angerichtet hast?»

Kathi stand auf, nahm ihn in den Arm.

«Ich habe doch gar nichts gemacht», verteidigte sich Volkhardt.

«Doch, hast du.»

«Was denn?»

«Dich über mich lustig gemacht.»

«Unsinn.»

Sie schwiegen. Ruhe kehrte ein. Kathi wiegte Michael im Arm, summte ihm eine Melodie ins Ohr. Nach und nach schlummerte er ein.

Das Feuer knisterte angenehm. An den Wänden beruhigende Schatten.

Warum nur war Volkhardt manchmal so ein Sturkopf? Sie hatte sein Grinsen doch genau gesehen und ahnte, dass er sie immer noch für ein Kind hielt. Wenn er aber heute Nachmittag dabei gewesen wäre, dann hätte sie ihn eines Besseren belehrt. Aber das brauchte er nicht zu wissen. Noch nicht.

Oder übertrieb sie es mit ihren Vorwürfen? Seltsam gereizt war sie schon seit Tagen. Und jetzt, da sie die Schwelle zur Frau überschritten hatte, war das Gefühl noch gewachsen. Viele quälende Fragen gingen ihr durch den Kopf. Wie sollte sie sich als richtige Frau verhalten? Was durfte sie …

Ein Poltern ließ sie aufschrecken. Es kam von draußen. Ihr Blick huschte zu Volkhardt. Der griff zur Pike, in der anderen Hand das Messer, hastete er zur Tür.

Ein Stöhnen, ein Scharren. Volkhardt bedeutete ihr, still zu sein. Langsam schob er den Riegel zurück und brachte die Pike in Anschlag.

«Tu's nicht», warnte Kathi mit unterdrückter Stimme.

Zu spät. Volkhardt hatte die Tür geöffnet. Der Schein des Feuers fiel hinaus in den Schnee. Da lag jemand mit dem Gesicht nach unten, die langen, zotteligen Haare rot vor Blut. Er stöhnte, jammerte um Hilfe.

Volkhardt wagte einen Blick nach links und rechts, vergewisserte sich, dass er nicht in eine Falle ging. Da war sonst niemand, so weit er in der Dunkelheit erkennen konnte. Vorsichtig, mit der Pike voraus, näherte er sich dem Körper.

«Wer bist du?», rief er ihm entgegen. Keine Antwort, nur Stöhnen.

«Bist du verletzt?»

Offensichtlich. Der Mann blutete aus dem Kopf. Sein Wams war an einigen Stellen zerrissen, die Hose löchrig. Ein Fuß war nackt, der andere mit Lumpen und Filz umwickelt.

«Was machst du hier?»

So wie es aussah, hatte er sich mit letzter Kraft hierhergeschleppt. Die Frage war nur, war er Freund oder Feind?

Volkhardt beugte sich hinunter und drehte den Körper um. Es war ein alter Mann mit einem grauen, langen Bart, die Haare zerzaust und blutverklebt, die Augen geschlossen.

«Wer bist du?»

Ein Stöhnen drang durch den Bart. «Hilf mir …»

Aus der Hütte kam die richtige Antwort.

«Das ist doch der alte Ambrosius.»

Kathi eilte hinaus, kniete sich neben dem alten Eremiten in den Schnee.

«Was ist mit dir?»

Sie zögerte, ihn anzufassen, wusste nicht, wo und wie schwer er verletzt war.

«Wer ist Ambrosius?», fragte Volkhardt.

«Ein Freund von Babette. Er lebt in einer Hütte, nicht weit von hier. Hilf mir, ihn reinzuschaffen.»

Begeistert war Volkhardt von der Idee nicht. Er kannte diesen verlausten und nach Dung stinkenden Fremden nicht.

«Jetzt komm schon.»

So schwer, wie er befürchtet hatte, war der alte Mann gar nicht. Im Gegenteil, nachdem sie ihn auf den Tisch verfrachtet und die Kleider ausgezogen hatten, stellten sie fest, dass er nur noch Haut und Knochen war. Aber er stank, und das erbärmlich.

«Er hält ein paar Ziegen und Schafe in seinem Stall», berichtete Kathi, während sie ihm mit einem nassen Tuch das Blut aus Gesicht und Haaren wusch. Über dem Ohr, gleich hinter der Stirn klaffte eine Wunde. Das Weiß des Schädelknochens blickte darunter hervor.

«Das sieht nicht gut aus», stellte Volkhardt fest. «Außerdem scheint er viel Blut verloren zu haben.»

Kathi hörte nur halb hin. Viel quälender war die Frage, wie Ambrosius zu der Wunde gekommen war. War er gestürzt, oder hatte ihn jemand geschlagen?

Da schlug er die Augen auf, stöhnte auf und brabbelte vor sich hin. «Geht weg … verschwindet … elendes Gesindel.»

Volkhardt beugte sich zu ihm hinunter.

«Von wem sprichst du, alter Mann?»

«Lutherische … Vagabunden.»

«Soldaten?»

«Viele … brandschatzen und rauben.»

«Wo sind sie?»

«Überall … im ganzen Wald … Flieht … sie kommen.»

«Hier sind wir sicher», widersprach Kathi. «Niemand wird uns finden.»

«Der Alte hat uns aber gefunden», konterte Volkhardt. «Und wenn er …»

Er schreckte hoch. Draußen war etwas. Er schnappte sich die Pike, stürmte hinaus.

«Volkhardt, bleib hier.»

«Flieht», röchelte Ambrosius.

«Nicht ohne dich.»

«Lass mich …»

Ein Knurren drang herein. Kathi fuhr herum. Sie sah Volkhardt in der Tür stehen. Draußen im Dunkeln zwei Augen, weiße Zähne, tropfender Geifer. Der riesige Hund machte einen Satz. Volkhardt stach zu. Der massige Körper fiel zu Boden. Ein Winseln, Blut floss.

«Nimm Michael», schrie Volkhardt über die Schulter. «Los, beeil dich!»

Kathi verstand nicht. «Aber … Ambrosius?»

«Komm jetzt. Wir müssen verschwinden. Es sind noch mehr.»

16

Die Reiter waren noch am Abend ins Taubertal aufgebrochen, um die Hebamme Lioba ausfindig zu machen und sie auf schnellstem Weg nach Würzburg zurückzubringen.

Von Bruder Jakobus war keine Hilfe mehr zu erwarten. Er war unter großen Schmerzen in den Morgenstunden gestorben. Auf dem Weg in die Hölle hatte er noch sechs Geistliche, vier Erwachsene und drei Kinder des Pakts mit dem Teufel bezichtigt.

Einer der beschuldigten Geistlichen war Gottfried von Weyhenstein, ein anderer Wolf von Schanzenfeldt, Bruder Wolf.

Crispin hatte die beiden Stiftsherren nur kurz kennengelernt. Sie hatten alles andere als einen zufriedenstellenden Eindruck auf ihn gemacht. Ihr ausuferndes und nicht zu akzeptierendes Verhalten, für das sie vom Bischof bereits mehrmals gerügt worden waren, hatte die Aufmerksamkeit der Bürger auf sie gezogen. Sie galten als zügellos, anmaßend und des geistlichen Stands nicht würdig, Bruder Wolf gar als brutal und gefährlich.

Es überraschte Crispin daher nicht, dass sich die ersten Anschuldigungen gegen sie gerichtet hatten und nicht gegen Jakobus und Ludwig, die vom Volk geschätzt wurden. Andererseits hatte der böse Geist nicht Gottfried und Bruder Wolf befallen – was eigentlich zu erwarten gewesen wäre –, sondern Jakobus und Ludwig.

Wie passte das zusammen?

In unserer Stadt geht ein böser Geist um. Er befällt die guten und verschont die schlechten Seelen.

Das waren die Worte des Wirts gewesen.

Jeder, der das Knie vor Gott, unseren Herrn und Erlöser beugt, ist des Todes.

Das klang nach einer Drohung. Was ging hier vor?

Seit dem Morgengebet gingen Crispin diese Gedanken durch den Kopf, und er fand keine zufriedenstellende, logische Antwort darauf. Konnte es sein, dass er in dieser Stadt tatsächlich auf eine Manifestation des Bösen gestoßen war?

Dann war es das erste Mal in seiner langen Laufbahn als Glaubenswächter. Nach dem ersten Schein, wenn sich der Nebel aus Lügen und Schauspielerei gelichtet hatte, kam gewöhnlich die schnöde Wahrheit an den Tag: Das, was als böse, verflucht oder verhext dargestellt wurde, war ein Gespinst aus Neid, Hass, Vergeltung und auch aus Angst. Das waren durchweg menschliche Verfehlungen und hatten mit dem Jenseitigen – gleich welcher Richtung – nichts zu tun.

Aber es gab noch eine andere Erklärung: die Unwissenheit.

Wer bei einem Gewitter einen Blitz niederfahren sah, wie er in einen Baum einschlug, konnte das leicht als Gotteshandlung verstehen, so wie es die Gerüchte beim Sinneswandel Martin Luthers berichteten. Die Folgen waren bekannt. Sie resultierten in Auflehnung, Tod und Verderben. Nicht auszudenken, was erst passieren würde, wenn Galilei sein verfluchtes Sonnensystem der Welt vorstellte.

Crispin eilte durch die morgendlichen Gassen. Es war noch dunkel und noch immer frostig kalt. Sein Ziel war die Kanzlei des Bischofs, wo die Befragung Gottfried von Weyhensteins stattfinden sollte. Er war offiziell nicht geladen, erbat sich von Riedner aber die Erlaubnis, an der Befragung teilnehmen zu dürfen. Nicht dass ihn die abstrusen Vorhaltungen und die erpressten Antworten in irgendeiner Weise interessierten, er wollte die Ohren spitzen und herausfinden, ob es einen neuen Ansatzpunkt für seine Nachforschungen gab. Der Hinweis mit dem Schankmädchen war aus eben so einem Gespräch entstanden.

Und wieder drängten sich ihm die Gedanken und Fragen um Gottfried und Bruder Wolf auf. Die beiden hatten seit längerer Zeit keine Kirche mehr besucht. So hatte es Riedner ihm berichtet. Ihr Zuhause waren die Gasthäuser und die Straßen. Von Demut, Ehrfurcht und Hingabe ihres Amtes fehlte jede Spur.

Ludwig und Jakobus hingegen waren gottesfürchtige und barmherzige Priester, die ihren Dienst an Gott und seinem Volk täglich unter Beweis stellten.

Warum wurden ausgerechnet sie vom *bösen Geist* befallen und nicht Gottfried und Wolf? Das war gegen jede Logik und setzte das Heilsversprechen des Evangeliums außer Kraft. Vielleicht machte er auch einen Denkfehler, und die Lösung der bohrenden Fragen war einfacher als gedacht.

Die Kanzlei kam in Sichtweite. Sie lag inmitten des hochaufstrebenden Doms und der weitläufigen Stiftsanlage von Neumünster. Gleich neben der Kanzlei hatte sich die kleine St.-Briccius-Kapelle in das Ensemble gezwängt. Dort hatte Crispin tags zuvor noch gebetet.

Je näher er der Kapelle kam, desto augenscheinlicher wurde, dass etwas an der Kirchentür befestigt war. Es waren zwei Stäbe, zu einem Kreuz zusammengenagelt, kopfüber nach unten hängend, einem Petruskreuz gleich. Und da war noch etwas anderes. Das Kreuz war in Blut getaucht. Es war noch frisch und ließ sich zwischen den Fingern zerreiben.

Wer um alles in der Welt macht so etwas?

Crispin schaute sich um, die lange Domstraße hinunter, an Neumünster vorbei. Niemand war zu sehen.

Das aufrecht stehende Kreuz symbolisierte zum einen den Opfertod Jesu Christi, zum anderen die Verbundenheit des Menschen mit der Erde und mit Gott. Es wies die Richtung, und die war himmelwärts.

Das auf den Kopf gestellte Kreuz verkehrte alles ins Gegenteil. Der Opfertod Jesu resultierte nicht in der Auferstehung, sondern in der ewigen Verdammnis. Der Pakt zwischen Gott und seinen Menschen, das Heilsversprechen, war aufgekündigt. Das Kreuz zeigte in Richtung Hölle.

Oben ist unten, unten ist oben.

Der Teufel stellte alles auf den Kopf, verkehrte alles ins Gegenteil. Das war seine Natur, daran konnte man ihn und seine Hexen erkennen. Die vom Glauben Abgefallenen, die Abtrünnigen brauchte der Teufel nicht mehr zu verführen, die hatte er schon. Sein Ziel mussten also die Gottesfürchtigen sein.

Und an dieser Kirchentür war sein Zeichen befestigt – als Vorankündigung der teuflischen Herrschaft. Das konnte eine Antwort auf seine Fragen sein.

Crispin betrat den Gerichtsraum. Riedner saß an einem Tisch. Dieses Mal nicht alleine, er hatte Unterstützung mitgebracht. Es handelte sich um drei weitere Geistliche, wobei der eine als offizieller Ankläger auftrat und die anderen zwei als Beisitzer. Riedner war dafür in das Amt des Richters gewechselt.

Der Kommission gehörte auch der bewährte Hexenjäger Dr. Faltermayer an. Er war für dieses Gericht unverzichtbar. Auf welche Weise würde sich noch zeigen.

Die Stimmung war auch dieses Mal angespannt. Crispin grüßte die Anwesenden daher nur kurz und begab sich wie mit Riedner abgesprochen in den Hintergrund. Von dort aus konnte er ungestört beobachten – Erthel zum Beispiel, den Malefizschreiber, der Tinte und Papier zurechtlegte, um das folgende Verhör in vollem Umfang aufzeichnen zu können.

Er stand keine Armlänge entfernt, und so konnte Crispin sehen, wie der erste Eintrag ins Malefizbuch lautete.

Es war eine Rechnung über zehn Gulden, die der Wirt vom Gasthaus Stern zur Begleichung vorgelegt hatte. Neben reichlich Wein, Brot, Käse und Schinken hatte Gottfried sich auch eine Gans zum Abendessen in die Haft liefern lassen. Das ebenfalls opulente Frühstück war noch nicht mitgezählt. Erthel zeigte sich verwundert, woher der Wirt die feinen Speisen nahm. Auch Crispin war davon ausgegangen, dass das Volk wegen der Knappheit von Lebensmitteln hungerte. Aber anscheinend gab es für die hohe Geistlichkeit noch andere, bisher unbekannte Bezugsquellen.

Noch war Gottfried vor dem Gericht nicht erschienen. Dafür ein anderer – Bruder Ignatius, Jesuit und neu bestellter Beichtvater des Angeklagten.

«Er hat Gottfried noch am Abend konsultiert», flüsterte Erthel ihm zu, «und gleich heute Morgen wieder.»

Was genau der Jesuit in Erfahrung hatte bringen können, taugte offenbar für die Feder Erthels nicht. Im Malefizbuch gab es darüber keinen Eintrag. Für Riedner und den Ankläger – Erthel beschrieb ihn ebenfalls als zu Stift Haug gehörig, ein Mann namens Zacharias Stumpf – war der Bericht von Ignatius hingegen höchst interessant. Sie steckten die Köpfe zusammen, tuschelten. Crispin konnte nicht hören, worüber sie flüsterten. Fest stand, es handelte sich um etwas Vertrauliches, Geheimes, das nicht für die Ohren der anderen, weltlichen Herrn im Raum bestimmt war.

Da öffnete sich die Tür. Gottfried wurde von zwei Knechten hereingeführt und auf die rote Platte – den Schutzstein – gestellt. Obwohl er auch dieses Mal Abstand zu halten versuchte, gelang es ihm nicht. Die Knechte postierten sich links und rechts neben ihm, hielten ihn kompromisslos in der Mitte des Steins.

Wie das Protokoll es erforderte, eröffnete Riedner das Verhör und wies Erthel darauf hin, genauestens Protokoll zu führen, damit keine Missverständnisse entstünden. Dann gab er das Wort an Zacharias Stumpf, den Ankläger. Der erhob sich und verlas den gegen Gottfried erhobenen Vorwurf.

«Euch, Gottfried von Weyhenstein, wird vorgeworfen, das heilige Sakrament der Messe entehrt und missbraucht zu haben. Am Sanderanger seid Ihr in Gesellschaft einer nackten Hexe gesehen worden, wie Ihr Brot und Wein, den Leib und das Blut Christi, dem Teufel geweiht habt. Bekennt Ihr Euch schuldig?»

Gottfried bemühte sich um Fassung, obwohl ihm das nicht ganz gelang. In seiner Stimme schwang Angst.

«Nein.»

«Es liegen die Aussagen von drei Zeugen vor, die den Vorfall bestätigen.»

Gottfried hatte sich auf die Verhandlung vorbereitet. Jemand musste ihm gesagt haben, wie er sich zu verhalten hatte. Er zog die Geständnisse in Zweifel, die ihn so sehr belasteten und mit denen das Verhör gerechtfertigt wurde.

«Erpresste Geständnisse.»

Stumpf ging nicht darauf ein.

«Zudem bezichtigt Euch der ehrwürdige Vikar Ludwig ...»

«Er ist ein Lügner.»

«Ich kenne Vikar Ludwig gut. Er ist Mitglied meines Konvents, und ich habe keinen Grund, an seiner Aussage zu zweifeln.»

«Er ist vom Teufel besessen. Ihr habt es alle gesehen.»

«Wir sitzen heute aber nicht über Vikar Ludwig zu Gericht, sondern über Euch.»

«Was macht es für einen Sinn, eine Anklage auf Basis erpresster Zeugenaussagen zu führen oder gar auf die wirren Faseleien eines Vikars, der überführte Kinderhexen unterrichtet hat?»

Das war natürlich ein Argument. Ludwig hatte sich mit den Kinderhexen nicht nur stadtbekannt gemacht, sondern im weiteren Verlauf auch angreifbar.

Stumpf mochte mit allem Möglichen gerechnet haben, aber nicht mit der Verstrickung Ludwigs in die Hexenprozesse. Er blickte zu Riedner, der wiederum hielt sich an Faltermayer.

«Eben darum sind Vikar Ludwigs Worte so bedeutend», antwortete Faltermayer kühl. «Er weiß, wovon er spricht.»

«Das ist zutiefst widersinnig.»

«Nur ein Teufel kann den anderen erkennen.»

«Aber Ludwig ist des Paktes mit dem Teufel noch nicht überführt worden. Wie kann sein Wort dann etwas gelten?»

«Der Verdacht reicht aus. Alles Weitere verhandeln wir später», beschied Faltermayer und gab das Wort an Stumpf zurück.

Der lenkte die Aufmerksamkeit auf einen anderen Punkt, und Crispin schien es, als ob dieses Zusammenspiel zwischen Ankläger und Hexenkommissar über Nacht an Qualität gewonnen hatte. Hatten etwa Absprachen stattgefunden, die ein schnelleres und vor allem sicheres Verfahren ermöglichen sollten? Falls ja, dann war Gottfried bereits jetzt verloren. Das hier diente allein der Form.

«Wie ich sehe», sagte Stumpf, «tragt Ihr kein Agnus Dei. Was hat es damit auf sich?»

Das schützende Lamm Gottes war ein wichtiges Schutzamulett aus geweihtem Wachs gegen die bösen Mächte. Jeder Geistliche trug eines, sie verteilten es sogar an die Gläubigen, damit sie gegen die Anfeindungen des Teufels gefeit waren. Fehlte es, war das alles andere als gut, und Gottfried wusste das.

«Ich muss es in der Aufregung vergessen haben.»

«Es liegt zerbrochen unter Eurem Bett, wie mir berichtet wurde.»

«Ihr wart in meinem Haus?»

«Meister Faltermayer hat den Auftrag zur Durchsuchung der Räume durch das geistliche Gericht erhalten.»

«Das ist nicht rechtens.»

Stumpf überging den Einwand. «Des Weiteren vermochten die Knechte in Eurem gesamten Hausrat kein einziges Weihwasserkesselchen zu finden. Sagt mir, wie kann das sein?»

Gottfried suchte nach Worten, die dieses sonderbare Fehlen erklärten. «Es muss mir gestohlen worden sein.»

«Gestohlen», erwiderte er nachdenklich. «Dann haben die Diebe aber ein höchst interessantes und durchaus wertvolles Stück zurückgelassen.» Er griff zur Seite zu einem kleinen Buch und las den Titel vor. «‹Gründlicher Bericht, ob Zauberei die ärgste und gräulichste Sünde auf Erden sei.› Geschrieben von Franz Agricola zu Sittart. Es ehrt Euch, dass Ihr Eurem Verstand so viel Bildung angedeihen lasst, doch erscheint mir dieses Buch in Zusammenhang mit der vorgebrachten Anklage nun in einem anderen Licht.»

«Woher habt Ihr es?»

«Aus Eurem kleinen, aber doch vorhandenen Bücherschrank.»

Erneut suchte Gottfried nach einem Ausweg. «Ein Bruder hat es mir zugesteckt, meinte, ich solle darin lesen. Was ich aber nie gemacht habe.»

«Und dass Ihr am geheiligten Sonntag einem zottigen Hund das Fell geschoren habt, das stimmt wohl auch nicht?»

Was war das für ein seltsamer Vorwurf?

«Ich weiß nicht, wovon Ihr sprecht.»

«Ist es nicht allgemein bekannt, dass der Teufel von seinen Priestern ein entsprechendes Messgewand verlangt? Das eines zottigen Bocks, das ihn so aussehen lässt wie der Teufel selbst?»

«Ich weiß nichts davon. Völliger Unsinn.»

«Man behauptet aber, Euch im Gewand eines zottigen Bocks gesehen zu haben, wie Ihr hinunter zum Sanderanger gegangen seid, mitten in der Nacht, in Begleitung eines nackten Weibs.»

«Nie habe ich ein derartiges Gewand getragen, noch war in meiner Begleitung je ein nacktes Weib.»

Der Malefizschreiber Erthel musste an sich halten, damit ihm der Spott nicht über die Lippen kam.

Stumpf überging es. «Aber dass Ihr mitten in der Nacht zum Sanderanger gegangen seid, das stimmt schon?»

«Nein, natürlich nicht.»

«So kommen wir nicht weiter», seufzte Stumpf. «Alle wollen gelogen haben, nur Ihr sprecht die Wahrheit.»

«Weil es die Wahrheit ist.»

Stumpf wandte sich an Riedner mit fragendem Blick. Schließlich ein Nicken. Auf Befehl trat ein Folterknecht in die Mitte. Er hatte eine Peitsche und eine Daumenschraube mitgebracht.

«Solltet Ihr weiterhin dem Gericht die Wahrheit vorenthalten», sagte Stumpf und wies auf die Folterinstrumente hin, «dann bin ich gezwungen, Euch anderweitig gefügig zu machen. Wollt Ihr das?»

Beim Anblick von Peitsche und Daumenschraube wurde Gottfried totenbleich. Er schluckte schwer und schaute sich ratsuchend um. Aber Crispin konnte ihm nicht helfen, denn Gottfried war bereits verloren. Er wusste es nur nicht.

«Ihr könnt keinem Priester die Folter androhen», stotterte Gottfried. «Das geht nicht, das ist verboten.»

«Ihr lasst mir also keine andere Wahl», beschied Stumpf. «Um die Wahrheit ans Licht zu bringen, bedarf es anderer Mittel. Mittel, die mir und meinen Brüdern nicht zustehen. Ich übergebe hiermit Gottfried von Weyhenstein in die Hände unseres erfahrenen Kommissars Dr. Faltermayer.» Er wandte sich ihm zu. «Findet die Wahrheit heraus. Tut dem ehrwürdigen Bruder Gottfried aber nichts zuleide. Kein Schmerz soll ihm zugefügt werden.»

Der letzte Satz diente allein der Form und war streng genommen eine Lüge. Die Geistlichkeit konnte die Folter an einem Bruder nicht gutheißen, geschweige denn sie selbst durchführen. Das mussten andere für sie erledigen. Damit wuschen sie ihre Hände in Unschuld.

Schlagartig wurde sich Gottfried seiner Lage bewusst. Bisher hatte er geglaubt, kein weltliches Gericht würde einen Geistlichen foltern. Nun aber war er ausgeliefert worden, unter Protest zwar, aber was nützte schon diese Scheinheiligkeit?

Die Knechte packten ihn und führten ihn hinunter in die Folterkammer.

«Lasst mich los. Das dürft Ihr nicht tun. Ich bin Gottfried zu Weyhenstein, Domherr und …»

Aber das interessierte niemanden mehr.

Das hohe, geistliche Gericht war mit dem Verlauf des ersten Prozesstages zufrieden. Die Herren machten sich auf zum Gasthaus Stern. Dort wartete ein ausgiebiges Frühstück auf sie, das ihnen – wie jeder Hexenkommission – gestellt wurde. Die Rechnung ging zu Lasten des Angeklagten, wie auch der Lohn für die Mitglieder des geistlichen Gerichts.

«Bruder Crispin», sagte Riedner, «wollt Ihr uns nicht ins Gasthaus begleiten?»

Crispin lehnte ab. Er hatte Wichtigeres zu tun.

«Habt Dank für die Einladung», erwiderte er. «Ich muss sie jedoch ausschlagen. Die Suche nach dem Kind dauert noch immer an.»

«Ich hörte von einer Hebamme, die Ihr suchen lasst.»

«Sie steht in Verdacht, das Kind zur Welt gebracht zu haben.»

«Wenn Ihr mehr Männer braucht, dann gebt Bescheid.»

«Das will ich tun.»

Crispin verabschiedete sich. Er ging die Straße hinunter und ließ sich das Verhör noch einmal durch den Kopf gehen. Fadenscheinige Aussagen Verstorbener und die wirren Phantastereien eines kranken Vikars würden andernorts kaum ernst genommen werden. Hier, in dieser Stadt, reichten sie aber aus, um einen Bruder in die Hände der Folterknechte zu geben. Das war nicht rechtens, und die Kommission war nicht dumm. Was ging also hier vor?

Sollte etwa ein Exempel statuiert werden, um andere, vom Weg abgekommene Geistliche zu warnen, dass ihnen das gleiche Schicksal drohte wie Gottfried, wenn sie nicht an sich hielten?

Das war ein gefährliches Unterfangen, und Riedner wusste davon, er hatte ihn ja selbst um Rat gefragt.

Hier wurde der Teufel mit dem Beelzebub ausgetrieben.

Der Himmel über Würzburg war inzwischen überraschend klar geworden, nur ein paar kleine Wolken verstellten ein vielversprechendes, helles Blau. Indes, die Luft war schneidend kalt, ließ Nase und Wangen frieren, hatte aber den Vorteil, den Kopf auf frische Gedanken zu bringen. Und die brauchte Crispin auch, denn Antonius hatte sich aus der Begutachtung der Kinder zurückgezogen. Diese Aufgabe hatte er einer Hebamme übertragen, der er nicht lange zu erklären brauchte, wonach sie suchten. Denn die Beschreibung des Mals war eindeutig – 666, die Zahl des Teufels.

Stattdessen hatte Antonius sich unters Volk begeben, um von *innen heraus*, so hatte er sich ausgedrückt, dieses vermaledeite Kind ausfindig zu machen. Irgendjemand musste ja etwas wissen, niemand konnte ein Kind unbemerkt aufziehen. Es gab immer Nachbarn, die das Gezeter eines Neugeborenen nach Essen und Wärme hörten, Ammen, die beim Stillen aushalfen, und es gab sicherlich auch einen Freund der Mutter oder der Familie, der mit seinem Geheimnis nicht länger an sich halten konnte. Absolute Geheimhaltung gab es auf dem engen Raum einer Stadt nicht.

Wie recht er hatte. Antonius hätte ein guter Kundschafter seiner Kongregation sein können, wenn er nicht gerade dem Orden der Jesuiten angehörte. Er traute ihnen nicht, und ohne Vertrauen gab es keine Zusammenarbeit.

Crispin war gespannt, ob Antonius' neue Strategie zum Erfolg führen würde. Solange er ihm nicht in die Quere kam, sollte er nur machen. Am Ende des Tages würde sich zeigen, wer mit seiner Vorgehensweise der Glücklichere war.

Der Weg führte ihn hinunter zum Main. Drüben auf der anderen Seite sah er Fischerboote, wie auf einem Faden aufgereiht, fest in der dicken Eisschicht des Flusses verankert, am Ufer die vielen kleinen Fischerhäuschen und darüber, mächtig in den Fels gehauen, die Burg des Bischofs. Noch immer weilte der Landesfürst in Schlüsselfeld, so der Kanzler, einem kleinen, abgelegenen Ort im Steigerwald, wo er die grassierende Seuche aussitzen wollte. Ein wahrer Hirte war er, ging es Crispin durch den Kopf, der seine Schafe den Wölfen preisgab, während er es sich in einem Jagdschloss bequem machte.

Diesseits der Burg herrschte bittere Armut. Aus den Häusern drangen nicht wie erwartet die Gerüche der Küchen, sondern das Geschrei der Frauen, denen die Neugeborenen aus den Armen gerissen wurden. Die Knechte gingen noch immer rücksichtslos und unbarmherzig vor. Während der eine das Kind ergriff, hielt der andere die wütenden Väter und Brüder mit der Pike auf Abstand. Blut floss, Tränen sowieso, Flüche und Verwünschungen wurden laut, auch die Rache für den Frevel, der seit Herodes beispiellos war, würde bald über den Bischof und seine Knechte kommen.

Verflucht seid ihr!

Crispin konnte nicht umhin, für die bedauernswerten Mütter und Väter Mitleid zu empfinden. Hoffentlich war dieser gotteslästerliche Auftrag bald zu Ende.

Nur ein paar Häuser entfernt saß Antonius am Bett eines fiebrigen Jungen. Anders als befürchtet, war er nicht von der rätselhaften Krankheit befallen, sondern von einer gefährlichen und vor allem ansteckenden Influenza, der *male mattone,* der wütenden Krankheit, wie sie in Rom genannt wurde.

Der Junge glühte förmlich, sein Gesicht wie der übrige Körper waren ausgezehrt, er schlotterte, hustete, keuchte und war mehr tot als lebendig. In der Tür stand seine Mutter, die Augen feucht, die Hoffnung auf eine baldige Genesung geschwunden. Antonius wrang einen Lappen mit kaltem Wasser aus und legte ihn dem Jungen auf die Stirn. Dann erhob er sich.

«Leg ihm weiterhin kalte Umschläge auf», riet er ihr, «das macht es ihm leichter, und vielleicht sinkt das Fieber auch.» Aber davon war nicht auszugehen. Eine Influenza dieser Art überlebte niemand, erst recht nicht, wenn er seit Wochen nichts Anständiges zu essen bekam. Der Junge würde sterben, so wie viele andere auch, für die es keine Medizin gab.

Die Frau ergriff Antonius' Hand, sank auf die Knie und küsste sie. «Habt Dank, Euer Hochwürden für die Hilfe, und bitte, schließt meinen Jungen in Eure Gebete ein.»

Antonius nickte. Ja, das würde er tun, wie die andern zehn Todeskandidaten auch, die er an diesem Morgen aufgesucht hatte. Überall das gleiche Bild – Elend, Not, Verbitterung und Hoffnungslosigkeit. Alte und Kinder starben wie die Fliegen, die anderen klammerten sich an das bisschen Leben, das ihnen noch geblieben war.

«Vor einigen Wochen erschien der große Komet über der Stadt», sagte Antonius, bevor er zum nächsten Haus ging. «Erinnerst du dich?»

Die Frau nickte. «Das Teufelsauge.»

«In dieser Nacht soll ein Kind geboren worden sein. Weißt du, wer es zur Welt gebracht hat?»

«Nein, Euer Hochwürden.»

«Denk nach, es ist wichtig.»

Die Frau tat es, aber sie wollte nichts wissen.

«Wenn du etwas erfährst, dann gib mir Bescheid.»

«Das werde ich.»

Er verabschiedete sich hinaus in die klirrende Kälte eines an sich schönen Wintertags. Wenn auch die Sonne nur schwach am Himmel strahlte, so hatte sie es doch endlich geschafft, die Wolken aufzubrechen. Das beruhigte ihn ein wenig, aber es war nur ein schwacher Trost. Schon bald würde sich die Influenza ausbreiten und noch mehr Todesopfer fordern.

Diese Stadt war wahrlich verflucht.

Unbemerkt hatte sich ihm ein Kind genähert. Es kam aus einem der umliegenden Häuser, war in Fetzen gewickelt, vom Dreck schwarz im Gesicht und vom Hunger ausgezehrt. Im Arm hielt es etwas aus Stroh und Lumpen zusammengebunden. Eine Puppe vielleicht. Bei näherem Hinsehen erkannte man rote Augen, Hörner statt Haaren und Hufe statt Füße. Es zog Antonius an seiner Kutte.

«Komm», sagte es, «Mutter ist krank.»

Er ging in die Hocke, nahm es an seinen schmutzigen, kleinen Hände, die wie erfroren waren.

Bei näherem Hinsehen erwies sich das Kind als ein Mädchen, fünf oder sechs Jahre alt, zerzauste Haare, in einem Kleid, das nur aus Lumpen bestand, die kleinen Füße mit Filz umwickelt.

«Was hat sie denn?», fragte er.

«Böses Bein. Nicht mehr aufstehen.»

Das böse Bein war eine eitrige und bereits faulende Wunde am Knie einer Frau. Sie lag auf einem Strohbett, das wahrscheinlich lange nicht gewechselt worden war. Es stank nach Fäkalien und Erbrochenem. Von der Kniescheibe abwärts hatte Wundbrand das Bein bereits geschwärzt, die Zehen waren weiß umrandet. Da konnte nur noch eine Amputation helfen, falls es dafür noch nicht zu spät war. Wahrscheinlich war das Gift der Wunde schon längst in ihrem Blut. Sie war eigentlich schon tot.

Das Kind konnte hier nicht länger bleiben. Antonius führte es hinaus auf die Straße.

«Wo ist dein Vater?», fragte er sie.

«Krieg.»

«Und deine Brüder oder Schwestern?»

«Himmel.»

«Onkel, Tanten?»

Sie zuckte mit den Schultern.

Die Frau und das Kind waren also das Überbleibsel einer Familie, die anscheinend jeden Angehörigen verloren hatte. Bald würde auch die Mutter sich aus diesem Jammertal verabschieden und das Kind alleine zurücklassen.

Was sollte er ihr sagen?

Er nahm sie hoch. «Wollen wir beide eine warme Suppe essen?»

«Mutter.»

«Um deine Mutter kümmern wir uns nachher.»

Das Kind nickte.

«Da vorne um die Ecke ist ein Kloster. Ich wette, die barmherzigen Schwestern werden sich über unseren Besuch freuen. Vielleicht haben sie auch neue Kleider und ein Bett für dich. Würde dir das gefallen?»

Wieder nickte sie. Das Kind war wie apathisch, offenbar verstand es gar nicht, was hier vor sich ging.

«Was hast du da für eine eigenartige Puppe?»

«Teufel», antwortete sie. «Himmel gefallen.» Sie zupfte an seinen Hörnern aus schwarzem Stroh.

Antonius horchte auf. «Was ist vom Himmel gefallen?»

«Teufel.»

«Wie kommst du darauf?»

«Otto gesagt.»

«Wer ist Otto?»

17

Der Wachwechsel war die einzige Chance, unbemerkt in die Stadt zu kommen. Volkhardt und Kathi lagen hinter einem Hügel auf der Lauer, vor ihnen die Stadtmauer und das Zeller Tor. Mit Erklingen der Glocke in der Deutschhauskirche, Schlag zwölf, würden die Wachen abgelöst werden. Diesen Moment mussten sie nutzen.

Kathi hatte Michael in der Eile der Flucht nicht anständig anziehen können. Er fror, weinte und zitterte. Sie trug ihn unter ihrer Jacke an der Brust, damit er wenigstens ein bisschen Wärme abbekam. Gegessen hatte er seit dem letzten Abend nicht mehr, Kathi und Volkhardt auch nicht. Die ganze Nacht waren sie durch den Wald geirrt, hatten aus Furcht vor der Ergreifung das Dorf Höchberg liegen lassen, bis sie schließlich vor dem Zeller Tor gelandet waren.

Ihr Ziel waren die Keller der Schwarzen Banden. Wo sollten sie auch anders hin? Bei diesen Temperaturen, mit unzureichender Kleidung und einem Kleinkind ziellos übers Land reisen oder gar im Wald bleiben? Auf keinen Fall. Ambrosius, der kurz nach ihrer überstürzten Flucht gestorben sein musste, hatte von umherziehenden Söldnern gesprochen. Dem Krach nach zu urteilen waren es viele einzelne Trupps, die vor ihren Befehlshabern geflüchtet waren und sich nun in den Wäldern versteckt hielten. Ihre Kampfhunde durchsuchten das Gelände nach Essbarem. Volkhardt hatte drei von ihnen mit der Pike töten können. Die Tat würde nicht unentdeckt bleiben, und dem Zorn der Landsknechte über den

Verlust ihrer kostbaren Hunde wollten sie sich nicht aussetzen.

So blieb nur der Weg zurück in die Stadt, in die Keller, wo Volkhardt sich auskannte, wo sie Schutz genossen und hoffentlich etwas zu essen bekamen.

«Halt dich bereit», sagte er.

Kathi nickte. Mit Michael unter der Jacke verborgen, wartete sie auf den richtigen Zeitpunkt, um aufzuspringen und sich in den Strom der ein- und ausfahrenden Karren einzureihen.

Es waren an diesem überraschend hellen und freundlichen Tag viele Fußgänger unterwegs. Die Chancen standen gut, in der Menge nicht aufzufallen. Wenn es ihnen gelänge, zwischen zwei Fuhrwerke zu kommen, wäre das eine gute Ausgangslage. Fuhrwerke wurden – sofern sie nicht etwas augenscheinlich Verdächtiges transportierten – schnell durchgewunken.

Die Glocke der Deutschhauskirche schlug endlich zu Mittag.

«Jetzt», rief Volkhardt.

Er nahm sie bei der Hand und half ihr über den Graben auf den Weg, vor ihr eine Gruppe heruntergekommener Vagabunden, Bettler und Spielleute. Finstere Gestalten mit hungrigem Blick. Die würden sicher abgewiesen. Bauern und Mägde waren besser. Sie brachten Nahrungsmittel in die Stadt. Kathi und Volkhardt ließen sich nach hinten fallen.

Da kam ein Karren mit einem halbwegs gut genährten Ochsen an der Deichsel. Auf dem Bock saß ein Mann, neben ihm seine Frau. Geladen hatten sie Heu, Fässer und Körbe. Gute Bauersleute. Genau so etwas brauchten sie.

Sie ließen den Karren vorbei, hefteten sich an die Ladefläche, taten auf Knecht und Magd. Obwohl der Karren nur langsam auf das Tor zupolterte, hatte Kathi dennoch Mühe, Schritt zu halten. Sie fühlte sich schwach und müde. Michael wurde auch nicht leichter, zudem war er unruhig.

«Wenn der Karren passiert», sagte Volkhardt, «dann gehen wir einfach mit durch. Auf keinen Fall stehenbleiben. Hast du verstanden?»

Vor ihnen fand die Wachablösung statt. Zwei neue Knechte mit Piken gesellten sich an die Seite der alten. Sie wechselten ein paar Worte, achteten kaum auf die Passanten, winkten sie durch, während sie sich über Vorfälle der letzten Wache austauschten. Vielleicht erhielten sich auch neue Befehle.

So weit, so gut. Die Karren vor ihnen wurden nicht angehalten. Es gab keine Stichproben, keine Diskussionen, bis die Horde der Vagabunden vor den Wachen auftauchte. Im Nu war es vorbei mit der Großzügigkeit. Drohend hielten sie die Piken vor, forderten die finsteren Gestalten auf zurückzuweichen. Doch wer so lange wie sie durch ein winterliches und gefährliches Land gezogen war, ließ sich die Hoffnung auf eine sichere Unterkunft nicht so schnell nehmen. Sie drangen vor, es kam zum Tumult.

Volkhardt verfolgte die Szene aufmerksam, spähte nach der Lücke, durch die sie in die Stadt schlüpfen konnten. Es wurde gestochen und gehauen, Leiber fielen verletzt zu Boden. Hinter dem Tor tauchten plötzlich noch mehr Wachen auf, um dem Krawall ein Ende zu bereiten.

«Himmelherrgott», schimpfte Volkhardt. «Noch mehr

Wachen haben wir wahrlich nicht gebraucht. Jetzt werden sie genauer hinsehen.»

Er schaute sich um. Hinter ihnen waren die Karren zum Stehen gekommen, Fußvolk schob sich nach vorne, um zu sehen, was das Spektakel hergab. Der Pulk, der sich dadurch ergab, konnte ihnen in die Hände spielen.

«Bleib ganz nahe bei mir», sagte Volkhardt. Er nahm sie schützend in den Arm und ließ sich von der Menge mitziehen. Es wurde geschoben und gedrückt. Michael spürte es auch, fing an zu weinen. Kathi versuchte ihn zu beruhigen, doch es war aussichtslos. Michael schrie noch lauter.

Die Sache geriet außer Kontrolle.

«Wir müssen hier raus», rief sie Volkhardt zu. «Sie zerquetschen ihn noch.»

Ein Mann ging zu Boden, andere fielen über ihn, von hinten drängten mehr nach. Volkhardt stemmte sich dagegen, machte eine winzige Gasse für sie frei.

«Komm, hier lang!»

Kathi folgte, wenngleich sie mehr geschoben wurde, als dass sie ging. Lange würde ihre Kraft nicht mehr reichen.

Da krachte eine Muskete. Sie konnte nicht sehen, woher der Schuss kam, aber das war auch unerheblich. Die Menge war nun nicht mehr zu halten. Volkhardts schützender Arm verlor sich, sie wurde gestoßen, getreten, fiel zu Boden. Von irgendwoher hörte sie das Rumpeln eines Karrens, wütende Kommandos, Schreie.

Ein Ochsengespann war auf dem abschüssigen Weg durchgegangen. Blind vor Furcht hasteten die Tiere auf das Tor zu, überrannten alles und jeden. Bauern und Kaufleute, Bettler und Wachen stoben auseinander, stürzten oder erstarrten vor dem, was da auf sie zukam. Zuerst die Ochsen, dann die Wagenräder.

Eine Hand packte Kathi, zerrte an ihr, sie aber hielt Michael fest. «Steh auf!»

Mit letzter Kraft kam sie auf die Beine und wurde sogleich weggerissen. Sie erkannte Volkhardt unter den vielen fremden Gesichtern. Er redete auf sie ein, doch sie verstand nichts.

Sie spürte noch nicht einmal den Schlag gegen ihren Kopf.

Als sie die Augen wieder öffnete, war es dunkel. Ein Feuer brannte schwach. Bizarre Schatten an der Wand. Stimmen haderten miteinander. Kathi rappelte sich auf. An ihrer Seite lag Michael, eingehüllt in einen Bausch Lumpen. Er atmete ruhig, anscheinend war er unverletzt. Gott sei Dank.

Dafür schmerzten ihr Kopf, der Rücken, Beine und Füße. Es fühlte sich an, als wäre sie doch unter die Räder gekommen.

«Wie geht es dir?»

Sie blickte auf, rieb sich die schmerzenden Schläfen, den Nacken. Es war Volkhardt, und er lächelte sie an.

«Wo bin ich?», fragte sie.

«In Sicherheit.» Er hielt ihr eine Schale hin. «Iss das.»

Sie konnte nicht erkennen, was sich in der Schale befand, aber es roch verlockend nach Fleisch. «Was ist das?»

«Es wird dich wieder zu Kräften bringen.»

«Hat Michael …?»

«Er hat, und nun iss.»

Er nahm sie an die Hand und führte sie zum Feuer,

das mitten im Raum brannte. Drum herum saßen Kinder. Mindestens ein Dutzend, eng beieinander, die schmutzigen Hände nah an den Flammen. Ihre Augen waren auf Kathi gerichtet. Auf den rußgeschwärzten Gesichtern schienen sie zu leuchten, doch je näher Kathi ihnen kam, desto mehr verloren sie an Glanz. Es waren traurige Augen, hilflos und erschöpft. Manche auch misstrauisch.

Andere Kinder waren krank. Sie lagen abseits, husteten und kämpften mit dem Fieber.

«Das ist Kathi», sprach Volkhardt in die Runde. «Heißt sie willkommen. Sie wird vorerst bei uns bleiben.»

Ein paar Köpfe nickten, andere verharrten im Zweifel.

«Ist das dein Kind?», fragte einer und zeigte zu Michael hinüber.

Kathi setzte sich neben Volkhardt. Das Feuer tat gut.

«Ich bin seine Schwester.»

«Wo ist die Mutter?»

«Tot.»

«Und der Vater?»

«Auch er ist …»

Was sollte sie sagen? Sie entschied sich für etwas, das sie sich bisher nicht eingestanden hatte. Vielleicht dachte sie auch an Christian, ihrem Vater auf Zeit, der sie auch verlassen hatte.

«Tot.»

Das Kind nickte nur. Es war unmöglich zu sagen, ob sich hinter diesem rabenschwarzen Gesicht ein Junge oder ein Mädchen verbarg. Auch die zerrissene Kleidung gab keinen Aufschluss. Die Stimme, vielleicht. Es konnte ein Mädchen sein mit großen runden Augen und mit verfilzten Haaren, die in alle Richtungen abstanden.

«Gott hat ihn zu sich befohlen», sagte Kathi.

«Gott?», fragte ein anderer. «Glaubst du etwa noch an diesen Unsinn?»

Kathi sah ihn überrascht an. «Ja, warum nicht?»

«Gott hat es nie gegeben.»

«Red du keinen Unsinn», ging ein Junge dazwischen, der ihm gegenübersaß. «Gott gibt es, und er liebt uns.»

«Gott hasst uns.»

«Niemals.»

«Doch, schon immer. Schau uns doch an.» Sein Blick ging reihum. «Würde Gott es zulassen, dass wir um unser Leben fürchten und uns in diesen Kellern verstecken müssen? Ein wahrer Gott hätte Erbarmen und würde über uns wachen, so wie ein Vater und eine Mutter.»

Einige nickten. Die anderen schwiegen betroffen. Ein Mädchen weinte.

«Aber das ist alles eine Lüge. Es gibt keinen Gott. Wir sind des Teufels. Deswegen sind wir hier, fressen Ratten und Spinnen.»

Er stand auf, ging hinüber in eine dunkle Ecke und begann zu weinen.

«Was ist mit ihm?», fragte Kathi.

«Er hat alles verloren», antwortete Volkhardt. «Vater, Mutter, Geschwister – alle auf dem Scheiterhaufen. Das prächtige Haus, in dem er gewohnt hat, ist niedergebrannt, das Vermögen der Familie eingezogen. Selbst die Verwandten wollen nichts mit ihm, einem Hexenkind, zu tun haben. Die Gefahr ist einfach zu groß, selbst angeklagt zu werden.»

«Das ist traurig.»

«Das ist die Regel. Wir sind der Rest derer, die sich vor Faltermayer und seinen Knechten haben retten können.

Da sitzt Gerda», er wies zu seiner Linken, «Tochter eines einst angesehenen Professors. Die gesamte Familie ist aufs Rad gespannt und anschließend verbrannt worden. Dort Friedrich, der Jüngste aus dem Hause Gehring, dem Goldschmied, ehemaliger Hoflieferant, jetzt nur noch Asche. Und da sind Anton, Werner, Hanna und so weiter. Jeder von ihnen hat eine Geschichte, und jeder ist als Verlierer daraus hervorgegangen. Jetzt sind die Schwarzen Banden ihr Zuhause.»

Volkhardt hatte ihr schon früher von den Kindern der Schwarzen Banden erzählt. Ihr Schicksal hätte sie nicht überraschen dürfen. Nun aber saß sie ihnen gegenüber, sah und spürte die Verzweiflung und das Verlorensein, die Kälte und die Hoffnungslosigkeit. Es war eine Katastrophe und zugleich eine himmelschreiende Ungerechtigkeit, was ihnen widerfahren war. Das Leben, das für sie gerade erst begonnen hatte, war eigentlich schon wieder vorbei.

Schritte hallten in dem kahlen Gemäuer wider. Kathi schreckte auf.

«Keine Sorge», beruhigte sie Volkhardt, «niemand findet uns hier. Wahrscheinlich ist es Wilhelm mit seinen Leuten.»

Der Keller musste früher ein Weinlager gewesen sein. Über ihnen wölbte sich die Decke, an den Seiten Luftschächte. Die eigentliche Größe des Raums verlor sich aber in der Dunkelheit. Der schwache Schein des Feuers ließ nicht mehr erkennen. Aber die Geräusche, die aus dem Dunkel kamen, wiesen auf einen langgezogenen Schlauch hin, und aus dem traten nun drei Gestalten ans Feuer. Es waren Jungs. Sie trugen selbstgebastelte und erbeutete Waffen – Messer, Piken, einen Bogen. Sie hielten ein viertes Kind gestützt, den Kopf und die langen Haare nach vorne hängend.

Volkhardt stand auf. «Wen habt ihr dabei?»

«Ein Mädchen», antwortete Wilhelm, der Größte von ihnen. «Wir haben sie nicht weit von der Gerberei entfernt hinter einer Hausecke gefunden. Sie ist krank, mehr tot als lebendig.»

Die Nachricht über den Zustand des Mädchens erregte keine große Aufmerksamkeit bei den anderen Kindern. Krank und halbtot waren sie selbst. Ein gesundes Kind, das außer Krankheit und Elend etwas wie Brot, Milch oder ein Stück Schinken mitgebracht hätte, hätte mehr Begeisterung hervorgerufen.

Die drei Jungs brachten das Mädchen ans Feuer, legten sie auf Lumpen und Stroh.

Als Kathi ihr Gesicht im Schein des Feuers erkannte, erschrak sie.

«Barbara!»

Sie legte die Schale mit dem Essen zur Seite und beugte sich über ihre Freundin. «Was ist mit dir?»

Barbara antwortete nicht. Sie war ohne Bewusstsein. Kathi fühlte ihr die Stirn. Sie war heiß, also lebte sie noch.

«Was ist mit ihr geschehen?», fragte sie die Jungs, die sich ihrer Waffen entledigten und ans Feuer setzten.

Georg, der Zweitgrößte nach Wilhelm, beäugte sie misstrauisch.

«Wer bist du?»

«Kathi.»

Sie kümmerte sich nicht weiter um die Frage. Stattdessen öffnete sie Barbara das Hemd und legte ihr das Ohr auf die Brust. Sie hörte ein Kratzen und Keuchen.

Schon längst hätte Barbara nicht mehr in der Gerberei arbeiten dürfen. Die Dämpfe raubten ihr die Gesundheit. Und nun schien noch eine schlimme Erkältung dazugekommen zu sein.

«Jetzt sagt mir endlich, was mit ihr geschehen ist.»

«Wir hörten sie wimmern», antwortete Adam, der Dritte im Bund, «als wir in der Gerberei nach etwas zu essen suchten. Sie lag draußen, in der Kälte. Keine Ahnung, wie lange schon.»

«Habt ihr denn nicht dem Meister Bescheid gesagt?»

Wilhelm lachte auf. «Sehen wir vielleicht so aus, als würden wir uns vorstellen, bevor wir ihn berauben?»

«Der Meister hat sie vor die Tür gesetzt», sagte Georg, «so viel konnte sie uns noch sagen.»

«Kein Wunder, so schwach, wie sie ist», fügte Adam hinzu. «Die Gerberei braucht starke Arme, keine schwindsüchtigen Mädchen.»

Kathi wollte das nicht akzeptieren. «Aber sie ist ...»

Volkhardt beruhigte sie. «Sie haben getan, was sie konnten. Und nun solltest du dich um deine Freundin kümmern.»

Wie immer hatte Volkhardt recht. Barbara brauchte Hilfe, und zwar schnell.

Eibisch, Königskerze und Thymian fielen ihr spontan ein. Sie hatten auch bei Michael geholfen, seine Erkältung hatte sich schnell gelegt. Doch keine von diesen heilenden Pflanzen hatte sie hier zur Verfügung.

Woanders aber gab es ganze Regale davon.

«Ich muss zur Apotheke von Meister Grein», sagte sie.

«Auf keinen Fall», widersprach Volkhardt. «Faltermayers Knechte könnten dich erwarten.»

«Das Risiko muss ich eingehen.»

«Nein, musst du nicht. Ich gehe.»

Sie seufzte. «Du weißt nicht, was ich benötige und wo es zu finden ist. Es ist besser, wenn ich gehe. In der Zwischenzeit musst du das Fieber bekämpfen.»

Und zwar so, wie es ihre Amme Babette immer gemacht hatte, wenn eins ihrer Pflegekinder krank wurde – mit kühlenden Wickeln.

Nur ungern stimmte er ihr zu. Doch ganz ohne Schutz wollte er sie nicht gehen lassen.

«Wilhelm, Georg, Adam. Begleitet sie.»

«Aber wir sind doch gerade erst zurückgekommen.»

«Keine Widerrede. Je schneller ihr geht, desto früher seid ihr wieder da. Und nehmt eure Waffen mit.»

Müde erhoben sich die drei.

Kathi nahm einen Lumpen, der neben Barbara lag, und reichte ihn Volkhardt.

«Besorge frischen Schnee und erhitze ihn in einem Topf. Das Wasser darf nicht heiß, aber auch nicht zu kühl sein. Dann tauche diesen Lumpen hinein, wickel ihn ihr um die Waden und darüber einen trockenen Wickel. Kriegst du das hin?»

Volkhardt schaute unschlüssig, kratzte sich am Hinterkopf.

«Ja, ich glaube schon.»

«Gut, ich bin bald wieder zurück.»

Bevor sie ging, hastete sie zu Michael, schaute, ob es ihm gutging und er noch schlief. Das tat er, tief und zufrieden. Sie küsste ihn auf die Stirn.

Ein Mädchen trat an ihre Seite.

«Soll ich auf dein Kind aufpassen, solange du fort bist? Ich kann das, wirklich. Früher hatte ich auch mal ein Brüderchen.»

In diesem Moment wusste Kathi nicht, wie ihr geschah. Hilfe und Mitgefühl waren immer dort zu finden, wo man es nicht erwartete.

«Das ist sehr nett von dir. Du darfst ihn auch in den Arm nehmen, wenn du magst.»

Die Freude war ihr ins Gesicht geschrieben. Sie setzte sich neben Michael und begann leise ein Kinderlied zu summen.

Kathi hingegen hatte einen gefährlichen Gang vor sich. Wenn die Apotheke bewacht wurde, liefen sie geradewegs in eine Falle.

Sie schaute sich um, konzentrierte sich darauf, was sie alles mitnehmen musste. Ihr Blick verfing sich in den Gesichtern der Kinder. Husten, Fieber, Entzündungen, Verletzungen und dergleichen mehr. Sie würde einen Korb und zwei starke Hände brauchen, um all die Kräuter, Verbände, Salben und Tinkturen zu schleppen. Für eine fachkundige Apothekerin gab es hier einiges zu tun.

18

Das Mädchen mit der Teufelspuppe hatte Antonius bis vor die Schmiede geführt, einem von Ruß und Schmutz geschwärzten Fachwerkhaus mit zwei großen Fensterläden an der Seite, um Licht und Frischluft hereinzulassen. Das Eingangstor stand einen Spalt offen, die Feuerstelle und der Amboss waren zu sehen, daneben ein Mann und ein Junge, die ein Stück Metall bearbeiteten. Die lauten Hammerschläge drangen bis auf die Straße.

«Otto», rief sie gegen die Hammerschläge an und zeigte mit dem Finger auf die Tür.

Antonius beugte sich zu ihr hinab.

«Hier wohnt der Junge, der beobachtet hat, wie der Teufel vom Himmel gefallen ist?»

Sie nickte. «Otto.»

«Danke, mein Kind. Nun geh wieder nach Hause. Ich sage den Klosterschwestern, dass sie dich abholen sollen. Einverstanden?» Wieder nickte sie wie geistesabwesend, drehte sich um und lief zurück ans Bett ihrer sterbenden Mutter.

Armes Ding. Entweder hatte ihr der Herr nicht viel Verstand mitgegeben, da sie so wenig sprach, oder ihr waren die Worte im Angesicht des nahen Todes ihrer Mutter abhandengekommen. In beiden Fällen würde sie es bei den Schwestern besser haben, ihre Stimme und ihren Verstand im Gebet wiederfinden und ihrer Seele ein neues Zuhause geben.

Antonius schob das Tor ein Stück auf. Ein Schwall rauchgeschwängerter, warmer Luft hüllte ihn ein. Wäre der Krach und der Geruch von heißem Metall nicht gewesen, hätte es durchaus eine angenehme Erfahrung sein können, von der Kälte in die Wärme zu kommen. So aber musste sich Antonius beide Ohren zuhalten.

Der Mann und der Junge ließen ihre Hämmer im schnellen Wechsel auf dem rot glühenden Eisenstab tanzen, Ding-Dong-Ding-Dong, plätteten ihn so zu einer Speerspitze. Kleiner Hammer, großer Hammer. Immer wieder, bis das Eisen die formbare Temperatur verloren hatte und mit einem Zischen in einem Wassertrog verschwand.

Die Chance wollte Antonius nutzen.

«Verzeiht, Meister Schmied. Ich hätte gerne Otto gesprochen.»

«Was wollt Ihr von ihm?», fragte der Schmied.

Das Misstrauen in seiner Stimme überwog die Neugier, wer der fremde Mönch war und was er in seiner Schmiede suchte.

«Auf ein Wort, nichts weiter.»

Der Schmied schaute zur Seite, suchte im rußgeschwärzten und mit Schweiß behafteten Gesicht des Jungen eine Antwort zu finden. Der jedoch zuckte nur die Schultern.

«Dann geh schon. Aber komm gleich zurück. Ich warte.»

Otto legte den Hammer beiseite und wischte sich die Hände an der Hose.

«Wer seid Ihr?»

«Bruder Antonius», antwortete er knapp. «Komm, lass uns nach draußen gehen.»

«Was wollt Ihr von mir?»

«Nur ein paar Worte wechseln.»

Er legte väterlich den Arm um Ottos Schulter und führte ihn vor die Tür.

Draußen hatte es wieder angefangen zu schneien. Die Schneeflocken folgten dem Wind, verwirbelten und tanzten im warmen Luftzug der Schmiede. Otto verschränkte sogleich die Arme, zog den Kopf ein und suchte Schutz hinter der Hausecke.

«Man sagte mir», begann Antonius, «du hättest in der Nacht des Kometen etwas vom Himmel fallen sehen.»

«Den Kometen halt», antwortete Otto überrascht, «wie jeder andere auch.»

«Ja, der Komet», wiederholte Antonius, scheinbar belustigt über seine missverständliche Frage, insgeheim jedoch war er nicht in Stimmung für Scherze. Dieser Bengel wusste vermutlich etwas über das Teufelskind, und er sollte es ihm schnell sagen, bevor er die Geduld verlor. Es war kalt, und er war hungrig. «Aber den meine ich nicht. Etwas anderes soll in jener Nacht auch noch vom Himmel auf die Erde gekommen sein.»

Otto dachte nach, grübelte, wonach der Mönch da fragte. Was sollte anderes vom Himmel gefallen sein als dieser Komet?

«Ich weiß nicht …»

«Denk nach», unterbrach ihn Antonius. Er fasste ihn am Arm, um keine Missverständnisse aufkommen zu lassen. «Jemand behauptet, du hättest etwas beobachtet. Es ist sehr wichtig, dass du mir alles darüber sagst.»

Die Vehemenz erschreckte Otto.

«Bei meiner Seele, ich weiß nicht, was Ihr wissen wollt.»

Er versuchte sich aus dem Griff zu befreien, was ihm nicht gelang.

«In der Nacht des Kometen», wiederholte Antonius

eindringlich, «kam ein Kind zur Welt. Weißt du, wo ich es finden kann?»

Noch immer blieb Otto standhaft.

«Ich weiß nichts von einem Kind, so glaubt mir doch.»

«Einer deiner Freunde behauptet aber, du hättest etwas vom Teufel erzählt, der auf die Erde gekommen ist.»

«Unsinn.»

«Du bist ein Lügner.»

«Ich habe nur das gesagt, was überall gesagt wird.»

«Und das ist?»

«Der Stern ist ein Zeichen. Das Ende ist nah.»

«Weiter.»

«Dass ein jeder sich vor Gott verantworten muss. Mehr nicht. Ich schwöre es. Jetzt lasst mich endlich gehen.»

Antonius hielt inne. Hatte ihm das Mädchen mit der Teufelspuppe eine Lügengeschichte aufgetischt? Warum hätte sie das tun sollen? Oder war sie wirklich nicht ganz klar im Kopf? Dann verschwendete er hier seine Zeit. Er musste es anders versuchen.

«Gut, dann will ich dir glauben.» Er ließ Otto los und seufzte. «Verzeih, wenn ich grob geworden bin. Wenn du mir nicht helfen kannst, dann sind wir alle verloren. Auch deine kleine Freundin …»

Otto schaute ihn nachdenklich an. Er schien sich zu fragen, von welcher Freundin der fremde Mönch sprach.

«Warum sind wir verloren? Und welche Freundin meint Ihr?»

Also doch. Er hatte angebissen.

«Es steht geschrieben, dass ein Kind geboren wird, das unter einem großen Stern geboren wird.»

«So wie das Jesuskind?»

«Genau so, und wie bei unserem Herrn und Erlöser soll ihm große Gnade zuteilwerden.»

«Welche Art von *Gnade* meint Ihr?»

«Kennst du die Geschichte von den Drei Königen aus dem Morgenland?»

«Ja, sicher. Die kennt doch jeder.»

«In jener Nacht erschien ein Stern über der Krippe in Bethlehem. Er führte die Drei Könige zum neugeborenen Christus. Sie huldigten ihm und brachten wertvolle Geschenke.»

«Gold, Weihrauch und Myrrhe.»

«Richtig. Aber sie brachten ihm noch eine andere Gabe. Weißt du, welche?»

Otto dachte nach. Die Weihnachtsgeschichte war ihm bekannt, allerdings hatte er noch nie etwas von der mysteriösen, vierten Gabe gehört.

Wie auch? Es gab sie nicht. Was es aber gab, war die Neugier von Kindern.

«Nein, ich weiß es nicht.»

Antonius flüsterte. «Verschwiegenheit war die vierte Gabe.»

«Ich verstehe nicht … Was hat es damit auf sich?»

«Erinnerst du dich, was König Herodes von den Drei Königen forderte, die gekommen waren, um dem neuen König der Juden zu huldigen?»

«Sie sollten ihn zum Jesuskind führen.»

Antonius nickte. «Aber sie haben es nicht getan. Ihre Verschwiegenheit hat unserem Herrn und Erlöser das Leben gerettet.»

Jetzt verstand Otto. Er nickte, dachte aber auch nach. Was meinte der Mönch damit, und vor allem schien er sich zu fragen: Wen meinte er damit?

«Nun, denn», sagte Antonius und machte sich auf den Weg, «ich habe dich schon zu lange aufgehalten. Dein Meister erwartet dich.» Doch er drehte sich noch einmal um. «Verschwiegenheit hat aber auch einen Nachteil. Wenn ein Freund in Gefahr ist, kann er nicht gerettet werden. So wie deine Freundin ...»

Die Worte hinterließen Eindruck. Otto sah ihm lange nach, beobachtete, wohin er ging. Dann erst schloss er die Tür der Schmiede hinter sich.

Antonius wettete um ein Fass Wein, dass er den Funken gezündet hatte. Es sollte nicht lange dauern, bis der Junge aktiv würde. Und tatsächlich, kaum hatte die Kirchturmglocke zur vollen Stunde geschlagen, schlich er sich aus der Schmiede und hastete seinem Unglück entgegen. Antonius brauchte ihm nur zu folgen. Doch das war leichter gesagt als getan.

Der Weg führte durch enge Gassen, vorbei an den zahlreichen Wirtshäusern der Stadt, über ausgehöhlte Tierkadaver und auch an einem in sich gekrümmten Körper eines Kindes vorbei – in der Ecke sitzend, zu Eis erstarrt. Antonius lief weiter, keuchend seiner einzigen Spur zum Teufelskind hinterher.

Dann endlich, unten am Main, machte der Junge vor einer großen Hütte halt, die einer Scheune glich. Er öffnete das Tor und ging hinein. Antonius lehnte sich an eine Hauswand. Sein Herz raste. Für Verfolgungsjagden war er nicht zu gebrauchen, und schon gar nicht im Winter, wenn die frostige Luft wie Brennnesseln in den Lungen brannte. Er behielt das Tor der Scheune im Auge. Ein ekelhafter Gestank zog herüber. Wenn ihn nicht alles täuschte, war das eine Gerberei.

Es dauerte nicht lange, da öffnete sich das Tor erneut.

Ein Mann hielt Otto am Kragen gepackt und schleuderte ihn zu Boden. Er redete auf ihn ein.

«Sag deiner nichtsnutzigen Freundin, dass sie sich nicht mehr hier sehen zu lassen braucht.»

«Aber, wo ist sie hin? Sie hat doch kein anderes Zuhause.»

«Der Teufel hat sie geholt, wie alle Wechselbälger. Und nun verschwinde, bevor ich dich im Main ersäufe.»

Der Mann ging in die Scheune zurück. Otto erhob sich und klopfte den Schnee von seiner Kleidung. Dann blickte er sich um. Er wirkte enttäuscht, verloren, nicht wissend, wo er suchen sollte.

Was würde er jetzt tun, fragte sich Antonius. In die Schmiede zurückkehren oder weitersuchen?

Otto setzte die Suche fort. Erneut ging es durch die Gassen.

Am Marktplatz lag eine verlassene Apotheke. Er suchte Zutritt über den Hintereingang.

19

Mit Kerzen in den Händen bahnten sich Kathi und ihre drei Begleiter einen Weg durch die finstere Apotheke.

Wilhelm, Georg und Adam staunten nicht schlecht, was sie da in den Regalen sahen. Wertvolle Retorten, Waagen, Töpfe, Gläser und dergleichen mehr. Alles wie neu, unbeschädigt, aber nutzlos rumliegend.

«Auf dem Markt ist das ein Vermögen wert», sagte Wilhelm.

«Nur ein Narr würde es verkaufen», konterte Kathi. «Wer damit umzugehen weiß, *macht* ein Vermögen.»

Sie hielt die Kerze hoch, den Schubern entlang, suchte zu entziffern, was darauf geschrieben stand. Sie brauchte dringend etwas gegen Husten, Fieber und andere Erkältungskrankheiten. Thymian, Salbei, Lindenblüten, Weidenrinde waren ihre erste Wahl.

Sie winkte Georg mit dem Korb heran, stieg auf die Leiter. Mit beiden Händen griff sie in die Schuber, holte heraus, was sie zu fassen bekam, und legte es in den Korb.

«Du weißt wirklich damit umzugehen?», fragte Georg.

«Ja, sicher. Warum nicht?»

«Na ja», Georg zögerte, «du bist doch nur ein Mädchen.»

«Nur ein Mädchen?!»

Hätte sie keinen festen Stand auf der Sprosse gehabt, wäre sie vor Ärger gestürzt.

«Glaubst du, ein Mädchen kann keine heilenden Tees, Salben und Tinkturen herstellen?»

«Dafür musst du doch an einer Universität gewesen sein.»

Das stimmte, theoretisch. Aber war die heilige Hildegard an einer Universität gewesen? Nicht dass sie davon wusste. Außerdem, wozu gab es Bücher?

Kathi ging nicht weiter darauf ein und leerte die Schuber.

Ringelblume und Beinwell gegen Entzündungen und für die Säuberung von Wunden. Viele der Kinder hatten entzündete Stellen an Händen und Füßen.

Die Blätter der Arnikapflanze. Man musste vorsichtig mit ihr umgehen. Viele hatten sich schon mit ihr vergiftet. Arnika half gegen Läuse, und davon hatten die Kinder reichlich.

Kümmel, Anis und Angelika für den Magen, und bei Durchfall Eichenrinde.

Königskerze, Beifuß, Odermennig, Kuckucksampfer …

Damit ließ sich ein vortrefflicher Heiltrank herstellen, der sowohl bei geschwollenen Mandeln half als auch bei Krätze und gegen schädliche Säfte im Körper.

Und schließlich Baldrian, Melisse und Johanniskraut. Ängste und Sorgen waren ein ständiger Begleiter der Kinder. In der Nacht sollten sie zumindest ruhig schlafen können.

Weiter ging es zu den Salben und Tinkturen, auch wertvolle Öle waren zu finden.

«Wie lange hast du hier gelebt?», fragte Adam, der Kleinste von ihnen. Wenn er sich nicht ganz täuschte, stand da ein Topf mit leckerem Honig.

«Ich habe hier nur gearbeitet», antwortete sie, «zwei Jahre lang.» Und jeden einzelnen Tag davon hatte sie gehasst. Grein war ein Schinder und Menschenverächter gewesen. Warum hatte ihre Mutter das nicht erkannt? Sie hätte ihr viele Stockhiebe erspart.

«Hmm.»

Der Honig schmeckte lecker und ließ Adam träumen.

Aus der angrenzenden Bibliothek kam Wilhelm zurück, in der Hand ein Buch.

«Da drüben stehen Hunderte von Büchern. Unsere Feuer würden damit lange brennen.»

«Bist du wahnsinnig?!» Kathi blickte ihn fassungslos an. «Für diese Bibliothek würden manche ihr Leben geben, und du hast nichts anderes im Sinn, als sie zu verbrennen?»

Er zuckte die Schultern. «Was willst du mit Büchern? Du kannst sie nicht essen, du kannst sie nicht trinken. Nur fürs Feuer taugen sie.»

Jetzt reichte es ihr. Sie stieg zornig die Leiter herab, nahm ihm das Buch aus der Hand und brachte es zurück in die Bibliothek. «Niemand fasst hier auch nur ein einziges Buch an. Habt ihr das verstanden?»

Hinter ihr hörte sie verständnislose Kommentare. Aber das war ihr egal. Wenn sie wüssten, welcher Reichtum hier zu finden war, kämen sie vielleicht auf noch dümmere Gedanken, als das Wissen der Welt im Feuer aufgehen zu lassen.

Als sie das Buch ins Regal zurückstellte, fiel ihr Blick auf ein anderes, weitaus dickeres Werk – *Der Kanon der Medizin* vom berühmten Avicenna. Darin hatte Apotheker Grein immer nachgeschlagen, wenn er Hilfe brauchte. Sie zog es heraus. Ein Zettel taumelte zu Boden.

Es war eine alte ärztliche Verordnung für ein Medikament und zugleich eine Anweisung, wie es herzustellen war. Auf den ersten Blick war es ein Rezept gegen Magenbeschwerden. Leinsamen und Kamille waren aufgeführt. Grein hatte es nach Zubereitung der Medizin wahrscheinlich als Lesezeichen benutzt.

Sie steckte es in die Tasche. Sie brauchte beide Hände, um den schweren *Kanon der Medizin* zu tragen.

«Kannst du eigentlich alle Krankheiten heilen?», fragte Wilhelm.

«Nein», antwortete sie und legte den *Kanon* neben den Korb, «niemand kann das.»

«Das bedeutet, dass all diese Bücher doch nicht so schlau sind, wie du sagst.»

Sie seufzte, es war sinnlos. «Hast du jemals ein Buch gelesen?»

«Teilweise, ja.»

«Und, hat es dich schlauer oder dümmer gemacht?»

Wilhelm dachte nach. «Es hat mir aufgezeigt, wie verlogen die Welt ist.»

Kathi stutzte. «Von welchem Buch sprichst du?»

«Ich war Schüler von Stift Haug. Was glaubst du, was wir tagaus, tagein gelesen haben?»

Jetzt verstand sie, er meinte die Heilige Schrift. Ja, auch sie konnte ein Lied davon singen, wie mit den Worten Jesu Lug und Trug, Mord und Totschlag begründet, Angst und Schrecken verbreitet wurden. Vikar Ludwig hatte nie einen Zweifel daran gelassen, dass er als Diener des Herrn die Allwissenheit und die grenzenlose Macht besaß. Die Gewalt, die er dafür einsetzte, hatte manchem Kind jegliche Hoffnung auf ein besseres Leben genommen.

«Ich weiß aber etwas», fuhr Wilhelm fort, «das nicht in einem deiner klugen Bücher steht.»

«Und das ist?», fragte sie neugierig.

«Wie die Teufelskrankheit in die Menschen kommt.»

Kathi schaute ihn verblüfft an. «Woher willst du das wissen?»

«Weil ich dabei war.»

«Du warst was?»

«Ja, ich habe gesehen, wie eine Ratte einen Knecht angegriffen hat. Glaube mir, sie war völlig wahnsinnig. Genau so wie die, die seit Wochen an der Teufelskrankheit leiden.»

Sie zweifelte. «Ratten und Menschen sind zwei verschiedene Dinge.»

«In diesem Fall nicht. Die Teufelskrankheit macht keinen Unterschied zwischen Mensch und Tier.»

«Dann sprich, wodurch wird die Krankheit hervorgerufen?»

Wilhelm grinste hämisch. «Das werde ich dir nicht verraten.»

«Warum nicht?»

«Weil ich es damit allen Pfaffen heimzahlen kann. Jeder einzelne von ihnen soll erfahren, wie es ist, schutzlos ausgeliefert zu sein. Genau wie wir, als wir noch ihre Schüler waren.»

«Aber es sind nicht alle gleich.»

«Jeder der ein Kreuz um den Hals trägt und Lateinisch spricht, ist unser Feind.»

Kathi wollte widersprechen, doch es fiel ihr niemand ein, den sie aus der Verantwortung für das Leid der Kinder hätte nehmen können. Im Gegenteil, sie würde gar ihren ehemaligen Meister, Apotheker Grein, in die Reihe der Schuldigen stellen. Zu den Stockschlägen, die sie von ihm bekam, hatte sie auf das Kruzifix zu blicken und in Latein das Vaterunser zu sprechen. Wann immer sie diese Sprache hörte, überfiel sie eine unstillbare Lust nach Vergeltung. Es war die Sprache der Unterdrücker und Misshandler, der Lügner und Verführer.

«Also habe ich recht», stellte Wilhelm fest. «Die Teufelskrankheit …»

Er brach mitten im Satz ab. Aus dem Dunkel hinter ihnen hatte er ein Geräusch gehört.

«Still», befahl er Georg und Adam. «Macht eure Kerzen aus. Da ist jemand.»

Die Kerzen erloschen, und die vier Kinder flüchteten in die Ecke neben der Hintertür. Wilhelm zog sein Messer und flüsterte den anderen beiden zu.

«Wenn er hereinkommt, stürzen wir uns auf ihn. Verstanden?»

Die Schritte kamen näher. «Barbara, bist du hier?»

Kathi traute ihren Ohren nicht. War das Otto? Was um alles in der Welt suchte er hier? Barbara?

Noch bevor sie ihn ansprechen konnte, kam er durch die Tür. Wilhelm stürzte sich auf ihn, gefolgt von Georg und Adam. Keiner der drei sah etwas, verließ sich allein auf sein Gefühl und sein Gehör. Im Tumult hagelte es Schläge. Wer hier wen traf, war nicht festzustellen. Allein das Wehklagen gab Gewissheit, dass jemand verletzt worden war.

Die Kerze war noch heiß, das Wiederanzünden gelang Kathi schnell. Sie hielt die Kerze über das am Boden kämpfende Knäuel, konnte aber nur Arme und Beine im wilden, ziellosen Schlagen erkennen.

«Hört auf!», rief sie. «Es ist Otto. Ein Freund.»

«Was?»

«Wer?»

«Kathi, bist du das?»

«Ja, jetzt hört endlich auf mit dem Unsinn.»

Sie ließen voneinander ab. Einer nach dem anderen kam auf die Beine. Wilhelm blutete aus der Nase, Otto hielt sich die Rippen und Adam das Ohr. Georg blieb unverletzt, bis auf eine zerrissene Hose.

«Otto, bist du verletzt?» Sie nahm ihn in den Arm.

«Nicht der Rede wert.»

Wilhelm hingegen streckte den Kopf nach hinten und hielt die Nase hoch. «Er hat mich geschlagen, diese Ratte.»

«Selbst schuld.»

Kathi eilte an den Herd, dort stand noch ein Topf mit Wasser, machte einen Lappen nass und legte ihn Wilhelm ins Genick. «Behalt das dort, das wird die Blutung stillen.»

Die anderen setzten sich auf den Boden, zündeten wieder ihre Kerzen an und schauten, ob sie noch weitere Verletzungen davongetragen hatten.

«Ich dachte, du bist in Babettes Hütte», fragte Otto erstaunt.

Er rieb sich die Rippen. Jemand musste ihn gebissen haben. Er schielte zornig hinüber zum kleinen Adam.

«Das war ich auch, bis die Landsknechte gekommen sind und den alten Ambrosius erschlagen haben. Dann mussten wir fliehen.»

«Aber wieso zurück in die Stadt?»

«Es ging nicht anders. Die Hunde der Landsknechte waren hinter uns her. Wir können von Glück sagen, dass wir bei den Schwarzen Banden untergekommen sind.»

Otto war sich da nicht so sicher. Ihre Gefährten waren noch schmutziger als er nach einer Woche Arbeit in der

Schmiede. Und kämpfen konnten sie keinen Deut besser als alte Waschweiber. Beißen, wo gab's denn so was?

«Und du, was machst du hier?», fragte Kathi.

«Ich suche Barbara. Sie ist nicht mehr in der Gerberei, und da dachte ich, sie hat sich in die Apotheke geflüchtet. Hier findet sie doch niemand.»

Das war ein guter Gedanke. Hätte sie es doch nur getan, anstatt in der Kälte auszuharren. Dann wäre ihr die Erkältung erspart geblieben.

«Wieso hast du sie überhaupt gesucht?», fragte Kathi.

«Das ist eine seltsame Geschichte.»

Er begann von dem dicken Mönch zu erzählen, der ihn aufgesucht und nach dem Teufelskind gefragt hatte.

«Er war irgendwie ... anders als alle anderen Kuttenträger. Außerdem hat er mir Angst gemacht. Ich wusste nicht, ob er dich oder Barbara damit meinte. Deshalb habe ich ...»

Erneut unterbrach ein verräterisches Geräusch die Abgeschiedenheit der Apotheke. Sie schauten sich fragend an. «Hast du jemanden mitgebracht?», fragte Kathi.

Otto verneinte. Sie pusteten die Kerzen aus, Wilhelm schickte Georg und Adam zur Tür. Otto tastete auf dem Boden nach etwas, mit dem er sich verteidigen konnte. Er bekam etwas zu fassen, es war schwer und würde seinen Zweck erfüllen.

Im Dunkel horchten sie auf die Geräusche, die näher kamen. Es klang nach schwerem Atmen, so, als habe sich jemand angestrengt oder wäre gerannt. Der unbekannte Angreifer tastete sich vor, etwas kullerte über den Boden.

«Jetzt!», rief Wilhelm, und alle stürzten sich auf ihn, prügelten, schlugen, hieben, stachen und bissen.

Ein Schrei, jemand ging zu Boden. Es war ein großer Körper, massig und schwer. Darauf folgte ein Schlag. Adam flog gegen das Regal, Georg heulte vor Schmerz auf. Otto fühlte etwas Nasses, Klebriges auf seiner Hand.

«Verschwinden wir.»

Wilhelm packte Kathi und zog sie mit sich.

«Der Korb», rief sie. «Die Kräuter.»

«Zu spät.»

«Nein, ich brauche die Kräuter.»

Wilhelm schnaubte, tastete um sich, blind wie er in der Dunkelheit war.

«Wo ist der Korb?»

«Ich hab ihn», rief Georg.

Mit vereinten Kräften schafften sie ihn bis zur Tür.

Im letzten Moment fiel es Kathi ein: «Der *Kanon.*»

«Auf keinen Fall. Du kommst jetzt mit.»

«Nein.»

Als sie das sagte, hatte sie Wilhelm bereits zur Tür hinausgedrängt. Zurück blieb ein Mann, stöhnend, in seinem Blut am Boden liegend.

«Heilige Mutter Maria von Trastevere, hilf mir.»

20

Die Glocke hatte zur neunten Stunde am Abend geschlagen, als in der St.-Briccius-Kapelle das geistliche Gericht unter dem Vorsitz von Generalvikar Dr. Riedner zusammentrat.

Anwesend waren außerdem sechs geistliche Würdenträger – unter ihnen der Weihbischof und die Äbte vom Schottenkloster und St. Stephan –, die in der vorangegangenen Urteilsverkündung als Richter fungiert hatten und nun dem zeremoniellen Akt beiwohnten, der Gottfried von Weyhenstein aus ihren Reihen verbannen sollte.

Crispin hatte sich in eine Ecke der Kapelle zurückgezogen und beobachtete das größte Unglück und die größte Schmach, die einem Geistlichen zuteilwerden konnte – die Degradation.

Gottfried wurden damit alle Würden und Weihen genommen, die er seit seiner Ausbildung im Domstift erhalten hatte. Damit wurde er zu einem ganz gewöhnlichen Bürger dieser Stadt, der den Pakt mit dem Teufel gestanden hatte und zur weiteren Verurteilung in die Hände Faltermayers gegeben wurde.

Mit dieser Auslieferung an ein weltliches Gericht war Gottfried jeglichen Schutzes durch die Kirche beraubt und konnte im Schnellverfahren abgeurteilt werden. Dabei würde sich Faltermayer auf das Geständnis stützen, das Gottfried nach zwei Stunden Folter vor dem geistlichen Gericht abgelegt hatte – einfacher konnte man es ihm wirklich nicht mehr machen.

Crispin hatte für derlei Zusammenspiel wenig übrig. Im eigentlichen Sinn widerte es ihn an, wie ein unliebsam gewordener Geistlicher aus dem Amt gejagt und dem Tod übergeben wurde. Aber das war seinerzeit bei dem *Fürsten der Ketzer*, Giordano Bruno, nicht anders gewesen. Was nicht passte, wurde entfernt. Eine menschenverachtende, aber nicht minder bewährte Vorgehensweise.

Crispin konnte nur hoffen, dass niemand je seine Gedanken würde lesen können. Dann wäre er, der Spürhund Seiner Heiligkeit, an Gottfrieds Stelle und müsste etwas gestehen, was sich vermutlich nie zugetragen hatte.

Riedner hatte ihm das Geständnis Gottfrieds ausgehändigt, damit er sah, dass alles seine Richtigkeit hatte.

Im flackernden Schein der Kerzen las er es. Ihm war schnell klar, was für einen blühenden Unsinn er da vor sich hatte. Verschwommene Erinnerungen an Hexen in der Gestalt von lüsternen Mägden, ein erzwungener Teufelsschwur, Dämonen überall.

Jeder Richter mit halbwegs Verstand hätte ihm erneut die Folter auferlegt, um eine überzeugendere Aussage zu erhalten. Aber da Gottfried diese Worte gerade unter der Folter zu Protokoll gegeben hatte, bedeutete das, dass es Riedner überhaupt nicht auf die Plausibilität der Aussage angekommen war, sondern lediglich auf das Geständnis selbst. Das allein zählte. Gottfried sollte als weithin sichtbares Zeichen zur Verantwortung gezogen werden, damit die anderen ebenso schändlichen Geistlichen zur Besinnung kamen.

Hundertfünfundzwanzig Peitschenhiebe hatte Gottfried ausgehalten. Danach war sein Wille gebrochen. Die weiteren Vorwürfe, die ihm angelastet wurden, fielen nicht weiter ins Gewicht, außer den Namen seiner Komplizen. Da hatten sich die Folterknechte wieder ins Zeug gelegt. Mit ihren Hieben hatten sie die Namen von Priestern, Vikaren, Adligen und Professoren erzwungen, und auch die Namen von Gastwirten, Straßenmädchen und Kindern, von denen Gottfried sicher zu wissen glaubte, dass sie bisher unerkannt unter den Bürgern lebten.

Einen Namen vermisste Crispin aber auf der Liste: Bruder Wolf.

Er war wie Gottfried beschuldigt worden, aber von ihm nicht als Komplize identifiziert worden.

Seltsam, für einen Teufel schien er ihn nicht zu halten.

Insgesamt mussten es an die zwanzig Personen sein, deren Verhaftung kurz bevorstand.

Crispin seufzte. Schon morgen würde die bereits ausgezehrte Stadt weiter zur Ader gelassen. Dieser Ort war wahrlich in den Händen des Teufels.

In der festlichen Kleidung eines Priesters wurde Gottfried hereingeführt. Sein Kopf hing zur Seite, die Augen hielt er geschlossen, was kein Wunder war, denn die Folterknechte hatten auf die Bitte des Klägers – Gottfried keine Schmerzen zuzufügen – natürlich nichts gegeben. Sie hatten genau das getan, was von ihnen erwartet wurde.

Damit war Gottfried zum letzten Akt seines priesterlichen Lebens angetreten. Danach wartete nur noch der Tod oder – wenn man seinem Geständnis Glauben schenken wollte – Hexen, Teufel und das Höllenfeuer auf ihn.

Riedner hatte versprochen, den Vorgang der Degradation nicht länger dauern zu lassen als unbedingt nötig. Es sollte eine schnelle und saubere Sache sein. Im feierlichen Pontifikalornat gekleidet, erhob er sich.

«Wir verurteilen dich, Bruder Gottfried von Weyhenstein, ein geständiger Anhänger des Teufels zu sein. Deshalb unterliegst du allen Verurteilungen und Strafen der Kirche, entsprechend den heiligen Vorschriften, Gesetzen und Bestimmungen, die sich auf die Abwendung von Gott und dem wahren Glauben beziehen.

Und als einen solchen stoßen wir dich aus dem geistlichen Stande aus und erklären, dass du, entsprechend unserem Urteil und Befehl, jedes großen und kleinen kirchlichen Ranges enthoben bist, den du bis heute bekleidet hast.»

Er schaute zur Seite und vergewisserte sich der Zustimmung der Beisitzer. Alsdann fuhr er fort:

«Du sollst exkommuniziert sein, aus unserem kirchlichen Orden und aus der heiligen unversehrten Kirche ausgeschlossen sein, deren Barmherzigkeit du dich unwürdig erwiesen hast. Du sollst dem weltlichen Gericht übergeben werden», er wies auf Faltermayer, der wie ein Schlosshund an der Tür stand, «damit du mit der gebührenden Strafe belegt wirst, die dir das Gericht auferlegt. Wir bitten Doktor Faltermayer jedoch inständig, er möge die Strenge des Urteils mildern, sodass du nicht um dein Leben oder deine körperliche Unversehrtheit fürchten musst.»

Ein frommer Wunsch, der natürlich nicht in Erfüllung gehen würde.

«Außerdem sollen alle Benefizien*, die du erhalten hast, an das Domstift zurückfallen.»

* Benefizium ist eine Pfründe, das Einkommen eines Stiftsherrn. Es bestand u.a. aus Nahrung, Verköstigung und Unterhalt, das zum Bestreiten seines Lebensunterhaltes aus dem Stiftskapital zur Verfügung gestellt wurde.

Damit war Gottfried auch wirtschaftlich ruiniert. Er besaß nunmehr keinerlei Einkünfte mehr, mit denen er sein Leben hätte bestreiten können.

«Möchtest du noch etwas sagen?»

Entweder verweigerte Gottfried jede Stellungnahme, oder er hatte den Urteilsspruch gar nicht verstanden, da er sich nicht regte. Crispin vermutete Letzteres. Nachdem Gottfried der Aufforderung nicht nachkam, führten sie ihn zu dem kleinen Altar. Riedner begann sogleich, Gottfried alle Würden und Weihen, die er je erhalten hatte, zu nehmen.

Dazu sprach er folgende Worte: «Durch die Macht des allmächtigen Gottes, des Vaters, des Sohnes und des Heiligen Geistes, und durch die Macht unseres Ranges nehmen wir dir die Amtstracht des Priesters und verstoßen dich aus jeder geistlichen Würde, die du innehast. Auch alle deine Titel seien dir genommen.»

Daraufhin ließ er sich ein kleines, scharfes Schabmesser reichen, mit dem er die Haut von Gottfrieds Daumen und Zeigefingern schälte. Zur Priesterweihe waren diese Finger mit Katechumenenöl gesalbt worden, da sie bei der Messe Brot und Wein berühren würden, den Leib und das Blut Christi. Diese Segnung wurde ihm durch die Wegnahme der Haut wieder genommen.

So auch die Priestertracht. Die Beisitzer halfen, sie ihm vom Leib zu nehmen, sodass er schließlich im Unterkleid in der Kapelle stand. Gottfried schien davon nichts mitzubekommen. Er war wie benommen oder schon nicht mehr diesseits.

Er bemerkte auch nicht den Barbier, der sich im Hintergrund aufgehalten hatte und der ihm nun die Tonsur, den priesterlichen Haarkranz, entfernte.

Crispin wollte das nicht auch noch miterleben müssen. Obwohl er Gottfried nicht kannte, auch dessen Lebenswandel nicht guthieß, tat es ihm im Herzen weh, wie ein Bruder aus der Gemeinschaft verstoßen und in den Tod geschickt wurde. Er ging zur Tür hinaus.

Vor der Kirche warteten die Knechte Faltermayers bereits, um den armen Gottfried in die Gefängniszelle zu überführen. Crispin würdigte sie keines Blickes.

Es hatte keinen Sinn, länger auf Antonius zu warten. Eigentlich hätte er ihn an der Pforte des Doms treffen sollen, um der Degradation Gottfrieds beizuwohnen. Aber davor hatte sich der feiste Mönch gedrückt, wohlwissend, dass das Höllenfeuer in dieser Nacht einen Priester verschlingen würde. Vielleicht war es sogar klug von Antonius gewesen, diesem Feuer nicht zu nahe zu kommen.

So ein Funke konnte leicht überspringen.

21

Mitternacht. Hexenflug und Satanskult. Der Teufel ruft zum Seelenraub.

In der Kirche des angesehenen Ritterstifts zu St. Burkhard war es bitterkalt. Mondlicht, das sich durch die Wolkenwand hatte stehlen können, fiel durch die hohen Fenster herein.

Ein bedauernswerter Stiftsherr lag der Länge nach auf dem Boden, die Arme ausgebreitet, das Haupt zum Kreuz gerichtet. Er murmelte fiebrig Gebete.

O Herr, mein Vater, alles ist dir möglich; nimm diesen Kelch von mir.

Der Teufel an seiner Seite lachte ihn aus.

Dein Herr, dein Vater, hängt tot am Kreuz.

Schweige Satan, schweig still im Haus des Herrn!

Der Teufel verneigte sich vor dem Kreuz, elegant, wie ein Mann von Welt.

Oh, entschuldigt mein Benehmen, werter Herr.

Vater unser, der du bist im Himmel …

Der Teufel ging um ihn herum.

Dein Himmel wird maßlos überschätzt.

Weiche von mir, Satanas. Geh weg!

Er ließ nicht locker, säuselte ihm ins Ohr.

Alle Reichtümer der Welt will ich dir geben, wenn du dich vor mir verneigst.

Das Versprechen wollte nicht verfangen.

Der Herr ist mein Hirte; mir wird nichts mangeln.

Störrischer, kleiner Pfaffe. *Sei kein Dummkopf. Nimm, was ich dir anbiete, und herrsche über deinesgleichen.*

Nein, nein und nochmals nein.

Und wenn ich auch wanderte durchs Tal der Todesschatten, so fürchte ich kein Unglück, denn du bist bei mir.

Dieser Stiftsherr war widerspenstig. Er sollte eine Lektion erhalten. Satan schnippte mit den Fingern.

Von ringsum, aus Löchern und Schlitzen, hinter Bänken, dem Tabernakel und dem Beichtstuhl, strömten sie hervor: Ratten, Hunderte, Tausende, und stürzten sich auf den armen Stiftsherren. Sie fraßen ihn bei lebendigem Leib. Er zuckte und schüttelte sich, wollte auf und davon. Aber es half nichts. Der Teufel saß auf seinem Rücken und spielte Flöte.

Kolk, der Rabe, beobachtete diesen Menschen durchs Fenster, wie er dalag, sich krümmte und wälzte, schrie und wild um sich schlug, als kämpfte er mit jemandem.

Das musste am Wetter liegen. Schnee war reichlich gefallen und hatte die Geköpften und Gepfählten entlang der Straße nach Höchberg unter einer dicken Schneeschicht begraben. Das machte Kolk hungrig und nervös. Keine Spur mehr von der Trägheit und Gelassenheit eines gefüllten Bauchs.

Eine Maus rannte über den frischen Schnee. Auch sie war seltsam verwirrt, schlug Haken, wo keine nötig waren, taumelte, blieb liegen.

Eine Maus zu fangen war Kolk noch nicht gelungen. Sie waren zu schnell für ihn. Doch dieses Exemplar bot sich an wie auf dem Präsentierteller.

Er erhob sich mit einem Flügelschlag, nicht so leise wie eine Eule, streckte die Krallen nach vorne, glitt, so gut er konnte. Die Maus bewegte sich nicht, was günstig für ihn war. Mit seinem mächtigen schwarzen Schnabel würde er sie töten, sobald sie in seinen Fängen war.

Noch bevor er die Hälfte der Strecke zurückgelegt hatte, musste er einsehen, dass er für die Mäusejagd noch immer nicht geeignet war, selbst wenn es sich um ein derart verwirrtes Tier handelte. Aus dem Schatten einer Giebelwand schnellte eine Katze hervor. Mit zwei langen Sätzen stürzte sie sich auf die Maus und biss beherzt zu.

Einer hungrigen Katze die Beute abtrotzen zu wollen war alles andere als eine gute Idee. Sie würde kämpfen und ihm den einen oder anderen Schlag mit ihren spitzen Krallen verpassen. So brachte er mehr Wind unter die Flügel und drehte ab, hoch hinauf zum Giebel dieses Hauses, wo noch Licht in einem Fenster brannte. Auf dem Sims ließ er sich nieder.

Jenseits des Fensters wurde nicht minder erbittert gekämpft.

«Wir können das Gesuch des Generalvikars nicht länger ignorieren», beschwor der Prior von St. Burkhard seinen Stiftsbruder Wolf Eberhard von Schanzenfeldt. «Er hat jetzt schon zum dritten Mal angemahnt, dass Ihr Euch den Fragen des geistlichen Gerichts zu stellen habt. Andernfalls wird er Euch gewaltsam vorführen lassen.»

«Soll er nur kommen», entgegnete Bruder Wolf, der vor einem Krug Wein saß, «ich fürchte ihn und seine Gesellen nicht.»

Der Prior, die Hände wie zum Gebet gefaltet, flehte ihn an: «So versteht doch, in welche Lage Ihr uns mit Eurem Verhalten bringt, jetzt, nachdem Gottfried von Weyhenstein der Hexerei überführt worden ist.»

«Gottfried … Was habe ich mit ihm zu tun?»

«Er ist in einem Zuge mit Euch besagt worden. Der Schatten des Verdachts liegt auf Euch und auf unserem Konvent. Wir müssen dringend …»

«Pah!», fiel Bruder Wolf ihm ins Wort. Er trank den Becher in einem Schluck leer und knallte ihn auf den Tisch. «Die Schanzenfeldts haben im Heiligen Land gekämpft. Sollen sie doch kommen, die hinterhältigen Schlangen mit ihrem Gift. Ich stelle mich ihnen, aufrecht, wie alle anderen tapferen Ritter meiner Familie.»

«Niemand stellt Euren Mut und die Verdienste Eurer Familie in Frage. Doch eine Besagung bekämpft man nicht mit Schwert und Morgenstern. Kluges Taktieren …»

«Geht mir weg mit Eurem Taktieren», fuhr er auf. «Wer Mut hat, stelle sich mir. Alle anderen können mir gestohlen bleiben.»

Der Prior schüttelte enttäuscht den Kopf. «Hättet Ihr nur ein wenig mehr Verstand, so wie Euer ehrwürdiger Vater.»

«Ihr wagt es?!»

Eine weitere Auseinandersetzung war nicht nach Kolks Geschmack. Er machte sich auf und flog davon. Sein Ziel lag jenseits des Mains, der Marktplatz, wo die Händler vielleicht etwas zurückgelassen hatten. Die Chance war gering, aber besser als das, was sich ihm hier bot.

Unter ihm zog die Mainbrücke vorbei, das Feuer der Torwachen, die Domstraße, verlassen und leer. Erst auf dem Marktplatz, der das Mondlicht auf dem frischen Schnee heller zurückwarf als gewöhnlich, sah er einen Menschen, seltsam gebeugt, taumelnd. Menschen dieser Art waren nicht ungewöhnlich, wenn sie aus einem Gasthaus kamen. Doch nirgends war Licht zu sehen. Er taumelte aus einem anderen Grund. Der Mensch stöhnte vor Schmerz, hielt sich den blutenden Kopf, rief aber nicht um Hilfe. Stattdessen wankte er auf einen Hauseingang zu, klopfte und sank erschöpft zu Boden.

Kolk ließ auch ihn hinter sich. In einem der Hinterhöfe sah er drei Reiter, die ihre Pferde dem Stallknecht übergaben. Einer der drei war eine Frau, sie trug eine Kopfhaube und ein Kleid. Sie mussten einen langen Ritt hinter sich haben. Die Frau beugte ihren schmerzenden Rücken.

«Ich hoffe, ihr Halsabschneider haltet, was ihr mir versprochen habt», klagte Lioba, die Hebamme. «Einen Gulden pro Tag, an dem ich nicht arbeiten kann, und zehn Gulden, wenn ihr die kleine Hexe gefunden habt.»

«Du sollst dein Geld schon kriegen, alte Vettel», schimpfte ein Reiter, der andauernden Tiraden des Weibsbilds müde. «Jetzt geh endlich ins Haus und lass uns in Frieden.»

Keine zwei Straßen weiter stieg eine Gruppe Kinder, fünf oder sechs, über eine Mauer. Ihr Ziel war ein Gehöft mit offen stehenden, teils zerbrochenen Fensterläden. Eines der Tore wurde von innen geöffnet.

«Los, beeilt euch», rief ein Junge und winkte sie herein. Kind für Kind verschwand in dem Gebäude, bis das Tor wieder geschlossen und ein Riegel vorgeschoben wurde.

Kolk landete hinter der Mauer im Hof. Die Fußstapfen waren tief und zahlreich. Er hüpfte von einem zum anderen, schaute, ob ein Kind etwas hatte fallen lassen.

Die Spuren führten zu einem Kellerloch. Ein verführerischer Geruch drang herauf. Löcher und Tunnel waren nicht nach Kolks Geschmack. Wer konnte schon wissen, was sich darin verbarg.

Der Hunger hatte aber seine eigenen Gesetze, und so hüpfte Kolk hinein. Hier drin war es finster. Er sah nicht, wohin er hüpfte, spürte aber zwischen seinen Krallen etwas, das sich nach kleinen Knochen anfühlte. Der Schacht war nicht lang, aber überraschend … tief. Er stürzte hinab und spreizte seine Flügel. Doch es half nichts, die nahen Wände unterbanden jeden Versuch, sich aus eigener Kraft zu befreien. So rauschte er weiter in die Tiefe, bis er auf einem Berg modriger Säcke landete. Dort schüttelte er sein Gefieder, schaute, wo er sich befand.

Am Ende des langgezogenen Kellergewölbes sah er Licht und Menschen, die sich rings um ein Feuer aufhielten. Andere standen in einer Reihe und hofften mit einer Schale in der Hand auf eine Ration Suppe. Kolk hüpfte vorwärts, auf das Feuer zu. Eine Ratte kreuzte seinen Weg. Erschreckt flatterte er auf. Sein *Krah!* hallte so laut, wie er es noch nie zuvor gehört hatte.

«Was war das?»

Volkhardt sprang mit der Hand am Dolch auf und blickte in den finsteren Tunnel. Die anderen Kinder taten es ihm gleich, doch so sehr sie sich auch anstrengten, da war absolut nichts zu sehen.

«Wahrscheinlich eine Katze oder ein paar Ratten», antwortete einer.

Volkhardt beruhigte sich. Er nahm den langen Holzlöffel wieder zur Hand und rührte die Suppe. Im Kessel waren Schwarzwurzeln, die Kathi und Wilhelm aus der Apotheke mitgebracht hatten, dazu gestohlene Steckrüben aus dem Keller des Gasthauses zum Stern und Pastinaken aus der Küche des Juliusspitals.

«Wann ist es endlich so weit?», fragte ein Junge in zerschlissenen Hosen und einer löchrigen Jacke, die gerade noch mit einem Strick vor dem Auseinanderfallen bewahrt wurde. Sein Gesicht war schwarz vor Dreck, die Augen hungrig und müde. Die Schale in seinen Händen bestand aus dem Schädelknochen eines Tieres, der Form und dem Gebiss nach zu urteilen dem eines Hundes.

«Gedulde dich», erwiderte Volkhardt.

Er blickte hinüber zu Kathi, die seit Stunden nichts anderes tat, als Heilkräutertee zu kochen und ihn an die Schwachen, Erkrankten und Verletzten zu verteilen.

Die Nachricht, dass ein Mädchen Medizin ausgab, hatte sich nämlich in den Kellern herumgesprochen. Seitdem trafen ständig neue Kinder ein. Und egal, ob ihre Kräuter nun wirkten oder nicht, es war die Hoffnung, die zählte. Endlich war da wieder jemand, der sich kümmerte und ohne eine Gegenleistung zu fordern einfach nur half. Doch lange würde Kathi das nicht mehr durchhalten. Sie brauchte dringend eine Pause.

Er ging zu ihr hinüber. Ein Mädchen lag vor ihr auf der blanken Erde, den Fuß in ihrem Schoß. Drei dieser kleinen Zehen waren schwarz, offensichtlich erfroren. Gleich daneben, auf dem Fußrücken, eine eiternde Wunde.

«Was ist da passiert?», fragte Kathi.

«Sie kamen in der Nacht, als wir alle schliefen. Meine Oma war krank … sie lag im Sterben.» Sie schniefte. «Sie müssen es gerochen haben.»

Ratten. Kein Wunder, dass die Wunde sich so entzündet hatte. Der Fußrücken war rot und geschwollen, überraschend warm und schmerzempfindlich. Auffallend und besorgniserregend war aber eine Vene, die sich auf der Haut abzeichnete.

Sie hatte so etwas schon mal bei einem Mann gesehen, der in die Apotheke gekommen war. Grein war sofort klar gewesen, dass ihm nicht mehr zu helfen war. Aber vielleicht hatte dieses Mädchen noch eine Chance. Sie suchte nach dem Beutel mit den Wurzeln und Blättern der Beinwellpflanze. Ihre Wirkstoffe reinigten die Wunde und halfen, sie zu verschließen.

«Willst du nicht mal eine Pause machen?», fragte Volkhardt.

Kathi blickte auf. Ihre Augen waren müde.

«Nicht jetzt. Später vielleicht.»

Mit einem Nicken zur Seite befahl sie ihm, näher zu kommen. «Das Mädchen muss dringend zu einem Arzt», flüsterte sie ihm ins Ohr. «Die Zehen, wahrscheinlich der ganze Fuß, müssen weg, sonst wird sie sterben.»

Wenn sich Volkhardt unter den Kindern seiner Schwarzen Banden umsah, war dieses Mädchen bei weitem nicht die Einzige, die dringend Hilfe brauchte. Und jetzt kamen auch noch Angriffe von Ratten dazu. Wenn er es recht bedachte, führte er in diesem Weinkeller ein riesiges Lazarett.

«Morgen bringe ich sie ins Juliusspital.»

Kathi brachte den Beinwell auf die Wunde auf, legte ein halbwegs sauberes Stück Stoff darüber und verknotete es.

«Fürs Erste wird das reichen», sagte sie zu dem Mädchen. «Jetzt steh auf und stell dich in die Reihe für die Suppe. Sie wird dir guttun.»

Die Kleine erhob sich und setzte vorsichtig den Fuß auf den Boden.

«Ich danke dir», sagte sie. «Ich wünschte, ich könnte auch etwas für dich tun.»

«Werde gesund», antwortete Kathi und rieb sich den

Schweiß von der Stirn. Dann wandte sie sich dem nächsten Patienten zu.

«Komm jetzt», ging Volkhardt dazwischen. «Du brauchst eine Pause.»

«Ich bin aber noch nicht so weit.»

«Und ob du das bist.»

«Schau, wie viele noch warten.»

Sie zeigte auf die lange Schlange der Kinder.

«Es ist keinem gedient, wenn du vor Müdigkeit umfällst oder einen Fehler begehst.»

«Ich mache schon keinen …»

Er ließ sie nicht aussprechen, nahm sie an die Hand und führte sie zum Suppenkessel. «Setz dich.»

Kathi seufzte.

Volkhardt reichte ihr eine Holzschüssel mit heißer Suppe. Sie roch verführerisch gut und war vor allem warm.

Der Zwischenfall in der Apotheke ließ Volkhardt noch immer keine Ruhe. «Und du weißt nicht, wer das gewesen sein könnte?»

«Es war dunkel. Otto und Wilhelm glauben aber, den Mann verletzt zu haben. Er war dick, hatte Kraft und stöhnte laut auf.»

Apropos Otto. Wo steckte er eigentlich? Sie schaute sich um und sah ihn mit Wilhelm, Georg und Adam auf leeren Weinfässern sitzen. Sie erzählten sich Geschichten von ihren Abenteuern, fuchtelten mit ihren Messern herum, stellten Kämpfe nach und posierten wie glorreiche Ritter. Jungs, seufzte Kathi. Aber dann erkannte sie auch, dass sich Otto richtig wohl fühlte. Bei ihnen war er nicht mehr länger nur der Lehrling eines ausbeuterischen Schmieds, sondern ein ebenso wagemutiger Abenteurer wie sie.

Und wo war Barbara? Sie lag mit Säcken eingewickelt in einer ruhigen und trockenen Ecke des Weinkellers und schlief. Der Tee, den sie ihr gemacht hatte, begann zu wirken. In ein paar Tagen würde sie wieder zu Kräften gekommen sein. Dann konnten sie besprechen, wie es mit ihr weiterging. Sollten sie den Meister bitten, ob er Barbara wieder aufnahm? Auf keinen Fall. Dieser Menschenschinder hatte sie bei eisiger Kälte vor die Tür gesetzt. Er würde es bei nächster Gelegenheit wieder tun. Da war sie sich sicher. Am besten wäre es, Barbara würde sich um Michael kümmern, solange sie die Kinder mit ihren Kräutern, Salben und Tinkturen behandelte. Bis dahin machte das andere Mädchen eine gute Figur. Sie hatte sich neben Michael gelegt, hielt ihn fest im Arm und sang ihm Lieder vor.

«Die Apotheke gilt als verflucht», antwortete Volkhardt und holte sie damit aus ihren Gedanken zurück. «Niemand traut sich da mehr rein. Es muss also jemand gewesen sein, der sich darum nicht scherte. Glaubst du, er war überrascht, euch anzutreffen?»

«Schon möglich.»

Die Suppe schmeckte lecker und machte sie wohlig müde. Jetzt eine Stunde schlafen … dagegen hätte sie wahrlich nichts einzuwenden gehabt. Ein Gähnen erfasste sie.

Es entging Volkhardt nicht.

«Du solltest dich ausruhen.»

«Später.» Sie gab ihm die Schüssel zurück. «Danke, das war köstlich.»

«Vielleicht sollte ich in die Apotheke zurück und schauen, ob er noch da ist.»

«Besser nicht. Womöglich hat er Verstärkung geholt.»

Sie erhob sich. Aber da war noch etwas, was sie mit Volkhardt besprechen wollte.

«Wilhelm hat gesagt, dass er den Grund für die Teufelskrankheit kennt.»

Er hätte eigentlich überrascht sein sollen.

«Ich würde nicht so viel darauf geben.»

«Warum nicht?»

Er flüsterte. «Er ist gerne wichtig. Verstehst du?»

Ja, das tat sie. Allerdings hatte er auf sie nicht gerade den Eindruck gemacht, als wollte er nur prahlen.

Aber das musste warten. Die Kinder erwarteten sie.

«Ich gehe wieder an die Arbeit.»

Volkhardt schaute ihr kopfschüttelnd nach. «Wenn du so weitermachst, wirst du bald selbst krank sein.»

«Dafür habe ich keine Zeit», erwiderte sie lächelnd.

Der nächste Patient stand bereit. Es war ein Junge, kaum älter als sie, in halbwegs intakter Kleidung. Er konnte noch nicht so lange bei den Schwarzen Banden sein. Er wirkte mürrisch und zeigte ihr seinen geschwollenen, mit blauen Flecken übersäten Arm.

«Was ist passiert?»

«Die Knechte des Bischofs kamen zu uns in Haus.»

«Was wollten sie von euch?»

«Sie suchten nach dem Teufelskind.»

Das Wort *Teufelskind* traf sie wie ein Blitz. Mit einem Mal war alle Müdigkeit verflogen.

«Was ist mit diesem Kind?», fragte sie vorsichtig.

«Sie haben alles auf den Kopf gestellt, obwohl wir nichts zu verbergen hatten.»

Ein Mädchen pflichtete ihm bei.

«So war es auch bei uns. Die Knechte haben alles kurz und klein geschlagen.»

Der Junge fuhr fort: «Als sich mein Vater ihnen in den Weg stellte, haben sie ihn geschlagen und meine Mutter vors Haus gezerrt. Von uns Kindern wollten sie wissen, wo dieses verflixte Kind ist. Sie haben auch uns geschlagen …»

«… und meinen Oheim getötet.»

Wer hatte da gesprochen? Kathi schaute die Reihe entlang. Ein Junge trat hervor.

«Das ist allein die Schuld dieser Teufelsmutter. Wenn sie nicht gewesen wäre, würde meine Schwester noch leben.» Er spuckte zu Boden. «Verflucht sei sie und ihr Teufelsbalg gleich mit.»

Der Vorwurf traf Kathi hart. Sie sollte an dem Unglück dieser Kinder schuld sein?

«Aber, vielleicht weiß sie ja gar nichts davon.»

«Das macht meine Schwester auch nicht mehr lebendig», widersprach der Junge weinend. «Nur wegen ihr habe ich sie verloren. Wenn ich sie nur finden würde … dann würde ich sie den Knechten des Bischofs ausliefern. Brennen soll sie, verdammtes Teufelsweib.»

22

In aller Herrgottsfrühe war der Karren von der bischöflichen Kanzlei Richtung Sandertor aufgebrochen. Auf der Ladefläche ein einziger Todeskandidat, Gottfried – kahl geschoren, frierend, im Büßerhemd, festgekettet. Er faselte wirres Zeug, teils deutsch, teils lateinisch.

Der Kruzifixträger, der sonst dem Zug der Verurteilten vorausging, fehlte. Stattdessen eskortierten zwei Wachen mit Fackeln den Karren, angeführt von einem verschlafenen und missgelaunten Faltermayer zu Pferd.

Riedner hatte auf seine Teilnahme bestanden. Er wollte die *Angelegenheit*, wie er es nannte, möglichst diskret, aber auch sicher erledigt wissen. Ein unliebsam gewordener Priester sollte bei seiner Hinrichtung nicht noch mehr Aufsehen erregen als zu seinen schändlichen Lebenstagen.

Dabei schien die Vorsichtsmaßnahme überhaupt nicht nötig zu sein. Niemanden kümmerte die Hinrichtung Gottfrieds, außer den Wirt des Gasthauses Stern, der den Gefangenen über Tage hinweg bewirtet hatte. Nun wollte er die Rechnung beglichen sehen. Doch das geistliche Gericht sah sich plötzlich nicht mehr zuständig. Mit einem geständigen und überführten Teufelsanbeter wollte es nichts mehr zu tun haben. Der Wirt solle sich besser ans Domstift wenden, hieß es, das hätte Zugriff auf Gottfrieds Pfründe. Aber selbst dort hielt man sich mit der Begleichung der Rechnung zurück. Man müsse abwarten, wie das Domkapitel entschied.

Das Rattern des Karrens schreckte Crispin aus seinem

Morgengebet auf. Er ging zum Fenster und schaute hinunter. War das Gottfried? Dann hatte Faltermayer wahrlich keine Zeit verschwendet. Noch in der Nacht musste er ihn abgeurteilt haben. Wieso die Eile? Hätte es nicht genügt, ihn im Laufe des Tages anzuklagen?

Das war ein gefährliches Spiel. Niemand wusste, welche Büchse er damit öffnete. Mit der Anklage und der Verurteilung eines Geistlichen war ein Tabu gebrochen, vermutlich das letzte, das es in dieser Stadt noch gab. Von nun an hieß es: Verkommener Priester ist gleich Teufelsanbeter, und der musste brennen, schnell und gnadenlos.

Es klopfte an die Tür. Crispin öffnete. Einer der beiden Reiter, die er zur Ergreifung der Hebamme losgeschickt hatte, stand vor ihm.

«Wir haben die Hebamme Lioba gefunden, Euer Hochwürden.»

«Sehr gut. Wo kann ich mit ihr sprechen?»

«Sie ist ein paar Häuser weiter untergebracht. Oder soll ich sie herschaffen?»

Crispins Kammer war zu klein für eine Befragung, und in der Gaststube gab es zu viele ungebetene Zuhörer.

«Nein, führ mich zu ihr.»

Er warf sich einen Mantel über und folgte dem Reiter hinaus auf die Straße. Der Weg führte ihn durch dunkle, verschlafene Gassen auf einen kleinen Platz. Zu seiner Überraschung sah er dort den Karren stehen, auf dem Gottfried zur Hinrichtung gebracht wurde. Und nicht nur das. Ein Reiter hatte sich Faltermayer und seinen beiden Knechten in den Weg gestellt. Es war Wolf von Schanzenfeldt. Er war schon wieder betrunken oder immer noch.

«Lasst den ehrwürdigen Bruder frei», grölte er Faltermayer an, «bevor ich Euch aufschlitze.»

In der Hand hielt er ein Schwert, mit dem er wild um sich fuchtelte, während der Gaul aufgeregt auf der Stelle trippelte.

«Geht aus dem Weg», erwiderte der Hexenkommissar.

Mehr konnte er ihm nicht entgegenhalten. Schanzenfeldt war von adeliger Herkunft und zudem Stiftsherr. Faltermayers Befehlsgewalt endete hier. Das wusste auch Schanzenfeldt, und somit kümmerte es ihn nicht.

«Ich sagte, freilassen!»

Er gab dem Pferd die Sporen, sodass es einen Satz nach vorne machte und einen Knecht zu Boden riss.

Damit war nun eine völlig andere Situation eingetreten. Faltermayer und sein Gefolge wurden angegriffen. Das Recht auf Verteidigung konnte man ihm nicht verwehren.

«Deinen Spieß», befahl er dem anderen Knecht und ließ sich ihn aushändigen. «Zum letzten Mal: Macht den Weg frei.»

«Ihr wollt kämpfen? Na, endlich einer, der Mut beweist.»

Er riss sein Pferd herum und holte mit dem Schwert aus, um es Faltermayer ins Gesicht zu schlagen. Der Hieb endete auf dem Spieß und er kurz darauf auf dem eisigen Boden. Faltermayer hatte die Attacke überlegen pariert. Nur der anschließende Stich war ihm misslungen. Statt in die Brust war er in die Schulter gegangen.

«Soll ich eingreifen?», fragte der Reiter an Crispins Seite.

«Das ist nicht unsere Angelegenheit», erwiderte er kühl. «Gehen wir weiter.»

Der Weg führte zu den Unterkünften der Wachmannschaften. Gleich im ersten Raum fand er Lioba. Sie kauerte neben dem Ofen. Vor ihr auf dem Tisch ein Krug Wein mit drei Bechern. Ihr gegenüber zwei Knechte, die das Gespräch mit ihr suchten. Doch Lioba war nicht interessiert. Als sie Crispin zur Tür hereinkommen sah, atmete sie erleichtert auf.

«Seid Ihr der Priester, auf den ich warte?»

Crispin antwortete nicht, begrüßte sie auch nicht. Er befahl den Knechten, sie alleine zu lassen. Murrend zogen sie sich auf ihr Nachtlager zurück. Dann setzte er sich zu Lioba an den Tisch. Er schaute sie eine Zeitlang prüfend an.

Das war also die Hebamme, die das Teufelskind zur Welt gebracht hatte. Irgendwie hatte er sie sich anders vorgestellt, sanfter und gelassener. Sie war – neben Jakobus – die zweite Person, die das Kind tatsächlich gesehen hatte. Die beste Aussicht auf die Wahrheit war, ihr keine Worte in den Mund zu legen, sich unwissend zu geben.

«Ich habe lange nach dir gesucht», begann er.

«Ich sollte ja auch nicht gefunden werden», erwiderte Lioba.

Crispin nickte. «Warum hast du das getan?»

«Weil Bruder Jakobus mir es so aufgetragen hat. Wo ist er eigentlich?»

Er ging nicht darauf ein.

«Warum sollte er das von dir verlangt haben?»

«Damit ich zu niemandem über das Kind spreche.»

«Welches Kind?»

Lioba wusste nicht so recht, was die Frage zu bedeuten hatte. Es lag doch auf der Hand, deswegen war sie hier.

«Na, das Kind mit dem *Mal*. Fragt Jakobus, er kann es Euch bestätigen.»

Jakobus hatte in seinem Brief das Mal nicht genauer beschrieben. Vermutlich wollte er, dass sich Crispin sein eigenes Urteil bildete.

«Beschreib es mir.»

Die Schilderung war nicht so präzise, wie es sich Crispin gewünscht hatte. Sie habe es nur im Kerzenschein gesehen, sagte sie, außerdem sei sie müde gewesen. Aber dennoch:

«Ich habe ja schon einige Male gesehen, und dieses war anders.»

«Wie anders?»

«Diese drei Punkte … der erste war eine Zahl.»

«Welche Zahl?»

«Eine Sechs.»

«Und die anderen?»

«So rund und geschwungen … Zwei Nullen … oder zwei Sechsen.»

«Du bist dir also nicht sicher?»

«Doch ich bin es. Es waren Zahlen. Eindeutig.»

Also nein. Sie war sich nicht sicher. Denn dann hätte sie die Zahl genau benennen können.

«Ist dir an dem Kind sonst noch etwas aufgefallen?»

«Was meint Ihr?»

«Etwas Seltsames, etwas, das andere Kinder nicht haben.»

Lioba dachte nach. «Nein, es war normal … aber dann auch wieder nicht. Es war größer als sonst. Reifer. Versteht Ihr?»

«Beschreib mir dieses *reifer.*»

Sie bemühte sich, ihre Erinnerungen in Worte zu fassen, was ihr nicht sonderlich gut gelang.

«Es hatte mehr Haare als andere Kinder. Und sein Blut …»

Was folgte war eine abenteuerliche Beschreibung eines neugeborenen Kindes. Lange Arme, spitze Krallenfinger und dergleichen Unsinn mehr.

Dieses Weibsbild erzählte ihm Erfundenes, um sich wichtig zu machen. Er ließ sie sprechen, nicht weil er ihr auch nur ein Wort glaubte, sondern weil er hoffte, sie würde noch irgendetwas zu jener Nacht sagen, an das sie sich bisher nicht erinnert hatte.

«… und dieses freche Mädchen», polterte Lioba, «wollte mir den Lohn nicht zahlen.» Sie lachte auf. «Aber nicht mit mir.»

«Welches Mädchen?»

«Na, diese Kinderhexe natürlich. Sie hat die Stadt und die Bürger über Wochen hinweg ins Unglück gestürzt.»

Woher kam nun plötzlich eine Kinderhexe?

«Ich verstehe nicht … Wer ist diese Kinderhexe, und was hat sie mit dem Kind und dem Mal zu tun?»

Lioba schaute ihn zweifelnd an.

«Ich dachte, Ihr wüsstet, wer sie ist? Die Tochter der Hure natürlich, die Hexenschwester des kleinen Teufels.»

Jakobus hatte nur von jemandem geschrieben, der sich um das Kind kümmerte. Crispin war von einer Amme ausgegangen, die sich auf Jakobus' Weisung hin mit dem Kind versteckt hielt, so lange, bis Crispin eingetroffen war.

Er holte Jakobus' Brief hervor und las: *«… ist das Kind*

sicher untergebracht. Wenn du in Würzburg bist, werde ich dich zu ihm führen. Verzeih, wenn ich nicht mehr schreibe, aber ich will ihr Leben nicht aufs Spiel setzen.»

Briefe konnten in die falschen Hände geraten, das hatte Jakobus gewusst, sonst hätte er geschrieben, um wen es sich handelte. Crispin wäre niemals auf den Gedanken gekommen, dass es sich nicht um eine Amme, sondern um die Schwester des Kindes handeln könnte. Wie auch? Sie war nirgends erwähnt worden.

«Wo ist diese Kinderhexe?»

Sie zuckte die Schultern. «Wahrscheinlich ist sie mit ihm auf den Schalksberg gefahren. Wohin sonst? Dort haust sie mit ihren Hexen, Zauberern und Buhlschaften.»

«Ich meine, wo wohnt sie?»

«In diesem Haus, in der Nähe des Marktplatzes.» Sie schüttelte sich vor Abscheu. «Ich wette, die Pest hat dort Einzug gefunden.»

«Führ mich hin», sagte Crispin.

Lioba setzte zum Widerspruch an, unterließ es aber.

«Und wer gibt mir nun meinen Lohn?»

Draußen dämmerte der Tag. Der Himmel gestaltete sich grau und speckig wie ein alter Lumpen. Unter ihm die Stadt, ächzend und unausgeschlafen. Fensterläden wurden zur Seite geschoben, Nachttöpfe auf die Straße geleert. Das Gezeter einer Frau hallte durch die Gassen. Bei ihr war eingebrochen worden. Das letzte Stück Brot und einen Krug Wein hatten die Diebe erbeutet. Nun hatte sich nichts mehr.

Crispin hatte zwei Knechte an der Seite. Sie sollten eingreifen, wenn sie auf Widerstand stießen. Davon war aber nicht auszugehen, schließlich handelte es sich ja nur um ein Mädchen mit einem Säugling. Lioba hatte berichtet, der Vater sei geflohen. An eine Rückkehr glaubte sie nicht. Der sei über alle Berge getürmt, als er ahnte, welcher Bastard da im Bauch dieser Hure heranwuchs.

Lioba führte die Männer zu dem besagten Haus. Von außen sah alles ruhig aus. Die Läden waren geschlossen, nirgends ein Zeichen von Licht oder Leben. Auch kein Rauch von einer Feuerstelle. Alle schienen noch zu schlafen. Die Gelegenheit war günstig.

«Geht durch diese Tür», sagte Lioba. «Die Treppe führt Euch zu der Kammer. Dort findet Ihr das Teufelspack, wenn sie überhaupt noch da sind.»

Für einen Moment dachte Crispin daran, Lioba sollte vorausgehen, aber dann überlegte er es sich anders. Sie waren zu dritt, ein unnützes Weib stünde nur im Weg.

Er händigte ihr den vereinbarten Lohn aus.

«Du kannst gehen», befahl er ihr, und Lioba ließ sich das nicht zweimal sagen.

Dann wandte er sich an die Knechte.

«Wir wollen das Kind lebend. Habt ihr das verstanden? Keine unnötige Gewalt.»

Die Knechte nickten, allerdings nicht ohne Hintergedanken. Sie hatten das Gespräch mit Lioba angehört. Sie wussten, was sie dort oben erwartete. Das Teufelskind und die Kinderhexe. Wenn sie einen Fehler machten, könnte das ihr letzter gewesen sein.

Crispin öffnete die Tür. Ein Quietschen und ein Knarzen begleitete sie. Es drang unweigerlich die Treppe hinauf.

Mit Bedacht nahm er die Stufen. Doch er konnte sich noch so viel Mühe geben, altes Holz konnte nicht schweigen. Hoffentlich gab es keinen Fluchtweg auf der Rückseite des Hauses. Das hatte er nicht bedacht.

Oben angekommen, drückte er sachte gegen die Tür der Kammer. Knarrend öffnete sie sich einen Spalt.

Seltsam, dachte er noch. Wer ließ denn die Tür zu seiner Kammer unverriegelt?

Die Tür schwang auf. In der Mitte des Raums saß ein Kind auf dem Boden. Es spielte mit einer Spindel. Als es Crispin bemerkte, schaute es ihn mit großen Augen an.

Kaum zu glauben, wie einfach das gegangen war. Er befahl die Knechte herein.

«Durchsucht alles. Ich will wissen …»

Da hörte er das Knarzen der Stufen. Er fuhr herum. Vor ihm stand ein Bär von einem Mann, in den Armen Holzscheite, die er für das Feuer geholt hatte. Als er erkannte, dass sich Einbrecher in seinem Haus befanden, ging alles sehr schnell.

23

Die Kinder schliefen friedlich, eng beieinander, um die Glut des Feuers geschart. Der schwache Schein fiel auf die vielen kleinen Hügel, und wäre diese fürchterliche Kälte nicht gewesen, hätte man das auch ein wenig heimelig nennen können.

Kathi schlug die Augen auf. Sie hatte nicht lange geschlafen, war erst tief in der Nacht zur Ruhe gekommen, nachdem sie auch das letzte kranke Kind versorgt hatte. Die Vorwürfe ließen sie noch immer nicht los. Sie klangen in ihren Ohren.

Das ist allein die Schuld dieser Teufelsmutter.

Wenn sie nicht gewesen wäre, würde meine Schwester noch leben.

Verflucht sei sie und ihr Teufelsbalg gleich mit.

Sie hatte nicht realisiert, was es hieß, wenn die Knechte nach ihr suchten. Kinder waren verletzt worden und zu Tode gekommen, Familien wurden auseinandergerissen.

Gütiger Gott, das hatte sie wahrlich nicht gewollt. Und selbst jetzt, während sie hier lag und darüber nachdachte, würden die Knechte des Bischofs weiter unnachgiebig nach ihr und Michael suchen. Das Unglück ging weiter, und sie war der Grund dafür.

Was sollte sie nur tun, damit das aufhörte?

Michael lag in ihren Armen. Er atmete leise und regelmäßig. Für ihn würde es den Tod bedeuten, wenn sie sich stellte. Das konnte sie nicht zulassen. Niemals.

Andererseits, je länger die Jagd nach ihm andauerte,

desto mehr Leid würde über die Menschen kommen. Das konnte sie nicht länger dulden.

Sie musste eine Entscheidung treffen.

Hinter ihr spürte sie eine Bewegung. Es war Volkhardt, der sich eng an sie gekuschelt hatte. Sie genoss seine Nähe und seine Wärme in diesen Minuten des Zweifelns und der Gewissensbisse. Er gab ihr das Gefühl, beschützt und sicher zu sein. So wie damals, als ihre Eltern noch lebten und sie in ihre Mitte genommen hatten. Könnte Volkhardt ihr aus diesem Dilemma helfen? Vermutlich nicht. Es war ihre Entscheidung. Nur sie konnte sie treffen.

Zwei Reihen vor ihr tat sich etwas. Ein Kind rüttelte ein anderes. «Wach auf», klagte es, «so wach doch endlich auf.»

Kathi erhob sich, stieg vorsichtig über die schlafenden, kleinen Hügel hinweg.

«Was ist mit dir?», flüsterte sie ihm zu.

Es zeigte auf den Körper neben ihr, auf ein Mädchen. Kathi erkannte es sofort an dem bandagierten Fuß. Es war das Mädchen mit dem Rattenbiss, den sie in der Nacht zuvor noch mit Beinwell behandelt hatte.

«Sie atmet nicht mehr.»

Kathi erschrak. «Das kann nicht sein.»

Sie legte dem Kind die Hand auf die Stirn und spürte nur Kälte. Hastig entfernte sie die Fußbandage.

Die Wunde sah keinen Deut besser aus als in der Nacht zuvor, eher schlimmer. Der Beinwell hatte nichts mehr bewirken können. Ihr Blut war vergiftet, hatte ihr alles Leben genommen.

Tränen traten in Kathis Augen. Sie schluchzte. Ihre Medizin hatte versagt. Sie hatte versagt.

«Du hast alles getan», sagte Volkhardt leise und nahm

sie in den Arm. «Menschen sterben. Daran wirst du nichts ändern können.»

Der Trost war gut gemeint, konnte sie in diesem Moment aber nicht erreichen.

«Ich hätte mehr für sie tun müssen. Die Wunde richtig reinigen …»

«Womit denn?», erwiderte Volkhardt. «Wir haben ja nicht einmal sauberes Wasser und Tücher.»

«Aber …»

«Du hast selbst gesagt, das Mädchen muss in ein Hospital, sonst stirbt sie. Und du hast recht behalten.»

Sie weinte dennoch. Ihr erster toter Patient.

Um sie herum erwachten die Kinder. Sie erkannten schnell, worum es hier ging. Wieder war jemand aus ihren Reihen gestorben. Und es sollte nicht der Einzige bleiben. Zwei weitere blieben regungslos liegen, reagierten nicht auf Rütteln oder gute Worte.

«Deine Medizin hat überhaupt nicht geholfen», klagte ein Junge und meinte Kathi damit. «Du hast gesagt, die Kräuter würden helfen. Und jetzt sind sie tot.»

Ein weiteres Kind stimmte in die Klage ein. «Du hast sie gar nicht heilen wollen.»

«Hört auf mit dem Unsinn!» Volkhardt stand auf. «Jede Nacht stirbt ein Kind, und das schon seit Wochen. Kathi hat getan, was sie konnte.»

Er konnte sie nicht überzeugen.

«Lügner. Gestern haben sie noch gelebt, heute sind sie tot.»

«Sie hat uns vergiftet mit ihren Teufelskräutern.»

«Hexe!»

Die Knechte des Bischofs öffneten die Fensterläden. Um seinen Kopf trug Antonius einen Verband, der die Blutung nicht stillen konnte. Noch immer rann frisches Blut an seinen Schläfen hinab.

Aber das sollte sein geringstes Problem sein. Auch die Schmerzen, die er hatte, waren nichts gegen den Zorn, den er verspürte.

Letzte Nacht war er dem Teufelskind zum ersten Mal nahe gekommen. Er spürte es genau. Es war hier gewesen. Wie sonst war es zu erklären, dass er auf eine Horde Kinder gestoßen war, die es beschützten? Die dünnen Arme, die kleinen Körper, ihr widerlicher Gestank. Verdorbene kleine Teufel. Hätte er nur entschiedener zugepackt …

Antonius ging die Regale ab und suchte nach einem Hinweis, um die Spur wieder aufzunehmen. Einige Schubladen standen offen. Ihr Inhalt war entnommen. Auch die übrigen Büchsen, Gläser und Schachteln waren leer.

«War seit dem Tod des Apothekers jemand hier?»

Die Knechte verneinten. «Nein, Euer Hochwürden. Der Bischof hat die Apotheke verschließen lassen, damit sich niemand an dem Teufelszeug zu schaffen macht.»

«Das ganze Haus ist verflucht», sagte ein anderer. Er schaute sich misstrauisch um, als ob ihn aus jeder Ecke ein Teufel anspringen könnte.

«Dennoch war jemand hier», sagte Antonius, «jemand, der keine Angst vor Teufeln hat, wahrscheinlich gar mit ihnen paktiert … und Bedarf an Heilkräutern hat.»

Wieder wandte er sich an die Knechte. «Was meint ihr, wer braucht solche Kräuter? Wer hat das Wissen, mit ihnen umzugehen?»

Diese Aufgabe war leicht. «Hexen, natürlich.»

Antonius nickte. «Richtig. Eine Hexe wüsste, was sie mit Arnika, Beinwell und Fingerhut alles anstellen kann.»

Ein paar Blätter des Fingerhuts lagen in einer Schublade. Er nahm zwei heraus und reichte sie einem der Knechte. Der sah sie ahnungslos an.

«Weißt du, was zwei winzige Blätter des Fingerhuts bewirken können?»

Er zuckte die Schultern. «Sie helfen bei Zahnschmerzen?»

«Nein, du Narr. Sie töten dich.»

Sofort ließ er die beiden unscheinbaren Blätter fallen und rieb sich die Hand an der Hose sauber.

«Andererseits», fuhr Antonius fort, «wenn man sie abkocht, sollen sie als Wundauflage wahre Wunder vollbringen. Medizin oder Gift. Zwei Seiten ein und derselben Medaille.»

Er ging zu der Stelle, wo er überfallen worden war. Ein deutlicher Fleck seines Blutes wies ihm den genauen Ort. Hier hatten sie ihm aufgelauert, waren über ihn hergefallen und hatten auf ihn eingestochen. Hier …

Da war etwas, ein blutverschmiertes, selbstgefertigtes Messer mit kurzer Klinge. Er nahm es in Augenschein. Der Griff bestand aus schlechtem Holz und war mit Lederriemen umbunden, gerade groß genug, um in eine Kinderhand zu passen. Für einen Erwachsenen war es nicht mehr als ein Zahnstocher.

Antonius zeigte es den Knechten. «Habt ihr so eine Waffe schon mal gesehen?»

Die schüttelten amüsiert den Kopf. «Das ist Spielzeug.»

«Eben», erwiderte Antonius, «das Spielzeug eines Kindes.»

Bei diesen Worten wollte sich einer erinnern.

«Ja, ich kenne so ein Ding. Habe es bei einem dieser Rattenkinder gesehen, die nichts anderes tun als stehlen und betrügen. Pest und Unglück verbreiten sie. Eine einzige Plage.»

«Ausräuchern müsste man das Pack», fügte einer hinzu, «anders sind sie nicht zu fassen.»

«Wisst ihr, wo diese Rattenkinder zu finden sind?»

«Man müsste die Keller durchsuchen. Einen nach dem anderen.»

Wenn sie schon die Häuser durchsuchten, dann konnten sie auch gleich die Keller überprüfen. Keine schlechte Idee. Antonius wandte sich ab, suchte weiter den Boden ab. Vielleicht hatten diese Rattenkinder ja noch etwas zurückgelassen.

Und tatsächlich. Ein Buch lag neben einem Regal auf dem Boden. Es war groß und schwer. Antonius hob es auf und ging damit zum Fenster.

Er las: *Der Kanon der Medizin von Avicenna*, und seufzte. «Was für ein prächtiges Werk. Nie im Leben hätte ich gedacht, so etwas in den Händen halten zu dürfen. Nicht in dieser verfluchten, gottverlassenen Stadt.» Er blätterte vorsichtig die Seiten um. «Eine Theorie der Medizin, eine Auflistung von Arzneien und ihren Wirkungsweisen, die Behandlung von Krankheiten und … die Herstellung von Heilmitteln. Welch unermesslicher Schatz … wenn man weiß, wie man damit umzugehen hat.»

Erneut wandte er sich den Knechten zu. «Wisst ihr, dass das Herz wie ein Blasebalg arbeitet?» Er atmete tief ein und aus, imitierte das typische Geräusch. «So wie ein Schmied das Feuer mit einem Blasebalg anfacht, presst das Herz das Blut durch die Adern, damit ihr gehen und stehen könnt.»

Ein Knecht wiederholte das Geräusch, atmete tief ein, schnaufte aus. Die anderen taten es ihm gleich. Ein seltsamer Kanon entstand.

«Ja, genau. Ein und aus, wie ein Blasebalg. So etwas und noch viel mehr steht in diesem wunderbaren Buch.» Er klappte es zu. Die Knechte schnauften immer noch. Wie einfach sie doch gestrickt waren. «Es reicht. Ihr könnt aufhören.» Er legte das Buch auf den Tisch.

«Nun sagt mir, wer ließe so ein wertvolles Buch achtlos zurück?»

Die dummen Kerle wussten es nicht.

«Wer, außer einem Apotheker oder einer Hexe, besitzt das Wissen und die Kunst, Heilmittel herzustellen?»

Bei den Worten *Apotheker* und *Hexe* fiel einem der Knechte etwas ein.

«War da nicht dieses Mädchen, das bei Meister Grein in die Lehre ging?»

Allmählich dämmerte es auch den anderen.

«Richtig. Kathi hieß sie und hat die Kinderhexen angeführt. Sie entkam nur knapp dem Henker.»

«Kathi?» Endlich hatte Antonius einen Namen.

«Ich habe sie seit Monaten nicht mehr gesehen», sagte der eine. «Ich glaube, sie hat die Stadt verlassen.»

Ein anderer widersprach. «Nein, ihre Mutter hat sich doch mit dem Stadtrat Dornbusch eingelassen.»

Ein Dritter. «Und sie erwartete ein Kind.»

«Er hat uns angegriffen», antwortete Faltermayer kühl. «Wir mussten uns wehren. Das ist die ganze Geschichte.»

Für Riedner kam dieser Vorfall zur Unzeit. Hatte er doch gehofft, die Hinrichtung Gottfrieds ohne großes Aufsehen über die Bühne zu bringen. Mit dem Protest der Familie von Weyhenstein beim Bischof und vor dem Reichskammergericht hatte er ohnehin genug am Hals. Nun musste er sich auch noch mit einem öffentlich ausgetragenen Machtkampf eines Ritters des einflussreichen Stifts St. Burkard mit einem bischöflichen Hexenkommissar herumschlagen.

Es war nicht gut, wenn sich Autoritäten bekämpften. Das Volk könnte auf dumme Gedanken kommen, es ermutigen, seiner Unzufriedenheit gegen die Oberen Taten folgen zu lassen. Genau das fürchtete der Bischof. Er würde den Vorfall nicht gutheißen und ihn, Riedner, zur Verantwortung ziehen.

Einzig die Tatsache, dass Wolf von Schanzenfeldt betrunken und ohne jeden Respekt vor der Autorität des geistlichen Gerichts einen geständigen und verurteilten Teufelsanbeter vor der Hinrichtung bewahren wollte, würde ihm zugutekommen.

Und wenn er es richtig bedachte, könnte ihm das sogar in die Karten spielen. Wolf von Schanzenfeldt hatte sich nach dreifacher Aufforderung des geistlichen Gerichts der Befragung entzogen. Die Zwangsvorführung wäre der nächste Schritt gewesen. Ohne Blutvergießen wäre das nicht gelungen. Und der gegen ihn erhobene Vorwurf des Teufelspaktes erhielt durch den Angriff auf den Hexenkommissar zusätzlich an Gewicht.

Riedner konnte also trotz aller Unannehmlichkeiten

zufrieden sein. Seine Liste der *unliebsamen Geistlichen* würde um einen Namen gekürzt.

Ganz anders verhielt es sich mit dem neuesten Fall aus St. Burkhard. Gero von Wetterstein, ein gottesfürchtiger und respektierter Stiftsherr, war von seinem Prior dem geistlichen Gericht übergeben worden. Er wusste sich nicht mehr anders zu helfen, nachdem Gero die Heiligenbilder in der eigenen Stiftskirche von der Wand gerissen und zerfleddert hatte. Er sei augenscheinlich aller Sinne beraubt, fühle sich vom Teufel verfolgt und verführt, schlage um sich und schreie die niederträchtigsten und abscheulichsten Wörter der Teufelsbuhlschaft. Der Prior befürchte, die *Erkrankung* könne auch auf die anderen Stiftsherren überspringen, wenn er nicht schnell handelte, und tatsächlich, zwei weitere unbescholtene Stiftsbrüder sahen sich seit gestern ebenfalls den Angriffen teuflischer Mächte ausgesetzt.

Diese Nachricht war wirklich nicht gut. Riedner kannte Gero von Wetterstein als einen musterhaften Stiftsherren, der St. Burkhard alle Ehre machte. *Eben diese Geistlichen galt es zu schützen und zu fördern*, so der Bischof vor seiner Abreise, damit der *ramponierte Ruf des Würzburger Klerus* wiederhergestellt wurde.

«Führt Gero von Wetterstein vor», befahl er dem Knecht, «und Wolf von Schanzenfeldt gleich mit. Wollen wir hören, was sie zu sagen haben.»

Der Malefizschreiber Erthel kam zu ihm an den Tisch, in der Hand eine Liste weiterer Namen.

«Was soll ich nun mit diesen machen? Sie offiziell ins Protokoll aufnehmen oder …?»

Richtig, die Liste der *Komplizen*, die von Gottfried des Teufelspaktes beschuldigt worden waren. Es waren an die zwanzig Personen, die *tagsüber ihren Berufen nachgingen, aber in der Nacht ihrem wahren Herrn, dem Teufel, dienten.* So hatte es Gottfried ausgedrückt.

Einige der Besagten waren von seinem Kollegen, dem Ankläger Zacharias Stumpf, bereits vernommen worden und zeigten sich bei Androhung der Folter geständig.

Die anderen auf der Liste hatte Riedner wohlweislich zurückgehalten. Es handelte sich um Angehörige von Stift Neumünster und seinem eigenen, Stift Haug. Außerdem zehn Studenten der Theologie, junge Burschen, leidenschaftlich und temperamentvoll im Überschwang ihrer Jugend, aber keinesfalls des Teufelspaktes verdächtig. Was sollte er nur mit ihnen anstellen?

Und da war ja noch dieser Junge, neun Jahre alt, den sein Vater bei Beginn der Kinderhexenprozesse aus der Schule genommen hatte und zu den Brüdern nach Dettelbach gebracht hatte, um der Besagung zu entgehen. Nun war es doch geschehen. Der Fluch hatte ihn eingeholt, genauso wie die alte Witwe Betz, die mit allen Sterbesakramenten im Sommer begraben worden war. Sie musste wieder ausgegraben werden, um die geweihte Erde des Friedhofs nicht länger zu beschmutzen. Der Scheiterhaufen würde sich ihrer Gebeine annehmen.

Schweren Herzens gab Riedner die Liste an Erthel zurück.

«Alle ins Protokoll aufnehmen und vorführen lassen. Es wartet viel Arbeit auf uns.»

Die Tür ging auf. Gero von Wetterstein wurde von zwei Knechten hereinbugsiert und auf den Schutzstein gestellt. Anfassen wollten sie ihn nicht, er war ihnen unheimlich.

Denn das Gesicht, das er machte, war nicht mehr

menschlich zu nennen. Aus dem Mund lief der Geifer, die Augen wirr und gehetzt, die Züge verzerrt, genauso wie es bei Vikar Ludwig und Bruder Jakobus gewesen war – die Teufelsfratze.

Ein Dämon hatte sich seiner bemächtigt. Das war beim besten Willen nicht zu leugnen. Wo sollte das noch hinführen?

*—

Als Crispin aus seiner Bewusstlosigkeit erwacht war, glaubte er, in der Hölle zu sein.

Welch ein Unglück. Ein erschlagener Stadtknecht, ein erstochener Vater und ein gemeucheltes Kind. Das Blut der drei war überall. Selbst er war davon befleckt, obwohl er ihnen nicht nahe gekommen war.

Laut Auskunft des Hausherrn hatte er Kathis frühere Wohnung erst tags zuvor an den alleinstehenden Mann vermietet, der seine Frau und Mutter des Kindes ans Kindbettfieber verloren hatte. Es war ein Köhler von außerhalb, der hoffte, in der Stadt ein besseres Leben für sich und sein Kind zu finden. Die Stadtknechte hatte er als solche wohl nicht erkannt, genauso wenig wie die Stadtknechte ihn, einen harmlosen Waldschrat, der einzig und allein sein Kind vor den Einbrechern schützen wollte.

Den ersten Stadtknecht, der sich ihm in den Weg gestellt hatte, hatte er mit einem Holzscheit den Schädel eingeschlagen. Der zweite nutzte die Gelegenheit und stach zu.

So weit ließ sich der Vorgang nachvollziehen. Wie allerdings das Kind in dem Trubel umgekommen war, konnte sich der Knecht nicht erklären – trotz einer eindeutigen Stichwunde.

Aber im Nachhinein war das auch unerheblich. Ein unschuldiger Vater und sein Kind waren tot, und Crispin war daran nicht unschuldig.

Auf seinen Befehl hin waren die Stadtknechte mit gezückten Schwertern in die Wohnung eingedrungen und hatten bei dem anstürmenden Vater reagiert, wie sie es gewohnt waren – mit purer Gewalt. Da hatte auch sein eindringlicher Befehl nichts genutzt, das Kind lebend einzufangen.

Crispin wurde bewusst, dass er einen fürchterlichen Fehler begangen hatte, ähnlich dem vor über vierzig Jahren, als der Gutsverwalter sich an seiner Schwester Lucia verging und er nicht länger stillschweigend zusehen wollte. Damals war er ohne Nachzudenken zum Vater gerannt und hatte ihm berichtet, was sich soeben im Schuppen abspielte. Der Vater hatte blind vor Zorn reagiert, genauso wie hier, in dieser jämmerlichen Kammer.

Später, als man den Vater für den Mord an dem Gutsherrn gehängt, seine Schwester Lucia und ihn vom Hof gejagt hatte, musste er erkennen, dass Leibeigene kein Recht bekamen, selbst wenn sie im Recht waren. Hätte er nur einen Moment länger nachgedacht, bevor er zum Vater ging, wäre ihm bestimmt etwas anderes eingefallen, als die dümmste aller Möglichkeiten zu wählen.

So war es auch hier gewesen. Wäre er ohne die Stadtknechte an die Tür gegangen, hätte er geklopft und um Einlass gebeten, wäre es nicht zu diesem Drama gekommen.

Mit hängendem Kopf verließ er das Haus, schaute weder links noch rechts auf seinem Weg und landete schließlich vor einem Gasthaus. Das Schankmädchen versprach ihm köstlichen Wein und auch mehr, sofern ihm danach beliebte.

Nein, das tat es nicht. Einem Krug Wein jedoch, vielleicht auch zweien, war er nicht abgeneigt. Und wenn sie ihm Gesellschaft leistete – ganz ohne schändliche Hintergedanken –, sollte es ihr Schaden nicht sein.

Aber noch im selben Moment wusste er, dass Alkohol seine Schuld nicht tilgen würde. Er musste woanders um Vergebung bitten.

Volkhardt hatte mit Ottos Hilfe die Leichen der Kinder nach oben geschafft, in einen Schuppen, wo sie bleiben sollten, bis der Frost abgeklungen war. Später, wenn die Erde nicht mehr gefroren war, würden sie einen Friedhof für sie finden.

Kathi war im Keller geblieben bei Michael. Er hatte über Nacht Temperatur bekommen. Die anderen Kinder mussten ihn angesteckt haben, was auch kein Wunder war, jedes zweite Kind war erkältet. Sie wiegte Michael im Arm und flößte ihm Tee ein.

«Wie geht es ihm?», fragte Volkhardt, der gerade mit Otto vom Schuppen zurückkam. Sie stellten sich ans Feuer, wärmten sich die Hände.

«Das ist nicht der rechte Ort für ein Kind», antwortete Kathi kühl.

Und damit meinte sie nicht nur Michael. In jeder Ecke des kalten Kellers hustete und keuchte es. Das Fieber hatte sich ausgebreitet. Aber kaum einer wollte noch ihre Medizin haben. Kathi konnte es ihnen nicht verdenken. Wer so offensichtlich versagt hatte wie sie, konnte nicht auf Vertrauen hoffen. Vielleicht war es besser, den Keller zu verlassen.

«Es war ein Fehler, hierherzukommen.»

Volkhardt setzte sich neben sie. «Wieso sagst du das?»

«Sieh doch, wie sie mich verachten.»

«Niemand verachtet dich.»

Otto pflichtete ihm bei. «Sie haben nur Angst.»

Dem konnte sie zustimmen. «Angst, ja, vor mir, der Hexe, die sie töten will.»

«Du irrst dich.» Volkhardt legte den Arm um sie. «Es ist die Trauer um ihre Freunde. Gib ihnen Zeit, und du wirst sehen ...»

Aus der dunklen Tiefe des Kellers drang ein Geräusch. Es waren hastige Schritte.

Er stand auf, die Hand am Messer. «Wer ist da?!»

Es war der kleine Adam. Mit letzter Kraft schleppte er sich zur Feuerstelle und ging auf die Knie.

«Wir müssen ... verschwinden.»

Die anderen Kinder kamen herbei, umringten ihn.

«Was ist passiert?»

Volkhardt richtete ihn auf. Er spürte etwas Kaltes, Feuchtes zwischen den Fingern. Blut.

«Bist du verletzt?»

Adam rang nach Luft. «Alle ... tot.»

«Wer ist tot?»

«Kinder ... erschlagen.»

«Wer hat das getan?»

«Die Knechte ... kennen kein Erbarmen.»

«Warum tun sie das?»

«Sie suchen …»

Er drohte vor Schwäche zusammenzubrechen. Otto hielt ihn fest.

«Was suchen sie? Sag mir, was?»

«Teufelskind.»

Das Wort traf Kathi wie ein Donnerschlag. Sie erhob sich und drückte Michael an die Brust, als wollte sie ihn gegen einen Angriff schützen. Für einen Moment sah sie Volkhardts besorgten Blick.

«Sie durchsuchen alle Keller», sprach Adam weiter, «nach dem Apothekerlehrling … nach Kathi.»

Jetzt war es raus. *Der Apothekerlehrling und ihr Kind*. Alle Blicke richteten sich auf Kathi.

«Du bist das?»

«Wie können sie von Kathi wissen?», fragte Otto.

Adam antwortete nicht darauf. «Wir müssen fliehen. Sie kommen.»

Er sollte recht behalten, es war höchste Zeit. Durch den Radau, den die eindringenden Knechte machten, flüchteten die aufgeschreckten Ratten geradewegs durch die Beine der Kinder auf den nächstmöglichen Ausgang zu – einen Luftschacht, der an der Hinterseite des Kellers nach oben führte.

Jetzt gab es keine Sekunde mehr zu verlieren.

«Lasst alles liegen», rief Volkhardt den Kindern zu, «lauft um euer Leben.»

Gut die Hälfte folgte seinem Aufruf, der Rest war zu schwach und blieb liegen. Sie konnten nur noch auf Gnade hoffen. Volkhardt und Otto zogen ihre Messer. Sie scharten alle Kampfbereiten um sich.

«Wir müssen die Knechte aufhalten.»

«Aber wie?», fragte einer.

Volkhardt schaute sich um. «Die leeren Fässer. Wir versperren damit die Treppe.»

Zu spät. Die ersten Knechte kamen bereits mit Fackeln und gezückten Schwertern die Stufen herunter.

Kathi stand wie erstarrt da.

«Los, geh endlich!», befahl ihr Volkhardt.

Doch sie machte keine Anstalten.

Da nahm sie Otto am Arm und zog sie zum Luftschacht.

«Kletter hoch. Ich reich dir Michael nach.»

«Und du?»

«Ich … komme nach.»

«Aber …»

«Geh jetzt. Sofort!»

Er half ihr hoch, gab ihr Michael in die Hände und wartete, bis sie verschwunden war.

Dann drehte er sich um. Im Dunkel ließ sich nicht viel erkennen, nur so viel, dass die Knechte keinen Unterschied zwischen Leben und Tod machten. Und Volkhardt war mittendrin.

24

Außer Atem erreichte Kathi die Reuererkirche am Sandertor. Sie öffnete die Tür, blickte hinein, und als sie niemanden sah, schlich sie sich zu einem Beichtstuhl. Hier drin war es dunkel und ruhig. Sie konnte ungestört ausruhen, bevor sie darüber nachdachte, was als Nächstes zu tun war.

Dem kleinen Michael hatte die überstürzte Flucht aus dem Keller nicht gutgetan. Er wand sich in ihren Armen und röchelte nach Luft. Noch immer war seine Stirn heiß, und wenn sie ihm nicht bald einen Kräutertee kochte, würde das Fieber weiter steigen. Hätte sie doch nur ihre Kräuter aus dem Keller mitgenommen.

Sie musste in Ruhe darüber nachdenken, wie sie an neue Heilkräuter kam. Doch so sehr sie sich auch bemühte, außer der alten Apotheke fiel ihr kein anderer Ort ein. Dafür aber Adams Worte.

Sie durchsuchen alle Keller nach dem Apothekerlehrling Kathi.

Wie um alles in der Welt hatten es die Knechte geschafft, sie ausfindig zu machen? Niemand wusste von ihr – außer Volkhardt, Otto und Barbara. Und Jakobus. Keiner von ihnen hatte sie verraten. Da war sie sich sicher. Blieb also nur ein Kind der Schwarzen Banden. Den ganzen Tag über waren sie aus den Kellern zu ihr gekommen, um von ihr Medizin zu erhalten.

Sie seufzte. Hätte sie sich nur nicht als große Heilerin aufgespielt, sondern als ein ganz normales Kind ausgegeben, das ebenfalls Schutz und Unterkunft suchte, dann wäre sie unentdeckt geblieben.

Und nicht nur sie. Die flüchtenden Kinder waren blindlings den anderen Knechten in die Arme gelaufen, die sich rund um den Winzerhof aufgestellt hatten. Sie machten kein Aufhebens um die *Ratten*, wie sie die Kinder verächtlich nannten. Lange genug waren sie von ihnen an der Nase herumgeführt worden. Jetzt hatten sie sie endlich aufgespürt. Wer sich nicht widerstandslos gefangen nehmen ließ, erhielt Prügel, manche blieben blutüberströmt liegen.

Sie dachte an Otto. Und Volkhardt. Was war aus ihnen geworden? Hatten sie noch fliehen können? Nicht auszudenken, wenn den beiden letzten und besten Freunden, die sie noch hatte, etwas zustoßen würde. Aber auch Barbara machte ihr Sorgen. Sie hatte in einer Ecke des Kellers gelegen, gegen die Kälte und das Fieber in Säcke gewickelt. Niemand würde sie wahrnehmen, sofern er nicht zufällig über sie stolperte. Hoffentlich.

Plötzlich ein Geräusch. Sie schreckte auf. Woher war das gekommen? Sie schob vorsichtig die Beichtstuhltür zur Seite. Draußen im Kirchenschiff war niemand zu sehen. Auch in den Seitenaltären war niemand …

Da, schon wieder. Ein Schluchzen, ein Murmeln, oder war es ein Gebet? Sie horchte genau hin. Ja, das waren lateinische Worte, und sie kamen aus der unmittelbaren Umgebung des Beichtstuhls.

Mea culpa … meine Schuld. *Mea maxima culpa* … meine übergroße Schuld.

Sie konnte nicht jedes Wort verstehen, außer dass hier jemand für die Vergebung seiner Sünden betete.

… indulgere digneris omnia peccata mea … verzeih mir gnädig alle Sünden.

Es war die Stimme eines Mannes.

Domine, exaudi orationem meam … O Herr, erhöre mein Gebet.

Wer sprach ein Gebet auf Latein? Sicher nicht ein gewöhnlicher Mann. Es musste jemand von Stand sein.

Und er musste sich in den Seitenaltären aufhalten, die sie vom Beichtstuhl aus nicht einsehen konnte.

Da fing Michael unvermittelt zu weinen an.

«Schschsch …»

Kathi nahm ihn ganz nah an sich und summte die vertraute Melodie in sein Ohr. Doch es half nichts. Sie flehte ihn an: «Michael, sei still … bitte.»

Die Tür wurde geöffnet, Licht fiel in den Beichtstuhl. Kathi konnte auf den ersten Blick nichts erkennen außer den Umrissen einer hageren, großen Gestalt.

«Was machst du hier?», fragte Crispin.

«Es tut mir leid. Ich wusste mir nicht anders zu helfen …»

«… als dich in einem Beichtstuhl zu verstecken?»

Der Mann klang nicht zornig, nur überrascht. Das war gut.

«Komm heraus», sagte er und reichte ihr die Hand.

Kathi nahm sie. Sie fühlte sich kalt und knochig an. «Verzeiht, Herr, ich wollte Euer Gebet nicht stören.»

«Du hast mich nicht gestört. Ich habe gesagt, was ich zu sagen hatte. Nun ist es an Gott …» Er brach ab.

Mir zu verzeihen? Ja, seine Worte hatten sich genau darum gedreht.

«Und nenn mich nicht Herr.»

Richtig. Der Mann war ein Priester, ein Mönch. Sie erkannte die schwarz-weiße Kutte eines Dominikaners, ein Kreuz um seinen Hals, den grauen Spitzbart und …

Den grauen Spitzbart?

Sie musste ihn genauer betrachten, um sich zu vergewissern. War das nicht der Mönch, den sie an jenem Tag in der Nähe des Franziskanerklosters gesehen hatte, als sie nach Jakobus fragte?

Dieser Mönch hatte den Stadtknechten befohlen, in die Häuser einzudringen und den Müttern die Kinder von der Brust zu reißen. Sie erinnerte sich an seine hagere Gestalt, den grauen Spitzbart und an die streng dreinblickenden Augen, die sie für einen Augenblick erfasst und gemustert hatten. Damals war ihm Michael nicht aufgefallen. Kathi hatte ihn unter ihrer Jacke getragen.

Wie um alles in der Welt hatte er es geschafft, sie so schnell zu finden?

Er musste ihr vom Keller aus gefolgt sein, anders war es nicht zu erklären. An eine Flucht war jetzt nicht mehr zu denken. Michael war krank und sie am Ende ihrer Kräfte. Sie glaubte gar, bei der Aussichtslosigkeit ihrer Situation den Boden unter den Füßen zu verlieren.

«Geht es dir nicht gut, mein Kind? Du bist ganz blass.»

O ja, blass und hoffnungslos verloren.

Er führte sie zu einer Bank. «Komm und setz dich.»

Sie ließ sich von ihm führen. Aber Moment mal ... Irgendetwas stimmte hier nicht. Wenn dieser Priester nach ihr die Kirche betreten hatte, hätte sie ihn hören müssen. Außerdem wäre er nicht alleine, sondern mit den Knechten gekommen, um sie festzunehmen.

Zuversicht keimte auf. Der Priester war vor ihr in der Kirche gewesen, in einem der Seitenaltäre, und hatte gebetet. Das bedeutete, er suchte nicht nach ihr, und wenn sie Glück hatte, dann erkannte er sie auch nicht. Sie hatten sich auf der Straße zum Franziskanerkloster ja nur kurz gesehen. Er war mit anderen Dingen beschäftigt gewesen, als auf ein Mädchen zu achten.

«Geht es dir wieder besser?»

Das tat es.

«Habt Dank, Euer Hochwürden. Es ist schon wieder gut.»

Sie musterte ihn, wie er auf Michael herabblickte und sich vermutlich fragte, wieso er so dünn gekleidet war. Dann strich er ihm auch noch über sein braunes, lockiges Haar, das von Schweiß verklebt war.

«Was ist mit dem Kind?»

«Es ist krank.»

«Warum bist du dann mit ihm in eine Kirche gegangen, in einen kalten Beichtstuhl? Er sollte zu Hause in einem warmen Bett liegen.»

«Ich wollte beten», erwiderte sie geistesgegenwärtig, «für seine Gesundheit.»

Offenbar war das nicht die schlechteste Antwort. Der Fremde lächelte. Mit Blick auf Michael zeigte er sich aber besorgt.

«Du solltest besser mit ihm zu einem Doktor gehen … oder in eine Apotheke.»

Doktor? Apotheke? Ja, das war eine Erklärung, was sie gleich nach dem Kirchgang machen wollte, sollte er sie weiter ausfragen.

«Meine Mutter hat mich in die Stadt geschickt, um Medizin für ihn zu besorgen.»

«Und wieso macht sie das nicht selbst?»

«Weil auch sie krank ist, so sehr, dass sie nur noch schläft. Einen Vater habe ich nicht mehr, auch keine Brüder. Daher musste ich gehen.»

Er schaute sie an, und Kathi meinte, sein zweifelnder

Blick würde ewig dauern. Was dachte er, fragte sie sich. Wie konnte sie ihn überzeugen, dass ihre Geschichte stimmte, dass sie wirklich ein Kind vom Land war?

Krankheit. Medizin. Apotheke.

Da fiel es ihr ein. Die alte Verordnung, die sie in Greins Buch als Lesezeichen gefunden hatte. Sie betete, dass sie sie noch immer bei sich trug. Sie griff in die Rocktasche, und ein Stein fiel ihr vom Herzen. Der Zettel war noch da.

«Seht», sagte sie, «hier ist das Rezept des Doktors. Damit soll ich in die Stadt, in die Apotheke gehen.»

Crispin warf einen Blick darauf, aber eigentlich schien es ihn nicht wirklich zu interessieren. «Schon gut.» Er legte behutsam seine Hand auf ihren Kopf. «Und es hat dich niemand in die Stadt begleitet?»

«Nein, Euer Hochwürden. Alle sind ja krank.»

Er schaute besorgt. «Aber wieso bist du so dünn gekleidet?»

Stimmt. Wer auf eine Reise ging, zog sich gemeinhin warm an. «Mehr besitze ich nicht.»

Er schüttelte besorgt den Kopf und seufzte.

«Du wirst dir den Tod holen, und dein Brüderchen gleich mit, wenn ihr nicht gleich …»

Etwas schien ihm eingefallen zu sein, etwas, das ihn belastete, etwas, das der Grund für sein Gebet war. Er setzte neu an.

«Lass uns zusammen zur Apotheke gehen und Medizin für dein Brüderchen kaufen.»

Das war eine ganz schlechte Idee. Überall wurde nach ihr gesucht. Was, wenn sie jemand auf der Straße erkannte?

«Ich bleibe doch noch ein wenig länger hier und bete.»

«Es ehrt dich, Trost und Hoffnung in der Zuwendung

zu Gott zu suchen, aber die Gesundheit deines Bruders erscheint mir dringender. Komm jetzt.»

Er reichte ihr auffordernd die Hand. Kathi konnte sie nicht ausschlagen, nicht wirklich, andernfalls hätte sie sich noch verdächtiger gemacht.

«Außerdem brauchen du und dein Brüderchen dringend warme Kleidung.»

Er ging zurück zu den Beichtstühlen. Im zweiten fand er eine Decke, die der Priester in der kalten Jahreszeit benutzte, um bei der Beichte nicht zu frieren. Er legte die Decke Kathi um und ging dann mit ihr hinaus auf die Straße.

Ochsenkarren ratterten vorbei, Menschen wechselten die Straßenseiten. Sie schauten weder links noch rechts, ein jeder duckte sich unter dem frostigen Wind. Das spielte Kathi in die Hände. Sie konnte nur beten, dass sie niemand erkannte. Sie hielt den Kopf gesenkt und drückte Michael ganz an sich heran.

Crispin nahm sie an seine Seite und schritt voran.

«Sag, wie heißt du?»

Gute Frage. Wie hieß sie?

«Barbara.»

«Barbara», wiederholte Crispin, «ein schöner Name. Und dein Brüderchen?»

Michael lag ihr auf der Zunge. «Otto.»

«Wie alt ist er denn?»

Was wäre glaubhaft? «Ein halbes Jahr.»

«Und, liebst du ihn?»

Was für eine Frage. «Er ist mein Ein und Alles», antwortete sie wahrheitsgemäß.

«Recht so. Bruder und Schwester müssen zusammenstehen. Die Familie ist das Einzige, was zählt.»

Irgendetwas musste ihr einfallen, bevor dieser seltsame Fremde sie noch weiter aushorchte. Womöglich machte sie noch einen Fehler.

«Darf ich fragen, wer Ihr seid?»

«Ich bin Bruder Crispin, und ich komme aus Rom.»

Rom? Was um alles in der Welt hatte ein römischer Priester in der Stadt zu suchen?

«Verzeiht meine Neugier, aber was macht Ihr hier?»

Er seufzte und überlegte einen Moment, bevor er antwortete. «Wahrscheinlich hast auch du von diesem wundersamen Stern gehört, der vor ein paar Wochen vom Himmel gefallen ist.»

Kathi drohte das Herz stehenzubleiben.

«Ja, Herr.»

«Nenn mich nicht Herr.»

«Verzeiht, Euer Hochwürden.»

«Ich bin hier, um ein Kind zu finden, das in jener Nacht geboren wurde.»

Die Aufregung nahm ihr fast die Stimme.

«Ein … Kind?»

«Ja, und ein ganz besonderes obendrein.»

Um Himmels willen, er meinte Michael. Wen denn sonst?

«Was ist an dem Kind so besonders?»

Crispin machte halt und schaute auf sie herab.

«Du stellst neugierige Fragen, mein Kind.»

Sie wagte nicht aufzublicken. «Verzeiht, ich dachte nur …»

«Was dachtest du?»

«Nun, Ihr kommt extra aus Rom, um ein *besonderes* Kind zu sehen. Da frage ich mich, was so außergewöhnlich an einem Kind sein kann.»

Er dachte kurz darüber nach. «Du hast recht. Ohne wichtigen Grund hätte ich diese weite Reise nicht unternommen.»

Er ging weiter, Kathi folgte ihm. Je weiter sie in die Stadt kamen, desto belebter wurde es in den Straßen. Kathi zog die Decke enger und blickte sich ängstlich um. Da stoppte Crispin plötzlich.

«Sag, wo befindet sich eigentlich die Apotheke?»

Daran hatte sie ja noch gar nicht gedacht. Wo war der neue Apotheker untergekommen? Sie wusste es nicht.

«Wie dumm von mir», kam ihr Crispin zuvor, «du bist ja nicht aus der Stadt. Also kannst du es auch nicht wissen.»

Richtig. Sie war ja das Kind vom Land.

Er fragte einen Mann, der des Weges kam. Und als hätte sich alles gegen sie verschworen, war es ausgerechnet der Schultheiß Isidor Weigand. Einige Monate zuvor waren sie und Babette vor ihm gestanden, um Rechenschaft für einen Angriff auf einen Stadtknecht abzulegen.

Sie drehte sich um, als würde sie Ausschau nach der Apotheke halten.

«Geht die Straße ganz vor», antwortete Weigand, «und dann haltet Euch rechts.»

«Habt Dank», antwortete Crispin. Dann zu Kathi: «Komm.»

Sie folgte ihm, noch immer sich dem Blick Weigands entziehend. Für einen Moment glaubte sie, er würde die Hand heben, um sie aufzuhalten. Aber Crispin war schon außer Reichweite, und Kathi würde um nichts in der Welt stehenbleiben.

Auf der anderen Straßenseite lehnte ein Junge gegen

das Wagenrad eines Karrens. Er hielt sich den Arm, seine Hand war blutrot. Meine Güte, das war Otto. Sosehr sie sich auch freute, dass er lebend den Knechten entkommen war, sosehr erschrak sie vor seiner Verletzung.

«Otto», rief sie ihm verhalten zu.

Er reagierte nicht.

«Otto!»

Jetzt endlich blickte er auf. Sein schmerzverzerrtes Gesicht verlor sich für einen Augenblick in Freude, als er sie erkannte.

«Kathi», sagte er erleichtert und ging auf sie zu, bis er den fremden Mann sah, der in ihrer Begleitung war.

«Warum gehst du nicht weiter?», fragte Crispin. «Suchst du etwas?»

Kathi reagierte geistesgegenwärtig. «Ich habe das Geld verloren, das Mutter mir für die Medizin mitgegeben hat.»

«Wie viel war es denn?»

«Dreißig Kreuzer.»

«Das ist nicht viel für teure Medizin.»

«Mehr haben wir nicht.» Sie senkte beschämt den Kopf. Dabei schielte sie hinüber zu Otto, ob er ihre Lage richtig deutete. Er tat es, hielt Abstand und beobachtete sie.

«Ich denke, dieses eine Mal kann ich dir aushelfen. Nun komm.»

Kathi schaute über die Schulter zurück und sah, dass Otto ihnen folgte.

Die Straße führte tatsächlich zur *Apotheke zum Hirschen*. Der Apotheker würde sie nicht kennen, er hatte sie nie zuvor gesehen. Sie konnte beruhigt hineingehen.

Crispin ging voran. In der Apotheke stand eine Frau,

die auf die Zubereitung ihrer Medizin wartete. Und mit einem Mal wurde es Kathi heiß und kalt. Damit hatte sie nicht gerechnet: Nicht der Apotheker würde sie erkennen, aber eine Kundin.

Grein hatte ihr hin und wieder Botengänge aufgetragen, und diese Frau war eine seiner besten Kundinnen. Eine schnippische Person, eingebildet, neugierig und geizig. Nie hatte sie auch nur einen Kreuzer für Kathis Botengänge übrig gehabt, stattdessen hatte sie ihr Löcher in den Bauch gefragt, wer alles in die Apotheke gekommen war, welche Krankheiten zurzeit umgingen und dergleichen mehr. Krankheiten und Einsamkeit waren alles, was ihr geblieben war, nachdem ihr Mann sie verlassen hatte.

Einzig die Tatsache, dass sie schlecht sah, konnte Kathi vor der Aufdeckung bewahren. Sie musste nur aus ihrem Blickfeld bleiben. Sie zwängte sich in eine Ecke auf einen Stuhl und hielt den Kopf gesenkt.

Michael schaute sie aus müden und fiebrigen Augen an. Er wand sich, war unruhig. Hoffentlich würde er nicht wieder zu weinen beginnen.

Sie steckte ihm den kleinen Finger in den Mund, als wollte sie ihn füttern. Bisher hatte das immer geklappt. Doch nun hatte Michael andere Probleme als fehlende Nahrung. Er war noch ein Stück heißer geworden. Sie spürte seine Temperatur an ihrem Finger.

«Was fehlt ihm denn?»

Kathi wagte nicht aufzublicken. Sie sah einen Rock und Frauenschuhe.

«Er hat Fieber», antwortete sie mit verstellter Stimme. «Ihr solltet Euch besser fernhalten. Es ist ansteckend.»

Die Lüge tat ihre Wirkung. Die Frau trat tatsächlich

zurück. «Oh», erwiderte sie, «dann ist es wohl wirklich besser, wenn ich …»

Sie lächelte Crispin verlegen an und deutete ein Nicken an, so, als wollte sie ihn begrüßen.

«Eure Medizin», sagte Apotheker Marthin und überreichte ihr eine kleine Flasche. «Dreimal am Tag zehn Tropfen. Dann sollte es Euch bald wieder besser gehen.»

Doch die Frau kam wegen anderer Dinge in die Apotheke, und da es anscheinend keine Botendienste mehr gab, musste sie sich selbst darum bemühen. Aber dieses Mal hatte sie Pech gehabt. Ein ansteckendes, fiebriges Kind, ein fremder Priester und ein Apotheker, der keine Zeit für einen Plausch aufbrachte, waren nicht nach ihrem Geschmack. Ohne weiteres Zögern verließ sie die Apotheke.

«Was kann ich für Euch tun?», fragte Marthin.

Crispin reichte ihm die alte Verordnung. Als Marthin sie las, stutzte er. «Für wen soll die Medizin sein?»

«Für das Kind dort.» Crispin zeigte auf Kathi und Michael.

Der Hinweis war zweideutig. «Für das Mädchen oder das Kind?»

«Das Kind», antwortete Kathi an seiner statt.

«Wie alt ist es?»

Das konnte gefährlich werden. Sie bemühte sich zu erinnern, was auf der Verordnung geschrieben stand. Irgendetwas mit Leinsamen und Kamille. Ja, richtig, gegen Magenbeschwerden.

Das passte nicht. Kein Arzt würde für ein Kleinkind eine derartige Verordnung ausschreiben.

«Sechs Monate», antwortete sie.

Und wie sie es erwartet hatte, zweifelte der Apotheker an der Zusammenstellung der Medizin. Er suchte zu erkennen, wer die Verordnung ausgestellt hatte, konnte aber den Namen nicht entziffern. Aber letztendlich war es einerlei. Er war gerade ein paar Wochen in der Stadt. Wie konnte er alle Ärzte kennen?

«Mir scheint», sagte er schließlich, «dass der Doktor mit seiner Verordnung über das Ziel hinausgeschossen ist.»

Crispin merkte auf. «Warum?»

«Nun, das ist …»

Kathi ließ ihn nicht aussprechen. «Meister Adelmann meinte, Ihr sollt es zubereiten, dass auch meine Mutter davon trinken kann. Und für …» Sie stockte. Wie hatte sie Michael noch einmal genannt? «… für Otto sollen wir es verdünnen.»

Das konnte funktionieren, halbwegs. Professionell war das aber nicht.

«Wo arbeitet dein Meister … *Adelmann*?», fragte der Apotheker.

«In Höchberg», sagte sie wie aus der Pistole geschossen. Der Ort war naheliegend, unverdächtig.

Aber nur scheinbar. «Ist dort nicht Meister Karl tätig?»

Himmel, ja. Warum hatte sie nicht daran gedacht.

«Meister Karl ist auf Reisen, daher hat er Meister Adelmann gebeten, ihn zu vertreten.»

Meister Karl, Meister Adelmann. Was soll's, mochte sich der Apotheker gedacht haben. Wenn der Doktor es so verschrieben hatte, sollte es ihm recht sein. Er ging nach hinten, um die Medizin herzustellen.

Crispin trat an sie heran. «Sagtest du nicht, du seist wegen deinem kranken Brüderchen in der Stadt? Wegen dem Fieber?»

Richtig. Allmählich gingen ihr die Ausreden aus.

«Das Fieber ist heute Morgen ausgebrochen, als wir auf dem Weg in die Stadt waren.»

Das schien Crispin einzuleuchten. Wer nicht passend gekleidet war, holte sich bei diesen Temperaturen schnell eine Erkältung. Und dieses Mädchen – augenscheinlich aus armen Verhältnissen stammend, mit der viel zu dünnen, löchrigen und aufgetragenen Kleidung einer Erwachsenen – konnte von Glück sagen, dass sie selbst nicht erkrankt war. Noch nicht.

«Wir sollten auch warme Kleidung für dein Brüderchen finden.»

Kathi schaute ihn prüfend an. Wieso war dieser Mönch so nett zu ihr? Das war verdächtig.

«Zu gütig. Aber sorgt Euch nicht, wir …»

«Ich bestehe darauf.»

Das war des Guten eindeutig zu viel. «Verzeiht, Euer Hochwürden, aber womit habe ich Eure Großherzigkeit verdient?»

Die Antwort kam spontan, aber nicht weniger rätselhaft.

«Ich habe etwas gutzumachen.»

Das mochte schon so sein. Doch was hatte sie damit zu tun?

«Ich verstehe nicht, was Ihr meint.»

«Heute Morgen …» Er brach mitten im Satz ab, seufzte und rieb sich den Nacken. «Kümmere dich nicht weiter darum.»

Das überzeugte Kathi nicht. Im Gegenteil, sie hatte mit allzu freundlichen Priestern schlechte Erfahrungen gemacht.

Da kam der Apotheker mit der Medizin zurück. Er erklärte Kathi, wie sie einzunehmen war. Das hätte er sich zwar sparen können, aber sie ließ ihn aussprechen. Sie zeigte sich aufmerksam und dankbar, wenngleich die Ungeduld an ihr nagte.

«Wir benötigen noch etwas gegen das Fieber», sagte Crispin und verwies auf Michael.

Am liebsten hätte Kathi Einspruch erhoben, sie wollte weg, mit diesem seltsam fürsorglichen Mann nichts weiter zu tun haben, er war ihr unheimlich. Doch in diesem Fall musste sie ihm recht geben. Michael brauchte dringend etwas gegen das Fieber.

Marthin kam näher und legte die Hand auf die Stirn des Kindes. «Du solltest schnell zu einem Arzt mit ihm. Er glüht ja förmlich.»

Ein Arzt? Auch das noch. Nein, das musste anders geregelt werden.

«Habt Dank für Euren Rat. Ich will ihn beherzigen und gleich Meister Adelmann aufsuchen.»

«Du willst nach Höchberg mit ihm?», fragte Marthin. «Zu Fuß, oder hast du eine Kutsche?»

Eine Kutsche? Wie schön wäre das gewesen. «Zu Fuß, natürlich.»

Marthin schüttelte den Kopf. «Das Kind gehört ins Bett. Einen Fußmarsch bei diesen Temperaturen überlebt es nicht.»

Heilige Mutter Maria, jetzt kam ihr auch noch der Apotheker in die Quere.

«Ich will es dennoch wagen. Meine Mutter erwartet mich.»

«Das kann schon sein, aber sicherlich nicht mit einem toten Kind.»

Die Gegenrede lag ihr auf der Zunge, da griff Crispin ein.

«So soll es ein. Bereitet Medizin für das Kind zu, ich werde mich um eine Unterkunft kümmern.»

Kathi glaubte ihren Ohren nicht zu trauen. Auf keinen Fall würde sie noch länger mit diesem Mönch zu tun haben wollen.

«Ich glaube nicht, dass ich Euer Angebot annehmen kann. Nun entschuldigt mich.»

Sie hatte die Tür bereits in der Hand, als ein Stadtknecht hereinkam. Er hatte dringende Nachricht für Crispin.

«Endlich habe ich Euch gefunden, Hochwürden. Bruder Antonius will Euch umgehend sprechen.»

«Was will er?»

«Wir haben die Keller gestürmt und die Ratten ausgeräuchert. Dabei ist uns ein Junge in die Hände gefallen, der weiß, wo sich die Hexe mit dem Teufelsbalg befindet.»

Noch im selben Moment war Kathi klar, dass es sich nur um Volkhardt handeln konnte. Aber wieso sollte er sie verraten? Er wusste ja noch nicht einmal, wo sie sich befand.

«Sag Antonius, ich komme sofort. Zuvor muss ich noch etwas erledigen.»

Er befahl dem Apotheker, die Medizin gegen das Fieber herzustellen. Dann wandte er sich Kathi zu.

«Du kommst mit zu mir. Heute Abend können wir dann besprechen, wie wir dich wieder nach Hause bringen.»

25

Julius Franz von Fischen war ein wortgewaltiger Streiter im Dienste des Herrn. Außerdem war er Angehöriger des angesehenen Domstifts und stand kurz vor der Berufung ins Stiftskapitel – in die Leitung des Konvents. Er war in Theologie, Philosophie und Rechtswissenschaft ausgebildet, verfügte über exzellente Verbindungen im Reich und war damit erste Wahl des Bischofs bei der Besetzung seiner Regierung.

Die Kehrseite seiner makellosen Bilanz bestand jedoch darin, dass er jeden seine herausragende Stellung spüren ließ. Und das nicht zu knapp. Arrogant und besserwisserisch waren noch die mildesten Beschreibungen seines Charakters.

Gleich nach der Rückkehr des Bischofs – welche nach Aussage des Kanzlers Dr. Brandt kurz bevorstand – war ein Gespräch anberaumt worden, um die zukünftige Verwendung von Julius Franz genauer zu besprechen.

Damit war der Plan der Adelsfamilie aufgegangen, den überzähligen Spross an einer politisch wichtigen Position im Reich zu platzieren. Das sicherte ihren Einfluss und stärkte ihre Macht in Stadt und Land. Wider Erwarten sollte aber alles ganz anders kommen als geplant.

«Wer Sünde tut, ist der Sünde Knecht.»

Die kräftige Stimme von Julius Franz nahm das weite Schiff des Kiliansdoms ein. Die für den Abend angesetzte Messe war entfallen, nachdem bekanntgeworden war, dass Gero von Wetterstein, angesehener Stiftsherr zu St. Burkhard, den Teufelsbund gestanden hatte. Julius

Franz kannte Gero, und sie mochten sich nicht. Von daher ließ es sich Julius Franz nicht nehmen, dem versammelten Kirchenvolk aufzuzeigen, dass der Teufel mitten unter ihnen lebte, und das in Form der Familie Wetterstein.

«Ein fallender Stern wurde uns prophezeit, verehrte Brüder im Geiste des Herrn, in seinem Zeichen der Teufel, der Antichrist. Er kommt auf die Welt, um zu schlagen die letzte aller Schlachten: Die Söhne der Finsternis gegen die Söhne des Lichts. Und das Schlachtfeld wird nicht irgendeines sein, sondern die Seelen der Menschen. Eure und die meine. Werdet ihr eure unsterbliche Seele dem Teufel überlassen, so wie es der unselige Bruder Gero von Wetterstein getan hat?»

Wenn es stimmte, was aus der bischöflichen Kanzel nach draußen drang, dann war für Geros Geständnis eine Androhung auf Folter nicht notwendig gewesen. Er hatte aus freien Stücken – sofern man bei seiner Erkrankung überhaupt von Freiwilligkeit sprechen konnte – eine Anzahl Geistliche beschuldigt, mit Hexen Geschlechtsverkehr gehabt zu haben und den Teufelspakt eingegangen zu sein. Darüber hinaus hätten sie Kinder im Namen des Teufels getauft und giftige Nebel heraufbeschworen, die für die seit Wochen kursierende Krankheit verantwortlich waren.

Julius Franz wusste nicht, wer weiterhin beschuldigt worden war und welche Kinder seit ihrer Taufe als Teufelsdiener im Volk lebten, aber deren Zahl sollte beträchtlich sein.

«Lasset nicht nach, meine Brüder und Schwestern, ganz im Geiste Jesu Christi, unseres Herrn und Erlösers, zu sein. Nur durch ihn und den Heiligen Geist könnt ihr der Sünde und den Verfolgungen des Teufels entkommen. Betet für Gero und seine Familie, auf dass sie zum rechten Weg zurückkehren mögen, und zu lobpreisen seine Größe und Herrlichkeit.»

Diese Worte, weise gewählt, gaben Hoffnung, dass doch noch nicht alles verloren war. Noch konnten sich die Wettersteins besinnen und dem Teufel abschwören – was natürlich barer Unsinn war. Wer einmal am Pranger stand, würde nicht so schnell davon loskommen.

Womit Julius Franz jedoch nicht rechnete, war, dass auch er in Geros Geständnis eine Rolle spielte, und eine hinterlistige obendrein. Julius Franz sollte nämlich fünf seiner ahnungslosen Theologiestudenten in der falschen Lehre, nämlich die des Teufels, unterrichtet haben. Für die Anschuldigung sprach, dass bei einem der Studenten eine Hasenpfote und eine mit Blut verschmierte Bibel gefunden worden waren. Mit ihr sollte der Teufelsbund besiegelt worden sein. Der Student hatte nach Androhung der Folter bereits gestanden.

«Denn so steht es geschrieben: *Widersteht dem Teufel, so flieht er vor euch. Nähert ihr euch aber Gott, so nähert er sich auch euch.* Daher reinigt die Hände, ihr Sünder, und heiligt eure Herzen.»

Ein anderer Student, der von der Verhaftung seines Kommilitonen erfahren hatte, wusste vorzubeugen. Er beklagte heftige und immer wiederkehrende Albträume, die von roten Haaren und giftig grünen Augen handelten – eben solche, wie sie Julius Franz besaß. Er sei ein böser Geist, ein Dämon und ein Verführer. Als Beweis für seine Behauptung gab er eine seltsame Verformung der Zehen am linken Fuß von Julius Franz an. Er habe sie gesehen, als er ihn in seinem herrschaftlichen Anwesen besucht und dabei gesehen hatte, wie er sich von einem seiner Diener die Füße waschen ließ. Ein richtiger Huf sei sein Fuß, ganz eines Teufels würdig.

«Nun geht dahin in Frieden und tut Buße, denn die Zeit des letzten Gerichts kommt bald.»

Er spendete den Segen und schlug das Kreuzzeichen. «Es segne euch der allmächtige Gott, der Vater und der Sohn und der Heilige Geist. Amen.»

«Dank sei Gott dem Herrn.»

Julius Franz entließ das Kirchenvolk, allerdings war die Angelegenheit damit noch nicht beendet. Sie hatte gerade erst begonnen. Die hohen Türen des Kiliansdoms wurden geöffnet. Herein kamen zwei Knechte. Sie hatten mittlerweile jeden Respekt vor Geistlichen und dem Schutz, den eine Kirche bot, verloren.

«Julius Franz von Fischen», rief ein Knecht quer durchs Kirchenschiff, «im Namen des geistlichen Gerichts und seines Vorsitzenden Dr. Riedner sollt Ihr uns in die Kanzlei des Bischofs folgen.»

Julius Franz glaubte seinen Ohren nicht zu trauen, genauso wenig wie es die Kirchengänger taten. «Was erlaubt ihr euch?»

Die beiden Knechte antworteten auf ihre Art. Sie nahmen ihn kommentarlos in ihre Mitte und führten ihn ab.

Einige der Kirchgänger protestierten, gingen dazwischen und zogen sogar ihre Dolche, die sie auch in einer Kirche mit sich führten. Julius Franz wies sie alle zurück, und das in bester jesuanischer Manier.

«Steckt eure Schwerter weg! Denn wer das Schwert zieht, der soll auch durchs Schwert umkommen. Beruhigt euch. Es wird sich alles als ein großer Irrtum herausstellen.»

Doch Julius Franz war nicht der Erste, der sich im Gespinst der Hexereianklagen verfangen sollte.

Vom Kiliansdom zur Kanzlei des Bischofs waren es nur ein paar Schritte. Als Riedner die Knechte erblickte, wie sie Julius Franz zur Befragung vorführten, seufzte er. Weniger aus Mitleid, mehr aus Verwunderung, dass nun selbst ein Günstling des Bischofs besagt worden war. Und das von einem Wetterstein. Eine Fehde der beiden Familien war nun unvermeidbar.

Was würde der Bischof davon halten, wenn er in seine Stadt zurückkehrte und Julius Franz im Kerker vorfand?

Er, Riedner, hatte sich nichts vorzuwerfen. Die Sachlage war eindeutig: Justus Franz war von Gero von Wetterstein des Teufelsbundes angeklagt worden. Gestützt wurde die Anklage von zwei Studenten aus dem unmittelbaren Umfeld des Theologieprofessors.

Es blieb ihm gar nichts anderes übrig, als ihn vorführen zu lassen. Gespannt war er lediglich, wie sich der noble Domherr zur Anklage äußern würde.

«Ihr, Julius Franz von Fischen, Domherr und Professor der Theologie, seid dem Bund mit dem Teufel bezichtigt worden.»

Justus Franz hielt dagegen, aufrecht und selbstbewusst.

«Das ist eine infame Unterstellung.»

Natürlich, wie bei jedem anderen Angeklagten auch. Fraglich war einzig, wie lange er standhalten würde.

«Euch wird vorgehalten …»

In die Anklageverlesung platzte Crispin. Er war den langen Weg von seinem Gasthaus hergeeilt, war außer Atem und außerdem viel zu spät. «Verzeiht die Störung, werter Generalvikar. Wo kann ich Bruder Antonius finden?»

Riedner schaute ihn verärgert an. Er schätzte es gar nicht, wenn er unterbrochen wurde.

«Unten in den Kerkern», flüsterte Erthel ihm zu.

Crispin nickte dankbar. Beim Hinausgehen sah er diesen Priester auf dem Schutzstein stehen, im Ornat und mit zornigem Gesicht, sich heftig gegen die Vorwürfe wehrend.

«Lüge. Lüge. Lüge.»

Die Schlinge zog sich immer weiter zu, dachte Crispin. Das war nun der wievielte Angeklagte des geistlichen Standes? Es musste mittlerweile ein ganzes Dutzend sein. Im Gasthaus und auf den Straßen sprach man über nichts anderes als den *Teufeln in Messgewändern*. Wo sollte das noch hinführen?

«Die Wettersteins sind böswillige Schlangen. Ihr werdet doch nicht diese ungeheuerlichen Vorwürfe gegen einen von Fischen ernst nehmen?»

Auf den Stufen zum Kellergewölbe kam Crispin der beißende Gestank von Schweiß und Fäkalien entgegen. Er hielt sich den Ärmel vor Nase und Mund, atmete flach.

In der ersten Kerkerzelle war eine Gruppe junger Männer untergebracht, im eigentlichen Sinn waren es Jugendliche, zum Teil in vornehmen Kleidern. Einige beteten mit dem Rosenkranz in der Hand auf Knien, der Kerkerwand zugewandt, die anderen verfolgten Crispins Schritte an den Gitterstäben, bittend, flehend, er möge ein gutes Wort für sie einlegen. Sie seien unschuldig, verführt, von ihrem Lehrer betrogen worden.

Doch Crispin konnte ihnen nicht helfen. Sie waren

dem geistlichen Gericht überstellt worden, und das handelte im Auftrag des Bischofs. Selbst er, ein Gesandter des Heiligen Stuhls, konnte da nichts bewirken, außer vielleicht Protest einzulegen. Ein Unterfangen mit geringen Chancen auf Erfolg.

In der nächsten Zelle befanden sich fünf Männer in Talaren gekleidet. Ein jeder trug ein Kreuz um den Hals, auf dem Scheitel die Tonsur. Geistliche, gemessen an der Qualität der Kreuze von niedrigem Stand. Ihr Blick war leer. Kein Aufbäumen, kraftlos, niedergeschlagen.

Ganz anders in der Nachbarzelle. Dieser feine Stiftsherr war von edlem Blut, stolz, herrisch, und selbst die Verletzung an der Schulter konnte ihn nicht davon abhalten, die Frechheit, die ihm widerfahren war, anzuzeigen. Er rüttelte an den Gitterstäben, und als er Crispin erkannte, ließ er seinem Unmut freien Lauf.

«Sohn einer Hure!», schrie Wolf von Schanzenfeldt ihm entgegen. «Verrecken und verfaulen sollst du und deine Brut.» Er spuckte ihm ins Gesicht. «Hol mich hier raus!»

Wenn es einer verdient hatte, diszipliniert zu werden, dann diese Schande von einem Stiftsherren. Daran gab es keinen Zweifel. Crispin wischte sich die Beleidigung aus dem Gesicht und ging weiter.

Ein weiteres bekanntes Gesicht befand sich nebenan. Vikar Ludwig, sofern er seinen Namen richtig erinnerte, saß im Stroh, mit dem Rücken an der Wand gelehnt und schaute ihn ruhig an. Keine Spur mehr von dem wirren Wesen, das er noch bei der Befragung Gottfried von Weyhensteins gezeigt hatte. War er nicht von dieser rätselhaften Teufelsseuche befallen gewesen?

«Wer seid Ihr?», fragte Ludwig.

Seine Stimme war klar, frei von jeglicher Emotion, nüchtern.

«Erkennt Ihr mich nicht?», erwiderte Crispin. «Ich war bei der Befragung Gottfried von Weyhensteins anwesend.»

Ludwig schüttelte den Kopf. «Verzeiht, ich habe keine Erinnerung mehr. Alles ist verschwommen, vernebelt, weit weg. Was ist mit Gottfried von Weyhenstein?»

Wusste er es tatsächlich nicht? «Wie fühlt Ihr Euch?»

«Gut.» Er nickte bestätigend. «Hin und wieder drängen sich mir schreckliche Bilder auf. Aber ansonsten gut.»

Seltsam, dachte Crispin. Die Krankheit führte also nicht zwingend zum Tod. Und auch der Teufel – hatte er ihn je befallen – hatte ihn wieder freigegeben. Es gab also noch Hoffnung, und das bedeutete, dass der Komet doch nicht das unabwendbare Schicksal herbeiführte. Dieser Vikar war der Beweis: Es gab ein Leben nach dem Teufel.

«Ich lasse Euch Brot und Wein bringen», sagte Crispin. «Erholt Euch und habt Zuversicht. Bald wird dieser Schrecken vorbei sein.»

«Habt Dank», erwiderte Ludwig.

Durfte er ihm wirklich Mut machen? Es war überhaupt nicht abzusehen, wohin dieser Wahnsinn noch führte.

Er ging weiter. In der letzten Kerkerzelle kniete ein Junge im verschmutzen Stroh, auf dem nackten Rücken Striemen einer Peitsche. Ein Folterknecht wartete auf die nächste Anweisung von Antonius, den Jungen mit der Peitsche gefügig zu machen.

«Wo sind sie?»

Antonius musste die Frage schon tausendmal gestellt haben, gemessen an der Müdigkeit seiner Stimme.

«Wo sind das Mädchen und ihr Teufelsbalg?»

«Ich weiß es nicht», antwortete Volkhardt ebenso erschöpft.

Ein Wink von Antonius, und der Knecht holte aus.

«Haltet ein!» Crispin trat beherzt in die Zelle. «Was macht Ihr mit diesem Kind?»

Antonius schaute erstaunt auf. Noch immer trug er einen blutgetränkten Verband um den Kopf.

«Da seid Ihr ja endlich. Ich befürchtete schon, Ihr wärt ganz in Mitleid für das arme Ding versunken.»

Crispin überging die Anspielung auf die misslungene Erstürmung der Kammer am Morgen.

«Ich fragte, was Ihr hier tut. Die Peitsche ist sicherlich nicht das geeignete Mittel, um ein Kind gefügig zu machen.»

Er half Volkhardt auf und setzte ihn auf einen Hocker.

«Er weiß aber, wo sich die Hexe mit ihrem Teufel versteckt hält», hielt Antonius dagegen. «Nur das Maul will er nicht aufmachen.»

«Woher wollt Ihr das wissen?»

Antonius berichtete von den Spuren, die er in der Apotheke gefunden hatte, und den Kellern, in denen sich Kinder versteckt hielten. Unter ihnen habe sich auch dieses Mädchen befunden, Kathi, von der behauptet wurde, sie sei eine Hexe und vergifte andere Kinder.

«Das ist eine Lüge», stöhnte Volkhardt. «Sie hat niemanden vergiftet.»

Bei den Worten *Apotheke*, *Mädchen* und *Kind* begann sich etwas in Crispin zu regen. Gerade eben hatte er ein Mädchen mit Kind getroffen. Ein seltsamer Zufall war das.

Er beugte sich zu ihm herab. Blut und Speichel tropften Volkhardt aus dem Mund. Crispin gab ihm zu trinken. Der Junge war am Ende seiner Kräfte, das war unübersehbar. Dennoch musste er ihn fragen.

«Sag, wo hält sich diese Kathi auf?»

Volkhardt antwortete nicht darauf.

«Es ist besser, du sprichst mit mir als mit der Peitsche.»

Schließlich: «Ich weiß es nicht.»

«Du musst es aber wissen. Anders werde ich dir nicht helfen können.»

«Sie ist geflüchtet, als die Knechte den Keller stürmten. Ich weiß nicht, wohin.»

«Wie sieht dieses Mädchen aus?»

Volkhardt schwieg.

«Ich rate dir noch einmal, mir Antwort zu geben. Du weißt, was dich sonst erwartet.»

Aber damit konnte er ihn nicht schrecken.

«Und das Kind, das sie bei sich trägt. Sag, wie sieht es aus?»

Keine Antwort.

«Peitsche!», befahl Antonius, und dieses Mal schritt Crispin nicht ein.

Die Schläge warfen Volkhardt vom Hocker ins Stroh zurück.

«Das reicht.»

Crispin beugte sich erneut zu ihm hinab.

«Also noch einmal: Wie sieht das Kind aus?»

«Wie jedes andere Kind auch», stöhnte Volkhardt.

«Genauer.»

«Ich weiß es nicht.»

Antonius hatte genug. «Zehn Hiebe.»

Crispin wandte sich ab, während der Knecht den Befehl ausführte.

Dieses Mädchen aus dem Beichtstuhl mit ihrem Kind kam ihm in den Sinn. Es war alleine unterwegs gewesen, sagte, es käme vom Land und besorgte Medizin im Auftrag der Mutter.

Doch das Kind war auffallend leicht bekleidet für eine Reise durch Kälte und Schnee, genauso wie sie selbst. Das sah nach einem überstürzten Aufbruch aus oder gar nach Flucht.

Und schließlich der Apotheker. Er wunderte sich noch über das Rezept …

Wieso war er nicht früher misstrauisch geworden? Hatte er etwa nicht damit gerechnet, dieses Mädchen mit seinem Kind ausgerechnet in einer Kirche zu treffen, in der er für die Vergebung seiner Sünden betete?

Er war ein Narr gewesen.

26

Die Wirtin hatte heißes Wasser und frische Tücher aufs Zimmer gebracht, nicht ohne auf das Kind zu schielen, das dieses seltsame Mädchen bei sich hatte. Es war krank und würde wahrscheinlich die Nacht nicht überleben, so wie es keuchte und hustete. Da würde auch kein heißes Wasser mehr helfen. Kaltes vielleicht, um die Temperatur zu senken.

Aber das interessierte sie eigentlich nicht. Sie fragte sich stattdessen: Was machte diese heruntergekommene Straßenratte in der Kammer eines hochwohlgeborenen Herrn aus Rom?

Das war doch nicht normal. Kein anständiger Mensch würde sich mit diesem Gesindel einlassen. Vor die Tür damit. Die Wölfe füttern, bevor sie sich auch noch die letzte Gans holten.

Kathi verriegelte die Tür, nachdem diese missgünstige Frau das Zimmer verlassen hatte. Gottlob hatte der Priester der Wirtin aufgetragen, Kathis Wünsche zu erfüllen und sie nicht weiter zu stören. Das kam ihr gerade recht.

«Sie ist weg.»

Otto kam unter dem Bett hervor, was nicht leicht war. Sein linker Arm schmerzte bei jeder Bewegung.

«Setz dich auf den Stuhl», sagte Kathi, «ich muss die Wunde reinigen.»

«Aber sei vorsichtig, es tut höllisch weh.»

Er zog seine Kleidung aus, bis er mit nacktem Oberkörper vor ihr saß. Noch immer war er mit blauen

Flecken übersät, einige von den heißen Eisen aus der Schmiede stammend, andere von seinem Meister, einem widerwärtigen Kerl.

Ein sauberer Schnitt zog sich über die Breite des Arms, gerade und ohne Schnörkel. Er stammte eindeutig von einer Klinge.

Kathi tauchte ein Tuch ins heiße Wasser und begann dann mit der Wundreinigung. Otto ließ es tapfer über sich ergehen.

«Ich weiß nicht, was mit ihm geschehen ist», sagte er, ohne direkt gefragt worden zu sein. «Er war von einem Moment auf den anderen verschwunden.»

Kathi wusste, von wem er sprach. Die Frage lag ihr auf der Zunge, seit Crispin sie alleine gelassen hatte und Otto in die Kammer geschlichen war.

«Ich lag am Boden zwischen all den toten Kindern. Die Knechte müssen ihn mitgenommen haben.»

Das bedeutete, er befand sich in einem der Kerker. Vermutlich war er noch am Leben, sonst hätten sie sich nicht die Arbeit gemacht. Ein Hoffnungsschimmer.

«Und Barbara?», fragte sie verhalten, Schlimmes befürchtend.

Er schüttelte den Kopf. «Wenn sie nicht bereits tot war …» Er kämpfte mit den aufkommenden Tränen. «Die Knechte ließen niemanden am Leben.»

Zorn stieg in ihr auf. «Aber …?»

Er fiel ihr ins Wort. «Es wurde ihnen befohlen. Jemand, den ich nicht sehen konnte, rief: ‹Tötet sie alle. Lasst niemanden entkommen.›»

«Warum nur?» Jetzt liefen auch ihr Tränen über die Wangen. «Warum haben sie das getan?»

Otto zuckte mit den Schultern. «Ich weiß nicht.»

Sie war sich nicht sicher, ob er ihr etwas vormachte, denn sie ahnte den Grund: *Sie haben alle nur wegen dir getötet, der Kinderhexe mit dem Teufelsbalg.*

Wäre sie doch niemals in diesen Keller gegangen.

«Ich werde noch heute nach ihm suchen», beteuerte Otto, «und ihn befreien. So wahr ich hier sitze.»

Kathi schniefte, wischte sich die Tränen aus dem Gesicht.

«Du kannst nichts gegen die Knechte ausrichten.»

Seine Entscheidung war getroffen. «Das bin ich ihm schuldig. Er hat sich zwischen mich und einen Knecht geworfen. Andernfalls hätte er mich getötet.» Er wies mit dem Kopf auf die Wunde am Arm. «Und jetzt verbinde mich endlich.»

So kannte sie Otto gar nicht, diese Überzeugung, diese Vehemenz. Was machte der Tod nur mit ihnen? Otto war gewillt, sich ins Verderben zu stürzen.

«Sei vorsichtig, hörst du?»

Otto nickte nur. Dann fischte sie mit einem Holzlöffel das Tuch aus dem heißen Wasser, ließ es abkühlen, wrang es aus und legte es Otto um den Arm. Mit einem Streifen Stoff aus ihrem Rock band sie es fest.

«Danke.» Er zog die alten, blutverschmierten Sachen wieder an. «Ich gebe dir Bescheid, wenn ich ihn gefunden habe.»

Kathi erwiderte nichts. Sie wusste, dass sie es ihm nicht ausreden konnte, und wenn sie ganz ehrlich war, hoffte sie auch, dass er ihn finden und befreien würde. Er öffnete das Fenster und stieg über das Dach. Nach ein paar Schritten verschwand er im Dunkel.

Sie stand noch einige Zeit am Fenster und sah ihm nach. Dann war es höchste Zeit, sich um Michael zu kümmern. Er war die ganze Zeit über auf dem Bett gelegen, hatte gestöhnt und sich gewunden. Armer Kerl.

Jetzt musste sie Tee kochen und ihm kalte Wickel auflegen, damit das Fieber endlich sank. Während sie das tat, dachte sie an die Begegnung mit Crispin. Im ersten Moment, als er sie im Beichtstuhl gefunden hatte, hatte sie gedacht, sie sei verloren. Doch dann zeigte sich, dass ihre Sorge unbegründet war. Er war freundlich und hilfsbereit gewesen.

Nachträglich gesehen, eine glückliche Fügung. Denn mit Michael war an eine Flucht nicht zu denken. Er brauchte Ruhe und ein warmes Heim. Dieser Mönch hatte ihr das ermöglicht, nicht wissend, dass Michael die meistgesuchte Person in der Stadt war. Sie konnte nur auf einen glücklichen Ausgang hoffen, nicht auszudenken, wenn noch jemand wegen ihr sterben musste.

Merkwürdig war jedoch, was der Mönch in der Kirche gebetet hatte.

Mea culpa, meine Schuld.

Indulgere omnia peccata mea, Vergebung für alle meine Sünden.

Was hatte er Schlimmes getan? Bereute er etwa, was er den Eltern angetan hatte, denen er das Kind raubte?

Zu wünschen war es ihm. Viel Kinderblut war in den letzten Tagen geflossen. Eine Schande und ein Frevel zugleich.

Das Teewasser war fertig. Sie brühte damit die Kräuter aus der Apotheke auf, ließ sie ziehen und kühlte das Gebräu schließlich mit Schnee vom Dach des Gasthauses. Das restliche heiße Wasser vermischte sie abermals mit Schnee, um die richtige Temperatur für die Wickel zu bekommen. Diese legte sie Michael dann auf Arme und Beine.

Es dauerte eine Weile, bis die Wirkung einsetzte. Er atmete von Minute zu Minute ruhiger. Dem Himmel sei Dank. Wenn nun auch die Kräuter ihre heilende Wirkung entfalteten, würde es ihrem Brüderchen morgen schon besser gehen.

Die Anspannung fiel von ihr ab. Das Bett sah bequem aus, sie würde sich einen Augenblick hinlegen und erholen. Es war ein anstrengender Tag gewesen.

Sie dachte an Volkhardt. Wie erging es ihm jetzt?

Würde Otto es schaffen, ihn zu befreien?

Gelegenheit für weitere Fragen fand sie nicht mehr. Der Schlaf nahm sie im Handstreich.

Kathi erwachte erst wieder vom Weinen Michaels. Als sie die Augen aufschlug, sah sie Crispin neben ihr und Michael auf dem Bett sitzen. Sie zuckte unwillkürlich zurück.

«Was macht Ihr hier?»

«Tut mir leid, ich wollte dich nicht erschrecken.»

Crispin wirkte müde und erschöpft. Das schmale knochige Gesicht, die von dunklen Rändern eingefassten Augen und der lange graue Spitzbart ließen ihn alt erscheinen, so alt, wie sie sich Methusalem vorstellte, den Großvater Noahs, der an die tausend Jahre alt geworden war.

Sie richtete sich auf, nahm Michael an die Brust und wiegte ihn.

«Habt Ihr mich beobachtet?»

Er bemühte sich um ein Lächeln. «Ein wenig, ja.»

«Wieso tut Ihr das?»

«Ich wollte nur sehen, ob es dir und deinem Kind gutgeht.»

«Die Kräuter haben geholfen. Habt Dank dafür.»

Allerdings war das Fieber erneut gestiegen. Sie stand auf.

«Wo willst du hin?», fragte Crispin.

«Tee machen.»

«Bleib du liegen. Ich mache das.»

Sie hörte nicht darauf. «Das ist meine Arbeit.»

«Du meinst, nur du kannst einen Heilkräutertee zubereiten?»

Mit einem Mal lag Spannung in der Luft.

«Wieso sagt Ihr das?»

«Nun, ich frage mich, ob es eines besonderen Geschicks bedarf, einen heilenden Tee zuzubereiten.»

Nicht, wenn man es gelernt hatte. Ihre Aufregung wuchs.

«Nein, das kann jeder. Man sollte nur die richtigen Kräuter nehmen.»

Jetzt erhob sich auch Crispin und ging zum Tisch. Der Beutel mit den Kräutern aus der Apotheke lag darauf. Er nahm ihn und steckte seine Nase hinein.

«Das riecht gut. Weißt du, welche Kräuter das sind?»

Lindenblüten, natürlich.

«Nein.»

«Und wie gewinnt man nun einen heilenden Tee daraus?»

«Ganz einfach. Weniger als eine Handvoll mit kochendem Wasser übergießen, warten, bis er fertig ist und dann ganz heiß trinken. Er behält seine Wirkung aber auch, wenn er erkaltet ist.»

Er dachte nach. «Hat das der Apotheker so gesagt?»

Nein, hatte er nicht. Dumme Gans, halt einfach deinen Mund.

«Erinnert Ihr Euch nicht? Beim Gehen erwähnte er es. Ihr wart schon zur Tür hinaus.»

Wieder dachte er nach. Oder tat er nur so?

«Kann sein, ja. Ich war wahrscheinlich in Gedanken schon in der Kanzlei.»

Die Kanzlei.

«Seht es mir nach, wenn ich so neugierig bin, aber was hat ein Herr …»

«Nenn mich nicht so.»

«Was meint Ihr?»

«Du sollst mich nicht Herr nennen. Ich mag das nicht, außerdem trifft es nicht zu. Ich bin ein Diener unseres Herrn Jesus Christus.»

Seltsam, wie gereizt er auf dieses simple Wort reagierte.

«Verzeiht, ich wollte Euch nicht beleidigen.»

«Es ist keine Beleidigung, es ist nur unpassend.»

Er suchte nach einem Topf, in den er Wasser geben konnte. In der Ecke stand ein kleiner Ofen, der noch leidlich Wärme spendete. Ein paar Scheite sollten genügen.

Kathi wiederholte die Frage. «Darf ich nun fragen, was Euer Hochwürden in der Kanzlei zu schaffen hatte?»

Endlich hatte er den Topf gefunden, schüttete Wasser aus dem Krug hinein und stellte ihn auf den Ofen.

«Ich hatte ein sehr interessantes Gespräch …», er legte Holz nach, «… mit einem Jungen», er rieb sich den Schmutz von den Händen, «den sie den Anführer der Schwarzen Banden nennen.»

Volkhardt.

Sie glaubte, ihr Herz würde stehenbleiben. Er war also nicht in ein gewöhnliches Gefängnis gebracht worden, sondern in die Kanzlei des Bischofs. Das bedeutete Folter.

Sie nahm alle Kraft zusammen, konzentrierte sich auf ihre vermeintliche Unkenntnis.

«Was ist mit dem Jungen?»

«Das ist nicht so einfach zu erklären.»

Er setzte sich zu ihr an den Tisch und sah zu, wie sie die Wickel auswrang und sie dem Kind um Arme und Beine legte.

«Wenn es dich interessiert, dann erzähle ich dir die ganze Geschichte.»

Sie nickte aufmerksam. «Ja, gerne.»

Und Crispin erzählte von Anfang an. Vom Brief seines Freundes Jakobus, in dem der fallende Stern und das Kind beschrieben worden waren, die rätselhafte Krankheit, die Jakobus bewogen hatte, sich an ihn zu wenden, und schließlich sein Bemühen, Licht in die Angelegenheit zu bringen.

Kathi hatte alle Mühe, ihre Überraschung nicht in einen verzweifelten Aufschrei zu kleiden. «Ihr seid Gesandter des Papstes?» Sie schluckte schwer. Damit war sie direkt in die Fänge der römischen Inquisition geraten.

Kein Wunder, dass die Knechte des Bischofs unter seinem Befehl standen und alles daran setzten, Crispin zufriedenzustellen. Nicht auszudenken, wenn er Grund zur Beschwerde hatte. Der Bischof würde jeden einzeln auspeitschen lassen. Aber das bedeutete auch, dass dieser fürsorgliche Dominikaner die Keller der Schwarzen Banden hatte stürmen lassen.

Tötet sie alle. Lasst niemanden entkommen, hatte Otto gesagt.

Der Mörder Barbaras saß ihr demnach gegenüber. Zorn stieg in ihr auf, er machte sie schwindelig vor Rachsucht. Wo war das Messer, das sie diesem Teufel in die Brust stechen konnte?

Das Wasser kochte. Crispin stand auf und nahm den Kräuterbeutel zur Hand.

«Du sagtest, weniger als eine Handvoll?»

Sie konnte nicht antworten, nickte nur.

Er gab die Kräuter hinein.

«Weißt du, wieso es so wichtig ist, dass ich das Mal dieses Kindes sehe?»

Sie schüttelte den Kopf.

«Um auszuschließen, dass es sich um den Antichrist handelt.»

Du bist der Antichrist, du verfluchter Teufel.

Hätte sie nur mehr Kraft und ein Messer, dann wäre die Suche damit beendet.

«Ich bin der Überzeugung», fuhr er fort, «dass der Antichrist nicht in dieser Stadt auf die Welt kommt, sondern im Heiligen Land, so wie es geschrieben steht.»

«Dann könnt Ihr doch wieder abreisen, wenn Ihr der Meinung seid, am falschen Ort zu sein.»

Er nickte. «Sofort nachdem ich mich versichert habe, dass das Kind unschuldig ist. Erst dann kann ich beruhigt gehen.»

Hätte dieses blutrünstige und schlangenzüngige Monster nicht Barbara und viele andere Kinder getötet, hätte sie ihm das Mal sofort gezeigt.

«Weißt du», sprach er weiter, «ich hatte auch mal eine Schwester, so wie du ein Brüderchen. Ich liebte sie sehr, und sie liebte mich. Wir waren eins. Nichts in der Welt hätte uns auseinanderbringen können. Doch dann habe ich einen schlimmen Fehler begangen. Ich habe eine falsche Entscheidung getroffen, und ein *Herr* hat mir meine Schwester genommen. Seitdem verfolgt mich dieser Fehler. Sogar bis heute Morgen … auch da habe ich eine falsche Entscheidung getroffen, und zwei Menschen mussten dafür büßen.»

«War das der Grund, wieso Ihr in der Kirche um Vergebung Eurer Sünden gebetet habt?»

Nein, natürlich nicht. Du hast das Blut Barbaras an den Händen.

Crispin rang um Fassung. Schließlich stand er auf und nahm den Topf vom Ofen.

«Wie bekommt man nun diese Blüten aus dem Wasser?»

«Mit einem Tuch. Legt es über den Becher und gießt den Tee darüber.»

Er tat, wie ihm geheißen. «So geht das also.»

Stellte er sich wirklich so töricht an, oder war das nur eine seiner Finten, um sie in Sicherheit zu wiegen?

«Ich bin nicht so geübt in diesen Dingen», sagte er und reichte ihr den Becher.

«Der Tee muss erst noch erkalten», erwiderte sie. «Nehmt etwas Schnee vom Dach und kühlt ihn damit.»

Er öffnete das Fenster. «Es ist wichtig, dass die Mutter des Kindes freiwillig zu mir kommt. Verstehst du? Erst wenn sie selbst so sehr von der Unschuld ihres Kindes überzeugt ist, kann sie auch mich überzeugen.»

«Und wenn nicht?»

Er seufzte. «Dann muss ich annehmen, dass sie an der Unschuld ihres eigenen Kindes zweifelt.»

27

Riechen konnte Kolk noch nie besonders gut. Er hatte sich immer auf sein Gehör und auf seine messerscharfen Augen verlassen.

Daher entgingen ihm die Bewegungen nicht, die Tiere oder Menschen machten, gleich welcher Art sie waren – schnell oder langsam, klein oder groß. Und noch etwas konnte er hervorragend: Er konnte diese Bewegungen auch deuten.

Tiere bewegten sich unterschiedlich, je nachdem, was sie gerade umtrieb. Wenn Gefahr lauerte oder sie einen Angriff planten, verhielten sie sich anders, als wenn sie spielten oder einfach nur umherstreiften. Besonders eigenartig bewegten sich jedoch Tiere, wenn sie den Geruch von Fressen in der Nase hatten. Dann hielt sie nichts mehr auf, dann schienen sie alle Vorsicht fahrenzulassen und näherten sich ihrem Ziel auf dem kürzesten Weg. So wie dieses Rudel Wölfe.

Er verfolgte es schon seit einiger Zeit von den Dächern von Neumünster aus. Sie durchstreiften ziellos die Gassen nach Resten, aber auch nach Verletzten und Sterbenden. Bislang waren sie leer ausgegangen. Die Menschen hatten Tür und Tor verriegelt, und in den Scheunen und Ställen war ohnehin nichts mehr zu holen.

Auf einmal aber hatte einer dieser Wölfe einen Geruch in die Nase bekommen, der seine volle Aufmerksamkeit einnahm. Er hob die Nase, schnüffelte nach allen Seiten, bis er sicher war, aus welcher Richtung der Geruch kam. Dann ging alles sehr schnell. Nicht mehr nach links oder nach rechts ausschweifend wie bisher, sondern schnurstracks hielt der Wolf auf die Quelle dieses stärker werdenden Geruchs zu.

Seine Artgenossen brauchten nicht lange zu rätseln, was hier vorging. Auch sie sahen es seinen Bewegungen an. Aus allen Gassen kamen sie zusammen, reihten sich ein und folgten ihm in der Gewissheit, dass er Nahrung gefunden hatte.

Kolk wollte sich das nicht entgehen lassen und erhob sich in die Luft. Von oben war den Wölfen nicht leicht zu folgen, es war dunkel in den verlassenen Gassen. Doch er hatte ein gutes Gehör. Waren es nicht die Schritte, die die Wölfe verrieten, dann war es das gehetzte Hecheln, das ungeduldige Jaulen in Vorfreude aufs Fressen.

Der Weg ging zickzack durch die Stadt, an Häusern und Karren vorbei, über Plätze und eingestürzte Mauern, in enge Gassen und durch verlassene Hinterhöfe. Und in eben so einem Hinterhof endete die Spur. Kolk ließ sich sanft und nahezu geräuschlos auf dem Hoftor nieder. Er war schon einmal hier, vor gar nicht so langer Zeit, als er in den Schacht gefallen war und sich in einem dunklen Keller voller Ratten und kleiner Menschen wiedergefunden hatte.

Durch einen Schacht mussten die Wölfe nicht kriechen. Die Tür stand offen, und sie gingen einfach hindurch. Dahinter war die Treppe, die nach unten in den Weinkeller führte. Der Geruch wurde unwiderstehlich, die vorgegebene Ordnung der Rangfolge löste sich auf. Die Wölfe hasteten die Stufen hinunter und fanden sich in einem riesigen, aber stockfinsteren Keller wieder. Sie sahen nichts, obwohl sie exzellente Augen hatten, die sie selbst in der Nacht zu ihrem Ziel führten.

Aber gute Augen waren in diesem Fall auch gar nicht nötig. Der Geruch nach Blut und Fleisch war überwältigend. Sie mussten nur der Nase folgen. Doch da war noch etwas anderes.

Sie waren nicht alleine. Ein Fiepen und ein Geraschel vieler kleiner Beine irritierte sie für einen Moment.

Ratten. Nicht einzelne, auch nicht Dutzende, sondern Hunderte mussten es sein, gemessen an dem Aufruhr, den sie machten, und dem Gestank, den sie verbreiteten. Sie würden ihre Beute nicht kampflos aufgeben, so viel war sicher.

Aber die Wölfe waren zu hungrig, um sich jetzt noch verjagen zu lassen. Sie gingen mutig voran, knurrend, fletschend und nach allen Seiten beißend. Die Ratten standen dem in nichts nach. In Scharen stürzten sie sich auf die Eindringlinge und bohrten ihre spitzen Zähne in Augen, Ohren und Nasen.

Für einen Jungen kam der Tumult gerade zur rechten Zeit. Die Ratten waren abgelenkt, er konnte sich aus seinem Versteck – zwei aufeinandergestellte Weinfässer – wagen. Er ließ sich unter großen Schmerzen hinabgleiten und humpelte in Richtung Treppe davon.

Mit letzter Kraft schaffte er es hinaus auf den Hof, taumelte noch ein paar Schritte, bis er kraftlos in den gefrorenen Schnee fiel.

Kolk beobachtete diesen kleinen Menschen aufmerksam. Als er sich nicht mehr rührte, schwang er sich auf und glitt hinüber. Er landete gleich neben dem Kopf. Das frische Blut war so nah, dass selbst er es riechen konnte.

Aber er musste vorsichtig sein, Menschen waren nicht zu unterschätzen. Man wusste nie, was ihnen gerade in den Sinn kam. Ihre Bewegungen zweifelsfrei zu deuten war ihm bisher nicht gelungen. Menschen konnten vortäuschen, dass sie verletzt, krank oder tot waren.

Kolk schritt an diesem Kopf ein ums andere Mal vorbei, als könne er sich nicht entscheiden, welche Seite er sich als erste vornehmen sollte. Aber mit zunehmender Dauer wurde ihm das Gestakse zu dumm. Ein schneller Schnabelstoß auf den Kopf würde Gewissheit bringen.

Der Mensch bewegte sich nicht. Noch ein zweiter Stoß zur Sicherheit. Da stöhnte der Körper auf, eine Hand fasste an die blutende Wunde. Ein Bein wurde herangezogen, dann das zweite. Es folgten die Arme, bis er auf allen vieren stand. Kolk flatterte empört auf, hinüber zum Tor, wo er sich niederließ und den Menschen beobachtete, wie er sich bemühte, auf die Beine zu kommen. Ein ums andere Mal.

Schließlich gelang es ihm. Wankend stand er da, rang mit sich, bis er einen Fuß vor den anderen setzte.

Kolk würde ihm folgen und auf eine zweite Chance hoffen. Hier gab es nichts mehr für ihn zu gewinnen. Aus dem Schacht drangen besorgniserregende Laute, und er war nicht gewillt, ihnen auf den Grund zu gehen. So brachte er Luft unter die Flügel.

Die Gasse, in der der Mensch verschwand, war finster. Erneut musste er sich auf sein Gehör verlassen. Er hörte schlurfende Schritte, Stöhnen. Sie führten ihn zu einem Platz.

Kolk landete auf einem Dach, von hier aus hatte er beste Sicht. Nun würde es nicht mehr lange dauern, bis sich ihm die nächste Gelegenheit bot. Doch dieser kleine Mensch erwies sich als zäher als gedacht. Er überquerte den Platz und blieb kurz vor einem Haus stehen, bis er über den Hintereingang darin verschwand.

Erneut hatte Kolk das Nachsehen. Das war kein gutes Zeichen für eine baldige Mahlzeit. Er beschloss, sein Glück jenseits der Stadttore zu versuchen, vielleicht hatte jemand etwas weggeworfen, oder irgendein ausgehungerter Körper hing an einem der Galgen.

Unter ihm zogen Häuser vorbei, Kirchtürme und Plätze, aber kein Tier oder Mensch, dem er hätte folgen können. Auf den Wegen und an den Galgen vor den Toren herrschte Leere.

Da machte er schon kehrt, als ihm etwas auffiel. Ein dunkler Fleck im weißen Schnee. Er flog hinab, erkannte Arme und Beine, einen haarlosen Kopf und ein Kreuz an einer Kette. Um die Schulter dieses dicken Manns mit Kutte hing ein Beutel. Sein Inhalt hatte sich auf dem Schnee verteilt. Schimmernde Münzen, ein Becher, ein Buch mit einem Kreuz darauf, Nüsse, getrocknete Pflaumen, ein Apfel und ein Stück Brot. Besser hätte er es nicht treffen können. Sein Hunger war groß, und er ließ alle Vorsichtsmaßnahmen fahren.

Mit gefülltem Magen und dem Wissen um den nächsten Hunger begann er dann, die übriggebliebenen Nüsse und Pflaumen, das bisschen Brot und den Rest des Apfels in den umliegenden Büschen in Sicherheit zu bringen. Auf das Buch, den Becher und die schimmernden Münzen verzichtete er, wenngleich die Münzen und ihr Glanz schon verlockend waren.

Nun war er zum Heimflug bereit. Er setzte an, merkte aber, dass irgendetwas nicht stimmte. Seine Flügel wirkten seltsam verdreht, krumm und schlaff. Selbst die dünnen Beine wollten ihn nicht länger tragen. Er wankte, taumelte und stürzte. Sein scharfer Blick verkehrte sich ins Doppelte, bei manchen Dingen gar ins Doppeldeutige.

War das nun ein Baum vor ihm oder der riesige Kopf eines angriffslustigen Hahns?

Er wusste es nicht. Auch sein unbestechliches Gehör spielte auf einmal verrückt. Wenn er sich nicht täuschte, hörte er da Pferde auf ihn zukommen, Schlachtrösser, wie er sie in den Menschenkriegen oft gesehen hatte. Die Nüstern stießen weißen und roten Rauch hervor, aus den Mäulern quoll weißer Schaum, und ihre Hufe donnerten wie Kanonenschläge.

Flucht war das Einzige, an das er noch denken konnte. Ein, zwei Flügelschläge sollten ihn in die Luft heben, aber es gelang ihm nicht. Jedes Mal, wenn er die Flügel ausbreitete, fiel er zur Seite um. So konnte er nur noch hoffen, dass die Angreifer ihn übersahen.

Keinen Schritt entfernt stieben gewaltige Rösser an ihm vorbei, in ihrem Gepäck ein donnernder Streitwagen auf vier Rädern, mit einem Fahrgast, dessen Zorn kaum zu bändigen war.

Es gab etwas, das Otto noch mehr hasste als seinen Lehrer Vikar Ludwig und seinen Meister in der Schmiede: Das war seine Arbeit.

Otto hatte nicht nur Helme, Messer, Spieße und Brustpanzer für die Landsknechte zu fertigen, sondern auch die fürchterlichen Folterwerkzeuge, die in den Kerkern verwendet wurden. Das brachte ihn ein ums andere Mal an den Rand der Verzweiflung, denn es machte ihn zu einem Helfershelfer der Folterknechte.

Auf seiner Suche nach Volkhardt sollte sich die schändliche Arbeit dann aber doch auszahlen: Er kannte die meisten Kerker der Stadt von innen. Wenn er den Knechten ihr Werkzeug brachte, sie darum bat, die Zangen und Nagelbretter einer Prüfung zu unterziehen, konnte er sich in aller Ruhe umsehen.

Von den vielen neuen Gefängnissen, die der Bischof hatte errichten lassen, um der Flut der Hexen und Teufelsanbeter gerecht zu werden, hatte er gerade die Hälfte durch, und es war bereits Mitternacht. Er würde zu dieser späten Stunde nicht noch einmal sein Erscheinen damit rechtfertigen können, dass der Meister ihn losgeschickt hatte, um zu erfragen, ob die Knechte mit den Werkzeugen zufrieden waren.

Otto stand vor der bischöflichen Kanzlei. Unten in den Kellergewölben befanden sich acht neue Zellen. Die waren den wichtigen oder einflussreichen Gefangenen vorbehalten, einen gewöhnlichen Dieb oder Betrüger fand man hier nicht. Volkhardt würde an anderer Stelle festgehalten.

Doch dann erinnerte sich Otto der Kinderhexenprozesse. Sie wurden in der Kanzlei des Bischofs abgehalten, und sofern es zutraf, dass die Knechte auf der Suche nach Kathi und Michael waren, dann würden sie von hier aus befehligt.

Einen Versuch war es wert. Er ging durchs Tor in den Hof. In den Befragungsräumen und den Verwaltungsstuben war alles Licht erloschen, was nicht anders zu erwarten war. So kam er zur Treppe, die in den Keller führte. Der typische Gestank von Fäkalien, Blut und Schweiß kam ihm entgegen. Wieso machten diese Kerle nicht öfter die Türen auf? Er würde das nie verstehen.

Die erste Tür ließ sich öffnen. Er befand sich im Gemeinschaftsraum, wo die Knechte aßen und schliefen.

Drei lagen schnarchend auf ihren Strohlagern, der vierte musste im Kerkertrakt sein. Das war merkwürdig, denn gewöhnlich hielt sich die Wache hier und nicht im stinkenden Keller auf. Vorsichtig schlich er zur nächsten Tür und öffnete sie.

Es war dunkel und stickig hier drin, nur eine Fackel spendete Licht. Otto sah den Gang entlang. Alles war ruhig, nur ein leises Stöhnen war zu hören. Das musste der Knecht sein, der vermutlich eingeschlafen war.

«Wer bist du?»

Otto fuhr herum. Es war die Wache, und wenn er sich nicht täuschte, war das Alfons, ein Riese von einem Mann, aber einfältig wie ein Kind.

«Ach, du bist's Otto», sagte er beruhigt. «Was machst du hier?»

Das würde kein Problem sein mit Alfons. Er war leicht zu beeindrucken.

«Der Meister hat mir aufgetragen, nach dem Rechten zu sehen.»

«So spät in der Nacht?»

«Du kennst ihn doch.»

«Ja, er ist ein fleißiger Mann, dein Meister.»

«Sag mal, Alfons, der Gespickte Hase, den wir für euch angefertigt haben, funktioniert er? Seid ihr zufrieden?»

Der Gespickte Hase war ein an Niedertracht und Menschenverachtung kaum zu überbietendes Folterwerkzeug. Es bestand aus einer Walze, die rundum mit Nägeln bestückt war. Diese Walze wurde an einem Stock befestigt und mit Kraft über den Körper des Delinquenten gerollt, so, als wollte man eine Hauswand streichen. Dieselbe Walze konnte aber auch auf einer Streckbank angebracht und der Delinquent darübergelegt werden.

Wenn nun Arme und Beine gestreckt wurden, fraßen sich die Nägel ins Fleisch, besonders dann, wenn der Bemitleidenswerte sich während der Folterung bewegte.

«Mir ist nichts Schlechtes zu Ohren gekommen», antwortete Alfons. «Also wird er wohl funktionieren.»

«Der Meister hat mir aufgetragen, den Hasen nach Gebrauch zu inspizieren, ob die Nägel alle festsitzen und die Walze sich einwandfrei dreht.»

«Keine Sorge, alles in bester Ordnung.»

«Macht es dir was aus, wenn du mir den Hasen mal zeigst?»

Alfons dachte nach, nicht weil es für ihn ungewöhnlich schien, Folterwerkzeuge zu später Stunde zu überprüfen, sondern ob er seinen Wachposten verlassen durfte.

Otto ahnte, dass genau diese Frage ihn beschäftigte. «Ich passe so lange auf.»

«Schaffst du das auch?»

«Sicher. Hab ich in den anderen Kerkern doch auch gemacht.»

Damit gab sich Alfons zufrieden und trottete davon. Otto hatte nicht viel Zeit, der Folterraum war nur ein paar Türen entfernt. Er nahm die Fackel, ging zu den Zellen und leuchtete hinein.

In den ersten drei Zellen schliefen die Insassen alle, in der vierten saß ein Mann mit krausem Haar an die Wand gelehnt. Er starrte Otto regungslos an.

«So sieht man sich wieder», sagte er ruhig.

Otto fuhr der Schrecken in die Glieder. Das war Vikar Ludwig, sein Lehrer und Zuchtmeister. Wie oft hatte ihn dieser Teufel schon an den Haaren vor die Klasse gezerrt und mit dem Stock das Glaubensbekenntnis eingeprügelt? Hundertmal bestimmt. Aber nun war nicht Otto, sondern Ludwig derjenige, der dem Teufel anheimgefallen war – eben dieses Schicksal war ihm von Ludwig vorausgesagt worden.

«Ehrwürdiger Vikar», stotterte Otto vor lauter Überraschung, «was macht Ihr hier?»

Ludwig lächelte gequält. «Für meine Sünden büßen.»

«Ihr?»

Und wie es Ludwigs Art war, hatte er für seine Schüler immer ein passendes Bibelzitat parat. «Der Sünde Sold ist der Tod.» Er hustete. «Welche Stelle ist das in der Bibel?»

Natürlich wusste es Otto nicht. Er zuckte die Schultern.

Ludwig seufzte. «Otto, Otto … du wirst es wohl niemals lernen.»

Das befürchtete Otto auch. Wer nach über tausend Stockhieben die Bibel noch immer nicht kannte, war hoffnungslos verloren.

Aber noch war es nicht so weit.

«Verzeiht, dass ich nicht länger mit Euch sprechen kann. Ich habe noch etwas zu erledigen.»

Er ging zur letzten Zelle und hielt die Fackel hinein. Da lag ein Körper mit auf den Rücken zusammengebundenen Händen, das Gesicht blutrot und auf dem nackten Oberkörper unzählige Striemen einer Peitsche. Das war ein Junge, eindeutig.

«Volkhardt?»

Der reglose Körper antwortete nicht.

«Volkhardt, bist du das?»

Aus der Nachbarzelle rief Ludwig herüber.

«Ja, so hat man ihn genannt. Ist er ein Freund von dir?»

Otto ging nicht darauf ein. Wie um alles in der Welt kriegte er nur die Zellentür auf?

Die Schlüssel. Wo waren sie?

«Die Schlüssel hängen vorne am Brett», sagte Ludwig ruhig. «Beeil dich, Alfons wird nicht ewig nach dem Hasen suchen.» Er lachte verhalten. «Dumm wie Bohnenstroh.»

Otto hastete zurück, griff den einzigen Schlüsselbund, der da hing, und steckte einen Schlüssel nach dem anderen ins Schloss. Einer passte.

Er drehte Volkhardt auf den Rücken. «Volkhardt, was ist mit dir?»

«Dein Freund hat viel mitgemacht die letzten Stunden», sagte Ludwig.

Zweifelsohne. Die Handschrift der Folterknechte war unverkennbar.

Er musste Volkhardt hier rausschaffen. Irgendwie. Schnell.

«Ich höre Alfons kommen», verkündete Ludwig schadenfroh. «Du hast keine Zeit mehr zu verlieren.»

Jetzt reichte es. «Das weiß ich selbst!»

Nun würde sich zeigen, ob die schwere Arbeit in der Schmiede zu etwas nütze war. Mit aller Kraft stemmte er Volkhardt hoch und schleifte ihn aus der Zelle in den Gang.

«Wirst du auch mich erretten, wenn die Zeit gekommen ist?»

Darauf konnte er lange warten.

«Helft Euch selbst, dann hilft Euch Gott.»

Er schaffte es bis zur Tür. Dahinter lagen die übrigen Knechte auf den Strohmatten. Ein einziges Geräusch und er war verloren.

Interessant, was der Junge da anstellte.

Nachdem Antonius im nächstgelegenen Gasthaus ein Nachtmahl zu sich genommen hatte, war er in den Kerker zurückgekehrt, um einen letzten Versuch zu unternehmen, Volkhardt zum Sprechen zu bringen. Crispin war schon gegangen. Er sei müde, hatte er gesagt. Wahrscheinlich wollte er sich nur von der Arbeit drücken. Kardinal Barberini hatte schon recht gehabt: Auf Bruder Crispin war kein Verlass mehr.

Als Antonius die Treppe herunterkam, staunte er nicht schlecht. Zum einen, weil die Wache nicht auf ihrem Posten war, und zum anderen, weil dieser Junge in die Kerkerzelle eingebrochen war und gerade dabei, seinen Gefangenen zu befreien.

Dein Freund hat viel mitgemacht die letzten Stunden, hatte er den Vikar sagen gehört.

Ein Freund? So war das also.

Ein Freund teilte Geheimnisse, ein Freund half in der Not, ein Freund wusste, was den anderen beschäftigte. Da aus Volkhardt ohnehin nichts herauszubringen war, konnte dieser Freund vielleicht einen Hinweis geben, wo sich das Teufelskind befand.

Der einfältigen Wache hatte er befohlen, untätig zu sein und zu schweigen. Er selbst würde den beiden nachgehen. Mal sehen, wohin sie ihn führten.

Der Weg durch die Gassen der Stadt war lang. Ein ums andere Mal musste der Junge sich ausruhen. Die Zeit gab er ihm, er hatte keine Eile. Doch je näher sie dem Gasthaus kamen, in dem Antonius und Crispin abgestiegen waren, umso mysteriöser wurde die Angelegenheit.

Und tatsächlich, er mochte seinen Augen nicht trauen, als der Junge vor dem Fenster Crispins haltmachte, den noch immer bewusstlosen Volkhardt gegen die Hauswand lehnte und dann Anstalten machte, an der Fassade hochzuklettern.

Sobald er das Fenster erreicht hatte, klopfte er vorsichtig dagegen. Ein Schatten tauchte auf. Sie flüsterten. Dann stieg er wieder hinab und wartete. Es dauerte, aber schließlich kletterte jemand aus dem Küchenfenster heraus.

War das ein Mädchen? Anzunehmen, denn ein Junge trug keinen Rock und kein Tuch um dem Kopf, unter dem sich lange Haare befanden.

Zusammen schafften sie den armen Kerl von der Straße in den Hinterhof.

Antonius sah dem Unterfangen sprachlos zu.

Was hatte ein Mädchen in Crispins Zimmer verloren?

Und: Was hatte es mit diesem Jungen und seinem Gefangenen zu tun?

Er konnte sich keinen rechten Reim darauf machen.

Machte Crispin etwa gemeinsame Sache mit ihnen?

28

Die Tür schloss sich mit einem leisen Knacken. Es weckte Crispin nicht, er war schon wach. Dieses Mädchen, das sich Barbara nannte, aber dem Rufer von der Straße zufolge auf den Namen Kathi hörte, glaubte offenbar, er hätte ihr kurzes Gespräch nicht mit angehört.

Wer auch immer es sein mochte, der sie in der Nacht nach unten beorderte, es besaß in diesem Moment keine Priorität. Denn Kathi hatte ihn mit dem Kind alleine gelassen, und nur das zählte. Er hätte es lieber gesehen, wenn sie ihm freiwillig das Kind zur Begutachtung übergeben hätte, aber offenbar hatte er ihr Vertrauen nicht gewinnen können.

Nun würde er es ohne ihre Zustimmung tun.

Das Kind lag in Tüchern gewickelt auf dem Bett. Er nahm es hoch und schob behutsam den Stoff beiseite. Da, am linken Oberschenkel zeichnete sich eine dunkle Stelle ab – das Mal.

Es war nicht sonderlich groß, aber auffällig durch seine dunkle Farbe und seine besorgniserregende Form. Drei Punkte, kreisförmig, eng beieinander liegend, ließen im ersten Augenblick an den Biss eines Tieres denken, aber bei genauer Prüfung zeichnete sich doch die Gestalt dreier Zahlen ab.

666. Das Zeichen des Tieres, des Antichrist, so wie es bei Johannes, Kapitel 13, Vers 18 zu lesen war:

Wer Verständnis hat, berechne die Zahl des Tieres; denn es ist eines Menschen Zahl; und seine Zahl ist sechshundertsechsundsechzig.

Andererseits, wenn man sich gedanklich von Johannes trennte, konnte aus der 666 auch eine 656 werden, je nach Anhängerschaft der jeweiligen Schrift, die seit vorchristlicher Zeit die Gemüter erregte. Selbst die Zahl 616 fand sich in einer ägyptischen Schriftrolle, allerdings mittels Buchstaben dargestellt – χις, für Chi, Iota, Sigma. Sie alle wollten das Zeichen kennen, in dem der Antichrist auf die Welt kam.

Crispin hatte viele dieser Schriften studiert und war letztlich zu keinem abschließenden Urteil gekommen, welche Zahl nun die richtige sei, wenn es überhaupt eine Zahl war.

Letztendlich zählten die Umstände, der Kontext, in dem das Erscheinen des Antichrist gesehen wurde. Und das war teilweise in Würzburg gegeben seit dem Auftauchen eines mehr als außergewöhnlichen Kometen.

Ihm rechnete Crispin eine besondere Bedeutung zu, gemäß der alten Schrift aus dem Sand des Heiligen Landes, der er großen Glauben schenkte.

Es treten Ströme Belials über alle Heere, wie Feuersglut vom Himmel herab, die verzehren, um zu vernichten …

Wie Feuersglut vom Himmel herab. Das war eindeutig. Damit konnte nur ein fallender Stern, ein Komet, gemeint sein.

Aber es gab noch ein zweites Indiz, das nicht weniger schwer wog – die Teufelskrankheit, die Jakobus getötet und viele andere in den Wahnsinn getrieben hatte. Die verlorenen Seelen hatten in ihrem Wahn von einem Feuer gesprochen, flammengleich, das sie von innen verzehrte. Dazu stand in der alten Schrift:

Und sie breiten sich aus in lodernden Flammen, bis dass verendet jeder, der von ihnen trinkt.

Jakobus hatte Kontakt mit diesem Kind gehabt. Waren seine *Flammen* auf ihn übergesprungen, hatte er von ihnen *getrunken*, bis er an ihnen *verendet* war?

Tobten die *Flammen* noch immer in diesem Kind, so wie es das Fieber vermuten ließ?

Crispin kannte keine Antwort darauf. Er würde Gelehrte hinzuziehen, die sich ihrerseits eine Meinung bildeten. Gemeinsam würde man eine Lösung finden.

Doch wie war das zu bewerkstelligen? In dieser Stadt überführten sie Geistliche des Teufelsbunds und verbrannten sie. Nicht vorzustellen, was sie mit einem Kind anstellten, das im Verdacht stand, der leibhaftige Antichrist zu sein.

Das Kind musste aus der Stadt weg, so viel war sicher.

Er würde den Kanzler bitten, ihm eine Amme zur Verfügung zu stellen, damit er das Kind nach Rom bringen konnte. Dort sollte es in Ruhe von den gelehrtesten Köpfen untersucht werden.

Der Plan klang gut, aber er hatte nicht mit Kathi gerechnet.

Unvermittelt stand sie in der Tür. Als sie Crispin sah, wie er Michael im Arm hielt und sein Mal begutachtete, gab es für sie kein Halten mehr.

«Was fällt Euch ein?»

Sie kam auf ihn zu, forderte das Kind zurück.

«Beruhige dich», erwiderte Crispin. «Ich will deinem Kind nichts zuleide tun.»

«Dann gebt es mir.»

Noch war er nicht so weit. «Sag mir zuerst: Wieso hast du mich belogen?»

«Ich habe Euch nicht …»

«Doch, das hast du, von Anfang an. Du heißt nicht Barbara und dein Kind wahrscheinlich auch nicht Otto. Du kommst weder aus einem Dorf, noch hast du eine Mutter, die krank zu Bett liegt. Stattdessen bist du dieses Mädchen, nach dem wir suchen. Deine Mutter ist in der Nacht des Kometen bei der Geburt dieses Kind gestorben. Ist es nicht so?»

Kathi seufzte. Es hatte keinen Sinn, länger zu lügen.

«Ja, es stimmt. Ich bin Kathi, und das ist mein Bruder Michael.»

Eine Stimme hinter ihr wollte genau das bestätigt haben.

«Dann habe ich dich endlich gefunden», sagte Antonius, an seiner Seite zwei Knechte. «Alle beide festnehmen. Das Kind zu mir.»

Ein Knecht war sich nicht sicher. «Beide?»

«Ja.»

Crispin wollte seinen Ohren nicht trauen.

«Was fällt dir ein? Die Befehle gebe noch immer ich.»

«Du hast mir nichts mehr zu befehlen», erwiderte Antonius, «nicht seitdem du diese Hexe und ihren Teufelsbalg vor mir versteckt hältst.»

«Du irrst dich», widersprach Crispin.

«Und wie kommt das Kind in deine Arme und das Mädchen auf dein Zimmer?»

*—

Kaum zu glauben, was ein paar Körner vergifteten Getreides alles anrichten konnten.

Doch das war erst der Anfang, das schwor sich Wilhelm. Die Knechte des Bischofs sollten noch erfahren, wozu ein Junge fähig war, wenn man ihn aufs Geratewohl abschlachten wollte.

Sie hatten ja keine Ahnung, mit wem sie es da zu tun bekamen. Er hatte die absolute Waffe in seinem Besitz, und er war gewillt, sie auch anzuwenden. Unbarmherzig würde er sein, genauso wie die Knechte, die kein Kind lebend in den Kellern zurückgelassen hatten.

Zuerst war Wilhelm genauso ahnungslos gewesen wie alle anderen, welch rätselhafte Krankheit die Bürger befallen hatte.

Die Teufelskrankheit nannten sie sie.

Als er einen dieser Besessenen hatte leiden sehen, erinnerte er sich der Mühle, des Schuppens, der Ratten, die einen ausgewachsenen Müllersknecht angegriffen hatten. Verrückte Viecher. Keine Angst vor niemandem. Völlig wahnsinnig.

Er war daraufhin noch einmal in den Schuppen zurückgekehrt, und tatsächlich: Überall lagen tote Ratten herum, auch die dürre Katze, die ihm seinerzeit begegnet war, hatte alle viere von sich gestreckt. Alles wies auf die Säcke mit dem Roggen hin. Sie waren von den Ratten angefressen worden, das Getreide lag über den Boden verstreut. Und brauchte es noch eines weiteren Beweises, dass das Getreide vergiftet war, so bedurfte es nur eines Blicks auf die anderen, lebendigen Ratten. Die nämlich machten einen weiten Bogen um das Getreide und ihre toten Artgenossen. Sie wussten genau, was sie getötet hatte.

Und da war Wilhelm auf eine gleichermaßen schreckliche wie auch geniale Idee gekommen. Mit diesem Getreide hatte er eine Waffe in der Hand, um endlich Rache an denen nehmen zu können, die ihn verprügelt, misshandelt, belogen und um eine sorgenfreie Kindheit gebracht hatten.

Die Priester und Lehrer der Stiftsschulen.

In die stiftseigenen Bäckereien einzudringen war zwar nicht einfach, aber auch nicht unmöglich gewesen. In dem Chaos, in dem sich die Stadt und ihre Bürger seit den ersten Vorfällen des Wahnsinns befanden, achtete niemand auf einen Jungen, der durch jede sich bietende Tür schlüpfte. In einer hohlen Heiligenfigur führte er die gemahlenen Getreidekörner mit sich. Sie ließen sich leicht unter das vorhandene Mehl mischen, ohne dass es jemandem auffiel. Dann musste er nur noch abwarten.

Das vergiftete Mehl tat seine Wirkung, allerdings stärker, als er gedacht hatte.

Die Hostien, die in den Stiftsbäckereien gebacken wurden, nahmen sowohl die frommen Stiftsherren zu sich als auch die Gläubigen, die zur Messe in ihre Kirchen kamen. Die Gottlosen und das Gesindel blieben verschont, da sie nicht den Leib Christi zu sich nahmen.

So war die Geschichte von der Teufelsseuche entstanden, die nur die Gottesfürchtigen befiel, aber die Gottlosen verschonte.

Diese Ungerechtigkeit würde er nun beheben.

Der Angriff der Knechte auf die Schwarzen Banden, das Massaker im Keller, war eine Kriegserklärung gewesen. Als einer der wenigen war es ihm gelungen, den Knechten zu entkommen, die im Wahn alles Leben beendet hatten. Er war durch die Gassen getaumelt, nicht wissend, wohin er noch gehen konnte. Dann war er an dieser Apotheke vorbeigekommen, in der Kathi gewohnt hatte. Hier fand er alles, um seine Wunden zu versorgen. Saubere Tücher und Heilkräuter. Er wusste zwar nicht genau, was er da auf seine Wunde tat, aber wenn es Medizin war, konnte es so schlecht nicht sein.

Nun hatte er sich genug ausgeruht, seine Rache konnte nicht länger warten. Er machte sich auf den Weg zu dem Versteck, wo er einen halben Sack dieser fürchterlichen Waffe gelagert hatte.

Bis in die Morgenstunden würde er mit dem Mahlen der Körner beschäftigt sein. Dann ging er in die Backstuben, nicht irgendwelche, sondern genau in die, aus deren Öfen die Brote für die Knechte, aber auch für den Burgherren kamen. Wenn er aus Schlüsselfeld zurückkehrte, sollte ihn eine gehörige Überraschung erwarten.

29

In den frühen Morgenstunden waren im Hof der bischöflichen Kanzlei drei Stiftsherren von Haug, zwei von Neumünster, zwei aus dem Domstift sowie Gero von Wetterstein von St. Burkhard mit dem Schwert gerichtet worden.

Faltermayer hatte ihnen, auf Bitten Riedners, Gnade widerfahren lassen. Die Vergehen der anderen drei Stiftsherren hingegen taugten wegen ihrer Niedertracht und Boshaftigkeit nicht für solch ein mildes Urteil. Sie würden ihr frevelhaftes und teuflisches Dasein bei lebendigem Leib im Feuer büßen.

Die Karren, die die leblosen Körper zur Verbrennung den Scheiterhaufen auf dem Sanderanger zuführen sollten, standen bereit. Ebenso zwei weitere, die gewöhnliche Teufelsanbeter und Hexen geladen hatten, zehn an der Zahl – bürgerliche Delinquenten, zwei Professoren der Universität und auch drei Kinder im Alter von drei bis fünf Jahren. Sie waren laut den Geständnissen der überführten Geistlichen im Namen des Teufels getauft worden.

Protest gegen die Todesurteile war von den Familien der Kinder nicht erhoben worden. Sie waren außerstande, das Unfassbare in Frage zu stellen. Vielleicht mag es auch eine Erleichterung für sie gewesen sein, ein von Grund auf verdorbenes Kind von seinem teuflischen Schicksal erlöst zu wissen.

Insgesamt waren es einundzwanzig Verurteilte, davon elf Geistliche. In den nächsten Tagen würden die Studenten der Theologie, die unter anderem von Julius Franz von Fischen unterrichtet worden waren, vom Leben zum Tod gebracht. Auf welche Art, stand noch nicht fest. Riedner erhoffte sich, durch ihre Geständnisse weitere Studenten des Teufelspaktes überführen zu können.

Das geistliche Gericht hatte bisher erfolgreich gearbeitet. So viel stand fest, und schon bald hoffte Riedner die Teufelsverschwörung, die sich in den Stiften ausgebreitet hatte, in den Griff zu bekommen. Der Bischof konnte zurecht stolz auf ihn und seine Kommission sein.

Wie es jedoch mit Julius Franz von Fischen weitergehen sollte, war noch nicht besprochen worden. Noch immer leugnete er jegliche Beteiligung an den ihm zugesprochenen Taten. Mal sehen, ob sich das unter der Folter änderte.

Der Hof war noch gänzlich mit dem Blut der Stiftsherren bedeckt, als eine hochherrschaftliche Kutsche vor der Kanzlei haltmachte. Ein Diener sprang vom Bock herunter, klappte den Fußsteig aus und öffnete mit einer tiefen Verbeugung die Tür.

Heraus trat ein sichtlich aufgebrachter Philipp Adolf von Ehrenberg, der Bischof. Er war erst die Nacht zuvor von Schlüsselfeld zurückgekehrt, in aller Eile, nachdem ein Kurier ihm gemeldet hatte, dass sein Ziehsohn Julius Franz des Teufelsbundes angeklagt worden war.

Ein unausgeschlafener Knecht war noch mit dem Aufwischen des Blutes beschäftigt. Er sah nicht, wer sich da in seinem Rücken näherte.

«Aus dem Weg!», befahl der Bischof, übersah aber den glitschigen Untergrund, sodass er zu stürzen drohte.

Ein Diener kam ihm rechtzeitig zu Hilfe, was den Bischof in seinem Zorn jedoch nicht besänftigte. Die feinen französischen Schuhe Ihrer Gnaden waren mit Blut besudelt, de facto ruiniert.

«Riedner!»

Doch der Generalvikar war nicht in der Kanzlei. Die Hinrichtungen waren Faltermayers Aufgabe, und der hatte sich gerade mit den Karren Richtung Sanderanger aufgemacht.

So hieß einzig ein Folterknecht den hohen Herrn willkommen. Welch eine Schande.

«Verzeiht, Eure Gnaden», stammelte der Knecht tief verbeugt, «der Generalvikar ist nicht zugegen.»

«Dann schaff ihn auf der Stelle her!»

In der Kanzlei traf er auf den Malefizschreiber Erthel, der den heutigen Brandtag mit all seinen Verurteilten, aber auch den Kosten, die sie verursacht hatten, im großen Malefizbuch festhielt. Es musste alles seine Ordnung haben, schließlich mussten die Verfahren mit Mitteln aus den Pfründen der Stiftsherren bestritten werden. Hoffentlich waren noch genügend vorhanden. Die Stiftsherren pflegten mitunter einen verschwenderischen Lebensstil. Sie waren verschuldet und mussten sich gegen stattliche Zinsen Geld vom Geldverleiher beschaffen. Ihnen gehörte schon jetzt nicht mehr das Hemd, das sie trugen.

Als Erthel sah, wer da in aller Herrgottsfrühe die Amtsstube betrat, schoss ihm das Blut in den Kopf.

«Eure Gnaden …» Er verbeugte sich. «Wie kommt Ihr …?»

Der Bischof hielt sich nicht lange mit ihm auf.

«Wo ist er?»

«Wen meint Ihr?»

«Julius Franz, natürlich!»

Erthel zögerte. «Im Kerker.»

Falsche Antwort. «Im was?!»

«Auf Geheiß Ihrer Hochwürden Generalvikar Riedner wurde der Gefangene in den Kerker gebracht.»

Der Bischof musste an sich halten, um nicht auf der Stelle die Fassung zu verlieren.

«Habt ihr jetzt völlig den Verstand verloren?»

Erthel schluckte. «Es ist nicht meine Schuld.»

Es würde sich noch zeigen, wessen Schuld das war. Der Vorfall würde auf jeden Fall nicht ungesühnt bleiben.

«Ich will ihn sehen, sofort.»

«Jawohl, Eure Gnaden.» Er machte sich schleunigst davon.

Zurück blieb der Bischof, noch immer mit der unfassbaren Tollheit seiner Beamten beschäftigt, einen über alle Zweifel erhabenen Domstiftsherrn dieser Prozedur – im eigentlichen Sinn war es ja noch schlimmer –, diesem ungeheuerlichen Verdacht ausgesetzt zu haben, ein Teufelsanbeter zu sein.

Er brauchte dringend etwas zur Beruhigung.

«Wein! Bringt einen Krug.»

Der Diener, der an der Tür bereitstand, machte sich eilends davon. «Wein», rief er in den Gang. «Ihre Gnaden sind durstig.»

Vom Lärm aufgeschreckt, trat Antonius aus der gegenüberliegenden Kammer in den Gang. Er sah diesen Mann, der in herrschaftliche Gewänder gekleidet war und Diener befehligte. Es konnte nur der Bischof sein.

«Verzeiht, Eure Gnaden, wenn ich störe.» Er verbeugte sich leicht. «Ich bin Bruder Antonius.»

Der Bischof starrte ihn an, rätselnd, wer dieser Jesuit sein mochte. Dann fiel es ihm ein.

«Antonius … Ja, mein Kanzler hat mir von Euch berichtet. Tretet näher.»

«Leider hatte ich noch keine Gelegenheit, Euch meine Aufwartung zu machen.»

Der Etikette am frühen Morgen überdrüssig, tat er es mit einem Wink ab. Er hatte wahrlich andere Probleme.

«Was führt Euch zu uns?»

«Das Kind, das unter dem fallenden Stern geboren wurde.»

«Richtig, richtig», erinnerte sich der Bischof an den kurzen Bericht seines Kanzlers über die zwei römischen Gesandten. «Wo ist Euer Begleiter?»

«Nebenan.»

«Und das gesuchte Kind bleibt nach wie vor verschwunden?»

Er verkniff sich ein Gähnen. So zeitig war er seit langem nicht mehr aufgestanden, und gefrühstückt hatte er auch noch nicht. Was für ein lausiger Morgen.

«Es befindet sich ebenfalls nebenan.»

Der Bischof glaubte seinen Ohren nicht zu trauen.

«Was habt Ihr da gesagt?»

«Das gesuchte Kind befindet sich nebenan», wiederholte Antonius. «Wollt Ihr es sehen?»

Dieser Mönch schien es ernst zu meinen. Er wies zur Kammer.

«Wenn Ihr mir folgen wollt.»

Wie freundlich und hilfsbereit dieser Dominikanermönch sich anfänglich auch gezeigt hatte, es hatte allein der Ergreifung Michaels gedient. Das war Kathi inzwischen klargeworden. Nie wieder würde sie jemandem trauen, der eine Kutte oder ein Kreuz um den Hals trug. Nie wieder.

Warum um alles in der Welt war sie nur auf das Angebot eingegangen, ihm in seine Kammer zu folgen? Wusste sie denn nicht, dass alle Kuttenträger verlogen waren? Hatte sie denn völlig den Verstand verloren?

Kathi hielt Michael fest in den Armen. Sie zitterte vor Aufregung, oder war es doch mehr die Angst, da sie allmählich begriff, in welcher Situation sie sich befanden?

Weder dieser feiste Jesuit noch dieser hinterhältige Dominikaner sollten je Hand an Michael legen. Dafür würde sie mit ihrem Leben einstehen.

Ihr Blick wanderte unruhig umher, taxierte die Möglichkeit zur Flucht. Von den beiden Knechten, die an der Tür standen und sie bewachten, hatte sie nichts zu befürchten. Die schauten Michael nur zweifelnd an. War er wirklich der Teufelsbalg, nach dem sie seit Wochen suchten? Würde die Seuche auf sie überspringen, wenn sie ihm zu nahe kamen?

Fast wünschte sie es. Dann wäre der Weg frei, und sie könnte mit Michael flüchten.

«Ich habe eine Idee», flüsterte ihr Otto ins Ohr.

Auch er war von dem Jesuiten gefasst worden, nachdem er Volkhardt aus dem Kerker hatte befreien können. Volkhardt hingegen hatten sie im Stall liegen gelassen. Die Knechte meinten, wieso sich die Hände an der Ratte schmutzig machen, er würde ohnehin keinen Schaden mehr anrichten. Dem Jesuiten war es recht. Kathi und der Teufelsbalg waren gefangen. Mehr interessierte ihn nicht.

«Was für eine Idee?», antwortete Kathi leise.

Sie musste aufpassen, dieser Dominikaner saß ihr gegenüber. Er stierte zwar ins Leere, aber er konnte auch nur so tun.

«Wenn wir hier in den Kerker kommen, dann kann ich uns befreien», sagte Otto.

«Wie willst du das anstellen?»

«Ich kenne die Knechte, zumindest einen von ihnen, gut. Er wird uns helfen.»

Die Tür ging auf, die beiden Knechte traten zur Seite. Als Erster erschien Antonius, danach der Bischof. Ihm war die Überraschung ins Gesicht geschrieben, die Sorge um seine Gesundheit allerdings auch.

«Hier ist der gesuchte Teufelsbalg», sagte Antonius und zeigte auf Michael.

«Er ist kein Teufel!», erwiderte Kathi. «Der einzige Teufel in diesem Raum seid Ihr.»

Sie hielt Michael noch fester und drehte sich zur Seite, sodass niemand auf die Idee kam, ihm zu nahe zu kommen.

Von dem kleinen Bündel in Kathis Armen sah der Bischof nicht viel, aber das Mädchen kam ihm irgendwie bekannt vor.

«Bist du nicht diese Kinderhexe, die wir im Frühling gefasst haben?»

Kathi antwortete nicht darauf. Statt ihrer schaltete sich Crispin ein.

«Eure Gnaden», sagte er und erhob sich, «ich fürchte, wir sind einem Irrtum aufgesessen.»

«Schweig», fuhr ihm Antonius dazwischen. «Der einzige Irrtum war, dich mit der Mission zu betrauen. Kardinal Barberini wusste schon, wieso er mich geschickt hat.»

«Barberini?» Dem Bischof fuhr der Schreck in die Glieder. «Was hat Ihre Eminenz damit zu tun?»

Antonius zog ein Papier aus seiner Tasche, entfaltete es und gab es dem Bischof. Der brauchte nicht lange, um das Wappen der römischen Inquisition zu erkennen, es wurde von jedem Bischof gefürchtet.

Seine Augen überflogen die Zeilen. «Hier steht: ‚Im Fall eines Scheiterns habt Ihr, Bruder Antonius, den Oberbefehl …»

«Die Mission ist aber nicht gescheitert», widersprach Crispin. «Wir haben das Kind gefunden.»

«Du hast es vor mir versteckt», entgegnete Antonius.

«Unsinn, ich habe es einer Prüfung unterzogen.»

«Und das Mädchen?» Antonius wandte sich dem Bischof zu. «Eure Gnaden, Bruder Crispin weiß nicht mehr, was er sagt. Diese kleine Hexe», er zeigte auf Kathi, «hat ihm den Kopf verhext.»

Was auch immer mit der Kinderhexe war, interessierte den Bischof im Moment nicht. Er hielt einen von seiner Eminenz persönlich unterzeichneten Brief in der Hand. Das zählte.

«Was soll nun mit dem Kind geschehen?»

«Ich nehme es mit nach Rom», sagte Crispin. «Dort soll es von den Gelehrten untersucht werden.»

Kathi sprang auf. «Nein! Niemals. Michael bleibt hier bei mir.»

Das sollte Antonius gerade recht kommen. «Sie hat recht. Das Kind darf die Stadt nicht verlassen. Wer weiß, was auf der langen Reise alles passieren kann.»

«*Ihr* bekommt es auf keinen Fall», hielt Kathi dagegen.

«Darüber hast du nicht zu entscheiden», erwiderte der Bischof. «Jetzt schweig und setz dich.»

«Eure Gnaden», setzte Crispin erneut an, «das Kind muss nach Rom gebracht werden. Ihre Eminenz erwartet mich.»

«Kardinal Barberini hat aber mir die Entscheidung übertragen», widersprach Antonius. «Ihre Eminenz will es ohne vorige Untersuchung auf keinen Fall in der Heiligen Stadt haben. Da bin ich mir sicher.»

«Ist es denn so gefährlich?», fragte der Bischof besorgt.

Kathi konnte und wollte dieses Geschacher um Michael nicht länger schweigend ertragen.

«Habt Ihr alle den Verstand verloren?! Es ist ein Kind.»

«Er ist der Teufel», sagte Antonius kühl. «Und nun gib ihn mir.»

«Nicht um alles in der Welt.»

Sie hastete mit Michael zur Tür. Aber die beiden Knechte stießen sie zurück.

«Eure Gnaden», sagte Antonius. «Solange ich das Kind untersuche, muss es sicher verwahrt werden. In der Kanzlei ist das nicht möglich. Ich verlange im Namen Ihrer Eminenz, dass wir es auf Eure Burg bringen.»

Um Himmels willen, mochte sich der Bischof gedacht haben. Wieso ausgerechnet auf meine Burg, wenn noch nicht mal ein Kardinal den Balg in seiner Nähe wissen wollte. Dieser kleine Teufel konnte andere anstecken und vielleicht gar noch Schlimmeres bewirken.

Der Bischof seufzte. «Wenn es denn sein muss …»

Hätte Kathi in diesem Moment ein Messer in den Händen gehalten, sie hätte ohne Zögern zugestochen.

Dieser Antonius war der wahre Teufel.

Crispin kam an ihre Seite und legte ihr die Hand schützend auf die Schulter. «Keine Sorge. Noch hat er nicht gewonnen.»

30

Julius Franz von Fischen stieg zum Bischof in die Kutsche. Die beiden Herren würden sich auf der Burg zusammensetzen und besprechen, wie diesem dummen und außerordentlich peinlichen Missverständnis zu begegnen war. Es würde Gerede geben, gerade im Hinblick auf die von Wettersteins, die nicht eher ruhen würden, bis Gero gerächt war.

Zurück blieben Kathi mit Michael, Crispin und Antonius. Der kleine Otto war auf direktem Weg in den Kerker geschafft worden. Er würde wegen Hexerei angeklagt werden. Bis die zweite Kutsche eintraf, die Kathi und die beiden Gesandten auf die Burg bringen sollte, dauerte es noch etwas.

Der Nachthimmel ging in einen nicht weniger tristen Morgen über. Crispin stand bei Kathi, Antonius ihnen gegenüber. Im Streitgespräch mit dem Bischof waren alle Masken gefallen. Die drei hatten sich nichts mehr zu sagen – außer Crispin, der auf Kathi einredete, ihm nicht länger zu misstrauen. Er stünde auf ihrer Seite.

Doch davon wollte Kathi nichts wissen.

«Ihr habt mich belogen.»

«Du hast mich belogen. Hättest du mir das Mal gleich gezeigt, wäre es nicht so weit gekommen.»

«Niemals werdet Ihr Michael mit nach Rom nehmen.»

«Glaub mir, in Rom hat dein Kind weit mehr Chancen zu überleben, als hier.»

Er schaute hinüber zu Antonius, der vergebens versuchte, ihr Gespräch zu belauschen.

«Dieser Bruder, der mir wie ein Pharisäer in den Rücken gefallen ist, wird nicht eher ruhen, bis er hat, was er will.»

«Und das ist?»

«Er will einen Teufel zur Strecke bringen.»

«Dann soll er sich an Euch halten. Ihr seid ein Heuchler und ein Mörder.»

Mörder.

Der Vorwurf traf Crispin schwer. Er wusste um seine Schuld, einem Kind und seinem Vater das Leben genommen zu haben.

Auch wenn Kathi das nicht meinen konnte. In ihren Augen war er noch immer der Mörder Barbaras und der vielen anderen Kinder der Schwarzen Banden.

Endlich kam die Kutsche vorgefahren. Auf dem Bock ein grimmiger Mann, der überhaupt nicht begeistert war, zwei römische Gesandte und ein Mädchen im Morgengrauen auf die Burg bringen zu müssen.

«Einsteigen!», raunzte er ihnen zu.

Crispin ging voran, Kathi sollte folgen. Doch sie tat es nicht.

«Was ist?», fragte Antonius. «Einsteigen.»

Nie und nimmer wollte Kathi die Kutsche mit Michael besteigen. Wenn sie erst mal auf der Burg waren, gab es kein Entrinnen mehr. Sie schaute sich um, ob es einen Fluchtweg gab.

«Los jetzt.»

Antonius stupste sie an. Sie stolperte zwei Schritte vorwärts. Blieb aber wieder stehen wie ein bockiger Esel.

Wenn sie hinter der Kutsche durchlaufen würde und dann gleich links am Dom vorbeikäme, hätte sie genug Vorsprung, um in eine Gasse zu kommen, bevor der

Dominikaner sie einholen würde. Vom dicken Jesuiten hatte sie in dieser Hinsicht nichts zu befürchten. Er trug schwer an seiner Körperfülle.

Sie musste es wagen. Jetzt oder nie.

Doch dann sah sie etwas. Einen Schatten, einen Jungen, der sich zur Hinterseite der Kutsche schlich, aufsprang und sich versteckte. Er schaute kurz hervor und gab ihr Zeichen in die Kuschte einzusteigen.

Für einen Augenblick glaubte sie zu träumen. Das war Volkhardt. Wie um alles in der Welt hatte er es geschafft, hierherzukommen?

Antonius hatte von dem bockigen Kind genug.

«Soll ich die Peitsche holen lassen?!»

Crispin stieg aus, reichte ihr die Hand.

«Komm schon, bevor Schlimmes passiert.»

Kathi achtete weder auf ihn noch auf die Drohung des Jesuiten. Sie konnte nicht glauben, dass Volkhardt tatsächlich zu ihrer Rettung gekommen war. Erneut winkte er ihr zu, jetzt endlich die Kutsche zu besteigen. Das bedeutete, er hatte einen Plan.

«Ich geh ja schon», erwiderte Kathi kratzbürstig, aber mit neuer Hoffnung beseelt. Sie stieg in die Kutsche, setzte sich neben Crispin und beobachtete, wie dieser feiste Mönch sich durch die schmale Öffnung zwängte.

Hilfe hatte er von niemandem zu erwarten, Spott hingegen schon.

«Völlerei ist der erste Schritt ins Verderben.»

In Crispins schmalem grauem Gesicht zeigte sich zum ersten Mal ein schadenfrohes Schmunzeln.

«Dir werden deine Sprüche schon bald im Hals stecken bleiben», stöhnte Antonius. «Lass uns nur auf die Burg kommen.»

Die Kutsche ging in die Federn, als Antonius es endlich geschafft hatte und sich auf die Sitzbank plumpsen ließ.

«Kutscher!», rief er und klopfte gegen die Tür. «Wie lange soll ich noch warten?»

Mit einem Klatschen der Zügel ging es los. Die Kutsche wendete und steuerte geradewegs in die Domstraße auf die Mainbrücke zu.

Kathis Aufregung wuchs. Was hatte Volkhardt vor? Wie würde er sie befreien wollen?

«Mach dir keine Sorgen», sagte Crispin zu ihr, während die Kutsche über die Steine holperte und sie wie Marionetten an den Schnüren erzittern ließ, «es wird sich alles regeln. Vertrau mir.»

Einen Teufel würde sie tun. Der Einzige, dem sie traute und der sie nie enttäuscht hatte, hielt sich draußen an der Kutsche versteckt.

Aber wie würde Volkhardt es schaffen, ungesehen an der Torwache vorbeizukommen? Denn innerhalb der Stadtmauern war an einen Rettungsversuch nicht zu denken. Die Knechte würden sie im Handumdrehen wieder einfangen. Es musste außerhalb geschehen, am besten auf dem steilen Weg hoch zur Burg. Von dort aus konnten sie über die Gräben und Felder flüchten.

Die Kutsche kam zur ersten Torwache. Ein Befehl wurde gerufen und erwidert. Die Kutsche fuhr ungehindert durchs Tor auf die Brücke.

Jetzt kam es darauf an. Würden die Wachen den blinden Passagier bemerken?

Die Kutsche holperte weiter über die Steine, ohne von den Wachen aufgehalten zu werden.

Das zweite Tor. Wieder die gleiche Prozedur, und wieder hörte sie keine Warnrufe.

War Volkhardt überhaupt noch da? War er von der Kutsche gefallen? Bei seinen Verletzungen würde sie das nicht überraschen. Es war ohnehin ein Wunder, dass er so schnell auf die Beine gekommen war. Alles in ihr drängte danach, sich Gewissheit zu verschaffen, die Tür zu öffnen und schauen, ob er noch da war. Aber sie musste sich gedulden.

Der Weg ging steil aufwärts, hinauf zum Zeller Tor, an der Deutschhauskirche vorbei. Nur noch ein Tor, dann wäre sie endlich aus der Stadt.

Die Kutsche hielt. Stimmen wurden laut. Unter ihnen glaubte Kathi auch die einer Frau zu hören. Antonius öffnete die Tür einen Spalt und rief verärgert hinaus.

«Kutscher. Wieso fahren wir nicht weiter?»

«Ein Wagen versperrt das Tor. Die Wachen schaffen ihn gerade zur Seite.»

«Dann beeilt euch. Der Bischof erwartet uns», erwiderte Antonius brummig wie ein Bär. Er schloss die Tür.

Crispin kraulte sich seinen grauen Spitzbart, beobachtete Antonius, zweifelte. «Du glaubst, du tust das Richtige?»

Antonius quittierte die Frage abschätzig. «Der Kardinal wusste schon, wieso er dich nicht alleine auf diese Mission geschickt hat. Du bist alt und verbraucht. Ein Fuchs ohne Geist und Zähne. Nutzlos.»

«Ach, das ist es also», erwiderte Crispin mit einem müden Lächeln, «du willst meine Arbeit in der Kongregation übernehmen?»

«Du bist nachlässig geworden», mit Blick auf Kathi, «und schwach obendrein. Der Kardinal kann sich das nicht mehr leisten, nachdem sein Bruder auf den Heiligen Stuhl berufen worden ist.»

«Ich habe Kardinäle kommen und gehen sehen. Und mit dir, einem ihrer Günstlinge auf Zeit, wird es nicht anders sein.»

Kathi interessierte der Schlagabtausch der beiden Römer nicht. Sie schaute zum Guckloch hinaus, hoffte auf ein Zeichen Volkhardts. Aber es kam nicht, selbst dann nicht, als die Kutsche mit einem Ruck wieder anzog. Sie sah die Wachen vorbeiziehen, das Tor und auch diesen Wagen – einen schwarz gestrichenen, geschlossenen Reisewagen, wie ihn Händler benutzten, die wertvolle Ware transportierten und sie gegen Wetter und Diebstahl sichern mussten. Dieser Wagen jedoch war mit Laternen und eigenartigen Zeichen ausgestattet. So etwas hatte sie noch nicht gesehen. Es waren glitzernde Sterne am Nachthimmel, der Halbmond und der lange Schweif eines Kometen.

Auf dem Bock saß eine Frau, die in ihren Jugendjahren bestimmt eine Schönheit gewesen war. Sie war ganz in Schwarz gekleidet, an den Handgelenken trug sie silberne Armreife, um den Hals glitzernde Ketten, der Kopf war mit einem roten Tuch umwickelt, unter dem schwarze, gelockte Strähnen hervorschauten. Eine Zigeunerin?

Sie hatte mehr Mut als Verstand. Wer in dieser Aufmachung nach Würzburg kam, endete bis zum Abend auf dem Scheiterhaufen.

Die Zigeunerin beobachtete ihre Kutsche aufmerksam. Für einen Moment trafen sich ihre Blicke, und Kathi glaubte den Anflug eines Lächelns auf ihren Lippen sehen zu können.

Seltsam berührt schloss Kathi das Guckloch wieder. Das Lächeln dieser Frau irritierte sie. Hatte es tatsächlich ihr gegolten?

Dass nicht Kathi gemeint war, sondern jemand anderes, der sich entlang der Kutsche zur Deichsel vorarbeitete, konnte sie nicht ahnen, sondern in der Folge nur spüren. Denn der Stift, der das Gespann mit der Kutsche verband, brach mit einem Hammerschlag entzwei.

Darauf folgte ein Ruck, das Gespann zog davon, während die Kutsche auf dem abschüssigen Gelände zurückfiel, immer schneller werdend, bis sie schließlich ungebremst in das Zeller Tor krachen würde.

Kathi und Michael wurden in die Arme von Antonius geworfen, Crispin in die leere Ecke.

Jemand riss die Tür auf.

«Komm!», rief Volkhardt und reichte ihr die Hand.

Kathi ergriff sie, mit der anderen Hand hielt sie Michael.

Alles verlief nach Plan, bis die Kutsche auf einen Stein auflief.

31

Sosehr sich die Bürger auch darüber freuten, dass Wolf von Schanzenfeldt im Kerker saß und sie nicht weiter terrorisieren konnte, so sehr waren sie von der Freilassung von Julius Franz überrascht.

Es gab keinerlei Vorbehalte gegen den feinen Domstiftsherrn – sofern man nicht zur Familie der von Wettersteins gehörte –, auch keine größeren Anschuldigungen, aber das bedauernswerte Schicksal seiner Theologiestudenten hatte im Volk für Aufsehen gesorgt.

Wie konnte es sein, dass die Studenten hingerichtet werden sollten, während ihr Lehrer freikam?

Sie waren schließlich von ihm in der falschen Lehre unterrichtet und dem Teufel zugeführt worden. Und statt den Lehrer als Ersten auf den Scheiterhaufen zu führen, wurde er vom Bischof aus dem Kerker geholt und von jeglicher Schuld freigesprochen. Das war ein beispielloser Vorgang, der manchen aufmerken ließ.

Wurde hier etwa mit zweierlei Maß gemessen, oder suchte der Bischof etwas zu verbergen?

Zuerst war es nur einer, der die erneute Verhaftung von Julius Franz forderte – ein treuer Freund Geros und Stiftsherr von St. Burkhard –, doch schon bald scharten sich weitere um ihn, die die offenkundige Begünstigung eines Adeligen nicht guthießen, aber auch welche, die der allgemeinen Situation überdrüssig waren.

Es waren anständige Leute, Handwerker, niedere Beamte, Lehrer, und auch der eine oder andere Vikar war unter ihnen. Der strenge Winter und die knappen

Lebensmittel hatten sie an den Rand des Verhungerns gebracht, ohne dass der Bischof ihr Flehen um Nahrung und Brennholz erhört hatte. Wenn sich nicht schnell etwas änderte, waren sie zum Bettelstab verdammt.

Zusammen marschierten sie vom Marktplatz zur Kanzlei. Dort machten sie ihrem Unmut lautstark Luft.

Drinnen, in der Gerichtsstube, musste sich unterdessen Generalvikar Riedner eine Rüge erteilen lassen.

«Ihre Gnaden sind zutiefst verstört über die Verhaftung von Julius Franz von Fischen», zürnte der Kanzler, Dr. Brandt. «Niemals hätte er vor der versammelten Kirchengemeinde in Haft genommen, geschweige denn dem Vorwurf der Hexerei ausgesetzt werden dürfen.»

«Worauf sollte ich denn warten?», verteidigte sich Riedner hektisch, wie aus einem Reflex heraus. «Die Besagung stammte von keinem geringeren als Gero von Wetterstein, einem mindestens ebenso angesehenen und hochwohlgeborenen Mann von Adel wie Julius Franz. Außerdem haben seine Studenten, die ebenfalls aus nicht minder ehrenwerten Häusern stammen, die Besagung wiederholt und damit bekräftigt.»

«Aber Ihr wisst doch», insistierte der Kanzler, «wie es um Julius Franz bestellt ist. Er ist der Favorit Ihrer Gnaden und wird bald einer seiner wichtigsten Berater sein. Etwas mehr Fingerspitzengefühl hätte er Euch schon zugetraut.»

Doch Riedner war nicht länger gewillt, die Schelte über sich ergehen zu lassen. Er zitterte regelrecht. «Dann soll er gefälligst seine Verfahren selbst führen, wenn er alles besser weiß.»

Der Kanzler schreckte zurück. Was um alles in der Welt erlaubte sich Riedner? Nicht nur, dass er die Entscheidungen des Bischofs in Frage stellte, jetzt begehrte er auch noch gegen ihn auf?

«Mäßigt Euch», entgegnete er streng. «Ich bin nicht gewillt, diese frechen Worte einfach hinzunehmen.»

Aber Riedner war in Fahrt. «Es ist mir egal, was Ihr wollt oder nicht wollt. Ich bin der Stellvertreter des Bischofs in allen kirchlichen Belangen. Ich entscheide, und wenn es Euch nicht gefällt, dann schert Euch zum Teufel.» Er zeigte zum Fenster. «Da, hört Ihr, wie sie nach Julius Franz rufen? Was soll ich nun Eurer Meinung nach tun? Dem Geschrei nachkommen und Julius Franz verhaften lassen oder sie gleich zum Bischof schicken, damit *er* sie diszipliniert. Ich kann es auf jeden Fall nicht.»

Er kratzte sich am Arm und an den Händen, als würde ihn ein Heer Flöhe piesacken.

Was war nur mit Riedner los?, fragte sich Brandt.

Mit hochrotem, zornigem Kopf stand der Generalvikar vor ihm, kratzte sich, als habe er sich seit Wochen nicht gewaschen, und hielt unverschämte Reden. Oder war er vielleicht krank?

Vermutlich, das würde auch sein ausfallendes, nicht zu akzeptierendes Verhalten, sein aufmüpfiges, gehetztes Wesen und diese seltsame Nervosität erklären, die sich in seinen Augen wiederfand. Wahrscheinlich war es besser, ihn von seiner Aufgabe zu entbinden. Er würde es gleich mit dem Bischof besprechen.

Doch bevor es so weit war, wurde Brandt mit der nächsten verstörenden Situation konfrontiert. Auf dem Gang herrschte Unruhe. Geschrei, Geschepper, Flüche und Verwünschungen drangen herein. Er öffnete die Tür und sah, wie zwei Knechte übereinander herfielen. Es wurde geschlagen und getreten, ein Messer blitzte auf, Blut floss.

«Seid ihr völlig verrückt geworden?! Auseinander!»

Er rief nach weiteren Knechten, die Streithähne zu trennen. Er sah auch einen, der aber hielt sich den blutenden Bauch.

«Was ist hier los?»

Er drehte sich zu Riedner um, aber mit dem war nichts anzufangen. Der krümmte sich vor Schmerz.

Unten im Kerker war die Situation weniger angespannt, nur Alfons, der einfältige Knecht, haderte mit dem *Feuer*, das in ihm *brannte*. Er stöhnte, jammerte und hielt sich den schmerzenden Bauch. «Maria und Joseph hilf …»

«Alfons», rief ihm Otto zu, der in einer der beiden Zellen untergebracht war, die noch in der Nacht mit den Vikaren aus Stift Haug und Neumünster belegt gewesen waren und in den Morgenstunden den Tod durchs Schwert erfahren hatten. «Komm her.»

Alfons lag der Länge nach im Gang, wand und kratzte sich, wehrte scheinbare Angriffe ab, schlug zurück. Otto konnte ihn nicht erreichen, sosehr er sich auch durch die Gitterstäbe nach ihm streckte. Seine Arme waren zu kurz. Dabei war die Rettung so nahe. Neben Alfons lag der Schlüsselbund für die Zellen.

«Alfons», wiederholte Otto ein ums andere Mal, «komm endlich her. Ich kann dir helfen.»

Doch Alfons hörte ganz andere Stimmen als die von Otto. Er hielt sich die Ohren zu, brüllte und schrie gegen die Angreifer an. «Weg, weg von mir! Ungeziefer … Teufel.»

Da kam ihm ein Teufel ganz anderer Art in die Quere.

«Halt endlich dein dummes Maul!»

Bruder Wolf war das Glück des Zufalls beschieden. Direkt vor seiner Zelle lag Alfons. Und der sollte die Unverschämtheit büßen, sich ausgerechnet mit ihm anzulegen.

«Verdammter, nichtsnutziger Trottel.»

Er trat Alfons ins Gesicht, immer und immer wieder, bis das Blut Kopf und Brust bedeckte.

«So hört doch auf», rief Otto, «Ihr bringt ihn noch um.»

«Der ehrenwerte Stiftsherr zu St. Burkhard kennt keine Gnade», kommentierte Vikar Ludwig aus der Nebenzelle. «Er glaubt, ein Erzengel zu sein, der über das Böse in der Welt zu richten hat. O Herr, sende deine Rache herab auf diesen Unhold, dass er auf ewig schweigen möge.»

Wenn Otto nur einen Stock gehabt hätte, etwas, das an den Schlüsselbund heranreichte. Er schaute sich in der Zelle um. Nichts außer Stroh ... und einem Rosenkranz – ein grobes, hölzernes Ding, mit Kugeln so groß wie Taubeneier und einem Kreuz, das die Größe einer Hand hatte. Offenbar eine Halskette, wie sie auch Vikar Ludwig einst getragen hatte. Otto nahm ihn, steckte den Arm durch die Gitterstäbe, so weit er nur konnte, und warf den Rosenkranz wie eine Angel aus.

«Nun versuchst du dich gar als Simon Petrus», lästerte Ludwig. «Hätte nie gedacht, dass meine Mühen je Früchte tragen würden. Gut so. Ein Stück weiter links.»

Wie Otto diese Sprüche hasste. Jahrelang hatte er sie über sich ergehen lassen müssen. Sobald er sich befreite hatte, würde er das Stroh in Ludwigs Zelle anzünden. Mal sehen, ob der ehrenwerte Vikar dann immer noch aus der Bibel zitierte.

Dieser Wurf passte. Die Glieder des Rosenkranzes hatten sich im Schlüsselbund verfangen. Jetzt nur noch vorsichtig heranziehen …

Da kam ein blutiger Stiefel zwischen den Gitterstäben hervor. Er stieg auf den Rosenkranz und unterband damit die letzte Chance, sich aus der Kerkerzelle zu befreien.

«Was hast du vor, Bursche?»

Bruder Wolfs Stimme grollte herüber und ließ keinen Zweifel daran, dass zuerst ihm und ihm allein die Freiheit zustand.

«Gebt den Schlüssel frei», forderte Otto. «Ich werde Euch aufsperren.»

Das würde Bruder Wolf doch selbst in die Hand nehmen. Er nahm den Schlüssel und öffnete das Schloss.

Alfons' lebloser Körper war im Weg. Er musste ihn zur Seite schieben, bevor er zu Ottos Zelle gehen konnte.

«Wer bist du?»

Otto trat zurück. Dieser Stiftsherr war ihm unheimlich. Mit Recht, denn er hatte einen Knecht vor seinen Augen zu Tode getreten.

«Ich bin Otto und bei Meister Winfried in der Schmiede tätig.»

«Was schmiedest du?»

«Schwerter, Spieße, Helme und Brustpanzer.»

«Das ist ein ehrenwerter Beruf. Willst du mir dienen? Ich könnte einen Diener gebrauchen.»

«O Himmel», schallte es aus der Zelle nebenan herüber. «Otto, der Nichtsnutz, der Dummkopf soll ein Diener werden? Dann ist das Ende wahrlich nahe.»

«Haltet endlich Euer Schandmaul!», giftete Otto zurück. «Ich bin mehr, als Ihr je verstanden habt.»

«Wer ist das?», fragte Bruder Wolf.

«Ein bedauernswerter Vikar von Stift Haug, früher Neumünster. Niemand will ihn haben.»

Für die Stifte von Haug und Neumünster hatte Bruder Wolf nur Missachtung übrig. Sie standen jedem Bauernlümmel offen.

«So sei es», sagte er und öffnete die Zellentür.

Otto fiel ein Stein vom Herzen. Er ging hinaus auf den Gang, hinüber zu Ludwig, baute sich vor ihm auf.

«Seht her, werter Vikar. Wer ist nun der Dummkopf von uns beiden?»

«Du bist eines schlechten Herren noch schlechterer Diener», antwortete Ludwig mit Verweis auf die Bibel. «Es steht geschrieben: ‹Werft den nichtsnutzigen Diener hinaus in die äußerste Finsternis! Dort wird er heulen und mit den Zähnen knirschen!› So wahr ich hier sitze, so wahr wird das dein Schicksal sein, armer, dummer Otto.»

Mit den niederträchtigen Beleidigungen sollte es nun ein für alle Mal vorbei sein. Otto giftete zurück.

«Wessen Schande ist es, wenn der Schüler nichts taugt? Die des Schülers oder die des Lehrers?»

«Genug», befahl Bruder Wolf. «Geh hinauf, mein Schwert ist bei den Wachen. Danach hol mein Pferd aus dem Stall. Es gibt viel zu tun. Zuvor Wein, reichlich. Ich bin durstig.»

32

Zuerst hörte sie etwas, dann roch sie Verbranntes.

Als Kathi die Augen öffnete, blickte sie in das Gesicht einer Hexe. Sie schreckte auf, nur ein wenig, bis sie der Schmerz aufs Bett zurückwarf. Ihre Seite, ihr Rücken brannten wie Feuer.

Über ihr saß die Hexe, das Gesicht puderweiß, die dunklen Augen mit einem schwarzen Strich umrandet. Das schwarz gelockte Haar war unter einem roten Stirntuch gebändigt, die Nase gerade, die Lippen voll und mit roter Farbe bestrichen. Von den Ohren hingen reichverzierte Schmuckstücke herab, und an ihren Handgelenken klapperten zahlreiche Armreife, wenn sie mit einer Feder diesen grässlich stinkenden und in den Augen beißenden Rauch aus einer Schale herbeifächelte. Er hüllte Kathi vollkommen ein. Dazu murmelte die Hexe fremde Worte. Nie zuvor hatte sie Ähnliches gehört.

«Wer seid Ihr?»

Die Hexe antwortete nicht. Sie murmelte einfach weiter, ließ den Kopf in den Nacken fallen und hielt die Hände offen, als brachte sie ein Messopfer dar.

Es war dunkel um sie herum. Nur der Schein einer Kerze spendete etwas Licht. Kathi erkannte an der Wand fürchterliche Fratzen von … ja, was war das eigentlich?

Menschen und Tiere in einem. Menschentiere. Sie hatten die Hörner eines Ochsen, die Zähne eines Wolfs, Nasen wie Schläuche und Ohren wie eine Fledermaus.

War das die Hölle?

Zwei Worte wiederholte die Hexe immer wieder: *Shakti men.*

Ein ums andere Mal. Shakti men. Beschwörend, eindringlich, als sei sie im Fieber.

Erneut versuchte Kathi sich aufzurichten. Doch dieses Mal hielt sie nicht der Schmerz in ihrem Rücken davon ab, sondern eine Hand.

«Bleib liegen», sagte Volkhardt leise. «Sounya ist noch nicht fertig.»

Volkhardt? Sounya? Was zum Teufel war hier los?

«Lass mich aufstehen, Volkhardt», sagte sie. «Ich …»

Die Hexe starrte sie mit weitaufgerissenen Augen an. Zornig sprach sie ihren Zauber. «Ki aksha wu … Shakti men.»

Danach schloss sie die Augen, atmete zwei-, dreimal in aller Ruhe ein und dann aus, bis sich ihre Gesichtszüge entspannten. Der Spuk schien vorüber. Friede kehrte ein. Sie wirkte ruhig und zufrieden.

«Wie geht es dir, mein Kind?», fragte sie in scheinbarer Harmonie mit sich und den Menschentieren in ihrem Rücken.

«Wer seid Ihr?»

«Ich bin Sounya. Und du bist Kathi, wie mir dein Begleiter berichtet hat. Also, wie geht es dir?»

Sie versuchte sich aufzurichten, doch dann erinnerte sie sich ihres schmerzenden Rückens und ließ es bleiben.

«Schlecht, mein Rücken tut so weh.»

Sounya stand auf. «Das würde mich nun wirklich überraschen.» Sie reichte ihr die Hand. «Komm.»

«Ich kann nicht.»

«Du kannst.»

Sounya ließ keinen Zweifel zu. Ihr Blick verdunkelte sich, die Stimme streng und fordernd. «Steh auf.»

Kathi seufzte. So ein Unsinn. Sie konnte nicht. Aber, wenn es unbedingt sein musste. Sie richtete sich vorsichtig auf, bereit, sich sofort wieder aufs Bett fallen zu lassen, wenn der Schmerz zu stark wurde.

Doch da kam kein Schmerz. Selbst dann nicht, als sie auf dem Bett saß und die Füße auf den Boden stellte.

Kathi wollte es nicht glauben. «Was ist passiert? Noch vor einer Minute brannte mir der Rücken, dass ich mich nicht bewegen konnte …»

Sounya lächelte zufrieden, und Volkhardt staunte, als habe er die Auferstehung Jesu erlebt.

«Wie hast du das gemacht?», fragte er Sounya.

«Das wiederum ist mein Geheimnis. Ich bekomme einen Gulden von dir.» Sie hielt ihm ihre feingliedrige Hand hin, die mit seltsamen Zeichen und Schnörkeln bemalt war, Ornamenten gleich.

Noch bevor Volkhardt ihr gestehen musste, dass er überhaupt kein Geld besaß, streifte er Kathi das Hemd am Rücken zurück. Dort, wo sie aufs Eis aufgeschlagen war, waren die Stellen noch immer rot und geschwollen.

«Und du hast wirklich keine Schmerzen mehr?» Er wollte es nicht glauben.

Kathi rekelte sich, die Schultern, der Rücken. «Nein, aber wieso hatte ich überhaupt Schmerzen?»

Sie versuchte sich zu erinnern. Sie saß in einer Kutsche …

«Michael?!»

Sie stand auf, griff sich aber sofort an die Seite. Jetzt schmerzte es doch.

«Wo ist Michael?»

Sie blickte sich um, sah aber außer den Kerzen in der Dunkelheit und diesen verrückten Masken nichts.

Volkhardt seufzte und rieb sich verlegen die Stirn.

«Michael ist auf der Burg.»

«Er ist was?!»

«Tut mir leid, ich …» Er seufzte, schüttelte schuldbewusst den Kopf.

«Er hat getan, was er konnte», führte Sounya den Satz zu Ende. «Ich habe beobachtet, wie er dich aus der Kutsche herausgeholt hat, bis sie auf einen Meilenstein auflief und ihr im hohen Bogen durch die Luft katapultiert wurdet, mir direkt vor den Karren. Rhja, mein Pferd, wäre vor Schreck fast gestorben.»

Kathi verstand kein Wort. «Und Michael? Was ist mit ihm geschehen?»

«Die Kutsche ist rückwärts den Hang hinabgerollt und dann gegen das Stadttor geprallt. Ich habe zwei Mönche aussteigen sehen. Einer von ihnen, der dicke, trug ein Kind auf dem Arm. Es weinte.»

«Ist ihm was passiert?»

«Ich denke nicht. Nachdem ich euch in meine Kutsche gebracht habe, ist der dicke Mönch mit dem Kind auf dem Arm vorbeigeritten. Er wollte wissen, ob ich euch zwei gesehen hätte. Ich habe ihn querfeldein geschickt. Das Kind hat da zwar immer noch geweint, aber nicht mehr so sehr wie zuvor.»

Dann war Michael also noch am Leben. Gott sei es gedankt. Aber hatte er sich womöglich verletzt? Sie schüttelte niedergeschlagen den Kopf und begann zu weinen.

Volkhardt nahm sie in die Arme. «Schsch … beruhige dich. Michael geht es bestimmt gut.»

«Woher willst du das wissen?!», schleuderte sie ihm wütend entgegen. «Hättest du nicht mich, sondern ihn aus der Kutsche geholt, dann wüssten wir es.»

Der Vorwurf tat seine Wirkung. Volkhardt löste die Umarmung und ging mit hängendem Kopf an Sounya vorbei ins Dunkel. Er öffnete eine Tür. Für einen Moment fiel Tageslicht herein, bis er sie wieder schloss.

Sounya nahm ein Tuch und wischte sich die weiße Farbe aus dem Gesicht, das Rot von den Lippen.

«Du solltest ihm keine Schuld geben. Er hat viel gewagt.»

Doch Kathi war unerreichbar. In endloser Trauer und noch größerer Wut gefangen, warf sie sich aufs Bett, heulte und jammerte grenzenlos.

«Michael …»

Sounya gab ihr die Zeit, die sie brauchte. Nach einer Weile setzte sie sich zu ihr aufs Bett.

«Ich weiß zwar nicht, was dich in diese Lage gebracht hat und welche Gefahr für dein Kind besteht, aber keine Situation ist aussichtslos. Lass uns in Ruhe darüber reden und eine Lösung finden. Einverstanden?»

«Es ist alles vorbei», erwiderte Kathi mit tränenerstickter Stimme. «Ich habe ihn für immer verloren.»

*—

Sounya kam aus dem Reisewagen und setzte sich zu Volkhardt ans Feuer. Ringsum war ihr Lagerplatz von Felswänden geschützt, vor ihnen Bäume, die keinen Blick durchließen. Weit und breit kein Haus, keine Menschenseele. Fürs Erste waren sie hier sicher.

«Gib ihr ein wenig Zeit», sagte Sounya. «Morgen …»

«So viel Zeit haben wir nicht», unterbrach Volkhardt. «Morgen kann Michael schon tot sein.»

«Was kann man denn einem Säugling vorwerfen? Das ist doch verrückt.»

Er nickte. «Ja, das ist es. Aber die hohen Herren machen keinen Unterschied zwischen Groß und Klein.»

«Das verstehe ich nicht.»

Volkhardt seufzte. «Das ist eine lange Geschichte.»

«Ich höre», antwortete sie aufmunternd.

Und so erzählte er ihr alles, von Anfang an, von den Kinderhexenprozessen, der Nacht, in der der Komet über Würzburg zerborsten und die Teufelskrankheit ausgebrochen war, ihrer Flucht und dem Angriff der Knechte auf die Keller der Schwarzen Banden.

Sounya wurde zunehmend stiller und betroffener, derart, als gingen die Vorfälle um den Kometen und das Teufelskind auch sie etwas an. Irgendetwas hatte ihre Aufmerksamkeit erregt.

«Hast du gesehen, wie der Komet explodiert ist?»

«Nein, da war ich im Keller. Aber als ich von dem Knall aufgeschreckt nach oben gestürmt bin, habe ich noch die drei Schweife gesehen, die der Komet gezogen hat.»

«Drei Schweife, sagst du? Nicht vier oder zwei?»

«Nein, es waren drei.»

Volkhardt schaute zur Seite, Sounyas Augen waren aufs Feuer gerichtet. Der Schein der Flammen flackerte ihr übers Gesicht, und Volkhardt sah, dass sie eine wunderschöne Frau war – deutlich älter als er, aber immer noch bezaubernd schön.

«Was interessiert es dich», fragte er, «ob es zwei, drei oder vier Schweife waren?»

«Viele haben auf diesen Kometen gewartet, manche haben ihn sogar sehnsüchtig erwartet.»

«Dann weißt du davon? Hast du ihn etwa gesehen?»

Sie verneinte. «Ich habe nur von ihm gehört.»

«Was hat es mit der genauen Anzahl der Schweife auf sich?»

«Sie sind ein Zeichen.»

«Ein Zeichen wofür?»

Sie erhob sich und strich ihr langes schwarzes Kleid glatt. Selbst in der Dämmerung, im Schein der züngelnden Flammen konnte man erkennen, dass es viel Geld gekostet haben musste. Die Stickereien, die Einsätze, hin und wieder eine Perle. Das war kein Kleid einer vagabundierenden Zigeunerin. Es war eher das Kleid einer Königin, einer ziemlich mysteriösen allerdings.

«Das ist nur sehr schwer zu erklären», wich sie der Frage aus. «Ich will mal nach Kathi sehen.» Sie ging zum Wagen zurück.

Rhja, ihr Pferd, schnaubte kurz, als sie vorüberschritt. Es schwenkte den Kopf, sie streichelte ihm sanft über die weiße Blesse an seiner Stirn. Ansonsten war Rhja ebenso rabenschwarz wie alles an und um Sounya.

Was für ein seltsamer Name für ein Pferd, dachte Volkhardt. Sie musste das Tier sehr lieben, wenn sie ihm so einen ausgefallenen Namen gab. Wo kam das Wort *Rhja* eigentlich her? Er hatte sie noch gar nicht danach gefragt. Genauso wenig wie nach den Worten, die sie an Kathis Seite gesprochen hatte. Sie waren fremd und hatten beschwörend geklungen.

Shakti men. Was mochte das bedeuten?

Dieser schwarze Reisewagen sah auch irgendwie eigenartig aus. Wie ein kleines Haus auf Rädern. Vorne am Bock zwei Laternen, an der Längsseite ein Fensterladen, den man hochklappen konnte. Darauf waren viele kleine Sterne, der Halbmond und die Sonne gemalt. Es sah sehr schön aus, wie ein Himmel bei Nacht. Auf dem Dach befand sich eine Röhre. Sie führte zu einem kleinen Ofen im Inneren. Dort stand ein Bett, ein kleiner Tisch mit zwei Hockern und drum herum viele farbige Tücher, die wie ein Vorhang wirkten.

Sounya kam mit Kathi zurück. Sie setzten sich ihm gegenüber ans Feuer. Kathi ließ noch immer den Kopf hängen, schniefte und weinte leise. Sounya hielt sie im Arm, tröstete sie. Die beiden gaben ein seltsames Bild ab. Kathi, in den abgetragenen und viel zu großen Kleidern ihrer Amme Babette, sah nach einem bedauernswerten Geschöpf aus, dem das Einzige von Wert in seinem Leben gestohlen worden war. Nun war sie auch ein Kind der Schwarzen Banden geworden – unendlich traurig, von allen verlassen und verloren.

Sounya hingegen wirkte in dem schwarzen Kleid majestätisch, die Art und Weise, wie sie sich bewegte … nein, das war nicht irgendeine unbekannte Frau, das war eine Erscheinung, wie er sie noch nie gesehen hatte.

«Ich habe eine Idee, wie wir dein Kind retten können», sagte Sounya aus dem stillen Miteinander heraus. «Und Djodji wird dabei eine wichtigere Rolle spielen.»

«Wer ist Djo…?», fragte Volkhardt.

«Djodji», berichtigte Sounya. «Dscho-dschi.»

Sie formte ihre Lippen rund und stieß einen merkwürdigen Laut aus, der wie das Gurren einer Taube klang.

Hoch über ihnen, in den Baumkronen der Eichen und Buchen, raschelte es plötzlich. Wie aus dem Nichts glitt ein Vogel auf sie zu. Er setzte sich auf den angewinkelten Arm, den sie wie ein Falkner hielt, damit ein Adler, Bussard, Habicht oder Falke darauf landen konnte.

Doch dieses Tier gehörte keiner dieser edlen Rassen an.

Djodji war ein Rabe.

33

Gott wünscht, dass der Mensch dem Tier beisteht.

Der Tierliebe eines Franziskaners hatte es Kolk zu verdanken, nicht am Wegrand vergessen zu werden.

Zusammen mit dem toten Mönch, dessen Proviant ihm die schlimmsten Tag- und Nachtträume seines Lebens bereitet hatte, wurde er auf einen Karren gelegt. Über ausgefahrene Spuren, Schlaglöcher und Steine ging es zurück in die Stadt.

Das Rattern der Räder auf eisigem Grund bereitete ihm noch immer Schrecken. Es klang nach ohrenbetäubenden Donnerschlägen, wie er sie auf den Schlachtfeldern gehört hatte und vor deren Wucht die Bäume erzittert waren. Die am Himmel kreisenden Vögel sah er als Ungeziefer, die wie wild gewordene Heuschrecken auf ihn herabfuhren, sich zwischen seine Federn stahlen und ihn Stück für Stück auffraßen.

Er konnte sich nicht dagegen wehren, wurde hin und her geworfen wie in den schlimmsten Stürmen. Seine Flügel waren noch immer lahm, und seine dünnen Beine vermochten ihn nicht zu tragen. So konnte er auch nicht weglaufen, als der Mönch vom Karren genommen wurde, um in ein ausgehobenes Grab gelegt zu werden. Dann griff der Mensch nach ihm, Hand und Finger riesig wie die starken Äste einer Eiche, sie konnten ihn nicht erreichen.

Ein Rufen drang an sein Ohr, donnerte und hallte, bewahrte ihn aber vor dem dunklen Grab. Der Mensch ging fort, der Karren setzte sich erneut in Bewegung.

Als er wieder zu Bewusstsein kam, befand er sich inmitten von Säcken und Körben. Das Brot, das darin transportiert wurde, raubte ihm die Sinne, obwohl er eigentlich nur wenig roch, so wie die ärgerlichen Stimmen, einen toten Raben zwischen all dem Brot und dem Wintergemüse zu finden. Er landete kurzerhand im Burggraben.

Die zwei Söhne des Kochs schafften die Körbe und die Säcke in die Küche der Burg. Das frische Brot roch verlockend. Vom ersten Laib, der ihnen in die Finger kam, bekam jeder die Hälfte.

In der Küche herrschte Hochbetrieb. Seit dem frühen Morgen war Julius Franz von Fischen mit dem Bischof im Gespräch. Über den Inhalt drang nichts nach draußen, auch die Diener, die die beiden hochwohlgeborenen Herren mit Essen und Trinken versorgten, konnten nichts berichten außer dem mürrischen Ton Ihrer Gnaden und dem beleidigten Getue von Julius Franz. Nichts war ihm gut genug, dem feinen Herrn. Die besten Speisen ließ er unberührt. Wahrscheinlich war ihm die *gute Küche* im Kerker zu Kopf gestiegen.

Und nun kam auch noch Brandt daher, der Kanzler, eiligen Schritts, mit blassem Gesicht. Er hatte schlechte Nachrichten.

«Verzeiht, Eure Gnaden, wenn ich störe … aber in der Stadt herrscht das Chaos.»

Der Bischof, eigentlich nicht gewillt, sich mit anderen Belangen auseinanderzusetzen als der Causa Julius Franz und dessen erlittener Schmach, ließ ihn dennoch eintreten und sprechen. Julius Franz an seiner Seite quittierte Brandts Erscheinen mit bösem Blick. Offenbar gab er ihm eine Mitschuld an seiner Verhaftung. Doch viel mehr hoffte er, endlich den Generalvikar Riedner vor ihm im Staub liegen zu sehen. Der sollte für den Affront teuer büßen.

«Dann sprecht», erwiderte der Bischof mehr genötigt als gewollt, «aber fasst Euch kurz, ich habe andere, wichtigere Dinge zu erledigen. Dinge, die auch Euch betreffen, Kanzler.» Sein Blick war ähnlich vorwurfsvoll wie der von Julius Franz.

Brandt war aufgeregt, wusste nicht, wo er anfangen sollte, strich sich zuerst den Schweiß von der Stirn.

«Es ist, als wäre der Wahnsinn ausgebrochen, Eure Gnaden. Ein Hauen und Stechen allerorten …»

«Eins nach dem anderen», beruhigte ihn der Bischof. «Was ist geschehen?»

«Riedner, der Generalvikar, muss den Verstand verloren haben.»

Julius Franz und der Bischof merkten auf.

«Was hat er getan?», fragte der Bischof.

«Er ist nicht mehr ansprechbar, für Argumente überhaupt nicht mehr zugänglich, aufsässig und beleidigend. Ich fürchte, er hat sich mit der Teufelskrankheit angesteckt.»

Das war eine Einladung für Julius Franz.

«Ich hätte es nicht besser beschreiben können. Dieser Riedner ist völlig verrückt.»

Riedner mochte Fehler begangen haben, über das Ziel hinausgeschossen sein, eigenmächtig, ohne Vorausblick gehandelt haben, aber als verrückt würde ihn der Bischof nicht bezeichnen.

«Kann es sein, dass Ihr ein wenig übertreibt? Wo ist er überhaupt? Ich habe schon vor Stunden nach ihm schicken lassen.»

«Ich habe ihn einsperren lassen.»

«Ihr habt was getan?!»

«Sehr gut, werter Kanzler», applaudierte Julius Franz.

«Es bestand keine andere Möglichkeit, ihn zu disziplinieren.»

«Als ihn in den Kerker zu stecken? Allmählich gebe ich Euch recht. Der Wahnsinn herrscht, und Ihr scheint seine erste Beute zu sein.»

Der Kanzler schüttelte den Kopf

«Es ist weitaus schlimmer, als Ihr denkt.»

Er berichtete vom Streitgespräch mit Riedner, seiner Aufsässigkeit, seiner offensichtlichen Erkrankung, dem Tumult unter den Knechten und den schlimmen Protesten auf den Straßen.

«Das Volk fordert Julius Franz.»

Der verlor ebenso schnell sein adeliges Selbstbewusstsein wie der Bischof die Fassung.

«Fordern?!» Der Bischof erhob sich, ging auf ihn zu. «Sagtet Ihr, *das Volk fordert*?»

«Ja, Eure Gnaden. Nachdem Ihr Wolf von Schanzenfeldt die Freiheit geschenkt habt, fordert es die erneute Festsetzung von Julius Franz und einen gerechten Prozess.»

Der Bischof glaubte seinen Ohren nicht zu trauen.

«Wer wagt es, solche Lügen zu verbreiten?»

Brandt war irritiert. Er und jeder andere in der Kanzlei gingen davon aus, dass die Freilassung Bruder Wolfs auf den Befehl des Bischofs erfolgt war. Wie sonst wäre er aus dem Kerker freigekommen?

«Ich verstehe nicht, Eure Gnaden … Wolf von Schanzenfeldt befindet sich in Freiheit, und wenn ich hinzufügen darf, macht er ausgiebig davon Gebrauch.»

Eine dunkle Ahnung überkam den Bischof.

«Ist er wieder auf seinem Pferd unterwegs?»

Der Kanzler seufzte. «Schlimmer denn je. Er hat mindestens drei aufsässige Bürger mit dem Schwert getötet, wenn nicht noch mehr. Jetzt verfolgen sie ihn mit Gabeln und Dreschflegeln durch die Stadt. Die anderen drohen, die Kanzlei zu überrennen, sofern das noch nicht geschehen ist. Wir müssen dringend eingreifen, bevor Schlimmeres geschieht.»

Recht hatte er. In der Stadt fanden sich immer mehr Bürger zusammen und skandierten gegen die Not, das Leid, den Bischof.

Der Schrecken des Bauernaufstands vor hundert Jahren war noch immer präsent. Es könnte jederzeit wieder geschehen.

«Schickt nach dem Kommandanten», ordnete er an, «er soll alle verfügbaren Knechte zusammenziehen und die Aufstände in der Stadt niederschlagen.»

Der Kanzler versprach es, allerdings hatte er auch noch eine Frage. «Was soll mit Riedner geschehen?»

Gute Frage. Was sollte nun mit ihm geschehen, jetzt da er sich die Teufelskrankheit zugezogen hatte? Er musste separiert werden, damit er nicht auch noch andere ansteckte.

Apropos Ansteckung. Da war noch jemand, der mit dem Teufelsbalg zu tun hatte, und das ganz in seiner Nähe.

Die Marienkirche, eine kleine Kapelle, lag inmitten des dunklen Burghofs. Einst von Karlmann, Onkel Karls des

Großen, gestiftet, war es das Zentrum des Glaubens im ostfränkischen Reich. Die sechs Fenster der Rundkirche waren erleuchtet, genauso wie der angebaute Chortrakt, in dem sich der Altar befand. Darauf stand ein Korb mit Stroh, darin der kleine Michael.

Antonius kniete auf einer Bank, in sich versunken, betend. Neben ihm Crispin, der unablässig auf ihn einredete.

«Es ist nicht das Kind, das wir suchen. Hörst du?»

Antonius antwortete nicht.

«Du begehst einen fürchterlichen Fehler.»

Auch das mochte ihn nicht erweichen. Er betete stoisch weiter.

«Du lädst große Schuld auf dich, wenn du mit diesem Irrsinn fortfährst.»

Nun endlich reagierte er.

«Irrsinn? Woher willst du wissen, was falsch und was richtig ist?»

«Der Verstand und die Logik der alten Schriften. Sie alle sehen das Heilige Land als Ort der Niederkunft.»

«Warum bist du dann hierhergekommen?»

«Weil ein guter und verlässlicher Freund mich darum gebeten hat. Jetzt aber ist es Zeit einzusehen, dass er sich geirrt hat. Begeh nicht den gleichen Fehler.»

«Der Komet ist aber real.»

«Ja, ein fallender Stern. Mehr aber auch nicht.»

«Und das Mal?»

«Es sieht auffällig aus», musste Crispin zugeben, «aber die Zahl des Antichrist erkenne ich darin nicht.»

«Du Narr, siehst du nicht, was offenbar ist? Hat dir die kleine Hexe den Verstand geraubt?»

«Mein Verstand sagt mir, dass wir nicht übereilt

handeln dürfen. Lass uns das Kind nach Rom bringen und …»

«Damit die Teufelskrankheit auch in der Heiligen Stadt ausbricht? Niemals.»

Darauf wusste Crispin keine Antwort. Die Seuche war ein Phänomen, das unerklärlich blieb. Wie konnte es dieser elenden Krankheit gelingen, nur die Frommen zu infizieren und die Ungläubigen zu verschonen?

«Die Anweisungen des Kardinals waren eindeutig», sprach Antonius weiter. «Solange Gefahr von diesem Kind ausgeht …»

«So ein Unsinn», unterbrach Crispin, «das Kind ist harmlos. Es ist unsere Furcht …»

Draußen auf dem Hof kam Unruhe auf. Ein Geschrei und Gezeter erhob sich, Pferde wieherten, Hunde kläfften. Crispin ging hinaus, um zu sehen, was die Ursache war. Er sah zwei Knaben im Schein der Fackeln, wie sie sich auf dem Boden wälzten und schrien, als würde ein Feuer sie verzehren.

«Helft», rief ein Mann an ihrer Seite, nach seiner Kleidung war es der Koch. «So helft uns doch. Der Teufel ist auf die Burg gekommen.»

Aus luftiger Höhe beobachtete ein Rabe die Vorgänge im Burghof. Er sah zwei kleine Menschen auf dem Boden liegen, andere, wie sie in Angst davonliefen. Pferde wurden von der Unruhe angesteckt. Sie scheuten und rissen an den Seilen. Hunde bellten. Was war nur die Ursache für die Aufregung?

Er sah einen Mann in edlen Gewändern in den Burghof kommen.

«Wo ist dieser Teufelsbalg?!»

Aus dem runden Haus trat jemand heraus, in der Hand einen Korb. Darin ein Kind. Djodji hatte gefunden, wonach er suchte.

Er drehte ab, es war Zeit zurückzukehren. Da entdeckte er etwas im Lichtschein einer Fackel im Burggraben. Es war ein Vogel, der seine Flügel spannte und vergeblich versuchte aufzusteigen. Ein ums andere Mal stürzte er. Es konnte eine Falle sein, um ihn anzulocken. Doch wenn er es sich genauer betrachtete, so handelte es sich nur um einen Raben, der verletzt oder kraftlos war. Vielleicht beides.

So ging er hinab.

34

«So wird das nichts. Du fällst ja über deine eigene Rockschürze.»

Kathi blickte an sich herab. Ja, es stimmte, Babettes Kleider waren viel zu groß für ihren kleinen Körper. Der Rock streifte am Boden, die Jacke war fast doppelt so groß wie ihr Oberkörper, die Ärmel dreifach aufgerollt. Das Mehr an Kleidung war zwar warm, aber auch hinderlich.

«Du musst dich frei bewegen können», sagte Sounya. «Leise wie eine Eule und flink wie eine Fledermaus sollst du sein.»

«Ich habe aber nichts anderes», erwiderte Kathi.

«Mal sehen, wie wir das ändern können. Komm mit.»

Sounya ging voran in den Reisewagen. Dort zündete sie eine Laterne an, deren Licht seltsame Muster warf. Außerdem begann sich die Laterne wie von Geisterhand langsam zu drehen. Wandernde Sterne entlang der Wand.

Im ersten Augenblick erschrak Kathi, wie alles ineinanderlief und sich wieder neu entfaltete. Doch dann erkannte sie die Schönheit darin.

«Wo hast du das her?»

«Aus Córdoba», antwortete Sounya.

«Wo ist Córdoba?»

«Im Süden Spaniens, wo die Mauren lange herrschten.»

Sounya öffnete eine Truhe, kramte darin nach Kleidung.

«Was hast du in Córdoba gemacht?», fragte Kathi.

Das Sternenlicht der Laterne brach sich in der Glaskugel auf dem Tisch. Es bildete darin einen eigenen Kosmos. Kathi betrachtete es staunend wie ein Kind, das zum ersten Mal die Pracht des Nachthimmels erkennt.

«Ich habe dort gelebt.»

«Dann bist du Spanierin?»

Sounya antwortete nicht gleich. Sie förderte ein Kleid zutage, das Kathi passen konnte. Sie hielt es vor sich hin, betrachtete es eingehend, zupfte es zurecht. Es war schwarz wie ihres, mit Stickereien reich verziert. Das Kleid einer Prinzessin.

«Nein», antwortete sie, «ich war mit einem Spanier verheiratet. Besser gesagt, mit einem Mauren.»

«Mit einem Mauren?» Kathi wollte es nicht glauben.

«Ja, warum nicht?»

Stimmt. Warum sollte man nicht mit einem Mauren verheiratet sein.

«Und wo ist er jetzt?»

Sounya legte das Kleid zur Seite. «Er ist tot.»

«Oh, das tut mir leid.»

«Das braucht es nicht.»

Sie kramte weiter in der Truhe, zog eine Hose, ein Hemd und eine Jacke hervor, hielt alles vor Kathi hin.

«Das könnte passen.»

«Aber das sind doch die Kleider eines Jungen.»

«Ich weiß. Dennoch erfüllen sie ihren Zweck. Los, zieh sie an.»

Kathi widersprach nicht. Sounya würde schon wissen, was sie tat. Außerdem sahen die Sachen elegant aus.

«Was ist da passiert?», fragte Sounya, als sie die Narben auf Kathis Rücken sah.

«Mein Meister hat mich geschlagen.»

«So sehr, dass es Narben gegeben hat?»

Kathi nickte.

«Ein schlechter Mensch. Jeden Streich sollte er büßen.»

«Das tut er bereits», antwortete Kathi zufrieden, «Meister Grein ist in die Hölle gefahren.»

Sie schlüpfte in die Kleider. Noch nie zuvor hatte sie so feinen Stoff getragen. Keine Spur mehr von der Härte und Rohheit ihrer alten Kleidung. Das hier fühlte sich weich und warm an, so wie ein mit Fell gefütterter Handschuh.

«Sehr gut, nun siehst du endlich wie ein Mädchen aus.»

«In den Kleidern eines Jungen?»

Sie lachten. Kathi konnte sich nicht erinnern, wann sie das letzte Mal gelacht hatte. Es fühlte sich gut an.

«Mit deinen Haaren müssen wir noch etwas machen», sagte Sounya.

Sie nahm eine Schatulle, holte eine Haarnadel heraus – eine lange goldene Spitze mit einem verzierten Blatt, darauf ein Zeichen, wie es Kathi in Avicennas *Kanon der Medizin* gesehen hatte. Es musste arabisch sein.

«Was ist das?», fragte Kathi.

Sounya nahm ihre Haare, teilte sie in dicke Strähnen und begann Zöpfe zu flechten. «Das wird dir mehr Freiheit verschaffen.»

Die Situation verwirrte Kathi. Sie konnte sich nicht erklären, warum sich diese schöne und fremde Frau so um sie kümmerte, fast schon, als sei sie ihre Tochter.

«Warum hilfst du mir?», fragte Kathi unvermittelt.

«Ist es dir unangenehm?»

«Nein, ich frage mich nur, warum du das tust.»

Sounya seufzte. «Ich hatte auch mal eine Tochter, ungefähr in deinem Alter.»

«Und wo ist sie?»

«Nicht hier.»

Sie brach die Unterhaltung unvermittelt ab.

«Komm und sieh dich an», sagte sie, nachdem sie die Zöpfe zu einem Knoten gerafft und mit der Nadel am Hinterkopf befestigt hatte. Sie führte Kathi zu einem Schrank und öffnete die Tür. Auf der Rückseite wartete eine Überraschung auf sie.

Der Schreck fuhr Kathi in die Glieder. Sie zuckte zurück. Was war das für ein Zauber?

«Hast du noch nie einen Spiegel gesehen?», fragte Sounya.

Nein, hatte sie nicht, nicht so einen. Der Bischof sollte einen Spiegel besitzen, hatte man sich in der Apotheke erzählt. Ein paar reiche Bürger und Adelige auch. Aber das war es dann auch schon. Nicht einmal der belesene und welterfahrene Grein hatte einen besessen. *Dämonische Eitelkeit* hatte er geschimpft. *Das Weib und der Teufel finden sich im Spiegel.*

Vorsichtig streckte sie die Hand aus, ihr Spiegelbild tat es ihr gleich. Noch immer war sie unsicher. Wie konnte das sein? Sie kannte ihr Spiegelbild zwar aus dem Wasser, in mancher Glasscheibe hatte sie sich auch schon gesehen, aber so echt wie das vor ihr, in ganzer Körpergröße, das war ihr neu und auch ein gutes Stück unheimlich.

«Fürchte dich nicht», ermutigte sie Sounya, «es wird dir nichts geschehen.»

Kathi drehte sich zur Seite, dann zur anderen. Irgendwie eigenartig war das, wie sie sich da sah, in einem *Spiegel.* Neben ihr diese schöne und geheimnisvolle Frau in ihrem schwarzen Kleid. Sie lächelte ihr zu, Mutter und Sohn, edel gekleidet, von Stand. Einzig Michael fehlte.

«Gefällst du dir?», fragte Sounya.

Sie konnte nicht anders, als die Frage zu bejahen. «Sehr.»

«Gut, dann komm.»

Sounya schloss die Tür und führte sie hinaus zum Feuer, wo Volkhardt bereits auf sie wartete. Als er Kathi erblickte, fehlten ihm die Worte.

«Kathi … bist du das?»

Sie lächelte stolz und auch ein wenig verliebt in ihre neuen Kleider.

«So hast du mich bestimmt noch nicht gesehen.»

Das traf vermutlich zu, denn Volkhardt wusste keine rechte Antwort darauf. «Du bist nicht wiederzuerkennen.»

«Genau so soll es sein», erwiderte Sounya. «Wenn ihr beide auf die Burg geht, dann soll euch niemand erkennen.»

«Wir tun was?», antwortete Volkhardt.

«Auf die Burg gehen.»

«Wie soll das geschehen? Wir wissen ja noch nicht einmal, wo sich Michael befindet.»

Ein Schatten löste sich aus der Dunkelheit, die sie umgab.

Djodji, Sounyas Rabe, verstand es, leise wie eine Eule durch die Luft zu gleiten. Kein Flattern war zu hören. Er tauchte einfach in Sounyas Schatten ein und verschmolz mit ihm, als wären beide eins. Manche würden von Zauberei sprechen.

Kathi konnte sich nicht erklären, welch eigenartige Beziehung zwischen Sounya und ihrem Raben Djodji bestand. Er saß auf ihrem erhobenen, angewinkelten Arm wie ein stolzer Falke, blickte sich um und krächzte leise.

Fast schien es, als verstünde Sounya, was er da sagte. Sie nickte zustimmend, streichelte sanft sein Gefieder. Dann ließ sie ihn gehen, und er flog in die Dunkelheit zurück.

«Wir müssen uns beeilen», sagte sie. «Dein Kind ist in Gefahr.»

35

Die Kutsche sollte von niemandem aufgehalten werden. Sie passierte ungehindert die Tore.

Die Wachen waren dadurch alarmiert. Es passierte nicht jeden Tag, dass sie einen Befehl direkt vom Bischof erhielten, folglich musste etwas geschehen sein.

«Die zwei Söhne des Kochs haben den Verstand verloren», sagte einer.

Ein anderer: «Nein, der Teufel ist in sie gefahren.»

Ein Dritter: «In der Kanzlei hat es ein Hauen und Stechen geben. Auch den Generalvikar Riedner hat es erwischt.»

Dabei sollte doch gerade er, einer der höchsten Geistlichen nach dem Bischof, vor den Nachstellungen des Teufels gefeit sein.

«Der Teufel macht vor niemandem halt.»

Deshalb sollte man ihm nicht zu nahe kommen.

«Er kann leicht auf einen überspringen.»

«Ich gehe auf keinen Fall in den Kerker.»

«Ich auch nicht.»

Die Söhne des Kochs waren in den Kerker des Randersackerer Turms geworfen worden, wo einst schon Tilman Riemenschneider eingesperrt gewesen war. Jemand musste nach ihnen sehen und dem Bischof berichten, wie sich ihr Zustand entwickelte.

«Ich habe geschworen, dem Bischof zu dienen. Vom Teufel war nie die Rede.»

Kathi und Volkhardt beobachteten die Wachmänner, die bei der Pferdetränke im Echter'schen Hof eng beieinanderstanden und nicht auf das achteten, was um sie herum geschah. Sie ließen das Scherenbergtor, das letzte Nadelöhr vor dem Burghof, unbewacht. Die Gelegenheit war günstig.

«Bist du bereit?», fragte Volkhardt.

Kathi nickte, und so gingen sie los, im Schutze der Dunkelheit an der Wand entlang, ungehindert durchs Tor bis in den Burghof. Vor ihnen tauchten der Bergfried, das Brunnenhaus und die Marienkirche auf. Die Fenster der Kapelle waren erleuchtet. Sie schauten über den Sims hinein, konnten aber niemanden sehen.

«Vertraust du Sounya?», fragte Volkhardt.

Kathi zuckte die Schultern. Sie hatte Sounya auch erst kennengelernt. Es war zu früh, um etwas zu sagen.

«Irgendwie schon. Aber sicher bin ich nicht.»

Volkhardt ging es genauso. «Ich weiß nicht, warum sie uns hilft und was sie da über ihren Raben gesagt hat … also, ich weiß nicht.»

Was Volkhardt meinte war: Was wäre, wenn Michael tatsächlich in der Kirche war? So wie es Sounya ihnen vorausgesagt hatte. Sollte sie wirklich mit einem Raben sprechen können, der sie auf die richtige Spur setzte?

Natürlich nicht, das war Unfug. Es war ein Trick. Er musste die beiden nur weiter beobachten, um dahinterzukommen, wie sie es anstellten.

Volkhardt zog sein Messer, vergewisserte sich noch einmal, ob in der Kapelle nicht jemand auf sie lauerte.

«Ich weiß nicht, was uns dadrinnen erwartet. Es kann alles Mögliche passieren. Es ist sicher besser, wenn ich alleine reingehe.»

«Vergiss es», widersprach Kathi energisch. «Wenn Michael dadrin ist, dann werde ich ihn rausholen.»

Auch sie hatte eine Klinge dabei, einen Dolch, den Sounya ihr zugesteckt hatte. Es war ein edles Stück, das einem Junker alle Ehre machen würde. Sie hielt ihn vor sich her, ungeduldig, aufgeregt.

«Gehen wir jetzt?»

Volkhardt nickte und ging los. Die Tür zur Kapelle ließ sich problemlos öffnen. Er schaute hinein. Weder links noch rechts war jemand zu sehen. Doch wenn ihn nicht alles täuschte, dann kniete da jemand im Chortrakt. Ein Mann, er hielt den Kopf gesenkt, hatte ihn nach vorne gebeugt, als ruhte er auf seinen betenden Händen. War es der Bischof? Schließlich war es seine Hauskapelle. Nur er durfte hier drin beten.

Volkhardt schlich auf Zehenspitzen hinein, Kathi an seinen Fersen. Als sie näher kamen, erkannten sie, dass sie sich geirrt hatten.

Crispin schreckte auf. «Wer seid ihr?»

Er sah sich mit zwei Klingen konfrontiert. Es dauerte einen Augenblick, bis er Kathi in ihrer neuen Kleidung und den hochgesteckten Haaren erkannte.

«Bist du das?»

Sie ging nicht darauf ein: «Wo haltet Ihr Michael versteckt?!»

«Michael? Das Kind?»

«Ja, wo ist er?»

Sie drohte ihm mit dem Dolch. Crispin wich zurück.

«Vorsichtig, mein Kind. Du könntest jemanden verletzen.»

«Jetzt sagt mir endlich: Wo habt Ihr Michael versteckt?»

Crispin seufzte. «Dieses Kind, Michael, ist nicht mehr auf der Burg.»

Kathi fiel vor Schreck fast das Messer aus der Hand. Aber wieso sollte sie ihm glauben? Er hatte sie schon einmal hintergangen. «Lügner. Michael ist hier. Ich weiß es.»

«Dein Brüderchen *war* auf der Burg, ja, das stimmt. Aber der Bischof wollte ihn nicht länger hierhaben.»

«Warum? Wo ist er?»

Crispin war sichtlich durcheinander, wusste sich keinen rechten Reim auf die Vorgänge zu machen.

«Noch heute Morgen hätte ich geschworen, dass an deinem Kind nichts Teuflisches ist.»

«So ist es auch», fuhr sie dazwischen.

«Wieso sagt Ihr das?», fragte Volkhardt, ruhiger und besonnener.

«Das ist alles sehr verwirrend für mich.»

«Jetzt sagt schon!» Kathi ahnte Schlimmes.

«Nachdem wir mit deinem Kind die Kanzlei verlassen hatten, ist Generalvikar Riedner an der rätselhaften Seuche erkrankt. Mit ihm weitere Knechte, die sich gegenseitig …» Er seufzte, schüttelte den Kopf. «Und kaum sind wir auf die Burg gekommen, überfällt die Seuche die beiden Söhne des Kochs. Ist das nicht … seltsam?»

«Was wollt Ihr damit sagen?»

«Dass überall, wo dein Brüderchen auftaucht, die Teufelskrankheit ausbricht.»

«Unsinn. Michael hat damit überhaupt nichts zu tun.»

«Ja, das sage ich mir auch. Aber dennoch: Wie kann das sein?»

Kathi erinnerte sich der Worte Wilhelms. *Ich habe gesehen, wie eine Ratte einen Knecht angegriffen hat.*

«Die Ratten sind es. Sie sind der Überträger der Krankheit. Es gibt sie auch auf der Burg.»

Richtig, und genauso in den Kellern der Schwarzen Banden. Volkhardt schaute sie zweifelnd an. In der ganzen Zeit, in der sie die Keller bewohnten, war ihnen kein einziges Mal eine Ratte aufgefallen, die sich mit der Teufelskrankheit infiziert hatte. Denn dann wären auch die Kinder angesteckt worden.

«Aber wo ist Michael jetzt?»

«Der Bischof hat Bruder Antonius mit ihm weggeschickt. Ich weiß nicht, wohin er ihn gebracht hat.»

«Was hat er denn vor?»

«Ich fürchte das Schlimmste.»

Nicht weit von der Marienkirche entfernt, in unmittelbarer Nähe zur Burg, führte Djodji seine Herrin in den Festungsgraben. Hier war es dunkel, nur die Fackeln auf der Burgmauer warfen etwas Licht.

Kolk krächzte elendig und erschöpft, als er Djodji sah.

Sounya nahm ihn auf.

«Was ist mit dir, du stolzer Rabe?»

Sie hob einen Flügel vorsichtig an. «Hat man dir Leid zugefügt?» Der andere Flügel zeigte ebenfalls keine Verletzung. Die Beine? Nein, auch hier war nichts Außergewöhnliches festzustellen.

«Was ist mit dir geschehen?»

Kolk schaute verwirrt um sich, und nicht er, sondern Djodji meldete sich zu Wort.

Kraah!

«Leise, mein treuer Freund. Du machst noch die Wachen auf uns aufmerksam. Besser, wir kehren zurück, und du erzählst mir alles.»

Sie ging im Schutz der Dunkelheit den Festungsgraben entlang, bis sie wieder bei ihrem Wagen angekommen war. Er stand direkt an der hohen Mauer.

Sounya machte sich gleich daran, einen Trunk für den Raben zuzubereiten. Er würde das Gift aus seinem Körper leiten und ihm wieder Kraft geben. Djodji hüpfte währenddessen aufgeregt umher, krächzte. Er war nervös.

«Was ist mit dir?»

Sounya bezeichnete man gemeinhin als verrückt, denn sie sprach mit Raben, besser gesagt, mit Djodji. Sie schien sein Krächzen zu verstehen, genauso wie der Rabe sie. Doch das war natürlich unmöglich. Niemand konnte mit einem Raben sprechen. Es war eine Verständigung, die sich mehr über bestimmte Laute, Bewegungen und Gesichtsausdrücke vollzog.

Von Felipe, Sounyas früherem Stallmeister, behauptete man das übrigens auch. Er hatte mit Pferden *gesprochen*. Ihm war es gelungen, die wildesten Tiere zum Dienst am Menschen zu bewegen. Das machte ihn bei den Pferdebesitzern begehrt, bei den Stallknechten allerdings verdächtig. Schnell kam die Rede auf Zauberei und *El Diablo*, den die Enkel der heiligen spanischen Inquisition so sehr fürchteten.

Aber solange Felipe mehr Nutzen stiftete als Argwohn, sollte es Sounya und ihrem Mann recht sein. Ihre Kunden zahlten gut für ein wenig Zauberei, die das Geschäft mit den teuren Reit- und Zuchtpferden förderte. Die regelmäßigen Spenden ans Kloster nahmen lange allen Verdächtigungen den Wind aus den Segeln, bis das eines Tages nicht mehr reichte. Dann mussten sie um ihr Leben fürchten.

Allmählich begann der Trank zu wirken. Kolk schwankte zwar noch ein wenig, aber er konnte sich zunehmend auf den Beinen halten. Djodji schnüffelte an Kolks Gefieder, krächzte zufrieden.

«Das glaube ich auch», fügte Sounya hinzu. «Er kann bald wieder fliegen.»

Kolk probierte es gleich aus. Er spreizte die Flügel, schlug sie in gewohnter Weise und erhob sich tatsächlich. Er flatterte wie eine Fledermaus auf engstem Raum, stürzte, versuchte es erneut.

Da ging die Tür auf. Kathi und Volkhardt kamen herein. Für einen Moment waren sie von dem umherfliegenden Raben irritiert.

«Er ist nicht mehr auf der Burg», sagte Kathi aufgebracht. «Ein Mönch hat ihn fortgebracht.»

«Er war in der Kutsche, die uns vor der Nase weggefahren ist», bekräftigte Volkhardt. «Hätten wir nur geahnt, dass er sich darin befindet …» Er seufzte.

Auch Sounya hatte sie gesehen. Sie war an ihr vorbeigefahren, sie konnte noch nicht weit sein.

«Wisst ihr, wo er ihn hinbringt?»

Kathi schlug die Hände vors Gesicht und begann zu weinen. «Wir haben ihn verloren.»

Volkhardt nahm sie in den Arm. «Beruhige dich, wir werden ihn finden. Ich verspreche es.»

Leichter gesagt als getan. Wie sollten sie ihn mitten in der Nacht ausfindig machen? Es war nahezu unmöglich.

Kolk kam herbei, krächzte sie an. Im ersten Augenblick nahm Kathi ihn gar nicht richtig wahr, es war ein gewöhnlicher Rabe, so wie Sounyas, vielleicht etwas größer. Vermutlich gehörten die beiden zusammen. Doch dann erkannte sie das Stück Stoff an seinem Bein, das sie ihm vor Monaten umgebunden hatte, um eine Verletzung zu heilen. Damals war es weiß gewesen, jetzt war es schmutzig. Aber welcher Rabe trug schon ein Bändchen an genau derselben Stelle?

«Kolk, bist du das?»

Er hüpfte auf ihren Schoß, schaute sie mit seinen unruhigen Augen an und piekste ihren Finger mit einem schnellen Schnabelstoß.

«Du kennst den Raben?», fragte Sounya.

«Ja, das ist Kolk. Wir sind Freunde.»

Sounya quittierte es mit einem anerkennenden Nicken. Dann beorderte sie Djodji auf den Arm, machte mit den Fingern Zeichen, flüsterte etwas.

«Was hast du vor?», fragte Kathi.

«Wir lassen Djodji nach der Kutsche suchen», erwiderte sie, «er hat gute Augen.»

Hätte Sounya nicht diese Gewissheit in der Stimme gehabt, dass sie genau wusste, was sie da sagte, Kathi hätte sie für verrückt gehalten. Volkhardt hingegen tat es. Er schaute sie skeptisch an.

«Der Rabe hört auf dich?»

«Wenn er will, ja.»

Sie stand mit Djodji auf dem Arm auf, ging zur Tür und öffnete sie. «Und jetzt flieg.»

Djodji erhob sich und flatterte in die Nacht davon. Ein Krächzen war noch von ihm zu hören. Es galt offenbar Kolk, denn der folgte ihm zur Tür hinaus.

Zurück blieben eine zuversichtliche Sounya, eine hoffende Kathi und ein zweifelnder Volkhardt

«Was machen wir jetzt?», fragte er.

36

Noch konnte sich Kolk nicht so schnell in die Lüfte schwingen wie seine neue Freundin Djodji. Sie war in allen Bewegungen schneller und wendiger als er. Aber seine Kraft würde bald wiederkommen, er spürte es mit jedem Flügelschlag, der ihn höher und höher trug.

Als sie gemeinsam von der Burg hinunter ins Maintal flogen, sahen sie unter sich die Brücke mit ihren Wachhäuschen und den Wachmännern. Indes gingen die Wachen nicht wie gewohnt ihrem Dienst nach, sondern verhielten sich auffallend konfus. Sie lagen im Schnee, krümmten sich und schrien.

Ein ähnliches Bild entlang der Domstraße, dem Marktplatz und vor der Kanzlei des Bischofs. Überall erkrankte Knechte.

Ein zorniger Hexenkommissar Faltermayer kommandierte dort die wenigen Knechte, die nicht von der Krankheit befallen waren.

«Schafft sie von der Straße, schnell.»

«Aber wohin mit ihnen?», fragte einer. «Es sind zu viele.»

Faltermayer überlegte. Die Kerker waren voll. Die Knechte trotzdem dort hineinzuschicken bedeutete den sicheren Tod für sie, selbst wenn die Gefangenen keine Waffen besaßen. Sie würden ihrem Groll auf die Peiniger freien Lauf lassen und sie mit bloßen Händen erwürgen. Sie mussten woanders untergebracht werden.

«Holt die Karren», befahl Faltermayer, «und bringt sie

ins Juliusspital. Die Ärzte sollen herausfinden, was hier vor sich geht.»

Er war gespannt auf die Antwort, denn er konnte sich die plötzliche Erkrankung der Knechte nicht erklären. Er hatte bereits die Knechte, die am Morgen ihren Dienst getan hatten, an den Wahnsinn verloren. Und nun zeigten auch die, die er eigens aus den umgebenden Dörfern herangezogen hatte, dieselben Anzeichen.

Was war hier nur los?

Es musste sich um eine Vergiftung handeln, anders war es nicht zu erklären, dass die Knechte von außerhalb erst erkrankten, als sie in die Stadt kamen. Sie waren von den wenigen Gesunden in ihren Dienst eingewiesen und anschließend mit Proviant versorgt worden, damit sie …

Einen Moment. Den Proviant hatten beide Gruppen gemeinsam, er wurde im Aufenthaltsraum der Knechte zu sich genommen.

Er musste das sofort überprüfen.

Hinter dem Hoftor hielt sich Wilhelm versteckt und beobachtete das Chaos. Sein Plan war aufgegangen, das vergiftete Brot hatte genau die erreicht, die es treffen sollte. Wahrscheinlich hatte es auch noch die Wachmannschaften getroffen, was nicht weiter ins Gewicht fiel. Die Wachen hatten den Kindern der Schwarzen Banden das Leben von jeher schwergemacht, nun sollten auch sie seine Rache spüren.

Er kam aus seinem Versteck und ging die Domstraße hinunter. Mal sehen, was an der Mainbrücke so los war. Er war gut gelaunt, pfiff sogar ein Lied, als er Hufgeräusche hörte. Sie kamen aus dem Dunkel vor ihm, und sie näherten sich rasch.

Besser, er ging von der Straße, hinein in die Gassen, wo er sich verstecken konnte.

Doch ein Reiter im vollen Galopp war schneller als die flinksten Kinderbeine. Im Wegrennen blickte Wilhelm hinter sich. Er sah nur das Dunkel, aus dem das Schnauben eines Pferdes drang. Und er sah auch nicht die Klinge, die ihn den Kopf kosten sollte.

«Dreckiges Rattenvieh!»

Bruder Wolf hatte sich erfolgreich den Nachstellungen der Knechte entzogen, was nicht weiter schwer war. Diese jämmerlichen Kerle fielen, ohne einen einzigen Streich geführt zu haben, vor ihm in den Schnee und krümmten sich, als hätte er ihnen den Bauch aufgeschlitzt. Das war zum einen respektvoll, aber letztlich enttäuschend. Wozu hatte er die Freiheit erlangt, wenn er seiner Arbeit nicht gerecht werden konnte, die Stadt von dem Ungeziefer zu befreien?

Und Knechte gehörten neuerdings dazu. Zumindest jene, die ihn im Kerker beleidigt, gedemütigt und verprügelt hatten.

Apropos Kerker. Er hatte gehofft, dass diese kleine flüchtende Ratte, die sich nachts in den Straßen herumtrieb, dieser Otto gewesen war, den er aus seiner Zelle befreit und in seine Dienste genommen hatte. Verdammter Bastard, er hatte sich bei der erstbesten Gelegenheit davongestohlen.

Warte, du entkommst mir nicht.

Er gab seinem Pferd die Sporen.

Djodji und Kolk drehten ab. Nirgends war eine Kutsche zu sehen, nur verrückte Menschen, die sich gegenseitig massakrierten. Sie hatten bereits die Stadtmauern und den Main überquert, wollten wieder hoch auf die

Burg, als Djodji einen anderen Weg einschlug. Kolk folgte ihr über den Festungsberg hinweg, hinunter in die Mainauen. Dort lag ein einsames Kloster, und wenn ihn nicht alles täuschte, fuhr soeben eine Kutsche durch das Tor.

37

Ein seltsamer Anblick war das. Sounya *unterhielt* sich mit einem Raben. Sie machte erneut diesen seltsam gurrenden Laut und streichelte dabei Djodjis Gefieder, wie man einem treuen Hund übers Fell fährt.

War das ohnehin schon Grund genug, an ihrem geistigen Zustand zu zweifeln, so schien es wiederum, dass dieser Rabe ihr auch antwortete.

Kraah!

Gütiger Himmel, wenn das Faltermayer sähe, er ließe sie sofort auf dem Scheiterhaufen verbrennen.

Aber nun reichte es Kathi mit dieser Eulenspiegelei, Michael war in Gewalt eines Priesters namens Antonius – so hatte es ihr Crispin gesagt –, einem Jesuiten, der nicht eher ruhen würde, bis er das Kind exorziert hätte, und im Fall des Misserfolgs hätte er auch keine Skrupel, das Kind zu töten.

Sie mussten jetzt handeln und nicht wertvolle Zeit mit einem Raben verplempern.

An ihrer Seite war Volkhardt, der – gemessen an seinem Gesichtsausdruck – denselben Gedanken hatte. Auch er war unruhig, blickte kopfschüttelnd auf Sounya und ihren Raben, dann auffordernd zu Kathi.

«Sounya», drängte Kathi, «wir können nicht länger warten. Michael ist in Gefahr.»

Sie nickte. «Ich weiß, und Djodji weiß es auch.»

Kathi musste an sich halten, um ihrem Unmut nicht freien Lauf zu lassen. Sah sie denn nicht, wie verrückt es war, mit einem Raben zu *reden*?

Hier ging es um das Leben Michaels, und wenn sie nicht sofort etwas unternahmen, würden Volkhardt und sie auf eigene Faust losgehen und nach ihm suchen. Dieser Antonius hatte einen Vorsprung, wahrscheinlich war er zu seinen Ordensbrüdern, den Jesuiten, geflüchtet. Sie mussten dringend dorthin.

Ihre Ungeduld war ansteckend. Kolk kam aus der dunklen Ecke des Reisewagens zu ihr geflogen. Er setzte sich auf ihren Schoß, schaute sie mit unruhigen Augen an und krächzte. Wollte nun auch er mit ihr sprechen? Sie seufzte, schüttelte über diesen Irrsinn den Kopf.

Auch Volkhardt hatte genug. Er reichte Kathi die Hand.

«Komm, lass uns gehen.»

«Wartet.» Sounya erhob sich. «Wo wollt ihr hin?»

«Michael suchen», antwortete Kathi.

«Aber wo?»

«In der Stadt. Bei den Jesuiten.»

«Was macht dich so sicher, dass er dort zu finden ist?»

«Wohin kann ihn der Mönch sonst gebracht haben, wenn nicht zu seinen Brüdern?»

«An einen Ort, der ihm weitaus gelegener kommt als ein Haus in der Stadt.»

«Und wo soll das sein?»

Die Fahrt hinab in die Mainauen war nicht ungefährlich. Nicht allein wegen des steil abfallenden Geländes auf eisigem Untergrund – das man jetzt bei Dunkelheit noch weniger einschätzen konnte als bei Tag. Zu beiden Seiten des Wegs lauerten noch andere Gefahren. Wer sich von Westen und Norden der Stadt näherte, kreuzte zwangsläufig ihre Route. Allerlei zwielichtiges Volk war unterwegs, dem man weder bei Tag und noch weniger bei Nacht begegnen wollte. Eine langsam dahinklappernde Kutsche war ein leichtes Ziel für Räuber und Tunichtgute.

So ging Volkhardt mit der Pike voraus. Über ihm kreisten Djodji und Kolk am Nachthimmel. Er sah sie nicht, hörte aber ihre gelegentlichen Rufe. Sounya saß auf dem Bock und steuerte Pferd und Wagen, Kathi befand sich im Inneren. Sie haderte mit sich, ob sie das Richtige tat.

Woher wollte Sounya wissen, dass Antonius mit Michael in ein Kloster außerhalb der Stadt gegangen war anstatt zu seinem Ordenshaus?

Die Antwort konnte doch nicht lauten, sich auf das alberne Krächzen eines Raben zu verlassen. Das war absurd und könnte im Hinblick auf Michael tödliche Folgen haben. Es musste eine andere Möglichkeit geben. Allerdings nicht jetzt, mitten in der Nacht. Es musste Tag werden, um einen Versuch zu starten, die Stadttore und die Wachen zu überwinden. Bis dahin wollte sie sich fügen.

Der Weg, auf dem sie sich befanden, war holprig. Kathi saß auf dem Bett und hielt sich fest. Vor ihr der Schrank mit diesem *Spiegel*. Ein wundersames Ding war das. Man mochte meinen, in ihm existierte noch eine zweite Welt gleich der ihren, und man musste nur durch diese Tür schreiten und wäre mittendrin.

Schlaglöcher gab es in dieser Welt auch, und nicht zu knapp. Der Wagen plumpste förmlich hinein, sodass die Schranktür aufsprang und allerlei Dinge herauskullerten. Darunter auch ein Bündel Papiere. Es waren Flugblätter, in fremden Sprachen geschrieben. Die eine erkannte sie sofort, es war Französisch, das in Würzburg die Hofsprache war. Die andere konnte Spanisch sein, gemessen an den lateinischen Worten, vielleicht war es auch Italienisch.

Allen war gemein, dass sie das Bild einer Frau zeigten, die ein schwarzes Kleid mit vielen kleinen Sternen und Monden trug. Zwischen ihren Händen, die sie wie beschwörend vor sich hielt, befand sich eine Kugel, darin die Darstellungen eines Kindes und eines Sensenmannes mit Totenschädel – das Alpha und das Omega, Anfang und Ende. Auf den Schultern der Frau saß ein Rabe.

Die Überschrift lautete in etwa: *Leben oder Tod? König oder Bettler? Madame Sounya und ihr Rabe sagen es dir.*

Um Himmels willen, war das wirklich Sounya? Kein Zweifel, hier stand es in dicken schwarzen Lettern: Sounya und ihr Rabe.

Sie war also eine Jahrmarktsattraktion, eine Gauklerin, die gutgläubigen Bürgern das Geld aus der Hosentasche zog. In die Hände einer Betrügerin hatte sie das Schicksal Michaels gelegt. Ihr wurde schwindelig vor Sorge.

Sie musste diesen Hokuspokus auf der Stelle beenden. Sie stopfte die Flugblätter in den Schrank zurück und ging zur Tür.

Einer der Zettel war auf dem Boden liegen geblieben.

Der Komet von Würzburg.

Darunter eine halbwegs stimmige Zeichnung der Stadt mit der Burg und einem Kometen, der den Nachthimmel kreuzte.

Und die Worte: *Ein Kind … der Antichrist … das Ende.*

Wie war Sounya zu diesem Flugblatt gekommen? Kathi hatte es selbst nur einmal gesehen, Otto hatte es ihr mitgebracht. Es würde bei den Händlern auf dem Markt und bei den Schiffern von Hand zu Hand gehen, hatte er gesagt. In allen deutschen Landen spräche man von der Himmelserscheinung und der Niederkunft des Teufels.

Dann war also dieses Flugblatt bis nach Frankreich und Spanien gereist. Kein Wunder, dass *Madame Sounya* sich das nicht entgehen ließ. Mit Handlesen und Wahrsagerei konnte man gutes Geld verdienen, besonders dann, wenn man sich exotisch gab und Zutritt zu Bürgerhäusern und Bällen erhielt. Dort war die Wahrsagerei zu einem beliebten Amüsement geworden, das sich die vornehmen Herren und Damen etwas kosten ließen.

Dieser Spuk musste ein Ende haben. Nicht erst morgen, jetzt gleich. Der Karren machte halt. Kathi fiel auf das Bett zurück.

Die Tür ging auf, Volkhardt schaute herein.

«Kathi, komm», flüsterte er, «wir sind da.»

Himmelspforten, Kloster und Kirche der Zisterzienserinnen, an den Ufern des Mains gelegen. Von außen sah man nicht, was sich hinter der kahlen, hohen Mauer befand, die das Gelände ringsum einfasste und damit gegen Übergriffe von herumstreifendem Gesindel und Marodeuren schützte.

Volkhardt klopfte gegen die Pforte. Einmal, zweimal … bis er es aufgab. Niemand würde kommen. Entweder waren die Nonnen ängstlich, oder sie ließen grundsätzlich niemanden nach Einbruch der Nacht herein – was in diesen Tagen keine schlechte Idee war.

«Was jetzt?»

«Wenn niemand öffnet», antwortete Kathi, «dann wird auch niemand hineingekommen sein.»

Ihr Blick ging zu Sounya, die mit der Laterne den Boden beleuchtete.

«Hier sind aber Spuren», sagte sie, «Spuren einer Kutsche.»

Kathi gab nichts darauf. Die Spuren konnten von allem Möglichen stammen, von einem Karren oder auch von einem Fuhrwerk, von heute oder auch von gestern.

«Es ist vergebens», erwiderte sie niedergeschlagen und ein gutes Stück zornig, «Michael ist nicht dadrin.»

«Wie kommst du darauf?», fragte Volkhardt.

Kathi zeigte ihm das Flugblatt mit Madame Sounya und ihrem sprechenden Raben. «Sie ist eine Gauklerin, nichts weiter.»

«Wo hast du das her?»

«Aus dem Wagen. Da gibt es noch viel mehr davon.»

Sounya kam zu ihnen. «Und, was sagt es dir?»

Kathi antwortete frei heraus. «Dass du eine Lügnerin bist!»

«Weil ich Geld mit meiner Kunst verdiene?»

«Kunst?» Kathi lächelte bitter. «Scharlatanerie, nichts weiter.»

Sounya reagierte unbeeindruckt.

«Wenn ich ein Scharlatan wäre, würde ich dir etwas vormachen.»

«Das tust ja auch.»

«Das werden wir noch sehen.»

Der Wagen stand vor den hohen Klostermauern. Unmöglich, da ohne Leiter drüberzukommen. Wenn man allerdings auf das Dach des Wagens kletterte, dann war es nur ein Katzensprung hinüber.

Sounya wollte es wagen. Sie stieg auf den Bock und dann auf das Dach. Die Mauer war nur noch einen Schritt entfernt. «Kommt ihr?»

«Michael ist nicht hier», erwiderte Kathi.

«Er ist es. Vertrau mir.»

«Jetzt, da wir schon mal da sind», lenkte Volkhardt ein, «können wir doch auch nachsehen.»

«Ich traue ihr nicht.»

«Du wartest hier», schlug er vor, «wenn ich ihn gefunden habe ...»

Aber mitten in der Nacht und ganz alleine hier draußen herumstehen wollte sie auch wieder nicht.

«Kommt nicht in Frage», widersprach sie. «Nicht dass ich ihr glaube ... ich bin weit davon entfernt ... aber wenn Michael doch dadrin ist, braucht er mich.»

Mit einem Satz war sie auf dem Bock und mit dem zweiten auf dem Dach.

«Im Namen und in der Kraft unseres Herrn Jesus Christus beschwöre ich dich, unreiner Geist ...»

Michael lag auf dem Altar der Klosterkirche in Himmelspforten. Um ihn herum Dutzende Kerzen. Sie spendeten nicht nur Licht, sondern hielten ihn auch leidlich warm. Etwas zu warm für Antonius, dem der Schweiß auf der Stirn stand. Er hielt die Augen geschlossen und die Hände gefaltet. Seine Stimme war fest und der Wille stark. Er wusste, dass er das Richtige tat.

«... wer immer du bist, jede satanische Macht, jeder höllische Feind, jede teuflische Legion, Schar und Rotte: Reiß dich los und entferne dich von der Kirche Gottes und von den Seelen, die nach seinem Ebenbild erschaffen und durch sein kostbares Blut erlöst wurden.»

Er öffnete das Tuch, in das Michael gewickelt war, tauchte seine Finger in ein Weihwasserkesselchen und benetzte damit Michaels Gesicht und die Brust. Der mochte das überhaupt nicht und protestierte laut. Antonius legte ihm die Hand auf die Stirn. Sie war noch immer heiß, genauso wieder der Rest des kleinen Körpers.

«Satanas, ich weiß, dass du da bist. Offenbare dich mir.»

Doch da war kein Satan, nur ein fiebriges, kleines Kind.

So wiederholte er die Worte. «Wer immer du bist, jede satanische Macht, jeder höllische Feind, jede teuflische Legion, Schar und Rotte …»

Eine Nonne schaute durch den Spalt der Kirchentür herein. Sie hatte Angst und wagte kaum zu sprechen.

«Verzeiht, ehrwürdiger Bruder …»

Antonius blickte auf. «Was willst du, Schwester?»

«Es ist alles vorbereitet, so wie Ihr es gewünscht habt.»

Er nickte. «Hab Dank, und nun geh.»

Die Nonne brauchte keine zweite Aufforderung. Draußen auf dem Gang warteten ihre Schwestern, eine aufgeregter und ängstlicher als die andere.

«Was will dieser Bruder mit dem Kind anstellen, Schwester Oberin?»

Die Sorge war berechtigt, denn plötzlich durchschnitt das laute Klagen eines Kindes die stille Abgeschiedenheit des Klosters Himmelspforten.

Antonius legte das Messer zur Seite. Blut tropfte auf den Altar. Seine Stimme war voller Leidenschaft.

«Ich beschwöre dich, du verfluchter Drache, und jedes Heer von Teufeln, durch den lebendigen Gott, durch den wahren Gott, durch den heiligen Gott, durch den Gott, der die Welt so sehr geliebt hat, dass er seinen eingeborenen Sohn dahingab, damit jeder, der an ihn glaubt, nicht verlorengeht, sondern das ewige Leben hat …»

«Hört ihr das?»

Volkhardt blieb stehen, horchte in die Nacht. Auch Kathi und Sounya spitzten die Ohren. Das Schreien eines Kindes drang aus dem Dunkel.

Kathi drohte vor Schreck das Herz stehenzubleiben.

«Michael?»

«Es kommt aus dieser Richtung», sagte Sounya und ging voran. Volkhardt und Kathi folgten ihr, jetzt von allen Zweifeln befreit, am falschen Ort zu sein.

Der Weg führte sie über einen Platz hinüber zu den Klostergebäuden. Als Erstes tauchte die Klosterkirche vor ihnen auf. In den Fenstern war nur ein kleiner Schein Licht zu erkennen.

«Wartet», sagte Volkhardt, «lasst mich zuerst hineingehen und schauen.»

Aber da hatte er nicht mit Kathi gerechnet, die jegliche Vorsicht fahrenließ. Sie ließ beide stehen und hastete zur Kirchentür hinein.

Sounya blieb draußen. Sie hörte das Krächzen Djodjis und folgte ihm.

Vorne am Altar brannten zahlreiche Kerzen. Die Bänke waren leer. Über ihr erstreckten sich die Empore und die Orgel. Auch dort war niemand zu sehen. Trotzdem ging sie hoch. Vielleicht hatte er sich dort versteckt.

«Michael», rief sie, «bist du hier?»

Volkhardt kam herein und sah sich um. Er ging zum

Altar. Die kreisrunde Anordnung der Kerzen war eigenartig, so, als hätte hier jemand …

Und tatsächlich. Wenn das keine Blutstropfen auf dem Altarstein waren. Er tippte seinen Finger hinein. Das Blut war frisch.

«Dieser Narr wird doch nicht so verrückt sein», sagte er mit verhaltener Stimme.

«Was ist?», rief Kathi durchs Kirchenschiff herüber. «Hast du etwas gefunden?»

Eine Blutspur war sicherlich nicht der Hinweis, der Kathi in ihrer Sorge beruhigt hätte. So verschwieg er es und eilte zur Tür.

«Komm, wir müssen woanders nach ihm suchen.»

Draußen vor der Tür schauten sie sich um. Im Dunkel war nicht viel zu erkennen, außer dass jemand fehlte.

«Wo ist Sounya?», fragte Volkhardt.

Richtig, wo war sie? Sie war ihnen nicht in die Kirche gefolgt.

«Ich dachte, sie wäre an deiner Seite gegangen», erwiderte Kathi.

Er schüttelte den Kopf. «Nein, sie …»

Ein Geräusch ließ ihn verstummen. «Was war das?»

Er schaute ins Dunkel, suchte zu erkennen, woher das Geräusch gekommen war.

Da, schon wieder, ein Stück weiter, und es kam näher.

Volkhardt reagierte schnell. Er zog sein Messer und warf sich dem Angreifer entgegen. Zusammen gingen sie zu Boden. Die Beute war leicht zu überwältigen.

«Tut mir nichts», flehte eine Frauenstimme, «ich bin Schwester Seraphina.»

«Wer?»

Volkhardt stand auf, nahm sie am Arm und führte sie

zurück ins Licht der Kirche, das durch die Tür herausfiel.

Die Frau war tatsächlich eine Ordensschwester, und sie war von kleiner Gestalt, kaum größer als Kathi.

«O Himmel, helft», bat sie inständig, «der Bruder wird das Kind töten.»

Kathi fuhr erneut der Schreck in die Glieder. «Wo ist er?!»

«Unten in den Mainauen.»

Volkhardt nahm sie am Arm. «Führ uns hin.»

Der Weg verlief um die Kirche, entlang dem Klostergebäude zu einer Mauer. Darüber erkannten sie den hellen Flammenschein. Funken stieben in den Nachthimmel, Stimmen gingen durcheinander.

«Schnell», drängte die Schwester, «hier hindurch.»

Durch eine Tür gelangten sie in den schmalen Streifen der Au.

Vor ihnen tat sich ein großer, lodernder Reisighaufen auf. Die Flammen schlugen hoch und knisterten. Durch den Feuerschein erkannte Kathi Antonius. Er stand hinter dem Feuer mit Michael im Arm. Ihm gegenüber Sounya.

Er hielt ihr ein kleines Kreuz entgegen.

«Weiche zurück, du Hexe!»

Doch Sounya wich keinen Schritt. Sie streckte fordernd die Hände nach Michael aus.

«Gib mir das Kind, bevor es zu Schaden kommt.» Sie machte einen Schritt auf ihn zu. «Gib … mir … das … Kind!»

Ihre Stimme klang eigenartig und beschwörend. Selbst Kathi spürte die Kraft, die von ihr ausging, obwohl sie zehn Schritte entfernt stand. In dieser Stimme lag etwas, das einen geradezu nötigte, ihrem Befehl zu gehorchen.

Auch Antonius fühlte es, und er kämpfte dagegen an, so wie es ein Priester tat, der sich mit einer fremden Macht konfrontiert sah – mit dem Glaubensbekenntnis.

«Ich glaube an Gott, den Vater, den Allmächtigen, den Schöpfer des Himmels und der Erde …»

«Dein Gott ist tot», antwortete Sounya. «Sei kein Narr und gib mir das Kind.»

«… und an Jesus Christus, seinen eingeborenen Sohn, unsern Herrn …»

«Du warst ein treuer Diener deines Gottes. Doch nun ist es genug.»

«… gelitten unter Pontius Pilatus, gekreuzigt, gestorben und begraben …»

«… und hinabgestiegen in das Reich des Todes», fuhr Sounya überdrüssig fort, «und nicht wieder auferstanden von den Toten.» Sie seufzte. «Du langweilst mich.»

«So wahr ich hier stehe», erwiderte Antonius, «jetzt erkenne ich dich. Du bist wahrlich ein Hexenweib. Aber du wirst mich nicht vom rechten Weg abbringen.»

Sounya war es leid. «Wer sagte, dass ich an dir interessiert bin?»

Nun wurde Antonius einiges klar. «Es ist das Kind, nicht wahr? Das Mal ist echt. Deswegen bist du hier.»

Sounya schüttelte den Kopf. «Du Narr. Du weißt nicht, womit du es zu tun hast.»

Was um alles in der Welt redeten die da?, fragte sich Kathi. Das Mal war eine Laune der Natur, nichts weiter.

«Ich gehe links ums Feuer herum», flüsterte Volkhardt ihr zu. Damit würde er Antonius in den Rücken fallen können.

Kathi nickte. Auch sie wollte nicht länger tatenlos herumstehen und darauf warten, bis der Mönch ein Einsehen hatte. Sie musste handeln und nahm den anderen Weg, rechtsherum.

«Gebt mir mein Kind zurück», sagte sie, als sie an Sounyas Seite stand. Sie hob fordernd die Hände. «Es ist unschuldig und hat Euch nichts getan.»

«Die kleine Hexenschwester», antwortete Antonius abfällig. «Damit haben wir also die ganze Hexenbrut an Ort und Stelle versammelt. Das Feuer ist ebenfalls bereit. Wozu noch warten? Lasst uns beginnen.» Er nahm Michael die Tücher vom Leib, bis er nackt in seinen Händen lag. «Hiermit erlöse ich dich von deiner Existenz auf Erden, was immer du auch seist – Teufel, Antichrist oder Dämon der Hölle. Geh zurück ins Feuer und berichte, dass die Schlacht der Söhne des Lichts gegen die Söhne der Finsternis geschlagen ist. Unser Herr Jesus Christus hat gesiegt, um zu erlösen die Guten von den Bösen.»

Kathi blieb vor Schreck das Herz stehen. «So haltet ein», schrie sie ihm entgegen, «er ist ein unschuldiges Kind!»

Doch Antonius hörte nicht. Er hielt Michael hoch wie eine Trophäe, bereit, ihn ins Feuer zu werfen.

Die Rettung kam unverhofft aus der Dunkelheit. Auf einen Wink Sounyas hin stürzte sich Djodji auf den Mönch. Er musste sich die ganze Zeit über in den Bäumen an der Klostermauer aufgehalten haben. Seine Krallen bohrten sich Antonius ins Gesicht. Volkhardt nutzte die Gelegenheit und rannte mit aller Kraft gegen den dicken Mönch an. Der fiel auch nach vorne hin. Michael glitt aus seinen Händen, in die ausgestreckten Arme von Kathi.

Antonius hatte es nicht so gut erwischt. Er landete zur Hälfte im Feuer. Er versuchte auf die Beine zu kommen, was ihm aber aufgrund seiner Körperfülle nicht gelang. Die Flammen züngelten schnell, das Feuer des Reisighaufens griff auf ihn über.

Niemand konnte ihm jetzt noch helfen. Und selbst wenn es eine Möglichkeit gegeben hätte, ihn zu retten, er hatte mit seiner Besessenheit, Michael im Feuer zu töten, jegliche Hilfe verspielt. Seine Schreie erstickten bald.

Schwester Seraphina schlug das Kreuzzeichen und schickte ein Gebet hinterher.

«Ist Michael verletzt?», wollte Volkhardt wissen.

Kathi konnte auf den ersten Blick nichts feststellen, außer dass er noch immer Fieber hatte und wie apathisch in ihren Armen lag.

«Er braucht dringend Medizin», antwortete sie.

«Vielleicht kann ich helfen», mischte sich Sounya ein. «Ich habe Heilkräuter in meinem Wagen. Doch zuvor würde ich ihn gerne einmal in den Händen halten.»

Sie lächelte, und Kathi dachte sich nichts dabei.

38

Ein Reiter mit dem kaiserlichen Wappen auf den Ledertaschen verlangte den Bischof zu sprechen, er habe wichtige Nachricht vom Reichskammergericht in Speyer.

Doch der Bischof war nicht zugegen. Noch am Abend hatte er mit Julius Franz von Fischen die Burg verlassen, um andernorts den Geschäften nachzugehen. Auf der Burg als auch in der Stadt fühlten sie sich nicht länger sicher.

Zum einen lag das daran, dass mit der Erkrankung der beiden Söhne des Kochs die Teufelskrankheit dem Bischof gefährlich nahe gekommen war – das Eheweib des bischöflichen Sekretärs klagte obendrein über ein verzehrendes Feuer in ihrem Leib, das nur der Teufel von ihr nehmen könne –, und zum anderen, dass nach den niedergeschlagenen Aufständen keine Ruhe in der Stadt eingekehrt war.

Noch immer forderten die Wortführer die Festsetzung von Julius Franz. Als dann auch noch die Erkrankung Riedners und der Knechte bekanntwurde, bekamen sie unverhofft Rückenwind für ihr Anliegen.

Das geistliche Gericht sei nicht nur auf einem Auge blind, es sei ein Teil dieser Teufelei, hörte man sie klagen. Wie konnte man also ein gerechtes Urteil erwarten?

Der Kanzler ließ sich das Dokument aushändigen und öffnete es. Darin las er, dass das Urteil gegen Gero von Wetterstein auf der Stelle auszusetzen sowie alle anhängigen Gerichtsverfahren gegen Geistliche bis auf weiteres einzustellen seien.

Die Familie von Wetterstein und andere, deren Angehörige in die Prozesslawine geraten waren, hatten es also tatsächlich geschafft, ein Verbot der Prozesse zu erwirken.

Dem Bischof würde die Zurechtweisung aus Speyer nicht schmecken, denn noch immer fühlte er sich als *Kaiser in seinem Land*, und nicht Kaiser Ferdinand, der von Wien aus das Reich regierte. Über diesen Befehl würde er sich dieses Mal nicht hinwegsetzen können, wie er es schon einmal getan hatte. Damals war eine Schelte direkt aus Wien erfolgt.

So kam es, dass die Verfahren gegen die Geistlichen allesamt eingestellt wurden.

An Geist, Seele und Körper geschunden, kehrten sie in ihre Stifte zurück. Wer gedacht hatte, alles ging damit wieder seinen gewohnten Weg, sah sich enttäuscht. Viele wurden aus ihrem Konvent ausgeschlossen, gleichwohl sie auf höchstrichterlichen Beschluss freigesprochen worden waren. Doch das hatte die Stiftskapitel nicht überzeugt.

Irgendetwas sei an der Beschuldigung schon dran gewesen, sonst wäre es ja nie dazu gekommen.

Auf diese Weise entledigten sie sich unliebsam gewordener Stiftsbrüder, ohne ein langwieriges Ausschlussverfahren einleiten zu müssen.

Bruder Wolf war einer dieser missliebigen Stiftsherrn. Er wurde aus dem Konvent ausgeschlossen und seiner Pfründe entledigt. Sie kamen anderen, unauffälligeren Brüdern zugute. Natürlich hatte Bruder Wolf das nicht widerspruchslos hingenommen. Er rebellierte in gewohnter Weise, betrunken, lautstark und gewalttätig. Erst das Eingreifen seines Vaters beendete die wenig ehrenhafte Demission aus dem angesehenen Ritterstift zu St. Burkhard. Gerüchten zufolge soll er sich in die Dienste General Wallensteins begeben haben, um das Ansehen seiner Familie auf dem Schlachtfeld wiederherzustellen.

Ähnlich unspektakulär endete auch Wilhelms Geschichte. In der Frühe war sein kopfloser Körper zu den anderen Toten des Aufstands auf einen Karren geworfen worden. Ihr letzter Weg ging hinaus zu den Scheiterhaufen, wo sie verbrannt wurden.

Wilhelms Freunde Georg und Adam hatten noch ein paar Tage nach ihm gesucht, es dann aber aufgegeben. Vermutlich war er weggegangen, wie so viele, um woanders ein besseres Leben zu suchen.

Ebenso unauffindbar blieb Wilhelms Geheimwaffe – der halbe Sack mit dem vergifteten Getreide. Er lag sicher verstaut an einem Ort, den nur er und ein paar Ratten kannten. Die Ratten – zumindest diese Generation – machten einen weiten Bogen darum. Sie hatten erlebt, was die Körner bewirkten, und gaben es an ihre Artgenossen weiter.

So kam es auch zu keinem neuen Ausbruch der Teufelskrankheit. Sie ebbte ab, bis schließlich niemand mehr daran erkrankte.

Crispin trat indes die Heimreise an. Sein Auftrag war erledigt. Zuvor hatte er einen Schriftgelehrten aus dem nahegelegenen und auch in Rom einflussreichen Erzbistum Mainz angefordert. Bruder Pirmin war nach eingehender Untersuchung des kleinen Michaels zum Ergebnis gekommen, dass das Mal zwar auffällig sei, aber nicht zweifelsfrei auf die Zahl 666 schließen ließe. Stattdessen sei zu klären, was es mit dem Erscheinen des Kometen auf sich hatte. Die besten Astronomen zerbrächen sich seit Wochen den Kopf, warum er gerade über Würzburg zerborsten war.

Aber das war nicht länger Crispins Problem. Seine Kutsche stand zur Abfahrt bereit.

«Es tut mir leid», sagte Kathi zu ihm, «dass ich Euch vorgeworfen habe, am Tod von Barbara schuld zu sein.» Sie hielt Michael im Arm, der sich in den letzten Tagen vom Fieber erholt hatte.

«Den Menschen wurde großes Unrecht zuteil», antwortete Crispin, «und ich bin daran nicht unschuldig. Auf dem Heimweg werde ich genügend Zeit und Gelegenheit haben, für die Vergebung meiner Sünden zu beten. Ich hoffe, der Herr gewährt mir seine Gnade.»

Er streichelte Michael über den Kopf. «Deinem Bruder und dir wünsche ich alle Kraft der Welt, dass ihr diese unruhigen Zeiten übersteht. Wenn du Hilfe brauchst, dann lass nach mir schicken. Du weißt, wo du mich finden kannst.»

In der Heiligen Stadt Rom, nicht weit vom Petersdom entfernt. Kathi hatte es sich fest eingeprägt. Es war zwar unwahrscheinlich, dass sie das Angebot jemals annehmen würde, aber es konnte nicht schaden.

Sounya kam um die Ecke. Sie wurde vom Krächzen zweier Raben angekündigt, die am Himmel Kapriolen schlugen. Crispin hatte sie in den letzten Tagen kennengelernt, und irgendetwas an ihr schien ihm zu missfallen – was bei ihrem Erscheinungsbild nicht sonderlich schwer war. Sie trat immer in einem schwarzen Kleid auf, sprach wenig und mied die Gesellschaft anderer. Dafür studierte sie umso mehr geheimnisvolle Bücher, die sie in einer Truhe versteckt hielt. Niemand durfte diese

Bücher sehen. Kathi hörte sie einmal Worte und Sätze daraus lesen, als sie glaubte unbeobachtet zu sein. Es war eine fremde, eigenartige Sprache, ähnlich der, die Sounya gebraucht hatte, als Kathi mit schmerzendem Rücken auf ihrem Bett gelegen war.

Auch Djodji, ihr Rabe, verhielt sich nicht weniger seltsam. Wenn andere Vögel sich nachts zu ihren Ruheplätzen begaben, wurde er gerade erst aktiv und flog in die Nacht hinaus. Manchmal kehrte er mehrmals in der Nacht zurück, manchmal blieb er aber auch tagelang fort. Doch jedes Mal, wenn er zurückkam, schien er Sounya von seinen Ausflügen zu berichten. Die beiden suchten dann die Abgeschiedenheit des Wagens auf.

Hätte Kathi die Suche nach Michael in jener Nacht nicht selbst miterlebt, sie würde keinen Pfifferling auf dieses merkwürdige Verhalten der beiden geben. Noch immer war es ihr ein Rätsel, wie Djodji sie zum Kloster Himmelpforten geführt hatte. Konnte es tatsächlich sein, dass sie ihn verstand und er sie auch? So wie es auf dem Flugblatt stand? *Madame Sounya und ihr Rabe …*

Es schüttelte sie bei diesem Gedanken.

«Gib auf deine neue Freundin Acht», sagte Crispin, «sie hat ein Geheimnis.»

«Welches Geheimnis?»

«Ich weiß es nicht, aber ich bin sicher, du wirst es herausfinden.»

Kathi nickte. «Ich werde es beherzigen.»

«Wenn du schnell Hilfe brauchst, kannst du auch Bruder Pirmin eine Nachricht zukommen lassen.»

Kathi wusste nicht, was es mit Pirmin auf sich hatte. Doch gemessen an der Vertraulichkeit, die zwischen den beiden herrschte, mussten sie sich gut kennen. Pirmin saß bereits in der Kutsche. Er würde Crispin noch ein Stück begleiten.

Nun war es aber höchste Zeit. Crispin gab Michael und Kathi seinen Segen.

«Gott beschütze euch.»

Dann stieg er in die Kutsche und gab das Kommando zur Abfahrt. Kathi schaute ihm noch eine Weile nach, so lange, bis die Kutsche hinter der nächsten Biegung verschwunden war.

«Du hast ihn gemocht», sagte Sounya.

«Irgendwie schon.»

«Er hätte Michael töten können.»

Kathi dachte darüber nach. «Ich glaube nicht.» Sie gab ihm einen Kuss auf die Stirn. Dann schaute sie sich um. «Wo steckt Volkhardt? Er müsste doch schon längst da sein.»

«Weiß er, dass wir ihn hier treffen wollen?», fragte Sounya.

«Ja, sicher. Er kommt doch sonst nicht so spät.»

Ohne Volkhardt wollte sie die Reise eigentlich nicht wagen. Sie schaute nach oben. Djodji und Kolk flogen Kapriolen. Wenigstens hatten die beiden sich gefunden.

«Wir müssen los», drängte Sounya.

Sounyas schwarzer Reisewagen stand auf der Bergspitze im Südosten der Stadt. Von hier aus hatte man einen prächtigen Blick auf die Stadt und das Maintal. Die Sonnenstrahlen spiegelten sich in den letzten Resten Schnee auf den Feldern. Es war überraschend mild geworden in den letzten Tagen. Es roch nach Frühling.

Sounya kletterte auf den Bock, und Kathi warf einen letzten Blick zurück ins Tal. Es blieb dabei. Keine Spur von Volkhardt.

Er würde sie bestimmt einholen, sagte sie sich. Dann stieg sie mit Michael in den Wagen.

Es würde eine Tagesreise werden, hatte Sounya gesagt.

Ihr Ziel war der Schwanberg, ein Fluchtberg am Rande des Steigerwalds, mit einer Burg und einem Geheimnis. Im Zuge der Schneeschmelze hatte sich die Nachricht verbreitet, dass ein mysteriöser Stein in der Nähe der St.-Walburgis-Kirche gefunden worden war. Er sollte rot, grün und blau glitzern und die Größe einer Kanonenkugel haben.

Woher der Stein gekommen war und was ihn so außergewöhnlich machte, konnte niemand sagen – außer dem Jungen vielleicht, der ihn in der Nacht des Teufelskometen auf die Erde hatte stürzen sehen.

Der Stein hat in allen Farben des Regenbogens geleuchtet, hatte er gesagt. *Selbst dann noch, als er von Schnee bedeckt und erkaltet war.*

Inzwischen war der Junge wie vom Erdboden verschluckt.

Eigentlich wollte Kathi nichts mehr von diesen Dingen wissen. Der Teufelskomet und alles, was folgte, hatten ihr gereicht. Dann aber war ihre Neugier doch geweckt worden.

Sie hatte in Sounyas Truhe ein Buch entdeckt.

Es trug seltsame Zeichen auf dem Einband. Im Inneren hatte es Zeichnungen von den Gestirnen und Anweisungen, wie der Mensch sich dieses Wissen zunutze machen konnte.

Kathi liebte Bücher, und dieses schien ein ganz besonderes Geheimnis in sich zu tragen.

EPILOG

Würzburg, am 9. März anno 1630

Mon cher ami,

ich schreibe Euch in tiefster Besorgnis um unsere teure Stadt.

Es ist nun Mitternacht, als ich diese Zeilen zu Papier bringe, und noch immer will es mir nicht gelingen, meinem Herzen und meiner Hand Ruhe zu befehligen. Denn die Neuigkeiten sind so ungeheuerlich, dass es mir den Verstand zu rauben droht.

Von dem Kometen, der über unserer Stadt erschienen und in einer kolossalen Explosion zerbrochen ist, habe ich Euch bereits berichtet; auch von dieser maledeiten Teufelskrankheit, die so rasch so viele gute Bürger, Edelleute und auch Priester dahingerafft hat.

Und sei es damit noch nicht genug, ist mir heute Kunde zugetragen worden, die von einem wahrhaft teuflischen Inferno biblischen Ausmaßes spricht.

In einem Ort nahe dem Vosberg haben sich mehr als achttausend Menschen zusammengefunden, um vor aller Augen eine unheilige Messe zu Ehren des Teufels zu feiern.

Achttausend! Mir wird schwindelig bei dieser Zahl.

In unserer geliebten Stadt ist daraufhin die Aufregung um die Hexerei erneut groß geworden. Manche bekennen sich ganz offen zum Herrn der Hölle, aus Angst vor seinem Zorn, sollten sie sich nicht auf seine Seite schlagen.

Und wisst Ihr, verehrter Freund, ich kann es Ihnen nicht verdenken. Wer von unseren Geistlichen so bitter enttäuscht und verraten worden ist, wendet sich in der Not dem Teufel zu, andere dem alten Glauben. Ich habe Steinkreise zu Ehren der alten Götter gesehen, die auf Lichtungen neu erbaut worden sind. Berichte von Untoten und Geistern gehen von Mund zu Mund. Selbst von Kindern ist die Rede, die zu Ehren Satans geopfert werden.

Schreckliche Blutträume, Visionen teuflischen Terrors und auch heftige Krampfanfälle gehen wieder um. Mit Gebeten, dem Rosenkranz und Weihwasser sind sie nicht mehr zu bändigen.

Dafür haben sich Heiler aus aller Herren Länder in Würzburg eingefunden, sogar selbsternannte Zauberer und Dämonenbeschwörer praktizieren ihre Hexenkunst völlig ungeniert. Ihre Gnaden, der Bischof, schlägt zwar mit eiserner Faust dazwischen, aber er wird ihrer nicht mehr Herr. Wie auch, wenn sie das Volk hinter sich wissen.

Die einfachen Menschen glauben nur noch an den Satan, was beweist, wie verkehrt hier alles ist. Man sagt, dass auch schon Edelleute, Beamte des Bischofs und vornehme Stadträte sich auf diesen unheiligen Messen einfinden und den Pakt mit dem Teufel schließen.

Ich versichere Euch, werter Freund, die Stadt ist ihres Herzens und Verstandes beraubt. Ich weiß nicht, wohin das alles noch führen soll.

Nun muss ich enden. Soeben ist ein Reiter eingetroffen. Die Wachen sagen, er käme aus Mainz herüber, wo in diesen Tagen ein weiterer Brocken des Kometen gefunden worden ist. Das ist nun der dritte Fund, und auch dort sollen Menschen auf unerklärliche Weise verschwunden sein.

Ich kann nur hoffen, dass dieser Notar, der die achttausend Namen der Hexen und Teufelsanbeter vom Vosberg in einem Buch aufgezeichnet hat, bald ausfindig gemacht wird. Nur durch ihn und seine Liste der Verdammten, können wir der größten Verschwörung seit Menschengedenken auf die Spur kommen.

Betet für das Gelingen, geschätzter Freund, sonst sehe ich kein Morgen mehr für unser geliebtes Frankenland.

Euer treu ergebener Freund,
Dr. Johannes Brandt,
Kanzler Ihrer fürstbischöflichen Gnaden
Philipp Adolph von Ehrenberg

post scriptum:
Wie mir soeben berichtet wurde, soll sich am Schwanberg eine große Zahl von Hexen und Hexer zusammenfinden, um ihren Herrn, den Teufel, willkommen zu heißen. Aus allen deutschen Landen strömen sie herbei …

ANMERKUNGEN UND DANKSAGUNG

Die Kinder des Teufels greift wie sein Vorgänger *Die Kinderhexe* auf tatsächliche Ereignisse und Entwicklungen in Würzburg zurück. Im Folgenden habe ich mich bemüht, Wissenswertes zusammenzustellen, um die Handlung historisch einordnen zu können.

Es sei darauf hingewiesen, dass es sich hier um einen Roman handelt. Nicht alle Personen, Orte und Vorkommnisse entsprechen der Historie.

Den *Kometen von Würzburg* hat es tatsächlich gegeben, allerdings erst im Jahr 1681. Eines der wenigen Bilder, die das Ereignis wiedergeben, ist dem Roman vorangestellt.

Man kann sich kaum vorstellen, was eine «himmlische Erscheinung» dieser Art bei den Menschen jener Zeit ausgelöst hat, wenn schon Naturphänomene wie Hagel oder Blitz in ursächlichen Zusammenhang mit Teufeln und Hexen gebracht wurden.

Die Zitate, die auf die Apokalypse bzw. auf die Niederkunft des Teufels verweisen, sind Teil der Offenbarung des Johannes aus dem Neuen Testament, außer jenem, auf das sich Crispin zu Anfang des Romans bezieht (*«Und es treten Ströme Belials über alle Heere …»*).

Dieser Text gehört zu den in Qumran gefundenen Aufzeichnungen (1QH3).

Elmar Weiß schreibt in *Würzburger Kleriker als Angeklagte in Hexenprozessen in den Jahren 1626 bis 1630*, dass «Teuerung, Hungersnot, schlechtes Wetter und vor allem die Pest, die seit 1625 wütete, den Bischof zum Ausweichen nach Schlüsselfeld zwangen. [...] Das gemeine Volk und die kirchlichen Oberen sahen sich [außerdem] veranlasst, nach den Ursachen dieser Übel in Gestalt von Hexen und Zauberern zu suchen.»

Eine (Brot-)Vergiftung durch das Mutterkorn (Antoniusfeuer, Ignis sacer) ist für diese Zeit nicht nachweisbar, aber auch nicht ausgeschlossen.

Vereinzelte Prozesse gegen Geistliche hat es in der Diözese Würzburg schon vor 1626 gegeben, zum Beispiel im Jahr 1545 gegen den Unterprobst des Klosters Wechterswinkel (Bastheim, Lkr. Rhön-Grabfeld). Oder der Fall des Ballenberger Pfarrers Caspar Franz aus dem Jahr 1573, den Elmar Weiß folgendermaßen festhielt:

«Pfarrer Franz führt – wie andere Geistliche des Odenwalder Landkapitels auch – ein sittenwidriges Leben. Nach Aussage seiner Dienstmagd und Konkubine habe er ihr einen Apfel gezeigt, von dem er behauptete, dass er einen Liebeszauber besäße. Und tatsächlich, nachdem sie vom Apfel gekostet hatte, sei sie ihm nachgelaufen und hätte mit ihm ein Kind gezeugt. Das Kind sollen sie anschließend gemeinsam getötet haben. Pfarrer Franz hat sich der Anklage und Verhaftung als *geistlicher Zauberer* nur durch Flucht entziehen können.»

Was im 16. Jahrhundert noch Einzelfälle waren, hat sich in der Regierungszeit von Philipp Adolf von Ehrenberg zu einer wahren Hatz auf die Würzburger Geistlichkeit entwickelt. Sobald die Hemmschwelle gegen Geistliche gefallen war, gab es offenbar kein Halten mehr. Erste Verhaftungen soll es bereits 1626 gegeben haben, die erste Hinrichtung dann im Jahr 1627 mit einem Vikar des Domstifts namens Johann Schwerdt*.

Dass auch wieder Kinder im Zuge der Klerikerprozesse eine Rolle spielten, zeigt der Fall des neunjährigen Johann Bernhard Reichardt. Der Junge war von seinem Vater aus der Schule von Neumünster genommen und in eine Schule nach Dettelbach gebracht worden, da er glaubte, sein Sohn würde in Neumünster zur Zauberei verführt. Mit Hilfe der Deutschordensregierung wurde der Junge wieder nach Würzburg gebracht, wo er sein Teufelsbündnis gestand und wenig später hingerichtet wurde.

Die Hysterie muss überaus groß gewesen sein, glaubt man dieser Aussage jener Zeit: «Die Zauberei in Würzburg und Bamberg hat so überhandgenommen, dass es sich die Kinder in den Schulen und auf den Gassen gegenseitig lehren. Daher seien etliche Schulen geschlossen worden.» (Elmar Weiß, Würzburger Kleriker …)

Die Ursachen für die Verfahren gegen Geistliche sind vielfältig. Zum einen war die Grenze zwischen einem Geistlichen und einem Zauberer fließend – beide arbeiteten auf das Jenseitige hin und bedienten sich ‹übernatürlicher Mittel› (einerseits das *Agnus Dei*, andererseits die *Hexenschmier*, ohne die keine Hexe *fliegen* konnte).

Das Böse machte sich vorrangig am *Guten* zu schaffen, und das bedeutete an jenen, die das Gute forderten und förderten, also den Geistlichen. Die wiederum trugen

* Siehe elfter Brand im *Verzeichniß der Hexen-Leut, so zu Würzburg mit dem Schwert gerichtet und hernacher verbrannt worden*. Im Anhang zu finden.

zur *Verteufelung des Teufels* und seiner Helfer maßgeblich bei, indem sie in den Schulen und in den Predigten unablässig gegen das Böse wetterten. Sicherlich auch mit der Androhung, *wenn du böse bist, wird dich der Teufel holen.*

Die (bösen) Geister, die sie selbst heraufbeschworen, wurden sie letzten Endes nicht mehr los.

Zum anderen dürfte der eine oder andere Kleriker im Zuge der Sozialdisziplinierung sein Leben verloren haben. Vor allem die Stiftsherrn kleideten und lebten wie Adelige, tranken und hurten, behandelten die Bürger wie Leibeigene und verrichteten ihre kirchlichen Pflichten nur widerwillig. Die Stifte wurden daher als *Brutstätte der Teufelskunst* bezeichnet. Bischof Ehrenberg ging das eine oder andere Mal gegen die Lasterhaftigkeit der Stiftsherrn vor, laut Aktenlage aber ohne großen Erfolg.

Und schließlich hatten die Prozesse auch einen finanziellen Aspekt. Jeder am Verfahren Beteiligte verdiente gut daran. Ankläger, Richter und Zeugen wurden *für ihre Arbeit* aus dem Vermögen des Angeklagten entschädigt. Einer der großen Nutznießer soll der Wirt des Gasthauses Stern gewesen sein, der die Verpflegung übernahm. Das Personal des Geistlichen Gerichts unter der Leitung des Generalvikars Dr. Riedner wird dort wohl auch gegessen und getrunken haben, was in Zeiten von allgemeiner Hungersnot nicht zu unterschätzen war. Die Kosten gingen zu Lasten des Angeklagten und wurden aus seinen Pfründen bestritten.

Der Ablauf eines Hexenprozesses gegen einen Geistlichen war gleichsam banal und kompliziert.

Es ist ein vereinheitlichtes Urteil überliefert*, in dem nur noch der Name des Beschuldigten eingetragen werden musste. Der Rest war wortgetreu gleich, die Urteilsbegründung ein und dieselbe. Das bedeutet, dass nicht der Inhalt des erpressten Geständnisses entscheidend war, sondern das Geständnis an sich; egal, wie abstrus die erpressten Geständnisse waren.

Auch der normale Bürger sagte nach der Folter aus, was die Kommissare hören wollten, und war es noch so unsinnig.

Michael Kunze hat in seinem Prozessbericht *Straße ins Feuer* derlei erpresste Geständnisse aufgeführt. Darin heißt es u. a.: «[Der Angeklagte] hat allein hundert junge Kinder und zehn alte Leut mit greulicher Zauberei erkrümmt und erbärmlich umgebracht. […] Zehnmal Kirchenraub begangen, vierzigundvier Personen gewalttätig mit eigener Hand ermordet, achtmalen den Leuten Haus und Städel angezündt …»

Andererseits gliedert sich der Ablauf der Degradation (Laisierung) eines Geistlichen in verschiedene Phasen. Hier ist nur auf den letzten Teil – die Wegnahme aller kirchlichen Würden – eingegangen worden.

Der Grund für das Ende der Prozesse soll in einem «Mandatum inhibitorum»** des Reichskammergerichtes in Speyer zu sehen sein.

* Siehe *Kleriker im Hexenprozess* von Prof. Dr. Harald Schwillus

** Ein Mandatsprozess, eine richterliche Verfügung, die dem Beklagten auf Begehren des oder der Kläger sofort etwas befiehlt oder verbietet, unbenommen des Urteils eines möglichen, späteren Verfahrens.

Die Prozesse hinterließen geständige Geistliche, aber auch welche, die aller Folter widerstanden und beharrlich auf ihre Unschuld verwiesen. Nach ihrer Freilassung wurden sie nicht immer von ihrem Stift wiederaufgenommen (*Irgendetwas sei an den Anschuldigungen schon dran gewesen, sonst wäre man ja nicht angeklagt worden*).

Laut den mehr oder minder vollständigen Verzeichnissen, die die Jahrhunderte überdauerten, verteilen sich die hingerichteten Kleriker auf die jeweiligen Stifte folgendermaßen:

Zehn aus dem Domstift, einundzwanzig aus Stift Haug, zwölf aus Stift Neumünster und drei aus St. Burkhard.

Im Epilog wird Bezug auf einen Brief genommen, den der Kanzler, Dr. Johannes Brandt, tatsächlich an einen (ungenannten) Freund geschrieben hat. Der Inhalt weicht an einigen Stellen vom Original ab.

Der Brief schildert aus einer anderen, privaten Sicht die damaligen Vorgänge und auch die Zweifel eines hohen Beamten an den Hexenprozessen, obwohl er sie in seiner Funktion und Position lange unterstützt und gefördert haben muss. (Der Brief ist im Anhang zu finden.)

In dieser Hinsicht ging es Dr. Brandt vermutlich nicht anders als dem *erleuchteten Fürsten* Julius Echter, der so viel Gutes für Stadt und Land auf den Weg gebracht hat, aber eben auch davon überzeugt war, dass Hexen und Teufel tatsächlich existierten.

Schließlich spreche ich meinen Dank für die Unterstützung bei der Recherche dem Bistumshistoriker Erik

Soder von Gueldenstubbe aus. Er hat sich mehr als bemüht, mich auf den richtigen Weg zu bringen. Ich befürchte, ich konnte seinem weisen Rat nicht immer folgen.

Des Weiteren möchte ich Prof. Dr. Harald Schwillus danken. Seine Arbeit *Kleriker im Hexenprozess* war Grundlage und gleichzeitig Wegweiser meines Romans. Ebenso der zuvor genannte Aufsatz von Elmar Weiß.

Wer sich einen fundierten Überblick zu den Würzburger Klerikerprozessen verschaffen will, ist mit den beiden Werken gut bedient.

ANHANG

Auszug aus einem Brief des Kanzlers Dr. Johannes Brandt an einen Ungenannten [Freund].

Frei übersetzt nach der ursprünglichen, französischen Fassung.

Bezüglich der Hexerei ist die Aufregung so groß, dass sich nicht die Möglichkeit bietet, normal darüber zu sprechen oder viel zu schreiben.

Sie [vermutlich die Leute und die Behörden] *glauben, dass alles aufgeklärt sei, aber ich versichere Ihnen, dass es noch immer mehr als 400 Personen gibt, sowohl hohen als auch niedrigen Standes, Männer, Frauen, religiöse und säkulare, die zu Gefängnis und Exekution verurteilt worden sind.*

Hochgebildete Ehrenmänner, Konsulenten und Ratsherren, von denen Sie den Großteil kennen mögen, werden verdächtigt. Dem Bischof unterstehen mehr als 70 Schüler, die sich der Religion verschrieben haben, um Priester zu werden; man sagt 13 oder 14 von ihnen nach, sie seien Hexer.

Ein Diakon, ein exzellenter Musiker, ist vor wenigen Tagen exekutiert worden; zwei andere haben die Flucht ergriffen. Ein hochgebildeter Notar aus unserem Kirchenrat ist gestern ins Gefängnis gebracht und gefoltert worden.

Mit einem Wort, ein Drittel der Stadtbevölkerung wird bald verschwunden sein, die reichsten und bedeutendsten selbst der Geistlichen nicht ausgenommen.

Vor acht Tagen ist ein Fräulein von 19 Jahren, in der ganzen Stadt bekannt für ihre Schönheit und Züchtigkeit, hingerichtet worden; viele werden ihr folgen müssen.

Vor fünfzehn Tagen sah ich einen Edelknaben aus dem Hause Rotenhan mit zwei Gefährten aufbrechen. Die Tochter der [früheren] *Kanzlerin, die mit einem Bürgermeister und Berater verheiratet gewesen ist, wurde mit sechs anderen umgebracht.*

Dies Blutvergießen wandelt sich zur Sitte; es wird Trauergewand getragen, während sich am Tod berauscht wird.

Man spielt also mit Blut, wenn die vielen hingerichtet werden, die sich dem Vergnügen hingeben und von denen man sagt, sie hätten Gott abgeschworen, die andererseits aber nie etwas Böses getan und niemandem Leid zugefügt haben.

Die Folgen dieser beschämenden Angelegenheit sind, dass mehr als 300 Kinder verführt worden sind.

Ich habe gesehen, wie Kinder von 7 Jahren exekutiert worden sind, Schulkinder von 10, 12, 14 und 15 Jahren, Edelmänner und andere.

Um die Wahrheit zu sagen, kann ich diese Prozedur, welche mir die Feder verwehrt, nicht nachvollziehen.

Ich füge hinzu, dass man uns schreckliche Neuigkeiten aus Westphalen überbracht hat, wo in einem Ort nahe dem Vosberg der Teufel eine Messe vor aller Augen gelesen und einen Vertrag mit mehr als 8000 Menschen geschlossen haben soll.

Ich distanziere mich ausdrücklich davon, es widert mich an, darüber zu schreiben …

Diese Menschen haben alle auf das Buch des Lebens [Bibel] *verzichtet, aber sie wurden von einem Notar – den wir beide gut kennen – in einem Protokoll der ewigen Verdammnis festgehalten.*

Der Inquisitor will mit aller Kraft das Protokoll wiederfinden, um die Schuldigen festzusetzen.

(Ohne Datum, 1629. Zu finden im Archiv des Ministeriums für auswärtige Angelegenheiten, Paris.)

Verzeichniß der Hexen-Leut, so zu Würzburg mit dem Schwert gerichtet und hernacher verbrannt worden.

Im ersten Brandt vier Personen.
Die Lieblerin.
Die alte Anckers Wittwe.
Die Gutbrodtin.
Die dicke Höckerin.

Im andern Brandt vier Personen.
Die alte Beutlerin.
Zwey fremde Weiber.
Die alte Schenckin.

Im dritten Brandt fünf Personen.
Der Tungersleber, ein Spielmann.
Die Kulerin.
Die Stierin, eine Procuratorin.
Die Bürsten-Binderin.
Die Goldschmidtin.

Im vierdten Brandt fünf Personen.
Die Siegmund Glaserin, eine Burgemeisterin.
Die Brickmannin.
Die Schickelte Amfrau [Hebamme]. NB. von der kommt das ganze Unwesen her.
Die alte Rumin
Ein fremder Mann.

Im fünften Brandt neun Personen.
Der Lutz, ein vornehmer Kramer.
Der Rutscher, ein Kramer.

Des Herrn Dom-Propst Vögtin.
Die alte Hof-Seilerin.
Des Jo. Steinbachs Vögtin.
Die Baunachin, eine Raths-Herrn Frau.
Die Znickel Babel.
Ein alt Weib.

Im sechsten Brandt sechs Personen.
Der Rath-Vogt, Gering genannt.
Die alte Canzlerin.
Die dicke Schneiderin.
Des Herrn Mengerdörfers Köchin.
Ein fremder Mann.
Ein fremd Weib.

Im siebenden Brandt sieben Personen.
Ein fremd Mägdlein von zwölf Jahren.
Ein fremder Mann.
Ein fremd Weib.
Ein fremder Schultheiß.
Drey fremde Weiber.
NB. Damahls ist ein Wächter, so theils Herrn ausgelassen, auf dem Markt gerichtet worden.

Im achten Brandt sieben Personen.
Der Baunach, ein Raths-Herr, und der dickste Bürger in Würtzburg.
Des Herrn Dom-Propst Vogt.
Ein fremder Mann.
Der Schleipner.
Die Visirerin.
Zwei fremde Weiber.

Im neundten Brandt fünf Personen.

Der Wagner Wunth.
Ein fremder Mann.
Der Bentzen Tochter.
Die Bentzin selbst.
Die Eyeringin.

Im zehnten Brandt drey Personen.

Der Steinacher, ein gar reicher Mann.
Ein fremd Weib.
Ein fremder Mann.

Im elften Brandt vier Personen.

Der Schwerdt, Vicarius am Dom.
Die Vögtin von Rensacker.
Die Stiecherin.
Der Silberhans, ein Spielmann.

Im zwölften Brandt zwey Personen.

Zwey fremde Weiber.

Im dreyzehenden Brandt vier Personen.

Der alte Hof-Schmidt.
Ein alt Weib.
Ein klein Mägdlein von neun oder zehn Jahren.
Ein geringeres, ihr Schwesterlein.

Im vierzehenden Brandt zwey Personen.

Der erstgemeldten zwey Mägdlein Mutter.
Der Lieblerin Tochter von 24 Jahren.

Im fünfzehenden Brandt zwey Personen.
Ein Knab von 12 Jahren, in der ersten Schule.
Eine Metzgerin.

Im sechzehenden Brandt sechs Personen.
Ein Edelknab von Ratzenstein, ist Morgens um 6 Uhr auf dem Cantzley-Hof gerichtet worden und den ganzen Tag auf der Pahr stehen blieben, dann hernacher den andern Tag mit den hierbeygeschriebenen verbrannt worden.
Ein Knab von zehn Jahren.
Des obgedachten Raths-Vogts zwo Töchter und seine Magd.
Die dicke Seilerin.

Im siebenzehenden Brandt vier Personen.
Der Wirth zum Baumgarten.
Ein Knab von eilf Jahren.
Eine Apotheckerin zum Hirsch, und ihre Tochter.
NB. Eine Harfnerin hat sich selbst erhenket.

Im achtzehenden Brandt sechs Personen.
Der Batsch, ein Rothgerber.
Ein Knab von zwölf Jahren, noch
Ein Knab von zwölf Jahren.
Des D. Jungen Tochter.
Ein Mägdlein von funfzehn Jahren.
Ein fremd Weib.

Im neunzehenden Brandt sechs Personen.
Ein Edelknab von Rotenhan, ist um 6 Uhr auf dem Cantzley-Hof gerichtet und den andern Tag verbrannt worden.

Die Secretärin Schellharin, noch
Ein Weib.
Ein Knab von zehn Jahren.
Noch ein Knab von zwölf Jahren.
Die Brüglerin, eine Beckin, ist lebendig verbrannt worden.

Im zwanzigsten Brandt sechs Personen.
Das Göbel Babelin, die schönste Jungfrau in Würtzburg.
Ein Student in der fünften Schule, so viel Sprachen gekont, und ein vortreflicher Musikus vocaliter und instrumentaliter.
Zwey Knaben aus dem neuen Münster von zwölf Jahren.
Der Steppers Babel Tochter.
Die Hüterin auf der Brücken.

Im einundzwanzigsten Brandt sechs Personen.
Der Spitalmeister im Dietricher Spital, ein sehr gelehrter Mann.
Der Stoffel Holtzmann.
Ein Knab von vierzehn Jahren.
Des Stolzenbergers Raths-Herrn Söhnlein.
Zween Alumni.

Im zweiundzwanzigsten Brandt sechs Personen.
Der Stürmer, ein reicher Büttner.
Ein fremder Knab.
Des Stolzenbergers Raths-Herrn große Tochter.
Die Stolzenbergerin selbst.
Die Wäscherin im neuen Bau.
Ein fremd Weib.

Im dreiundzwanzigsten Brandt neun Personen.

Des David Croten Knab von zwölf Jahren, in der andern Schule.

Des Fürsten Kochs zwey Söhnlein, einer von 14 Jahren, der ander von zehn Jahr aus der ersten Schule.

Der Melchior Hammelmann, Vicarius zu Hach.

Der Nicodemus Hirsch, Chor-Herr im neuen Münster.

Der Christophorus Berger, Vicarius im neuen Münster.

Ein Alumnus.

NB. Der Vogt im Brennerbacher Hof und ein Alumnus sind lebendig verbrannt worden.

Im vierundzwanzigsten Brandt sieben Personen.

Zween Knaben im Spital.

Ein reicher Bütner.

Der Lorenz Stüber, Vicarius im neuen Münster.

Der Betz, Vicarius im neuen Münster.

Der Lorenz Roth, Vicarius im neuen Münster.

Die Roßleins Martin.

Im fünfundzwanzigsten Brandt sechs Personen.

Der Friedrich Basser, Vicarius im Dom Stift.

Der Stab, Vicarius zu Hach.

Der Lambrecht, Chor-Herr im neuen Münster.

Des Gallus Hausen Weib.

Ein fremder Knab.

Die Schelmerey Krämerin.

Im sechsundzwanzigsten Brandt sieben Personen.

Der David Hans, Chor-Herr im neuen Münster.

Der Weydenbusch, ein Raths-Herr.

Die Wirthin zum Baumgarten.

Ein alt Weib.
Des Valckenbergers Töchterlein ist heimlich gerichtet und mit der Laden verbrannt worden.
Des Raths-Vogt klein Söhnlein.
Der Herr Wagner, Vicarius im Dom-Stift, ist lebendig verbrannt worden.

Im siebenundzwanzigsten Brandt sieben Personen.
Ein Metzger, Kilian Hans genannt.
Der Hüter auf der Brücken.
Ein fremder Knab.
Ein fremd Weib.
Der Hafnerin Sohn, Vicarius zu Hach.
Der Michel Wagner, Vicarius zu Hach.
Der Knor, Vicarius zu Hach.

Im achtundzwanzigsten Brandt sechs Personen.
Die Knertzin, eine Metzgerin.
Der D. Schützen Babel
Ein blind Mägdlein. NB.
Der Schwartz, Chor-Herr zu Hach.
Der Ehling, Vicarius.
Der Bernhard Mark, Vicarius am Dom-Stift, ist lebendig verbrannt worden.

Im neunundzwanzigsten Brandt sieben Personen.
Der Viertel Beck.
Der Klingen Wirth.
Der Vogt zu Mergelsheim.
Die Beckin bei dem Ochsen-Thor.
Die dicke Edelfrau.
NB. Ein geistlicher Doctor, Meyer genannt, zu Hach,

und
Ein Chorherr ist früh um 5 Uhr gerichtet und mit der Bar verbrannt worden.
Ein guter vom Adel, Junker Fischbaum genannt.
Ein Chor-Herr zum Hach ist auch mit dem Doctor eben um die Stunde heimlich gerichtet und mit der Bar verbrannt worden.
Paulus Vaecker zum Breiten Huet.

Bisher aber noch viel unterschiedliche Brände gethan worden.

(aus: Wilhelm Gottlieb Soldan: *Geschichte der Hexenprocesse*, 1843, S. 387–392 nach Eberhard David Hauber, Bibl. mag. 36. Stück, 1745, S. 807)

Roman Rausch

Kommissar Kilian ermittelt

Tiepolos Fehler
Roman. rororo 23486

Wolfs Brut
Roman. rororo 23651

Die Zeit ist nahe
Roman. rororo 23837

Der Gesang der Hölle
Roman. rororo 23890

Der Bastard
Roman. rororo 24495

Das Mordkreuz
Roman. rororo 24763

Die Seilschaft
Roman. rororo 25332

Und ewig seid ihr mein
Thriller. rororo 24106

Weiß wie der Tod
Thriller. rororo 24604

Das Caffeehaus
Historischer Roman.
rororo 24977

Die Kinderhexe
Historischer Roman.
rororo 25710

rororo 25710

MIX
Papier aus verantwortungsvollen Quellen
FSC® C083411

Das für dieses Buch verwendete FSC®-zertifizierte Papier
Holmen Book Cream liefert Holmen, Schweden.